농장에서 식탁까지
**100마일
다이어트**

THE 100-MILE DIET
by Alisa Smith and J. B. MacKinnon

도시 남녀의 365일 자급자족 로컬푸드 도전기

농장에서 식탁까지
100마일
다이어트

앨리사 스미스 & 제임스 매키넌 지음 구미화 옮김

나무의마음

이 책은 캐나다 밴쿠버에 사는 두 남녀가 2005년 3월부터 2006년 3월까지 꼬박 1년 동안 로컬푸드 먹기에 도전한 이야기를 담고 있다. 30대 프리랜서 기자 커플인 제임스 매키넌과 앨리사 스미스는 어느 날 우연히 북아메리카 사람들이 일반적으로 먹는 음식 재료들이 평균 1,500마일(서울과 부산을 세 번 왕복하는 것과 맞먹는 거리)을 이동한다는 사실을 접하고 무작정 '100마일 다이어트'에 돌입한다. 두 사람이 사는 아파트로부터 반경 100마일 이내에서 생산된 재료만으로 음식을 만들어 먹기로 한 것이다.

두 사람이 거의 충동적으로 이 모험에 도전하게 된 데는 먹거리의 이동거리가 '석유 사용량과 거의 비례한다'는 공공연한 비밀이 결정적 계기가 되었다. 게다가 두 사람은 다른 현대인들과 마찬가지로 지구가 병들고 먹거리가 오염되고 있는 현실에 불안과 염증을 느끼던 차였다. 때로는 길거리의 거지조차 동정할 정도로 소비를 절제하거나 한겨울에도 자동차보다 자전거를 즐겨 타는 식으로 이런저런 시도도 해봤지만 오히려 고독감과 무력감만 더했을 뿐이다. 그나마 윤리적이라고 믿었던 채식주의와 유기농 식품 소비도 알고 보니 머나먼 타국에서 대량 생산해 수출하는 '무역상품'에 의존한 것이었다.

그러나 지금의 먹거리 체계가 에너지 낭비라는 문제의식은 두 사람의 말마따나 "매우 심오한 문제로 진입하는 관문"에 불과했다. 처음에 '100마일 다이어트'를 계획했을 때는 바나나나 망고처럼 이국적인 음식들만 포기하면 될 거라고 예상했지만 실상은 그렇지 않았다. 요즘 같은 정보화 사회에서는 대형마트나 인터넷을 이용하면 구하지 못할 것이 없을 거라고 생각했는데, 막상 현실에 부딪혀 보니 그렇지가 않았다. 예를 들면 매일같이 식탁에 오르던 밀가루도 먹거리의 원산지를 100마일 반경으로 좁히니 무려 7개월 동안이나 구하지 못해 발을 동동 굴러야 했다. 제임스와 앨리사에게 '100마일 다이어트'는 우리가 문명의 혜택을 누리게 됐다고 여긴 지난 세월 동안 실제로는 더 많은 것들이 사라지거나 망가져 버렸음을 확인하는 시간이 된다.

그렇다고 우울하지는 않다. 얼핏 보면 풍요롭고, 자세히 들여다보면 척박하기만 한 도시에도 작지만 개성 넘치는 풍요로움이 곳곳에 보석처럼 박혀 있었다. 그리하여 '100마일 다이어트'는 두 사람에게 아직 우리 주변에 남아 있는 자연의 맛과 그 속에서 천천히 발견하게 되는 자연스러운 삶의 의미를 회복하는 기회를 준다. 그리고 무엇보다 더 많은 사람들과 긴밀하게 이어지는 연결고리가 된다.

이 책에서는 캐나다의 대자연과 먹거리, 소박하지만 감동적인 조리법, 그리고 그것을 지키고 나누는 사람들의 이야기가 담담하면서도 흥미롭게 전개된다. 제임스와 앨리사가 한 달씩 번갈아 서술한 구성도 읽는 재미를 더한다.

'100마일 다이어트'는 캐나다 밴쿠버 도심으로부터 100마일 반경 이내에서 시도한 도전인 만큼 우리나라 독자들에겐 말 그대로 너무 먼 나라의 이색적인 이야기로 느껴질지도 모르겠다. 사실 캐나다의 자연환경은 세계에서 손꼽히는 웅장함을 자랑한다. 하지만 해가 갈수록 고유의 색깔을 잃고 도시화 되어 가는 것은 세계 어느 곳이나 마찬가지다. 희한하게도, 아니, 어쩌면 당연하게도 그들의 이야기 속에서 우리를 보게 된다.

더구나 제임스와 앨리사는 우리와 크게 다르지 않은 인물들이다. 지나친 이상주의자도 아니고, 원칙만 고집하는 원리주의자도 아니며, 무턱대고 희망을 품는 낙관주의자도 아니다. 평범한 우리들과 마찬가지로 결혼식과 출산 같은 "빚을 제외한 모든 형태의 헌신을 미루거나 단념"한 채 좁은 아파트에 세들어 사는 신세다. 게다가 가끔은 운전을 하면서도 여러 가지 업무를 동시에 처리해야 할 정도로 바쁘게 일한다. 가족에게 상처받기도 하고 또 위로받는 모습도 낯설지 않다. 무엇보다 두 사람이 삐걱거리며 1년 동안 '버티기'에서 '즐기기'로 변해 가는 모습이 내 이야기 같고, 또 내 친구 이야기 같다. 그래서 때론 측은하고, 때론 대견스럽기까지 하다.

이 책이 캐나다에서 처음 출간된 지 벌써 10년 가까이 됐다. 그 당시에도 영국과 미국을 중심으로 로컬푸드 바람이 불고 있었지만, '로컬local'의 정의가 애매했다. 제임스와 앨리사가 아무런 기대 없이 시작한 '100마일 다이어트'가 대대적인 반향을 불러일으킨 것도

'100마일'이라는 로컬의 기준을 제시했기 때문이다.

요즘처럼 유행주기가 짧은 시대에 10년 전 책이라니 고리타분한 이야기일 것 같지만, 다행스럽게도 세상엔 느리게 변해서 좋은 것들이 생각보다 많다. 게다가 로컬푸드 먹기나 '100마일 다이어트' 모두 뜨겁게 타올랐다 꺼지는 일시적 유행이어서는 안 되는 것들이다. 이것은 평생에 걸친 삶의 방식이자 건강한 먹거리를 위한 마지막 보루여야 한다.

이 책이 해외에서 두루 읽히는 사이, 우리나라에도 로컬푸드에 대한 관심이 높아졌다. 최근 들어 생활협동조합이나 직거래장터, 지역 농장을 활용하는 이들이 많아졌다. 먹거리의 대부분을 대형마트에서 해결하던 사람들도 하나둘 원산지 표시에 관심을 갖기 시작했고, '과연 이 많은 식재료들이 어디에서 왔을까?' 하는 의구심을 품기 시작한 것이다. 주말 농장을 분양받거나 베란다 한쪽에 사과상자를 놓고 작은 텃밭 가꾸기를 시도하는 사람들도 늘어나고 있다.

최근에 자급자족 생활방식을 표방한 TV 프로그램들이 사람들의 공감을 불러일으키는 것도 반가운 일이다. 그야말로 '100마일 다이어트'를 읽으면 좋을 시기가 무르익은 셈이다. 이 책에도 오직 낚싯줄과 통발만으로 물고기를 잡는 어부가 등장한다. 부족한 재료들로 한 끼를 정성스럽게 차려내는 아줌마 같은 남자도 있다. 그러나 모든 면에서 이 책에 등장하는 인물들이 한 수 위다. TV 속 주인공들은 주어진 시간 동안 오로지 하루 세끼를 챙겨 먹는 게 일이지만, 이 책에 나오는 이들은 무려 1년 365일이 '리얼 유기농 라이프'이기 때문이다. 저자들이 표현한 대로 '100마일 다이어트'는 "원래 직업을 갖고 있으면서 시간제 아르바이트를 추가로 하는 셈"이다. 그런데 그런 삶이 조금은 불편하지만 현실적으로 가능하다는 것, 또 충분히 행복하다는 두 사람의 말이 놀랍고 우리에게도 희망을 갖게 한다.

두 사람이 1년 동안 바꿔 보려고 시도한 건 먹거리였지만, 실제로는 훨씬 더 많은 부분에서 변화가 일어났다. 그야말로 모든 것이 바뀌었다. 바뀌었지만 오히려 더 자연스러워졌다. 가려졌던 것이 걷히고, 끊겼던 것이 이어졌다. 그동안 몰랐던 것을 새롭게 알게 되었고, 잊고 있던 것을 되찾게 되었다. 그리고 그런 변화는 그들의 삶 속에서 지금도 계속되고 있다.

이 책의 가장 큰 장점은 그동안 피하고만 싶었던 먹거리에 담긴 '불편한 진실'들을 끄집어내는 데도 전혀 불편하지 않고, 읽는 내내 유쾌하고 놀랍고 흥미진진하다는 것이다. 또 단순한 자각에 그치지 않고 자꾸 도전해 보고 싶게 만든다. 죄책감을 부추기는 것이 아니라 소박하지만 깊이 있는 행복을 나도 직접 느껴 보고 싶게 한다. 매 달 하나씩 소개하는 레시피는 이 책을 읽는 독자들을 위한 덤이다.

"이 책을 읽고 나니 내가 먹는 음식들이 이전과는 다르게 보이기 시작했다."

앞서 이 책을 읽은 수많은 독자들의 호평에 여러분도 공감하면 좋겠다.

2015년 5월

옮긴이 구미화

차례

허브티

재료 : INGREDIENTS

세이지 잎 1개   민트 잎 1개   뜨거운 물

만드는 방법 : How To Make

① 갓 딴 잎을 머그잔에 넣는다.   ② 보글보글 끓는 물을 붓는다.   ③ 6분 동안 우려 낸다.

④ 간편한 시작이다.

3월… 도전

인간은 자유의 몸으로 태어났으나 어딜 가나 체인점이다.

– 낙서

우리가 1년 동안 로컬푸드 먹기에 도전하게 된 것은 순전히 어느 날의 멋진 식사 한 끼와 먹거리에 관한 끔찍한 통계 때문이었다.

먼저 식사 얘기를 해보자면, 그때 우리가 쓸 수 있는 재료는 정말로 양배추 한 통이 전부였다. 뇌 주름 모양을 한 양배추는 영양분은 풍부해 보였지만, 겉껍질은 썩어서 차마 눈뜨고 보기 힘들 정도로 지저분했다. 그 모습이 뭔가 우리의 앞날을 상징적으로 보여주는 것 같았다.

우리에겐 식사를 대접해야 할 일행과 3주 된 양배추 한 통이 있었다. 대형마트에 다녀올 수 있는 상황도 아니었다. 앨리사와 나는 브리티시컬럼비아 북쪽에 있는 시골집에 머물고 있었다. 솔직히 말해 외풍이 심하고 한쪽으로 푹 기울어진 80년 된 농가였다. 그 집은 시트카 가문비나무와 연필향나무 사이 빈터에 자리 잡고 있었는데, 양쪽 나무들이 어찌나 큰지 나뭇가지를 한번 휘두르면 집이 푹 하고 꺼질 것 같았다. 앞문은 여러 산봉우리들을 향해 나 있었다.

그 옛날 영국 귀족들의 이름을 딴 산봉우리 정상에선 북서쪽 방향으로 알래스카 팬핸들의 최남단이 보인다.

주변엔 조그마한 가게조차 없었다. 사실 그곳엔 전기가 들어오지 않고 수세식 화장실도 없다. 수돗물도 나오지 않아 뒷문 쪽에 있는 '데블스 엘보'라고 불리는 스키나 강의 여울을 이용한다. 가까운 이웃이라곤 숲속 어딘가에서 어슬렁거리고 있을 흑곰뿐이고, 심지어 도로도 나지 않은 외진 곳이다. 그 집에서 외출하려면 작은 배를 타고 나간 다음, 다시 20킬로미터쯤 걸어야 비로소 모습을 드러내는 고속도로를 이용해야 한다. 아니면 화요일을 제외하고 하루에 한두 번 다니는 기차를 타는 방법밖엔 없다.

아무튼 결론은 여섯 사람이 가을날의 저녁 식사를 기다리고 있는데 가진 재료라곤 양배추 한 통이 전부라는 사실이었다. 필요는 발명의 어머니라고 하지 않던가. 누가 무슨 말을 하고 어떤 계획을 세웠는지, 계획을 세우기는 했는지조차 지금은 가물가물하다. 다만 엄격한 채식주의자인 내 형 데이비드가 걸어서 피들러 개울 어귀까지 갔던 것은 기억난다. 유구한 세월 동안 쉼 없이 흘렀을 산골짜기의 물줄기가 피들러 개울에 이른 모습을 보노라면 마치 새로 태어난 듯한 느낌이 든다.

데이비드 형은 거기서 거대한 산천어를 낚았다. 커크와 찬드라는 일행을 이끌고 숲에 가서 살구버섯과 솔잎, 고슴도치버섯을 한 아름 안고 돌아왔다. 두 사람은 소리만 듣고서도 흰배굴뚝새와 갈색머리참새를 구분할 줄 안다.

나는 무성한 잡초 사이를 헤치고 한동안 방치해 두었던 텃밭을 찾아냈다. 몇 달 전에 마늘과 감자 세 종류를 심었던 곳이다. 삽으로 흙을 파내자, 자립심 강한 10대처럼 보이는 감자가 하나둘 도도한 자태를 드러냈다. 앨리사가 어린 민들레 잎을 뜯는 사이, 그녀의 어머니는 버려진 과수원에서 사과와 사워체리를 따고 헛간을 집어삼킬 듯 울창한 덤불에서 들장미 열매인 로즈힙도 찾아냈다.

과일을 레드와인에 담가 놓고 보니, 이를 어쩐다, 호주산 와인이었다!

나머지 재료는 모두 커다란 팬에 넣고 장작 위에서 달달 볶았다. 아주 맛있었다. 그날의 저녁 식사에는 신선한 생선 특유의 야들야들한 맛이나 버섯과 마늘즙이 잘 밴 감자의 고소한 맛을 뛰어넘는 무언가가 있었다. 음식이 전해 주는 풍미는 작은 즐거움에 불과했다.

어둑해질 무렵, 우리는 강과 숲이 우리가 이제 막 배우기 시작한 미묘한 언어로 말을 건네고 있음을 느꼈다. 그날의 식사는 말로 표현할 수 없는 신비한 느낌으로 가득했다. 그릇이 깨끗이 비워지자 몇 사람은 구석에서 바람 소리를 자장가 삼아 잠을 청하고, 나머지는 목소리가 한 옥타브 높아질 때까지 따뜻한 멀드 와인을 거나하게 마시다가 한밤중이 되어서야 작은 목소리로 소곤거렸다.

그날 밤 촛불에 반사되어 황금빛을 띠던 우리의 얼굴을 스쳐간 수많은 질문 중 하나는 여생을 오늘 저녁처럼 먹을 방법은 없을까 하는 것이었다.

일주일 뒤 앨리사와 나는 200만 인구가 북적대는 밴쿠버로 돌아왔다. 침실이 하나뿐인 좁은 아파트 거실 창 너머로 언제나 쓰레기가 넘쳐나는 대형 쓰레기통 두 개와 주차장이 보였다. 먹거리에 관한 통계를 따져 보기에 아주 좋은 장소다.

앨리사와 내가 직업상 챙겨 보는 신문에 마침 눈에 띄는 통계 기사가 있었다. 수개월 내지 수년 안에 국제뉴스의 헤드라인을 장식할 사건에 대한 일종의 경보 시스템이라고 할 만한 자료였다. 미국 아이오와 주립대학의 레오폴드 지속형 농업센터에 따르면, 우리가 먹는 음식은 보통 생산지에서 식탁까지 1,500~3,000마일(약 2,400~4,800킬로미터)을 이동해 온다고 한다. 1980년부터 이 연구가 처음 발표된 2001년에 이르기까지 그 이동 거리가 25퍼센트나 증가했으며, 지금도 계속해서 증가하는 추세다.

내가 읽은 건 그게 전부였지만 그것만으로도 충분했다. 여느 사람들처럼 앨리사와 나는 갈수록 북적거리고 심하게 너덜거리는 세상에서 좀 더 가볍게 살 방법을 찾고 있었다. 아름다운 지구가 급속도로 망가지고 있다는 소식이 끊임없이 전해지지만, 사람들은 그런 것쯤은 별것 아니라는 듯 가볍게 어깨를 으쓱하고 만다. 무려 7천만 년 동안 생존했던 생물들이 멸종 위기에 처했다거나 멕시코만 연안에 산소 고갈 지역이 늘어났다거나 하는 뉴스에도 말이다.

그렇다고 직감을 무시할 수는 없었다. '뭔가 잘못되어 가고 있다'는 예감이 정책 입안자나 과학자들의 의견보다 훨씬 절실하게 와

닿았다. 어렸을 때보다 눈이 적게 내리고, 해안가 바위에 숨어 사는 게들도 크게 줄어들었다. 새벽에 새 우는 소리도 더 이상 들을 수 없고, 숲은 이상할 정도로 황량해졌다. 날씨나 계절도 예전과 달라졌다. 이런 변화의 책임은 어떤 식으로든 우리 인간에게 있다. 중요한 건 죄책감을 느끼는 것이 아니라, 책임감을 가지는 것이다.

사람은 직감에 영향을 받게 마련이다. 전에 기자 생활을 할 때 편지를 한 통 받은 적이 있다. 미국의 연중 최대 쇼핑 시즌인 추수감사절 직후의 토요일에 쇼핑몰 난간에 쇠사슬로 몸을 묶고 분신을 시도했던 청년이 보낸 편지였다. 그가 분신을 시도한 이유는 무절제한 소비문화를 비판하고 알리기 위해서였다. 그 청년은 가까스로 목숨을 건진 후 정신과 치료 명령을 받았지만, 사실 그의 주장은 당대 최고의 지성이라 추앙받는 생태학자나 사회학자들이 내세우는 의견과 별반 다르지 않았다.

심리상담사인 내 친구는 결혼 생활에 위기를 맞은 한 부부의 이야기를 들려줬다. 세계 석유 생산량이 언제쯤 최고점을 찍고 감소세로 돌아설 것인지를 두고 의견 충돌을 빚다가 갈등이 생긴 경우였다. 의료계에 종사하는 남편은 하나뿐인 아들이 훗날 '석유 종말' 시대를 겪게 될 것을 걱정하며, 자신은 야생으로 돌아가 사슴 가죽에 무두질하는 법을 배우고, 아들에게는 사냥과 식량 구하는 법을 가르치고 싶어했다.

〈뉴잉글랜드 의학저널〉에 따르면 요즘 10대들은 주로 탄산음료에서 열량을 공급받고 비만과 운동부족으로 부모 세대보다 수명이 짧을 것으로 예상된다고 한다. 그러나 남편 못지않게 아들을 걱정하는 아내는 그런 사회에서라도 아들이 평범하게 살기를 원했다. 과연 이들 중 누가 정상일까?

사실 이런 부정적인 직감이 들 때 사람들은 보통 덩치만 클 뿐 연료 효율이 낮은 스포츠유틸리티차량suv을 사지 않는 정도의 반응을 보인다. 앨리사와 내가 그랬다. 하지만 레오폴드 센터의 발표를 감안하면, 우리라고 다른 사람들보다 특별히 나을 건 없었다. 매번 식사 때마다 캐나다 남동부의 토론토에서 북서부 유콘의 화이트호스에 이르는 거리 아니면 뉴욕에서 콜로라도 주 덴버에 이르는 먼 거리를 이동해 온 식재료들을 소비하고 있었기 때문이다. 그야말로 SUV급 식사였다.

"1년 동안 로컬푸드를 먹어 보는 건 어때?"

아침을 먹다가 불쑥 내 입에서 이 말이 튀어나왔다. 내가 제정신이 아니라고 생각했는지 앨리사는 아예 나를 쳐다보지도 않았다. 우리는 그런 종류의 시도를 이미 몇 차례 해본 적이 있었다. 예를 들어 자동차 보험을 여름에만 들어 겨울엔 자전거를 타고 다닌 적도 있었고, 매년 일정 기간 북부의 은신처에서 지낸 적도 있었다. 그곳에선 응급 상황이 발생하면 지나가는 화물열차에 대고 하염없이 팔을 흔들다 여의치 않으면 땅바닥에 앉아 꼼짝 않고 기다릴 수밖에 없었다. 그래야 그 뒤에 오는 열차라도 멈춰 서기 때문이다. 게다가 실제로 우리 집에선 모든 요리를 내가 하고 있지 않은가!

앨리사는 수심 가득한 얼굴로 말했다. "절대 못 할 거야."

우리 둘 사이에 한동안 침묵이 흘렀다.

"그러면 설탕은 어떻게 해결할 건데?"

이렇게 말하는 순간, 앨리사는 이미 자신이 나에게 말려들었다는 걸 깨달은 듯했다.

설탕은 어떻게 해결할 거냐고? 한 해 전 책을 쓰려고 도미니카 공화국에 머물며 자료조사를 할 때 설탕에 관해 한두 가지 알아낸 것들이 있다. 그때 나는 사탕수수 농장에서 일하는 아이티 원주민들의 거주지인 '바테이' 판자촌을 둘러볼 기회가 있었다. 그곳은 세상에서 가장 가난한 이들이 모여 사는 곳 중 하나다.

어느 날 오후 수녀님 한 분과 함께 나이 지긋한 사탕수수 노동자를 만나러 갔다. 가톨릭 수녀회에서 세운 고령자 숙소에서 지내는 노동자였다. 담벼락처럼 높이 자란 사탕수수밭을 지나자 공터에 대충 얼기설기 세운 듯한 양철 오두막과 콘크리트 쪽방들이 모습을 드러냈다.

노인은 벽에 두 팔을 기댄 채 간신히 몸을 지탱하고 서 있었다. 오랜 세월 너무 고되게 일한 탓에 골반뼈와 넓적다리를 연결하는 관절이 다 닳아 버려, 넓적다리를 눌러 제자리에 끼워 맞춰야만 걸을 수 있었던 것이다. 내가 그의 가방을 들어 주었다. 지퍼가 고장난 학생용 책가방이었다. 평생 힘들게 일해 온 그에게 책가방은 유일한 재산이었다.

우리를 태운 자동차가 출발하자, 노인은 농장에서 사탕수수를 베는 이들을 바라보며 힘없이 말했다.

"배고파. 나는 늘 배가 고팠어."

그 후 나에겐 못 말리는 버릇이 하나 생겼다. 앨리사가 스웨이드 가죽이 비에 젖었다든가 전화 통화를 너무 오래 해서 뒷목이 당긴

다든가 하는 지극히 복에 겨운 불평불만을 늘어놓을 때면 바테이에 사는 사람들의 처지가 어떤지 가르치려 드는 버릇 말이다.

나는 한쪽 눈썹을 치켜세우며 앨리사를 바라보았다. 앨리사가 설탕 문제를 제기한 덕분에 '로컬푸드 먹기'를 시도하고 싶었던 첫 번째 이유가 생각났다. 먹거리만 먼 거리를 이동하는 게 아니다. 우리 역시 먹거리로부터 매우 멀리 떠나왔다. 우리 삶과 밀접하고 중요한 자양분이 되기도 하는 먹거리들은 대체 어디에서 오는가? 누가 그것들을 생산하는가? 토양과 작물, 가축은 어떻게 관리되는가? 그들과 나의 선택이 우리를 둘러싼 이웃과 대기, 토양과 수질에 어떤 영향을 미치는가? 평소 내가 먹고 마시는 음식들이 어디에서 오는지 알고 난 뒤에도 그것들이 계속 먹고 싶어질까? 매일 먹는 빵조차 어디서 어떻게 만들어지는지 알 수 없다면, 그런 총체적 단절은 어느 순간 하늘에서 세기말을 알리는 개구리들이 떨어질 것 같은 불길한 예감으로 이어지지 않을까?

"꿀을 이용할 거야." 내가 앨리사에게 말했다.

"그렇구나, 꿀." 앨리사는 미심쩍다는 듯 중얼거렸다.

그나저나 우리에게 로컬푸드 먹기란 대체 어떤 것이었을까? 우리는 먼저 일주일에 한 번 유기농 농산물을 집까지 배달해 주는 서비스에 가입했다. 한동안은 브리티시컬럼비아와 인근 워싱턴 주에서 생산한 로컬푸드만 주문하려고 했다. 그 배달회사는 명세표에 '푸드 마일'을 기록했는데, 그것을 통해 배달된 먹거리들이 우리 집까지 오는 데 이동한 평균거리를 알 수 있었다. 이동거리는 평균 250마일(약 400킬로미터)까지 낮아질 때도 있었고, 1,000마일(약

1,600킬로미터)에 육박할 때도 있었다. 북아메리카는 면적이 엄청나게 넓다. 작가 웨이드 데이비스는 북아메리카에서도 특히 북쪽의 거대한 고원 캐나다를 언급하며 이렇게 말했다.

"여기에 영국을 숨기면, 영국인들은 절대 찾지 못할 것이다."

우리는 브리티시컬럼비아 대학의 생물생태학자인 윌리엄 리스 박사가 개발한 '생태 발자국' 모델에 관해 알고 있었다. 그 원리는 아주 간단하다. 컴퓨터 프로그램에 교통수단, 식생활, 에너지 사용 습관과 함께 주거 형태에 관한 정보를 입력하면, 연간 소비하는 에너지 자원을 토지 면적으로 환산해 준다. 그 면적이 바로 각자가 지구에 남긴 생태 발자국이다. 다음 단계에서 소프트웨어는 생태 발자국이 갖는 의미를 강조하기 위해 모두가 당신처럼 생활한다면 지구가 몇 개나 더 필요할지를 데이터로 제시해 경각심을 불러일으킨다. 북아메리카인의 경우는 평균적으로 지구가 아홉 개나 더 필요하다는 충격적인 결과를 접하게 된다.

흥미롭게도 리스 박사는 어릴 적 온타리오 주 남부의 외가에서 먹은 한 끼 식사에서 그 영감을 얻었다고 한다. 트랙터가 흔치 않았던 1950년대 초 7월의 어느 날 오후, 그의 형제자매와 부모, 사촌과 이모, 외삼촌 등 일가족 열세 명이 일을 하다 점심을 먹기 위해 외할머니의 시골집 처마 밑에 옹기종기 모여 앉았다.

어린 윌리엄은 자신이 먹게 될 음식을 내려다본 순간 강렬한 깨달음을 얻었다고 한다. 작은 당근, 햇감자, 싱싱한 상추 등 접시에 올라 온 먹거리 중 어느 하나도 외가에서 직접 키우지 않은 것이 없었다. 윌리엄은 온몸에 차디찬 물벼락을 맞은 것 같은 충격을 받왔다. 가슴이 몹시 벅찬 나머지 점심을 제대로 먹을 수가 없었다. 그 충격은 만물이 서로 '연결되어 있다'는 느낌이었다.

리스 박사의 생태 발자국 계산기를 이용하려면, 평소 먹는 음식의 이동거리를 선택해야 한다. '200마일 이하'가 최단거리다. 하지만 앨리사와 함께 지도를 펼쳐 보니 200마일을 로컬푸드의 경계로 삼는 건 말도 안 되는 일이었다. 밴쿠버에 있는 우리 집을 중심으로 반경 200마일을 그려 보니, 높은 산맥을 넘고 넓은 강을 헤치고 나아가 우리가 사는 지역과는 전혀 다른 자연환경으로 접어들었다. 그쪽 지리에 생소한 사람을 데려갈 경우, 다른 나라에 왔다고 착각할 정도였다.

우리가 살고 있는 태평양 연안은 초목이 울창하고 강수량이 많다는 특징이 있다. 반면 북쪽으로 200마일쯤 올라가면 손바닥선인장이 군데군데 박힌 대초원이 펼쳐지고, 고속도로 갓길을 따라 회전초가 흩날린다.

그날 우리는 지도를 뚫어져라 쳐다보면서 과연 어디까지를 우리가 사는 지역이라고 말할 수 있을지 난생처음으로 진지하게 생각해보았다. 동쪽으로 흐르는 프레이저 강은 세계 최대의 연어 산란장으로 유명하다. 그 장대한 강에 댐이 하나도 없다는 사실은 기적에 가깝다. 또 프레이저 유역이라고 알려진 거대한 충적토 평야는 코스트 산맥 기슭에서부터 담수와 소금이 만나는 넓은 강 하구까지이어진다. 백만 년에 걸쳐 쌓인 그 토양은 완벽한 경작 조건을 자랑한다. 이 삼각주 북쪽이 바로 밴쿠버 도심이다. 밴쿠버에서 좀 더 북쪽으로 가면 전형적인 피오르 지형인 하우 사운드가 나온다. 협곡은 감자로 유명한 펨버턴 시내까지 이어지는데, 미로 같은 산맥들도 거기서 끝이 난다.

남쪽으로 눈을 돌려 38마일만 내려가면 미국 워싱턴 주 경계다. 프레이저 유역만큼 광활하지는 않지만, 인간이 얼마나 작고 하찮은 존재인지 깨닫기엔 부족함이 없는 누크색 저지대와 스카짓 저지대가 펼쳐진다. 1872년에야 생긴 국경을 넘어 그곳까지 내려가면, 일명 캐스케이드 산맥이라 불리는 코스트 산맥이 바다와 높은 산 사이에 드넓게 펼쳐진 들판에 벽을 세워 주고 있다.

서쪽으로 가면 바다가 나오지만 탁 트인 모습은 아니다. 미국의 버몬트 주와 크기가 비슷하고, 숲으로 우거진 밴쿠버 섬이 시야를 가로막고 있기 때문이다. 밴쿠버 본토와 이 거대한 밴쿠버 섬 사이엔 조지아 해협과 후안 데 푸카 해협, 푸젯 사운드 해협이 하나의 만(灣)을 이루고 있다. 요즘엔 이곳을 천년에 걸쳐 이 해안에 뿌리 내린 원주민들이 붙인 이름을 따서 '세일리시 해'라고 부르는 사람들도 있다. 이름이 뭐든 간에 이곳은 작은 섬들로 이루어져 있다. 그중엔 캐나다 섬도 있고, 미국 섬도 있지만 대부분 작은 농장과 과수원으로 알록달록 물들어 있다. 밴쿠버 섬 남쪽 끝은 빅토리아다. 브리티시컬럼비아 주의 주도(州都)인 이곳은 여러 농장과 조기 수확 품종을 재배하는 포도밭으로 둘러싸여 있다. 밴쿠버 섬 서쪽 해안으로 가면 마침내 거칠고 탁 트인 태평양이 우렁찬 소리를 내며 펼쳐져 있다.

지금까지 살펴본 지역은 신의 은총을 받은 것처럼 겨울에도 온화하고, 누가 아주 오랫동안 열심히 기우제라도 지낸 것처럼 비가 많이 내린다. 이 지역들을 모두 선으로 이은 다음 우리 집까지의 거리를 재어 보니 100마일에 가까웠다. 100마일 다이어트! 나는 지도를 내려놓고 일어서서 앨리사를 바라보며 말했다.

"이거 너무 쉽겠는걸!"

우리는 이 실험이 1년간 무리 없이 지속되기를 바라면서 봄의 첫날에 시작하기로 했다(캐나다에서는 낮과 밤의 길이가 똑같은 춘분, 즉 3월 21일을 봄의 시작으로 본다―옮긴이). 다른 도시인들처럼 우리는 겨울의 마지막 날 자정이 되면 장차 우리 몸에 자양분을 공급해 줄 초록빛 새싹들이 씩씩하게 흙을 뚫고 세상 밖으로 나오리라 기대했다. 그래서 양털 같은 구름이 하늘을 덮고 뼈를 시리게 하는 추위가 여전히 도시를 압박하는 데도 아무런 걱정도 하지 않았다.

우리의 원칙은 딱 하나였다. 모든 식재료는 백 퍼센트 100마일 이내에서 생산된 것만 구입해야 한다는 것. 하지만 우리 두 사람은 신념과 철학은 물론이고, 일반적으로 통용되는 원칙까지도 기꺼이 무시할 수 있는 세대다.

그래서 '원만한 사회생활을 위한 예외 조항'을 따로 만들기로 했다. 예를 들어 친구가 저녁 식사에 초대하거나 업무상 태국 음식점에서 점심 먹을 일이 생기면 주저 없이 응하는 것이다. 여행을 할 때도 직접 재료를 구입해 식사를 준비할 수 있는 상황이 아니면 그냥 봐주기로 했다(이슬람의 경전 코란조차도 여행을 떠날 땐 라마단 금식 중단을 허용한다). 또한 여행지로부터 100마일 이내에서 생산된 먹거리는 집으로 가져와도 된다. 물론 그렇다고 파인애플이 먹고 싶을 때마다 하와이 여행을 계획하는 건 안 된다.

우리의 목표는 철저히 금욕주의를 실천하거나 자연 속의 은둔자처럼 생활하는 것이 아니었다. 생활방식을 바꾸는 실험을 통해 로컬푸드를 깊이 있게 탐구해 보고 싶었을 뿐이다. 우리는 실행 부담을 덜기 위해 마지막으로 한 가지 조항을 더 허용했다. 아무런 준비 없이 돌연 100마일 다이어트에 돌입한 그날, 집에 있던 기존의 먹거리는 로컬푸드가 아니어도 다 쓰기로 했다.

그리하여 마침내 습하고 흐린 3월 21일 아침, 기나긴 여정의 시작을 알리는 신호처럼 우리의 첫 번째 다툼이 벌어졌다.

내가 단호한 어조로 말했다. "모름지기 시작이 깔끔해야지."

"하지만 규칙에 엄연히 있잖아!" 앨리사가 대꾸했다.

"난 안 먹잖아."

"나는 먹고 있어."

"내가 안 먹으면 당신도 먹지 말아야지." 순간 나 자신이 여덟 살짜리 어린애 같다고 느껴졌지만, 자제가 되지 않았다. 앨리사가 나는 주지 않고 혼자 먹기 위해 코코아 가루를 스푼 가득 퍼낼 때마다 내 소중한 양식이 줄어들고 있었던 것이다.

"이건 불공평하지 않아?"

"한 사람이 안 먹으면 상대방도 먹을 수 없다는 내용은 규칙에 없거든." 앨리사가 쏘아붙였다.

"당신은 지금 내가 나중에 먹을 코코아 가루를 훔쳐 먹고 있다고!"

우리는 아침 식사로 감자튀김을 먹으면서 내내 기분이 언짢았다. 그날 우리는 우리의 도전을 기념하는 첫 저녁 식사를 함께하기 위해 친구 둘을 초대했다. 론과 케리였다. 론은 먹거리에 얽힌 미스터리한 정치학에 호기심을 가졌다가 지금은 밴쿠버 다운타운에서 헤로인과 크랙 중독자들을 위해 건강에 좋은 음식을 만드는 일을 한다. 론의 아내인 케리는 채소 재배에 관한 한 내가 최고로 꼽는 실력자다. 케리가 지저분한 재떨이에 토마토 씨를 뱉으면, 정확히 80일 뒤에 단맛이 강한 비프스테이크 토마토(경작용 토마토 중 가장 큰 품종으로, 무게가 450그램에 달하는 것도 있다―옮긴이)를 넉넉히 수확할 수 있다. 비록 자기 집 정원엔 한 번도 싹이 돋아난 적이 없지만 말이다.

손님을 맞으려면 장을 좀 봐야 했다. 세 블록 떨어진 곳에 있는 가장 가까운 식료품점은 한때 '슈퍼마켓'이라고 불린 적도 있지만, 요새 기준으로 보면 작은 구멍가게라 할 만했다. 아침인데도 날씨가 많이 흐려서 도로 가에 즐비하게 늘어선 건물 창문 사이로 실내조명이 반짝여 주차장까지 환히 비추고 있었다. 알아서 공손하게 척척 열리는 자동문 앞에 서고 보니 내가 굉장히 중요한 사람이 된 듯한 기분을 느끼게 해주던 어린 시절의 기억이 되살아났다. 그날은 익숙하고 사소한 것들에 평소보다 조금 더 주의를 기울인 덕분에 상품들이 진열된 선반이 고객의 손이 닿기 딱 좋은 위치에 놓여 있으며, 말끔하게 포장되어 진열대를 차지한 상품들이 계속 새로운 것들로 바뀌고 있다는 사실도 알아챌 수 있었다.

하지만 다 소용없었다. 우리가 살 수 있는 건 아무것도 없었다. 도무지 아무것도. 그 모든 풍요로움이 일순간 상상 속에서나 가능한 것이 되어 버렸다. 1년은 아이스크림 없이 지내야 할 판이었다. 샐러드드레싱, 다목적 밀가루, 믹스수프, 올리브와 올리브 오일, 미라클 휩도 살 수 없었다. 케첩은 물론 치리어스 시리얼, 피크 프레안스 과일 크림 쿠키, 땅콩버터, 립 엘 감자칩, 필라델피아 크림치즈, 타바스코 소스, 캠벨 청키 뉴잉글랜드 크램차우더, 크림 스타일 콘, 미닛메이드 오렌지 주스, 상표 없는 콜라, 에고스 인스턴트 와플, 대용량 잣, 오빌 레덴바허 팝콘, 치파틀 페퍼, 하이 라이너 멀티그레인 틸라피아 생선 살코기와도 이젠 안녕이었다.

상품들로 가득 채워진 진열 통로는 기적과도 같았다. 그것은 새우 칵테일을 이국적인 것으로 여기고 맥주도 여섯 종의 브랜드밖에 즐길 수 없었던 북아메리카 사람들이 제2차 세계대전 이후 약 25년 만에 이뤄 낸 진보의 결정체였다. 오늘날 슈퍼마켓에서 취급하는 물품이 4만 5,000여 품목이고, 미국에서 매년 출시되는 식품 관련 신제품이 무려 1만 7,000여 종에 이른다. 우리는 분명 현대적 의미에서 '풍요의 뿔(그리스 신화에 등장하는 뿔로, 각종 음식이 가득 차 있으며, 아무리 덜어 내도 줄어들지 않는 힘이 있다. 코르누코피아라고도 한다—옮긴이)'이 지배하는 시대에 살고 있지만, 그중에 우리 이웃이 직접 재배하고 우리 주변을 둘러싼 자연환경에서 생산된 먹거리는 거의 찾아볼 수 없다. 우리의 먹거리 체계가 어쩌다 이 지경이 됐을까?

우리는 농산물 코너에서 겨우 몇 가지 식재료를 어렵사리 찾아냈다. 약 50마일 떨어진 프레이저 유역의 농장에서 재배한 크레미니 버섯과 감자 약간, 그리고 비닐하우스에서 재배한 홍고추와 토마토도 조금 구했다. 나중에는 인근 목장에서 생산한 병 우유도 발견했다. 프리미엄 유기농 식품 매장으로 유명한 케이퍼스 커뮤니티 마켓에도 가봤지만 별반 나을 게 없었다. 소규모 체인점인 케이퍼스는 밴쿠버처럼 젊은 도시에서 나름대로 전통을 인정받는 곳으로 1985년에 처음 매장을 열었다. 당시 그곳에서 일하는 사람들은 스스로를 '케이프리코트'라고 불렀다. 그들은 경우에 따라 고객이 가져온 음식과 상품을 맞교환해 주기도 했다.

이후 케이퍼스는 미국 콜로라도 주 보울더에 있는 연매출 10억 달러의 자연식품 업계 거대기업인 와일드 오트 마켓에 인수됐다. 하지만 그곳 농산물 관리자는 여전히 레게 머리를 한 채 자전거로 출퇴근한다. 얼마 전부터는 지역에서 수확한 과일과 채소에 파란색 스티커를 붙여 판매하고 있었다. 물론 그날은 봄을 알리는 첫날이었다. 해피 플래닛이 만든 유기농 스무디와 소이코 라이스 슈레드(쌀로 만든 치즈 대용품)를 할인 판매하고 있었지만, 우리가 살 만한 로컬푸드는 별로 없었다.

오후에 론에게서 전화가 왔다. "우리 조금 늦을 것 같은데."

"오히려 잘됐네." 내가 말했다.

"뭐 좀 챙겨 갈까?"

나는 대꾸 없이 그냥 웃기만 했다.

저녁 7시 30분, 부동산 중개인이라면 '아늑한 식당'이라고 부를 만한 공간에 식탁을 차렸다. 동네 식료품점과 전문 매장을 두루 뒤진 끝에 푸짐하게 한 상을 차렸다. 샐러드를 만들었는데, 오이는 15마일 떨어진 프레이저 강 삼각주에서 온실 재배한 것을 어렵게 구했다. 얇게 썬 오이에 여기서 넉넉잡아 30마일 떨어진 프리젠 농장에서 겨우내 쟁여 둔 유기농 당근과 우리 거주지를 기준으로 정확히 400미터 거리에 있는 텃밭에서 난 비트와 콜라비를 이용해 코울슬로를 만들어 식탁에 올렸다.

왕연어는 생선 가게 직원이 '로컬'이라고 거듭 강조했지만, 사실상 우리가 정해 놓은 100마일 반경을 가까스로 넘지 않은 밴쿠버섬 서해안에서 잡은 것이었다. 연어는 유기농 무염버터에 튀겼다. 우리가 프레이저 강가 어느 섬(21마일)에서 자전거를 탈 때 자유롭게 풀을 뜯던 젖소에게서 짠 우유로 만든 것이었다. 생선에 얹은 세이지 잎은 우리 집 발코니에서 땄다(0마일).

곁들일 음식으로는 방목해서 키운 닭이 낳은 유기농 달걀(57마일)로 프라이를 하고, 으깬 감자(99마일)와 순무(30마일)에 유기농 요구르트(15마일)를 듬뿍 뿌린 다음, 집 주위에 잡초처럼 자란 아니스 줄기와 함께 내놓았다. 식탁에 올린 음식 중 로컬푸드가 아닌 것은 통에 담긴 소금뿐이었다. 몇 주 전 한 봉지 사 놓은 것인데, 원산지가 수백 마일 떨어진 오리건이었다.

"아무래도 감자를 엄청 먹게 될 것 같은 예감이 드네." 그날 아침과 점심에 이어 저녁까지 내리 감자를 먹으며 앨리사가 말했다.

"그래, 하지만 계절에 따라 감자가 어떻게 달라질지 생각해 봐." 낙관주의자임이 분명해 보이는 론이 대답했다.

플로라이트라는 그의 성(姓)에서 포르노적인 느낌을 완전히 지워 버릴 순 없지만, 한편으론 뭐든 거뜬히 해낼 것 같은 농부의 분위기도 묻어난다('plow'란 단어에는 '경작하다'라는 의미 외에 '강간하다'라는 뜻도 있다-옮긴이). 실제로 그의 불그스름한 구레나룻을 보면, 위는 좁고 아래가 넓은 모양새가 포르노 배우뿐만 아니라 농업용 달력에서 흔히 볼 수 있는 농부 모델이 연상된다.

"첫 수확한 햇감자를 보면 얼마나 흥분되겠어. 보석처럼 귀하게 느껴질걸! 지금껏 먹어 본 그 어떤 것과도 비교할 수 없는 맛일 거야."

론의 긍정적인 말에도 불구하고 평소 낙관주의와는 거리가 먼 케리는 정신을 못 차린다는 듯 한심한 표정으로 그를 바라봤다. 이어서 케리는 우리 모두를 마치 미친 사람 보듯 쳐다봤다.

디저트로는 조지아 해협에 있는 솔트 스프링 섬(37마일)에서 생산한 유기농 브리 치즈를 세모지게 잘라 따뜻하게 데운 다음, 애거시즈 마을(74마일)에서 난 냉동 블루베리를 올렸다. 그러고 나서 그 위에 크랜베리 주스(74마일)와 꿀(14마일)을 졸여 만든 소스를 뿌려 냈다. 술은 화이트와인 한 병(32마일)과 7도짜리 '사이저' 스타일 사과벌꿀술을 준비했다. 사이저라는 이름은 술주정뱅이들이 '사이더cyder'를 그렇게 발음한 데서 유래했다. 이 술은 59마일 떨어진 밴쿠버 섬 내 코위찬 계곡에 자리한 메리테일 사과주 양조장에서 만들었다.

그날 저녁 우리가 먹은 음식이 생산지에서 식탁까지 이동한 평균거리는 얼마나 될까? 약 43마일. 레오폴드 센터가 엄격하게 정해 놓은 수치보다도 무려 1,457마일이나 단축한 기록이었다.

"너희 정말 대단하다! 무척 놀라워!" 론이 우리의 도전 첫날을 기념하는 만찬이자 코르누코피아, 그 빌어먹을 풍요의 뿔에서 물러나며 말했다.

"앞으로 어떻게 먹고 살지?" 나는 배를 부드럽게 어루만지며 생각에 잠겼다. 잠시나마 그 순간의 행복을 즐기기로 했다. 그날 저녁 한 끼 식사를 준비하는 데 든 식료품 값만 무려 128.87달러였다.

앨리사는 내내 점잖게 참고 있더니, 친구들이 떠나자 기다렸다는 듯이 말했다. 예상했던 그대로였다.

"아무래도 이번 일은 가능할 것 같지가 않아."

바로 이 부분에서 모든 불신과 불확실성을 극복하도록 도와줄 어린 시절의 추억이 떠올라야 한다. 바람에 물결치는 풍요의 들판을 가로질러 할아버지에게 달려갔던 기억 같은 것 말이다.

낡은 트랙터로 땅을 갈고 계시던 할아버지는 내가 점심 도시락이 담긴 갈색 봉투를 건네면 환한 웃음을 지어 보이며 나를 가볍게 안아 올려 당신 무릎에 앉히셨다. 우리는 함께 과수원 그늘을 향해 트랙터를 몰았고, 할아버지는 나를 목말 태워 햇살이 어룽거리는 잘 익은 복숭아 두 개를 딸 수 있게 해주셨다……

그랬으면 얼마나 좋을까마는 이것은 사실이 아니다. 나에게는 이런 감동적인 유년의 기억이 없다. 나는 세 형과 함께 건강에 좋지만 지극히 평범한 음식을 먹고 자랐다. 시리얼은 내가 원하는 양보다 조금 많이, 초코우유는 조금 적게 먹었다. 당시 우리 집엔 0.25에이커(약 300평) 정도의 텃밭이 있었다. 몰래 딸기를 따러 들어갔다가 김매기를 하게 되어 분개했던 사건이며, 가족과 음식에 얽힌 애틋한 추억도 더러 있지만, 가끔은 부모님이 다투는 모습이 보기 싫어 저녁을 급히 먹고 자리를 피했던 기억도 있다.

어머니는 '요리하는 즐거움The Joy of Cooking(미국에서 가장 많이 팔린 요리책 이름이기도 하다—옮긴이)'을 느끼기엔 평소 너무나 고되게 일하셨다. 주말에 갓 구운 시나몬번 향기만으로는 우리 가족이 화기애애해지기에 역부족이었다. 나에게 음식은 가족을 단란하게 이어 주는 매개체도 아니었고, 필요할 때만 꺼내 쓰는 달콤한 기억 창고도 아니었다. 한 번도 성스러운 영역이었던 적이 없다.

그러니 나의 어떤 부분이 우리의 계획에 슬그머니 의문을 제기했다고 생각해야 할까? 우리의 도전이 본질적으로 무의미하다는 생각이 내 안에 이미 자리 잡고 있었던 것일까? 나는 '100마일 다이어트' 같은 시도를 한다고 하면, 사람들이 한동안 잠잠했던 '열의'가 새로이 솟아난 것쯤으로 가볍게 치부한다는 것을 잘 알고 있다. 게다가 나는 '내가 원하는 모습으로 세상을 바꿔 가고 있다'고 느낄 만큼 심각한 착각에 빠져 있지도 않았다. 물론 그런 노력이 전혀 무의미하다거나 그런 노력으로 세상을 바꿀 수 있다는 생각은 각자 어느 정도 진실이 담겨 있긴 하지만, 두 의견 다 극단적인 것은 마찬가지였다.

지난 20년 동안 나는 윤리적으로 살아 보려고 이런저런 시도들을 해봤다. 살인적인 위협이 느껴지는 차도에서 자전거를 타기도

했고, 대공황의 시대를 사는 것처럼 은박지와 비닐봉지를 재활용하기도 했으며, 쇼핑을 최대한 절제하기도 했다. 물론 그렇게 한다고 기분이 좋아지는 건 아니었다. 오히려 이방인이 된 것처럼 소외감을 느낄 때도 있었다.

비록 내가 비 내리는 한겨울에 다시 자전거 페달을 밟는다고 해도, 생물 다양성을 보존하는 문제에서 에너지 소비 문제에 이르기까지 지구의 생태학적 건강 상태를 알려주는 지표들은 계속해서 나빠질 것이다. 내 '존재'는 세상에 아무런 '변화'도 가져오지 못했다. 내가 하는 행동은 열대우림을 살리거나 세계 빈곤을 해결하기엔 너무나 모호하고 터무니없고 바보 같은 짓이었다.

지인들은 나의 이런 강박증을 죄책감으로 규정하고, 마치 환경운동가가 '헤어 셔츠(과거에 종교적 신념에 따라 고행을 자처한 사람들이 입었던 거친 털이 섞인 셔츠-옮긴이)'를 입는 것과 같다고 말한다(공교롭게도 내 친구들 대부분이 나처럼 강박적이다). 하지만 나는 내가 죄책감을 느낀다고 생각하지 않는다. 그렇다고 쉽게 남을 비난해 본 적도 없다. 더 나은 방법을 찾으려고 머리를 굴리다 보니, 어쩌다 우연찮게 이 도전의 아이디어가 처음 싹튼 브리티시컬럼비아 북부가 떠올랐을 뿐이다. 이것이 내가 지금까지 찾아낸 최선의 답이다.

1966년, 작가 에드워드 호그랜드는 알 수 없는 이유에 이끌려 뉴욕을 떠나 브리티시컬럼비아 내에서도 개발이 안 된 변두리 지역을 떠돌았다. 호그랜드의 선택도 '로컬푸드 먹기'처럼 일종의 실험이었을 것이다. 호그랜드가 한동안 머물렀던 곳은 앨리사와 내가 썩은 양배추로 무슨 요리를 할지 고민했던 스키나 강가의 오두막에서 별로 멀지 않다(직선거리로 약 40마일).

다시 뉴욕으로 돌아가면서 호그랜드가 품었던 질문은 우리가 대모험을 시작한 계기와 정확하게 맞아떨어졌다.

"오늘날 도처에서 일어나는 문제는 결국 우리가 어떻게 살기로 마음먹느냐에 관한 것이다. 정부 지도자도, 인구통계학자도 아직까지 답을 찾지 못했다."

호그랜드는 다시 한 번 좀 더 쉬운 표현으로 이렇게 물었다.

"우리는 어떻게 살아야 할까?"

열망은 땅속에서 씨름하는 씨앗과 같다.

— 에밀리 디킨슨

포테이토 아뮈즈 부슈

재료 : INGREDIENTS

비트 뿌리 큰 것 1개   감자 큰 것 1개   블루치즈 3큰술   무가당 애플소스 1큰술   버터 1큰술

만드는 방법 : How To Make

① 비트 뿌리는 0.6센티미터 두께로 동그랗게 썬 다음, 부드러워질 때까지 찐다. 감자도 푹신푹신하게 삶는다.

② 삶은 감자를 블루치즈와 함께 으깬다. 이때 감자 삶은 물을 넣어 크림 묽기가 되도록 잘 섞는다.

③ 감자와 블루치즈 반죽을 동그랗게 빚어 쿠키 틀에 올린다. 오븐에서 노랗게 익을 때까지 굽는다.

④ 감자볼을 굽는 동안 냄비에 버터를 녹인 뒤 애플소스를 넣고 약한 불에서 잘 젓는다.

⑤ 부드럽게 익힌 비트 뿌리는 세모 또는 하트 모양으로 자르거나 둥근 모양 그대로 쓴다.

⑥ 접시 중앙에 감자볼을 올리고 비트로 장식한다. 감자볼 위에 애플버터를 조금 붓는다.

❊ 아뮈즈 부슈(한 입 크기의 애피타이저 - 옮긴이)

4월… 고통

**멀리 가는 위험을 감수할 수 있는 자만이
자신이 얼마나 멀리 갈 수 있는지 알게 될 것이다.**

– T. S. 엘리엇

모든 이야기엔 양면이 있게 마련이라, 이 일이 어떻게 시작됐는지 이번에는 내 관점에서 얘기해 보려고 한다. 제임스는 무슨 일이든 보통 사람들보다 과하게 몰입하는 경향이 있다. 예를 들어 자전거를 타기로 마음먹으면 북태평양 계절풍이 휘몰아쳐 앞이 잘 보이지 않고 뼈가 시릴 만큼 추운 12월에도 자전거를 탄다. 또 새로 호감을 느낀 이성에게 자신의 박력과 용기를 과시하기로 결심하면, 스물한 살 시절 암벽 등반을 했던 것처럼 17층 베란다 난간에 매달리는 일도 불사한다. 물질만능주의가 현대사회의 문제라고 판단되면 아마도 그는 아무 물건도 사지 않을 것이다. 그래서 당혹스러울 때가 자주 있다.

어느 날 오후 제임스가 걸인에게 동전을 건네려고 주머니에 손을 넣자, 걸인이 말했다.

"놔두쇼. 도움은 오히려 당신이 받아야 할 것 같은데."

그날 제임스는 자기가 가장 좋아하는 갈색 구두를 신고 있었는데, 뒷굽이 닳아 뭉툭해진 상태였다. 그 일이 있고 나서야 제임스는 마지못해 새 구두를 장만했다.

그러니 우리 집의 작은 식당, 진지한 오리 그림 아래에서 아침을 먹던 중 "우리 1년 동안 로컬푸드만 먹어 보자"는 제임스의 제안을 들었을 때 나는 팔이 딱딱하게 굳어 버려 포크로 찍은 시럽 바른 프렌치토스트를 한동안 들 수 없었다. 핀란드계 특유의 사랑스러운 눈매를 한 제임스가 기대와 흥분, 희망과 의욕에 불타는 연푸른 눈동자를 깜빡이며 진지한 표정으로 나를 바라봤다.

'이것이 발코니 난간에 매달리기나 걸인마저 동정하는 닳아빠진 구두 신기에 이은 또 하나의 도전이 될까?'

나는 마음속으로 생각했다.

그날 오후 나는 원예 관련 책자를 넘기다가 나도 모르게 전에는 관심조차 없던 채소들을 한참이나 들여다보았다. 'French Breakfast Radish(프랑스에서 아침에 먹는 무란 뜻?)'라고 적힌 무는 오랜 '전통'을 자랑하는 품종으로, 3월경 서부 해안지역에 심으면 25~30일 만에 자란다. 겨자 시금치라고도 하는 일본 채소 코마츄나는 3월에 파종해 다 자랄 때까지 21일이 걸린다. 아루굴라(배추과 식물로 약간 쌉쌀하고 향긋한 정통 이탈리아 잎채소)는 30~40일. 이렇게 채소들을 살펴보면서 나는 이미 제임스의 계획에 말려들었다는 사실을 깨달았다.

그 후로는 알다시피 감자 팬케이크를 엄청나게 자주 먹었다. 첫

날 너무 비싸게 차린 '100마일 식사'는 사람들 말마따나 '지속 불가능'했던 터라 우리는 곧 뿌리채소와 추위를 잘 견디는 채소 등 얼마 안 되는 겨울 수확물 확보에 주력했다.

우리 집에선 제임스가 요리사다. 그의 솜씨가 워낙 뛰어나 나는 요리할 생각을 해본 적이 없다. 새로운 메뉴를 개발해야 하는 부담도 제임스의 몫이었다. 아침엔 주로 자연에 방목한 닭이 낳은 달걀 프라이에 감자와 파스닙(생김새는 당근, 색깔은 감자와 비슷하지만 조금 더 달콤한 뿌리채소-옮긴이)을 넣어 먹었다. 점심 메뉴인 콜캐논은 아일랜드 사람들이 그럴싸하게 이름을 붙였지만, 사실 케일과 양배추를 넣은 매시드포테이토다.

제임스는 저녁에 깜짝 메뉴를 선보이곤 했는데, 예를 들면 노란 순무에 비트 간 것과 산양유 치즈를 섞은 샐러드, 우유를 넣고 끓인 돼지감자를 내놓았다. 돼지감자를 본 적도, 먹어 본 적도 없는 사람들을 위해 덧붙이자면, 뚱딴지라고도 부르는 것으로 북아메리카에서 자생하는 식물이다. 이 식물의 땅속줄기를 먹는 것인데, 생강처럼 생겼고, 맛은 뭐랄까 고소한 감자 맛 같다.

모두 오래 저장할 수 있거나 땅속에서 거뜬히 겨울을 나는 강인한 채소들이다. 처음 몇 주는 보르시(감자, 비트, 양배추, 당근 등을 넣어 끓인 러시아식 수프-옮긴이)를 많이 먹었다. 겨울에 딱 먹기 좋은 음식이지만 약간 서글픈 느낌도 있다.

보르시를 만드는 방법은 펜팔 친구 메리가 알려줬다. 메리는 사랑스러운 70대 할머니다. 그녀에겐 법에 저촉되는 괴벽이 조금 있는데, 바로 사람들 앞에서 발가벗고 불을 지르는 버릇이다. 노출증과 방화벽은 그녀의 신념에서 비롯된 일종의 저항의 표시였다. 메리는 '자유의 아들들'로 불리는 두호보르의 급진적 일원이었다.

두호보르는 러시아 정교회에서 독립한 분파로, 국가와 정부를 부정하고 자급자족하는 채식주의 공동체를 만들었다. 대중매체가 한때 악의적으로 '두크'라고 불렀던 이들은 톨스토이가 마지막 장편소설 《부활》을 써서 마련해 준 자금으로 1898년 러시아에서 캐나다로 이주해 정착했다. 당시 그들은 캐나다 땅이 탄압에서 벗어날 마지막 피난처가 되리라는 희망을 품었다. 하지만 1920년대에 들어 캐나다 정부는 두호보르가 재산을 공동 소유할 수 있으며, 전쟁이 일어날 경우 징집되지 않게 해준다는 약속을 철회해 버렸다. 그 후로 수십 년간 그들의 저항과 방화가 잇따랐다.

나는 학생기자 시절 메리를 처음 만났다. 메리는 지난 50년 동안 꾸준히 드나들었던 감옥에서 내게 편지를 썼다. 한 달 동안 철창 안에 갇혀 있어야 했던 어느 날, 메리는 어울리지 않게 자신만의 보르시 만드는 법을 적어서 보냈다. 정치적으로 거센 저항을 하고 있었지만 고향의 맛을 그리워하는 마음만은 어쩔 수 없었던 모양이다.

10년 전 출소한 후, 메리는 소식을 끊었다. '자유의 아들들'은 전화번호부에 이름을 올리지 않으니 그녀가 어디에 사는지 알 방법이 없었다.

보르시를 먹을 때마다 나는 모순된 감정을 느낀다. 이 음식은 내 안의 자기 연민을 누그러뜨리는 동시에, 제임스와 내가 먹고 있는 것이 금욕적인 먹거리임을 일깨워 준다. 보르시는 19세기 러시아

스텝 지역에서 긴 겨울을 나며 먹었던 음식이니만큼 뼛속까지 저미는 찬바람과 비정한 하늘, 게다가 탄압적인 이미지까지 더해져 깊은 풍미를 낸다.

요즘 우리가 먹고 있는 비트와 양배추, 감자 등 겨울 먹거리는 사라져 가는 두호보르 문화만큼이나 시대착오적이다. 제임스는 이 먹거리를 '전시(戰時)용 비상 채소'라고 불렀다.

우리가 주위에 100마일 다이어트를 실험하는 중이라고 알리자, 친구와 지인들은 처음엔 고개를 끄덕이며 현명하다고 말하다가, 이내 이렇게 덧붙였다.

"아, 우리 할머니와 할아버지가 드시던 것처럼 먹는구나!"

그럴 때마다 나는 이런 생각이 들었다.

'글쎄, 우리 할머니와 할아버지는 이렇게 안 드시던데.'

나는 몇 달째 외할머니가 걱정스러웠다. 내 기억 속의 할머니는 언제나 활동적인 분이다. 할머니는 마추픽추건 중국 만리장성이건 함께 갈 친구가 한 명이라도 있다면 기꺼이 길을 나서는 분이었다. 여행 다음으로 좋아하시는 건 캘리포니아에서 골프를 치는 것이었다.

그러던 지난겨울, 여든네 살이던 할머니는 넘어져서 목이 부러지는 큰 부상을 입고 말았다. 그러나 나사를 머리뼈에 직접 고정시킨 끔찍한 모습에서 회복되어 간단한 목보조기를 착용하게 된 뒤에도 좀처럼 침대에서 벗어날 기미를 보이지 않으셨다.

도시의 비좁은 아파트에 살면서 소중한 사람들을 떠올리게 할 만한 물건들을 계속 보관하기란 그다지 쉽지 않다. 그래서 나는 대안으로 책을 선택했다. 주방 식탁에서 3미터쯤 걸어가 거실 책장에 손을 뻗으면, 《훌륭한 가정요리》 시리즈의 〈제2차 세계대전 편〉을 만날 수 있다. 할머니가 젊은 아내이자 엄마였던 시절에 즐겨 보던 책이다. 아직도 책 여기저기에 할머니의 글씨가 고스란히 남아 있다. 피클 조리법엔 소금 양을 수정해 놓았고 호박파이는 재료 단위를 고쳐 써 놓았는데, 자주 사용했는지 종이가 너덜너덜하다. 나는 할머니를 생각하면서 그 부분을 한참 동안 들여다보았다.

100마일 다이어트를 시작하기 전만 해도 우리가 밀가루를 사용할 수 없을 거라고는 전혀 예상하지 못했다. 포기해야 할 음식은 오렌지나 망고처럼 얼른 생각해도 빤한 것들이고, 나머지는 주머니 사정에 달려 있다고 생각했다.

그런데 첫날 장을 보러 동네 곳곳을 다녀 보니 우리가 사는 지역에서 생산한 식용유를 구할 수가 없었다. 결국 식용유 대신 버터로 버텨야 했다. 밴쿠버엔 설탕공장이 있지만 사탕무는 대초원에서, 사탕수수 줄기는 열대지방에서 공급받고 있었다. 부근에 차를 재배하는 곳이 없음은 물론, 제임스를 절망케 한 사실이지만 맥주를 만드는 데 필요한 보리를 재배하는 곳 역시 찾을 수 없었다. 나는 비애감을 느끼며 '태국산', '자랑스러운 캘리포니아산'이라고 적힌 쌀자루들을 선반 뒤쪽으로 밀어 넣었다. 우리는 그전까지 거의 매일 쌀밥을 먹고 있었지만 안타깝게도 더 이상 그럴 수 없었다.

후추나 소금 역시 구할 수 없었다. 설마 소금이 없다고? 소금은 세계 어디에서나 공통적으로 사용하는 기본양념이다. 비행기 안에서는 소금을 맛볼 수 있었지만, 봉지째 살 수는 없었다. 결국 우리는 찬장에 들어 있던 오리건산 바다소금 900그램짜리 한 봉지를 사용하기로 했다. 우리는 그것을 '죄인의 소금'이라고 불렀다.

내가 무엇보다 조바심 내고 연연했던 건 밀이었다. 밀은 삶을 지탱해 주는 먹거리로, 거의 매 끼니에 다양한 형태로 쓰인다. 나는 밀 역시 어디서나 자란다고 생각했다. 하지만 내가 떠올린 석양에 물든 황금 들녘의 모습은 어릴 적 캐나다 대초원에서 보았거나 미국의 평야를 가로질러 장거리 자동차 여행을 할 때 본 기억 속에나 있었다.

그런데 지금 내가 살고 있는 곳은 산으로 둘러싸이고 비가 많이 내리는 지역이다. 나는 건강식품 판매점을 샅샅이 뒤진 끝에 '애니타의 유기농 곡물 & 밀가루 방앗간'이라고 적힌 갈색 봉투를 발견하고는 한껏 기대에 부풀었다. 주소지가 집에서 불과 60마일 떨어진 프레이저 유역이었기 때문이다.

나는 집에 돌아오자마자 전화를 걸었고, 마침내 애니타와 직접 통화할 수 있었다. 애니타는 곡물을 공급받는 생산지 중 가장 가까운 곳이 차로 800마일 거리에 있다고 친절하게 알려줬다. 다소 미안함이 묻어나는 목소리였다. 그럼 파이 하나를 먹으려면 1년을 기다려야 한다는 말인가?

할머니에게 음식은 사람들을 단단히 이어 주는 아주 중요한 끈이었다. 우리 가족은 일요일마다 할머니 댁에 갔다. 할머니께서 만

딸인 우리 엄마와 가까이 사시려고 빅토리아로 이사 오신 뒤부터
4년 전 주방이 없는 고령자 전용 아파트에 들어가시기 전까지 15년
정도 그렇게 해왔다. 새해 첫날과 부활절, 추수감사절, 크리스마스
만찬도 함께했다. 그럴 땐 엄마가 할머니와 번갈아 요리를 선보였지
만, 늘 호흡이 잘 맞았다. 우리는 휴일 식전에 늘 함께 감사기도를
드리곤 했다.

오늘 이 자리에 함께해 주신 하느님,
언제 어디서나 사랑받으시고
은혜로이 허락해 주신 이 양식을
천국에서도 주님과 함께하기를 기도드립니다.
아멘.

할머니는 독실한 기독교 신자였지만, 엄마는 아니었다. 그래서 하
느님과 나의 격식을 갖춘 소통은 이 식전 기도가 유일했다.
20대 초반 5개월 동안 잡지사 인턴 사원으로 일하기 위해 뉴욕
으로 떠나게 됐을 때, 나는 처음으로 혼자 음식을 해 먹어야 하는
상황에 맞닥뜨렸다. 요리라는 것을 직접 만들어야 할 처지였다. 나
는 할머니 댁에서 일요일 저녁 식사를 마치고 식탁을 치우면서 혹
시 추천해 줄 만한 요리가 없는지 할머니께 여쭈어 보았다.
"화요일 밤이면 국수 캐서롤이 좋겠네." 할머니는 이렇게 말한 뒤
조리법을 적어 주셨다. 거미 다리처럼 가늘고 길면서도 우아한 할
머니의 글씨체는 어디서도 본 적 없는 독특한 것이었다.

국수 캐서롤 4인분용 재료

- 230그램짜리 국수 한 봉지
- 연어 통조림 큰 것 1/2
- 양파수프 분말 1/2(건조 상태인 것으로)
- 셀러리 크림수프 통조림 1개
- 슬라이스 치즈(기호에 따라)

국수를 삶아 물기를 뺀다. 삶은 국수에 나머지 재료를 넣는다. 마지막에 치즈를 얹는 것은 선택사항이다. 오븐에 넣고 180도에서 30분 동안 익힌다.

나는 할머니가 적어 준 메모를 보고도 믿기지가 않았다. 일요일 식사 때마다 할머니가 요리에 얼마나 많은 정성을 쏟았는지 아는 나로서는 '즉석식품을 이용한 간단한' 조리법이 낯설었던 것이다. 할머니는 1940년대 영화배우를 연상케 하는 걸걸한 목소리로 이렇게 말씀하셨다.

"얘야, 사실 나는 요리하는 걸 좋아하지 않았단다."

나는 할머니를 닮은 모양이다. 자식이 부모 뜻대로 되지 않는다는 말처럼, 엄마는 영양사 교육을 받은 적이 있고 지금은 한물간 '가정학' 학사 학위도 받았다. 실습을 하면서 겪은 획일적 환경이 싫었던 엄마는 전업주부로 살면서 우리를 위해 늘 건강에 좋은 음식을 만들어 주셨다. 저녁 식사 메뉴로는 항상 돼지고기나 닭고기 요리에 신선한 채소 샐러드가 곁들여졌다. 그리고 하루도 빠짐없이

'우유 세 잔, 우유 세 잔'을 주문처럼 말씀하셨다.

엄마는 히피는 아니었지만 그 세대가 가진 특유의 귀농 성향을 갖고 계셨다. 그래서 1970년대 초 우리 가족은 대지 132에이커(약 16만 평)의 시골집에서 살았다. 그때 엄마는 넓은 텃밭을 가꾸고 로즈힙을 따서 젤리를 만들었다. 심지어 벌도 쳤다. 내가 다섯 살 되던 해 시내로 이사한 뒤에도 뒷마당에 텃밭을 가꿨고, 여름이면 나는 엄마 몰래 당근을 뽑아 먹으며 어린 시절 엄격히 금지됐던 달콤한 맛을 대신하곤 했다.

하지만 엄마는 나와 두 여동생에게 요리를 가르치지 않았다. 내가 아홉 살 때 아버지가 다발성 경화증으로 몸져누워 엄마가 온종일 간호에 매달려야 했던 상황에서도 엄마는 우리에게 설거지와 청소기 돌리기, 정리 정돈과 쓰레기 버리기, 욕실 청소는 시켰지만, 감자 깎기나 당근 썰기, 밀가루 반죽 치대기 같은 건 시키지 않았다. 내가 열한 살 때 아버지가 돌아가시자, 엄마는 다시 집안일을 도맡았고, 사소한 일도 우리에게 시키지 않았다.

요새는 어딜 가나 나처럼 집안일을 배운 적 없는 여자들이 흔하다. 아마도 그것은 딸들을 힘들고 단조로운 집안일에서 벗어나게 하려는 우리 어머니들 나름의 여권 신장 운동이 이루어 낸 결과일 것이다. 우리 가족이 대놓고 정치적 토론을 한 적은 없지만, 난 어렸을 때부터 몇 가지 논리에 강한 반감을 갖게 됐다. 이를테면 타자 치는 법을 배우면 비서가 되고, 요리하는 법을 배우면 전업주부가 된다는 논리 말이다.

맞벌이를 했던 제임스의 어머니도 그런 생각에서 남편과 네 아들에게 각자 일주일에 한 번씩 저녁 식사를 준비하게 했을 것이다. 제임스는 어린 시절 실험 삼아 미트소스 스파게티를 만들어 본 뒤로 순식간에 실력이 늘어 냉장고에 들어 있는 것은 무엇이나 완벽하게 활용하는 요리사가 되었다(제임스는 스스로 셰프가 아니라 요리사라고 주장한다). 물론 설거지는 내 담당이다.

최근 몇 년 사이 나는 누가 요리를 하느냐보다 무엇을 먹느냐가 더 중요한 게 아닐까 생각하게 되었다. 사과가 발단이었다. 내가 어릴 적에 먹던 사과엔 브리티시컬럼비아를 나타내는 'B. C.'라고 적힌 조그마한 스티커가 붙어 있었다. 다른 지역에선 아마도 '워싱턴'이나 '뉴욕'이라고 적힌 스티커가 붙은 사과를 먹었을 것이다. 슈퍼마켓에선 레드 딜리셔스 품종이 단연 인기였다. 내 입엔 무르고 밋밋했지만 말이다. 내가 다른 품종을 먹고 착각하는 건 아닐 것이다. 그때 이미 제맛이 나지 않는 사과도 있다는 걸 알았을 뿐이다.

1990년대 들어 베이비부머 세대를 겨냥한 식도락 아이디어가 식료품점에까지 미치면서 베이글, 태국식 카레 페이스트와 함께 조나골드, 갈라, 부사 등 새로운 품종의 사과들이 선을 보였다. 나는 선택의 폭이 넓어져서 좋았다. 특히 유기농 사과들이 등장했을 때 반색했다. 유기농 제품은 내 식품 윤리의 정점을 차지하고 있었다. 지구와 내 건강 모두에 이로운 것 같았기 때문이다. 그러다 간혹 그중에 뉴질랜드산 유기농 사과를 발견하고 무척 놀랐다. 뉴질랜드에 이모가 살고 있어서 딱 한 번 가봤는데, 24시간이나 걸리는 장거리 비행이 무척 고됐던 기억이 있다. 평소에 내가 먹는 음식들도 그 먼 거리를 일주일에도 몇 번씩 이동하는 셈이었다.

밀과 달리 사과나무는 밴쿠버 뒤뜰에서 자주 볼 수 있다. 밴쿠버는 같은 브리티시컬럼비아 주인 오카나간 그리고 워싱턴 주의 세 개의 강(야키마 강, 웨나치 강, 컬럼비아 강)이 만나는 합류지점과 함께 대규모 사과 생산 지역으로서 트라이앵글을 형성하고 있다. 하지만 이 지역에서 나는 사과는 동네 슈퍼마켓에서 밀려났다.

도대체 우리 지역 과일에 무슨 일이 벌어진 걸까? 사과는 서늘한 곳에 두면 몇 개월이고 저장할 수 있지 않은가?

이 문제를 파헤치려면, 먹거리가 농장에서 식탁까지 이동하는 거리에 관한 끔찍한 통계를 면밀히 들여다볼 필요가 있었다. 나는 1950년대에 만들어진 나무 책상에 앉았다. 내 '사무실'은 침대에서 60센티미터밖에 떨어져 있지 않아 세계 최단의 통근거리를 자랑한다. 나는 리치 피로그에게 전화를 걸었다. 그는 아이오와 주립대학교 레오폴드 센터의 푸드 시스템 프로그램 책임자이자 통계 담당자이다.

피로그는 식품의 장거리 운송 문제는 결국 '석유가 경제적'이라는 논리로 요약된다고 말했다. 자동차에 기름을 넣을 때를 생각하면 전혀 납득할 수 없지만, 미국 동남부 플로리다에서 중서부 지역까지 토마토 하나를 운송하는 데 드는 비용이 토마토 판매 가격의 6.3퍼센트밖에 되지 않는다고 한다. 피로그가 대표 저자인 2001년의 연구논문에 따르면, 먹거리를 미국 내 전역으로 운송할 경우 지역별로 운송할 때보다 17배나 많은 연료를 소비한다고 한다.

피로그의 1,500마일 통계는 언론을 통해 큰 화제를 모았다. 하지만 피로그는 이 문제를 좀 더 주의 깊게 살펴보자고 말한다. 그의 연구는 오로지 농산물만 다뤘고 그마저도 북아메리카 내에서 이동한 식품들에 한정되어 있다. 미처 다루지 못한 가공식품은 저마다 대륙 전역과 세계 곳곳에서 생산되는 갖가지 원료들을 수두룩하게 포함하고 있다.

최근에 레오폴드 센터는 자그마한 용기에 든 딸기 요구르트 하나를 조사했다. 아이오와에서 생산한 우유를 아이오와에서 가공해 판매하는 제품인데도 그 원료들을 찾아내기까지 가공처리 담당자 및 생산 담당자와 직접 통화하고 새로운 수학공식을 동원해야 하는 등 굉장한 인내심을 필요로 했다. 그렇게 해서 나온 '총원료 가중 이동거리(무게와 운송원가 등을 가중치로 반영한 거리-옮긴이)'가 플라스틱 용기와 은박 뚜껑, 종이 상자를 제외하더라도 2,216마일(3,566킬로미터)이었다.

우리는 어느새 매일 먹는 음식 가운데 점점 더 많은 부분을 수입품에 의존하고 있다. 피로그에 따르면 1970년 미국에서 수입 농산물이 차지하는 비중은 21퍼센트였다. 그런데 2001년까지 그 규모가 두 배로 늘었다고 한다. 레오폴드 센터에서 개발한 방법론을 활용해 농산물과 몇 가지 단순 가공식품을 대상으로 새롭게 조사한 '푸드 마일'이 조금 더 정확할 것이다.

온타리오 주 워털루의 공중보건과에서는 생산지에서 식탁까지의 운송거리가 일반적으로 2,500마일쯤 된다고 본다. 이것은 샌프란시스코에서 마이애미까지 직항으로 가는 거리와 동일하다. 색다르게 빗대어 보자면 영국 런던에서 아제르바이잔의 수도 바쿠까지 이동하는 거리다. 즉 전혀 다른 세상에 갈 수 있을 만큼 먼 거리라는 뜻이다.

피로그는 전 세계적으로 푸드 마일이 증가하는 추세에 있음을 확인시켜 줬다. 그는 "중국은 전 세계 농산물 공급의 핵심이 되고자 한다"고 말했는데, 이 말에는 많은 의미가 내포되어 있다. 앞으로 중국은 값싼 노동력으로 '턱없이 싼' 상추를 산더미처럼 생산해 화물선으로 전 세계에 이송할 것이다. 북아메리카의 소비자들은 자기 집 뒷마당에서 채소를 손쉽게 재배할 수 있는데도 평생 가보지도 못할 먼 이국 땅에서 난 농산물을 먹게 될 가능성이 높다. 몇 마일 안 되는 곳에서 똑같은 농작물이 자라고 있는데도 수입품을 먹게 되는 것이다. 이 같은 현상을 '불필요한 교역redundant trade'이라고 한다. 예를 들어 캘리포니아에서 수입하는 딸기의 양은 캘리포니아산 딸기가 제철일 때 최고조에 이른다.

그런 모든 먹거리엔 숨겨진 대가가 반드시 있게 마련이다. 경제학 용어로는 이 보이지 않는 비용을 '외부효과'라고 한다. 경제 주간지 〈이코노미스트〉는 이러한 현상을 '실패한 시장'에서 나타나는 모습 중 하나라고 지적했다.

내 머릿속에 불편하게 박혀 있는 적절한 예가 하나 있다. 나는 마르크 레이즈너의 《캐딜락 사막: 미국 서부에서 물이 사라지다 Cadillac Desert: The American West and Its Disappearing Water》를 읽고 캘리포니아 주가 세계 5대 농업 생산국으로 성장하는 동안 대규모 댐을 무려 1,200개나 건설했다는 사실을 알았다. 캘리포니아 수자원의 85퍼센트는 농업용으로 사용되며, 이로 인해 일부 강은 물이 말라 바다와 만나는 지점에 이를 때쯤이면 바닥을 드러낸다. 이처럼 밀기 힘든 생태계 파괴의 대가로 나는 1년 내내 캘리포니아에서 재배한 상추를 사 먹을 수 있는 것이다.

우리는 댐 건설 비용이나 저수지와 농지로 탈바꿈한 자연 지역, 커다란 왕연어에서부터 아주 작은 흰눈썹신세계솔새에 이르는 생물들의 떼죽음, 사라진 다발풀 초원의 식물들에 대해 직접 값을 치르지 않아도 된다. 뿐만 아니라 기업적 집약 농업으로 발생한 폐수 정화 비용도 부담하지 않는다. 수질오염에 따른 의료비용은 물론이거니와, 지구 반대편에서 운송해 왔을 질소를 주성분으로 하는 비료공장에서 발생하는 온실가스 문제로 골치 아파하지도 않는다. 냉장 설비를 갖춘 점보제트기로 농산물을 운송하는 일이 늘어나면서 화물 트럭을 이용할 때보다 배기가스가 마일당 다섯 배나 더 많이 배출되지만 돈을 더 내지는 않는다. 이런 식으로 당장은 비용이 들지 않는 것 같아도 언젠가 대가를 치러야 할 빚이 계속해서 쌓이고 있다.

이처럼 우리가 샐러드 한 접시를 먹게 되기까지 그 배경엔 아주 절망적인 이야기가 숨겨져 있다. 이를 두고 외부 효과를 따지는 경제학자들은 상품의 '실질비용true cost'이라고 부른다. 그렇지만 식료품점에 가 보면 이런 이론에서 벗어나 상추는 여전히 싸기만 하다.

100마일 다이어트가 첫째 주를 지나 둘째, 셋째 주로 접어들자, 나는 언제쯤이면 드레싱에 버무린 샐러드를 먹을 수 있을지 궁금해지기 시작했다. 신선한 채소들이 어디서 나더라? 지역 농장에서는 5월이나 되어야 채소를 살 수 있을 것 같았다. 5월까지 아직 한참이나 남은 달력을 보니 기운이 쭉 빠져 버렸다. 이제는 상점에서 비트마저도 구할 수가 없었다. 문득 우리만 이러고 있는 걸까 하는 의문이 들었다. 세상에 우리처럼 보르시를 자주 먹는 사람들이 또 있을까?

피로그의 말을 떠올리며 아이오와 지역을 중심으로 진행한 그의 인상적인 연구들을 쭉 살펴보니, 그가 한 질문들이 우리가 갑작스레 실천하고 있는 이 삶과 정확히 일치한다는 것을 알 수 있었다. 아이오와는 경사가 완만한 대초원인 반면, 우리가 사는 곳은 온대 우림 지역이고 시간도 2시간이나 차이가 나지만 결국엔 우리의 고민이 그의 고민이고 또 모두의 고민이었다.

이제 자기 고장에서 나는 먹거리만 먹고사는 사람은 아무도 없다. 우리는 모두 똑같은 글로벌 푸드 시스템 속에서 살고 있다. 어디를 가나 치킨 너겟이나 옥수수 통조림을 가득 실은 트럭들이 지나다니고, 비옥한 들판이 주택지로 개발되는 모습이 흔해졌다. 상추는 아시아에서 재배되지만, 편의상 파나마 국기를 달고 항구에 도착한다(파나마는 조세 피난처로 유명해 선박업체를 비롯한 많은 기업들이 조세 회피 목적으로 파나마에 선박을 등록하거나 페이퍼컴퍼니를 세운다―옮긴이). 모든 것이 감춰지거나 익명으로 진행된다.

우리는 지금까지 그래 왔듯이 앞으로도 슈퍼마켓에 진열된 먼 나라에서 이동해 온 상품들에 대한 설명을 애써 해독해 가며 살아갈 수도 있다. 아니면 새로운 방식을 시도해 보는 것도 가능하다. 우리 스스로 지금 바로 여기에 집중한다면, 음식을 먹는 행위가 단순한 즐거움을 넘어 깨달음의 한 방식이 될 것이다.

양파, 마늘, 향신료, 토마토, 피망 등 할머니가 거부하는 음식들이 갈수록 늘어갔다. 할머니는 몇 년째 만성적인 메스꺼움 증세 때문에 고생하셨다. 증세가 점점 심해지는데도 병원에선 정확한 원인을 찾지 못했다. 키가 173센티미터인 할머니의 몸무게는 이제 40킬로그램이 채 안 됐다. 기억력도 제 기능을 하지 못했다. 할머니가 나이 들어가면서 가장 우려하셨던 부분이다. 그 모습을 지켜보는 일 역시 큰 고통이었다.

3월 초에 우리 가족은 할머니의 여든다섯 번째 생신을 기념하기 위해 멕시코 음식점에 가기로 했다. 그 일로 난 내가 열네 살부터 스물아홉 살 때까지 살았으며 제임스를 처음 만난 장소이기도 한 빅토리아에 갔다. 빅토리아는 조용하고 나뭇잎이 무성한 도시다. 페리나 비행기로만 들어갈 수 있으며, 멀리 워싱턴 주의 올림픽 산을 배경으로 한 풍광이 밴쿠버 섬과는 확실히 다른 느낌이다.

엄마가 요양원 문밖으로 휠체어를 밀고 나왔다. 인도가 울퉁불퉁해서 휠체어가 덜컹거릴 때마다 할머니는 인상을 찌푸리셨다. 나는 할머니가 고통을 잊게 해드리려고 일부러 신나게 떠들어댔다. 그런데 식당에 도착해 자리를 잡고 나서야 모든 이벤트가 불가능해져 버렸다는 사실을 알게 되었다. 엄마가 큰 소리로 몇 번이나 메뉴를 읽어 드렸지만, 할머니는 들은 즉시 바로 잊어버리셨다. 급기야 할머니가 "파스타가 뭐야?"라고 물으셨을 때, 나는 가슴이 덜컥 내려앉는 것 같았다.

하지만 이따금 할머니는 나를 지그시 바라보며 내가 누구인지 정확히 기억해 내셨다. 당신이 나를 사랑하고, 나도 당신을 사랑한다는 걸 분명히 아시는 듯했다. 할머니가 음식을 거부하는 이유는 음식에 대한 감정이 애매하기 때문인지도 모른다. 나는 할머니가 요리를 좋아하지 않으셨다고 고백한 뒤에야 할머니가 수십 년 동안 주부로 사셨지만 식단이 그리 다양하지는 않았음을 기억해 냈다. 그것은 할머니가 세월에 순응한 한편 저항도 했다는 의미였다.

할머니는 4남매의 어머니이자 공군 장교의 아내였다. 집안을 말 그대로 구석구석 먼지 하나 없이 깨끗하게 유지해야 했다. 할머니는 공군 고위층은 물론, 그들의 아내를 대접하는 일까지 능숙하게 해냈다.

할머니는 흑갈색 머리에 눈이 크고 광대뼈가 도드라진 굉장한 미인인 데다, 몸매가 날씬하면서도 필요한 곳엔 볼륨이 있었다. 새틴 칵테일 드레스를 입고 마티니 잔을 손에 든 할머니의 젊은 시절 모습이 쉽게 상상되었다. 그날 저녁 할머니는 맑지 않은 정신으로도 평생 해온 말장난은 잊지 않고 계속하셨다. 무엇이든 활기찬 것을 좋아하시는 분이다.

그때만 해도 나는 《훌륭한 가정요리》라는 책에 대해 알지 못했다. 981쪽 분량을 다 살펴보고 나니, 책을 읽을 독자들이 완전 초보라는 전제 아래 쓰인 책이란 걸 알 수 있었다. 감자 으깨기, 브로콜리 삶기, 달걀 프라이 하는 법까지 빠짐없이 들어 있었으니 말이다. 책에는 제2차 세계대전 이후의 급격한 사회 변화상을 드러내는 대목이 있었다. 그 시절 유행했던 상태 표시 기능을 갖춘 '노동 절약형' 주방기기 광고와 함께 '주부'라는 개념이 뿌리내린 것 같았다.

할머니는 자신의 어머니가 주방에 있는 모습을 본 적이 없다고 말씀하셨다. 할머니의 아버지는 박사 출신 행정관료였고, 집안일을 담당하는 하인이 따로 있었다. 그래서 할머니는 자신의 어머니에 대해 얘기할 때면 승마와 골프를 즐기고 그림을 그리던 모습을 떠올렸다. 그러니까 나는 최소 4대째 토마토 병조림 조리법을 전수받지 못한 셈이다. 할머니들 중에 호박파이를 굽는 대신 대학 시절 여자 하키 대회에서 우승하거나 시카고에서 패션 디자인을 공부했던 시절을 추억하는 사람이 몇이나 될까.

그런데 지금 나는 난데없이 먹을 것이 절박한 웃지 못할 현실에 처해 있었다. '오늘날 우리에게 일용할 양식을 주옵시고'라는 말은 나에게 단지 영적 비유가 아니라, 절실하고도 현실적인 요구사항이었다. 로컬푸드 실험 3주 만에 제임스와 나는 냉동실에 들어 있던 마지막 빵 한 조각까지 모조리 먹어치웠다.

문득 내가 가장 좋아하는 동화 《초원의 집: 긴 겨울 편》이 떠오르면서, 로라 잉걸스 와일더가 쓴 가난한 시절 이야기를 아주 재미있게 읽은 기억이 났다. 1880년, 다코타 지역에 무려 7개월 동안이나 냉혹한 눈보라가 몰아치면서 기차 운행이 중단되어 먹거리 공급이 모두 끊겼다. 그때 로라의 아버지는 영리하게도 가벽 뒤에 가려진 이웃집 곡물창고를 발견해 밀알 한 바구니를 가져와 가족들을 굶주림에서 구해 냈다. 로라 자매는 어머니와 함께 커피 분쇄기로 밀알을 정성껏 갈아 가루로 만들었는데, 이 에피소드가 떠오르는 시점에 나는 배가 고프다는 사실을 인정할 수밖에 없었다. 그러나

삶든 튀기든 찌든 굽든 간에 감자는 열량 면에서 표백 밀가루만큼 매력적이지 않았다.

"바테이에 사는 사람들에게 그 얘기를 해 보지그래." 아침 식사로 해시 브라운(감자를 채치 듯이 잘게 썰어서 동그랗게 모양을 잡아 버터와 오일을 두른 팬에 갈색이 나게 구운 요리-옮긴이)을 먹으며 제임스가 말했다.

배가 고파 죽을 정도는 아니었다. 긴 겨울도 아니었고, 19세기 러시아 스텝 지역에 사는 것도 아니라는 뜻이다. 다섯 블록만 가면 지역에서 나는 연어와 굴, 조개, 홍합을 파는 생선 가게가 있었고, 케이퍼스 식료품점에도 봄철 지역 농산물은 전무했지만 장인이 만든 수제 치즈와 유기농 달걀이 있었다. 무엇이든 프레이저 유역에서 생산된 버터를 넣고 익혀 먹을 수 있었다. 그런데도 어느새 바지의 엉덩이 부분이 헐렁해져 있었다. 뜻하지 않게 우리의 실험은 애킨스 다이어트(고단백 저탄수화물을 섭취하는 식습관을 뜻하며, 우리나라에는 '황제 다이어트'라고도 알려져 있다-옮긴이)가 되어 버렸다.

"엉덩이 살이 쭉 빠졌군." 식탁을 치우고 있는데 제임스가 말했다.

"당신도 마찬가지거든." 나도 지지 않고 쏘아붙였다.

몇 시간 뒤 제임스가 내 사무실(침실)에 얼굴을 들이밀고 점심에 뭘 먹고 싶은지 물었다. 물론 농담이었다. 어차피 점심에도 텅 비다시피 한 냉장고에 남은 것 중 '아무거나'와 물릴 대로 물린 감자를 먹을 게 뻔하다는 걸 우리 둘 다 너무 잘 알고 있었다.

"아, 샌드위치가 먹고 싶어 죽겠어!" 내가 말했다.

제임스는 잠시 아무 말이 없더니, "알았어, 내가 샌드위치 만들어 줄게"라고 말했다.

책상에 앉아 있던 나는 기대 반 의심 반이었다. 샌드위치를 어떻게 만들 셈이지? 빵도 없고 남은 밀가루도 몇 숟가락 안 되는데. 나는 웹사이트에 올라와 있는 유기농 인증 농장 중에서 밀을 재배하는 농장을 하나 찾아냈다.

"작년에 시도해 봤는데, 찾는 사람이 없었어요." 수화기 너머에서 농장 주인이 말했다.

그는 사료용으로 귀리를 재배하는 사람이 있다는 이야기도 했다. 나는 차마 먹이를 두고 염소와 다툴 마음도 있다는 말은 하지 못했다.

프라이팬 부딪치는 소리와 제임스의 흥얼거림, 쾅 하고 오븐이 닫히는 소리가 나를 가만히 두지 않았다. 엉덩이가 들썩거려 슬그머니 방을 나서자, 제임스가 알아채고 목소리를 높였다.

"아직 주방에 들어오면 안 돼!"

마침내 제임스가 나와도 좋다고 했을 때는 이미 식탁에 음식이 말끔히 차려져 있었다. 제임스는 과장된 몸짓으로 샌드위치처럼 생긴 것을 가리켰다. 자신이 뭔가 특별한 일을 해냈다고 느낄 때, 종종 보이는 행동이다. 샌드위치엔 끝이 빨간 장식용 이쑤시개가 꽂혀 있었다. 겉모습이 고급 레스토랑에서 파는 음식 못지않게 무척 멋졌다. 산양유 치즈가 온실에서 자란 홍고추와 볶은 버섯 위로 우아하게 흘러내렸다.

"그런데 저건 뭐야?" 나는 샌드위치 속재료를 양쪽에서 받치고 있는 노르스름하게 구운 빵처럼 생긴 재료를 보며 물었다.

"그거야 '빵'이지." 제임스가 대답했다.

꽤 익숙한 냄새로 미루어 보아 뭔지 알 것도 같았다.

"그러니까 정확히 뭘로 만든 빵인데?"

제임스가 의기양양하게 미소 짓더니, '순무'라고 이실직고했다. 나는 웃고 말았다. 너무 웃어서 눈물이 날 정도였다. 그러고는 샌드위치를 맛있게 먹어치웠다. 그런데도 여전히 뭔가 허전했다. 심지어 울적한 기분마저 들었다. 이런 식으로 어떻게 1년을 보낼 수 있을까?

유감스러운 얘기를 해야겠다. 앞서 소개한 인물을 여기서 그만 떠나 보내려고 한다. 이야기를 전개하는 방식에는 어긋나지만, 인생이란 간혹 그럴 때가 있다.

4월 22일, 쌀쌀한 날씨였지만 하늘이 맑아 동쪽 프레이저 유역에 구름이 몰려 있는 게 훤히 보였다.

"간밤에 할머니가 돌아가셨어." 수화기 너머에서 들려오는 엄마 목소리가 평소 내쉬던 한숨 소리보다도 더 힘이 없었다.

죽음이란 늘 충격적이다. 늙고 병들어 메스꺼움을 느끼고, 숨조차 제대로 쉴 수 없어 산소 호흡기에 의지해야 했으며, 할머니 스스로 그만 삶과 이별하고 싶어했을지라도 마찬가지다.

잘 가요, 사랑하는 할머니.

장례식은 빅토리아의 작은 예배당에서 간소하게 치러졌다. 할머니에겐 친구가 많았지만, 할머니의 바람대로 우린 부고를 내지 않았다. 하지만 가족들은 비록 시간대와 자연환경이 다른 여러 지역에 흩어져 살고 있었지만 죽음이 지닌 강한 흡인력에 이끌려 한 곳으로 모여들었다. 여동생은 서스캐처원 곡창지대에서, 삼촌과 외숙모와 사촌들은 앨버타 북부 냉대림에서, 이모와 이모부는 지구 반대쪽 뉴질랜드에서 왔다. 나와 제임스는 조지아 해협을 건너왔다. 엄마와 새아버지만 빅토리아에 있었다. 장례에 참석한 사람은 이들이 전부였다. 묘비도 세우지 않고 간단히 화장했다. 할머니의 육신은 그렇게 덧없이 사라졌다.

하지만 할머니는 평소 저세상이 있다고 믿으셨다. 그곳에 사랑하는 남편과 아들 밥이 먼저 가서 기다리고 있다고 믿으셨다. 할아버지는 20년 전 뉴질랜드 바닷가에서 할머니가 지켜보는 가운데 익사하셨고, 정신질환을 앓았던 밥 삼촌은 25년 전 자살로 생을 마감했다. 두 사람은 분명 할머니를 기다리고 있을 것이다. 우린 할머니를 위해서라도 부디 그렇기를 기도했다. 할머니가 마지막으로 남기신 말씀은 노래 가사의 한 대목이었다.

"무지개 저편 어딘가에Somewhere Over the Rainbow."

장례식을 마치고 엄마 집에 돌아왔을 때, 새아버지 브라이언은 혼자 마당에 나가 섀넌 사과나무를 심었다. 아일랜드 출신인 새아버지는 키가 크고 과묵한 편이었다. 정원사로 일하는 새아버지의 말에 따르면, 섀넌은 그래니 스미스처럼 한때 사과 재배가 크게 유행했던 아칸소 지역에서 유래했다고 한다. 섀넌은 1904년 만국 박람회에서 메달을 따면서 유명세가 절정에 이르렀던 전통 있는 사과 품종이다.

브라이언은 우리를 모두 불러내 삽으로 흙을 조금씩 떠서 나무 뿌리에 뿌리게 했다. 사람은 흙에서 나서 흙으로 돌아간다는 사실을 다시 한 번 일깨워 준다는 점에서 장례식의 연장선에 있는 추모 행위 같았지만 실은 그보다 훨씬 더 희망적인 작업이었다. 언젠가는 그 나무에 꽃이 피어 향기롭고 아삭한 진짜 사과가 열릴 것이다. 그렇게 끊임없이 세대를 거듭하며, 생명을 키워 내는 흙으로부터 삶은 계속될 것이다.

우리에겐 지금까지보다 더 나은 날들이 기다리고 있을 것이다. 《훌륭한 가정요리》에 소개되어 있는 전시용 채소 조리법과 배급 설탕을 적절히 활용하는 방법이 우리를 도와주리라. 보르시도 개의치 않고, 비도 신경 쓰지 않을 것이다. 1990년에 프랑스 파리에서 만들어진 완벽한 구두를 신고, 1975년에 위니펙(캐나다 서부 대초원 끝자락에 위치한 도시—옮긴이)에서 피요테 선인장을 수놓아 만든 분홍색 스웨이드 재킷을 입을 것이다. 제임스에게 반항하며 지금과 같은 음식들을 거부하고, 덴맨 섬에서 생산한 다크초콜릿을 사서 몽땅 먹어치울 것이다. 그 초콜릿은 내가 아는 맛 중에 단연 최고다.

할머니는 요리를 좋아하지 않으셨다.

과일을 먹을 땐 그 과일나무를 누가 심었는지 기억하고,
깨끗한 물을 마실 땐 그 우물을 누가 팠는지 생각하라.

– 베트남 속담

봄 샐러드

재료 : INGREDIENTS

봄 채소

식용 꽃

아스파라거스
230그램

버터

만드는 방법 : How To Make

① 샐러드 채소는 별다른 손질없이 그저 예쁘게 놓기만 하면 된다.
별꽃, 여린 시금치, 케일, 민들레 잎, 타임, 오레가노, 미즈나, 무청, 달래,
나무딸기 순 등 구할 수 있는 것은 다 써도 된다.

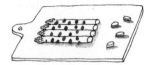

② 아스파라거스는 잘 다듬어
단단한 끝부분을 잘라 낸다.

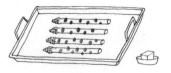

③ 줄기에 버터를 발라 오븐에 넣고
260도에서 3분간 굽는다.

④ 구운 아스파라거스를 채소 섞은 것 위에 얹은 다음, 식용 꽃으로 장식한다.
클로버, 보리지, 케일, 제비꽃, 사과꽃, 민들레, 아니스, 데이지, 장미, 라멘더,
민트, 로즈마리 등으로 꽃 이불을 덮어 준다.

5월··· 설렘

세상에 지치고 사회가 더는 만족스럽지 않을 때에도
채소밭은 늘 한결같다.

– 미니 오모니어

평소 꽤나 이성적으로 행동하는 앨리사가 갑자기 텃밭에 가보고
싶어했다. 어쩌면 그런 충동이야말로 이성이 지나치게 작용한 결과
인지도 모른다. 앨리사는 몇 달 전 나에게 종자 카탈로그를 보여주
었다. 카탈로그에는 서해안 지역의 파종기가 표로 정리되어 있었다.
비트, 브로콜리, 당근, 고수, 펜넬, 콜라비, 리크(잎이 마늘잎과 비슷하
고 줄기와 뿌리는 대파와 흡사한 채소. 줄기가 대파보다 많이 굵다—옮긴
이), 양상추, 양파, 파슬리, 콩, 시금치, 순무 등 우리가 심을 수 있는
작물들이 꽤 많았다.

　나는 창밖을 내다보았다. 봄기운이 감돈다 해도 봄은 사계절 가
운데 가장 감지하기 힘든 계절이었다. 밤공기가 전보다 아주 살짝
건조해져서 불쾌감이 줄어들었던가? 바다에서 불어오는 비바람이
다소 얌전해졌던가? 맙소사! 5월 1일인데도 북태평양 계절풍은 잠

잠해질 기미를 보이지 않았다. 12월의 첫날, 아니면 가장 반갑지 않은 달 중 하나인 2월의 첫날이라고 해도 믿을 정도의 날씨다. 앨리사는 책에서 알려준 대로 3월에 이미 파종을 했다. 알 수 없는 충동에 이끌렸는지 앨리사는 폭우가 잠시 그친 틈을 타 진흙밭에 나가 아루굴라와 무, 일본 채소 씨앗을 심었다. 그러고 나자 늦서리가 내렸다.

"며칠 전에 들러 보니까 살아남은 게 몇 개 있더라고."

우리는 잠자리에서 막 일어난 참이었고, 앨리사는 샐러드를 간절히 먹고 싶어했다. 그 또한 일종의 강박관념이었다. 외할머니가 돌아가시는 바람에 몇 차례 밴쿠버 섬에 머물렀던 앨리사는 어느 날 새싹채소 한 바구니를 들고 개선장군처럼 위풍당당하게 집으로 돌아왔다. 앨리사를 기세등등하게 만든 모둠 채소의 가격은 1파운드(약 450그램)에 17.99달러였다.

신선한 채소를 먹고 싶어하는 앨리사의 욕구는 지역산 아스파라거스가 나오기만을 기다릴 때, 좀 더 정확히 표현하면 '안달할 때' 분명하게 드러난다. 전에는 '아스파라거스 철'을 한 번도 의식해 본 적이 없던 우리가 지금은 그것에 온 신경을 곤두세웠다. 예를 들면 채소가 "온화한 사고를 하게 만든다"고 말한 18세기 시인 찰스 램이나 "발기를 돕는다"고 말한 아리스토텔레스를 수없이 거론하며 아스파라거스를 예찬하는 음식 평론가들처럼 말이다. 텃밭에 가고자 하는 앨리사의 열망처럼 글쓰기 역시 반사적인 반응이었다.

때는 5월이었고, 따라서 아스파라거스의 계절이었다. 확실한 봄빛깔을 띤 초록색 줄기를 쪄 먹거나 자주색 혹은 하얀색 품종을 끝부분까지 완벽하게 구워 먹기 좋은 계절이었다. 갑자기 농산물 코너에 아스파라거스가 부쩍 눈에 띄기 시작했다. 물론 제철이 아닌 딸기나 토마토 같은 작물과 마찬가지로 아스파라거스도 겨우내 언제든 구할 수 있었다. 아스파라거스는 페르시아어로 싹 혹은 순을 의미한다. 이를 인용해 이 채소를 '1년 중 맨 처음 맛보는 전통 별미'라고 기계적으로 판촉하는 것은 홍보라기보다 제철 음식에 대한 풍자에 가까웠다. 어딘가에 아스파라거스가 제철인 곳도 '있었다.' 식료품점에 놓인 아스파라거스 한 묶음에 붙은 라벨에 따르면, 캘리포니아와 함께 지금은 세계 최대 아스파라거스 수출국이 된 페루가 그랬다.

하지만 북태평양 연안은 아직 아스파라거스 철이 아니었다. 우리 지역에서 나는 아스파라거스는 비 때문에 아직 구할 수 없었다. 소문을 듣자하니 밴쿠버 섬에 있는 유명한 아스파라거스 농장으로 사람들이 경쟁적으로 몰린다는데, 아무리 아스파라거스가 온화한 사고와 발기를 도와준다 한들 우리는 주말에 그곳까지 다녀올 엄두가 도저히 나지 않았다.

앨리사와 함께 여섯 블록 떨어진 텃밭에 도착했을 때는 이른 오후였다. 우리는 2001년에 마당이 없는 아파트로 연달아 다섯 번째 이사한 뒤 공동체 텃밭을 분양받으려고 지원했다. 나는 다른 사람들과 얘기할 때마다 우리 텃밭을 '대지'라고 자랑하는데, 실은 한 평도 안 되는 좁은 구역에 대한 나만의 농담이다. 그곳은 흔히들 떠올리는 '공동체'에 대한 느낌과는 달리, 황량한 언덕에 버려진 철길과 좁은 텃밭들이 나란히 이어져 있어 갈 때마다 텔레비전에서 본 공동묘지를 연상시킨다. 물론 앨리사에겐 이 말을 하지 않았다.

사실 제대로 정리되지 않은 울타리와 식물이 타고 올라가도록 설치해 놓은 격자 구조물에서 생동감이 느껴지기도 한다. 영리를 목적으로 농사를 짓는 농부들은 좀 더 날씨가 따뜻해질 때까지 기다릴 테지만, 개성 있는 사람들에게 공동체 텃밭은 '흙으로 된 캔버스'나 마찬가지다. 텃밭에서 사람들을 만나기란 거의 드문 일이지만, 도전적인 방울양배추나 적케일 줄기가 눈 위에서도 늠름하게 버티고 있을 것이다.

얼핏 봐서는 내 예상대로였다. 감자 요리만 먹어야 하는 서글픈 현실을 앞으로 몇 주는 더 묵묵히 받아들여야 할 것 같았다. 그런데 좀 더 자세히 들여다보니 달리 보였다. 무, 코마츄나, 시금치까지도 아기 엄지손가락 마디만 한 여린 잎을 내밀고 있었다. 마늘순은 무척 튼튼해 보이기까지 했다. 마늘 수확은 가을이나 되어야 가능하겠지만, 그 순간 눈에 띈 마늘순만으로도 이미 큰 선물을 받은 것 같았다. 지난 10월 우리는 스페인 사람들이 장난처럼 '이빨'이라고 부르는 쪽마늘을 하나씩 심었다. 그런데 12월에 엄청난 폭설이 내리는 바람에 마늘이 과연 살아남을 수 있을지 걱정했었다. 흰 눈을 걷어내자, 다행히 조금도 흐트러지지 않은 두툼한 초록빛 잎사귀가 모습을 드러냈다. 마늘은 제4차 세계대전이 일어나도 끄떡없을 것 같았다.

내가 전혀 느끼지 못했던 변화를 텃밭은 느꼈던 모양이다. 그곳에는 생명이 꿈틀대고 있었다. 흙 속에 파묻힌 씨앗들은 서서히 날씨가 따뜻해지고 낮이 길어지고 있다는 것을 본능적으로 알아챘다. 주위로 눈을 돌려 보니 관상용 체리나무와 자두나무에 꽃이 피어 있었다. 꽃잎들이 바다로 이어지는 하늘에 흩날리는가 하면, 축축이 젖은 채 텃밭 가장자리에 놓인 돌들을 따라 뱅글뱅글 돌기도 했다. 그 모습이 정말 아름다웠다.

"저기 별꽃이다." 내가 소리쳤다.

자그마한 꽃들이 서로 엉겨 붙고 있었다. 둥근 잎사귀와 가느다란 줄기가 물냉이만큼이나 여렸다.

"민들레도 있어." 이번엔 앨리사가 말했다.

어느새 우리는 허리를 굽히고 새싹채소를 뜯기 시작했다. 앨리사는 아직 쓴맛보다 단맛이 강한 민들레 잎을 따고, 나는 별꽃에서 아니스의 작은 가지들로 발걸음을 옮긴 다음 세이지와 보리지를 거쳐 매운맛이 나는 한련화의 첫 잎을 땄다. 그래 봤자 각각 한 움큼씩밖에 안 되었지만 샐러드용으로는 충분했다. 세상이 이제 막 초록빛으로 물들고 있었다.

어떻게 자라든 간에 풀은 낙천주의자다.

그로부터 일주일 후, 첫 번째 농민장터가 열렸다. 마침내 엄청난 변화가 찾아온 것이다. 우리는 자전거 도로를 따라 서쪽에서 동쪽으로 이동하며 희망에 부풀었지만 혹시 실망할지도 모른다는 생각에 마음의 준비를 했다. 다른 사람들처럼 우리도 농민장터에 몇 번 가본 적이 있었다. 그런데 대개 일본식 지압 마사지를 권유하거나 장식용 소품을 팔고 에스프레소 블렌드, 포크 음악, 페이스페인팅으로 손님을 끄는 것이 목적 같았다. 학창 시절 축제처럼 재미는 있었지만, 올해 우리에게는 그보다 훨씬 더 순수한 이상, 그러니까 진짜로 농장에서 재배한 신선한 식재료가 필요했다.

마침내 우리의 바람이 이루어졌다. 장터 입구에 들어서자마자 입이 떡 벌어졌다. 엄청난 양의 첫 수확물들이 초록 빛깔을 뿜내며 그늘막 아래에 수북이 쌓여 있는 것으로도 모자라 소형 트럭 뒷부분에서 쏟아져 나오고 있었다. 마치 서커스를 하는 듯한 분위기였다. 적상추와 갓, 근대와 다채의 야들야들한 잎이며 곱슬곱슬한 에메랄드빛 잠두 꼬투리와 보르도 와인의 자줏빛이 나는 케일이 눈길을 끌었다. 껍질이 종이처럼 얇은 양파와 마늘은 보이지 않았다.

그제야 나는 양파나 마늘처럼 각종 음식에 기본적으로 들어가는 양념에도 제철이 있다는 사실을 깨달았다. 봄에는 리크가 도끼 자루만큼이나 굵고, 마늘의 꽃줄기에는 새로 생긴 씨앗 주머니가 둥글게 왕관 모양을 이루고 있었다. 추운 계절에 나는 채소로 유명한 루바브와 지난가을 수확해 냉동한 블루베리도 있었다. 자연 방사해 키운 닭이 낳은 유기농 달걀도 보였다.

"이리 와서 골라 봐요."

'빅 던'이라고 불리는 남자가 차양 밑에 웅크리고 앉아 말했다. "첫날엔 누구나 어색해한답니다."

빅 던은 직접 만든 수제 피클을 보여줬다. 소금물을 넣지 않고 발효시켰다는데, 드라이 와인처럼 톡 쏘는 맛이 지금까지 먹어 온 여느 피클과는 상당히 다른 느낌이었다. 우리는 좌판을 이리저리 가볍게 둘러보았다. 그것만으로도 점심 한 끼는 충분히 마련할 수 있을 것 같았다. 대부분 프레이저 유역에서 생산한 것들이고, 쐐기풀은 애거시즈, 집에서 갈아 먹으려고 산 건고추는 20마일이 채 안 되는 서리 근교에서 재배한 것이었다. 그날 산 품목 중 세일리시 해에서 건너온 것은 치즈커드(우유에 산이나 효소를 넣어 응고시킨 것으로, 완전한 치즈가 되기 전의 덩어리 단계라고 볼 수 있다―옮긴이) 700그램 정도뿐이었다.

이상한 일이었다. 4월은 정말 길기만 했는데, 어느 순간 생존과 자립이라는 낯선 중압감이 사라져 버렸다. 어느새 우리는 상품을 구할 수 있는 세상에 들어와 있었다. 아직도 냉기가 가득한 이 땅에서 이 많은 것들을 수확해 냈다는 사실이 자못 충격적이기까지 했다. 또 사람들이 저마다 수확물을 가지고 뿌듯해하는 모습을 보니 억울함이 치밀기도 했다.

집으로 돌아와서는 고민할 것도 없었다. 점심 메뉴는 샐러드로 정했다. 나는 조리대에 새로 구해 온 식량들을 펼쳐 놓았다.

내 요리는 늘 이렇게 시작된다. 수없이 깨닫는 거지만 매번 새롭게 시도해 보는 수밖에 없다. 언제 처음 요리를 배웠는지는 기억나지 않는다. 당시 우리 집엔 텔레비전이 없어서 우리 형제들은 조금이라도 재미있어 보이는 것이 있으면 손으로 만지며 놀았다. 가장 좋아하는 어릴 적 사진엔 내가 금발의 작은 땅속 요정(서양의 옛날이야기에 등장하는 작은 남자 요정으로, 뾰족한 모자를 쓰고 땅속 보물을 지킨다고 알려져 있다―옮긴이)처럼 주방 조리대에 앉아 식도를 들고 짓궂게 웃고 있었다.

나는 열 살 때까지 일주일에 한 번 저녁 식사를 준비했다. 어렸을 때라 식단 같은 건 생각도 안 해보고 끼니때가 다 돼서야 겨우 식사 준비를 시작했다. 냉장고에 뭐가 있더라? 찬장엔 뭐가 있지? 냉동 대구와 버섯수프 한 통, 텃밭에서 따온 시금치, 찬밥 조금. 나쁘지 않군. 나는 정통 교육을 받지 않은 음악가처럼 양파 써는 법이나 뵈르 블랑(식초나 레몬즙을 넣은 생선용 버터 소스—옮긴이) 만드는 법을 제대로 배워 본 적이 없을 뿐더러 요리책도 책장에 얌전히 모셔 두고 있었다.

내 주방에서는 실험정신이 최고의 가치였다. 그나마 남아 있던 절제력도 앨리사를 만난 뒤로는 완전히 사라졌다. 대부분의 로맨스가 불꽃 튀는 열정에서 시작되는 반면, 우리의 로맨스는 음식에서 비롯됐다. 우리는 동료로 만나 친구가 되었다.

어느 날 퀘벡 사람이 운영하는 작은 식당에서 매콤한 피자를 먹고 있는데, 여주인이 카운터에서 얼굴을 내밀며 우리에게 말했다.

"매콤한 바나나 페퍼를 먹는다는 게 어떤 의미인지 알아요? 바로 댁들이 사랑에 빠졌다는 뜻이랍니다."

그 말을 듣고 나니 마치 모든 것이 미리 운명 지어진 것 같았다. 앨리사는 내가 요리를 할 줄 안다는 사실을 인상적으로 받아들였다. 물론 그녀를 감동시키기 위해 나는 평소보다 훨씬 더 노력했다. 접시마다 식용 꽃을 올리고, 차이나타운에서 구한 신기한 재료와 발음하기도 어려운 생소한 곡류로 한껏 정성을 들여 음식을 만들었다. 그 패기는 결국 토르티야에 복숭아와 완두콩을 올리고 화이트소스를 뿌려 돌돌 말아 낸, 재앙에 가까운 음식으로 결론나고 말았다. 지금까지도 앨리사는 내가 손님을 대접할 때 충분히 예상할 수 있는 평범한 음식보다 한 번도 시도한 적 없는 특이한 메뉴를 선호하는 걸 못마땅해한다.

그럼에도 부엌은 여전히 내가 자신 있어 하는 몇 안 되는 영역 중 하나다. 특출 난 편은 아니지만 그럭저럭 괜찮은 실력이다.

나는 지금도 꼬마였을 때처럼 "저녁 먹을 때가 됐네. 찬장에 뭐가 있는지 볼까?"라고 큰 소리로 말한 다음 요리를 시작한다. 그 순간만큼은 표현의 자유를 누린다. 어떤 재료들로 요리하면 좋을까? 접시에 어떤 모양으로 담지? 그런 다음 익숙한 패턴에 작은 변화를 주기 시작한다. 마늘 껍질을 벗기고, 아스파라거스 끄트머리를 육수 냄비에 잘라 넣고, 공이로 잣을 빻아 으깬다. 그건 그야말로 노동이고, 내가 그날에 한 유일한 신체 활동일 때도 더러 있다.

이제 나는 100마일 샐러드를 만들어야 한다. 농민장터에서 사 온 채소들엔 익숙지 않은 향이 가득했다. 코끝을 자극하는 다닥냉이와 버터 맛이 나는 느타리버섯, 서양 고추냉이의 갈색 뿌리로 대체 뭘 만들어야 하지?

시작은 어렵지 않다. 모든 채소를 넓은 그릇에 담는다. 드레싱이 없어서 수분을 머금고 있는 재료들을 추가해야 한다. 나는 요리할 때 '식도, 과도, 빵칼' 이렇게 딱 세 가지 칼만 사용한다. 식도의 넓은 칼날로 버섯을 숭숭 썬다. 팬에 버터를 녹인 다음, 버섯을 넣고 잘게 썬 마늘종도 넣는다. 재료가 노랗게 익기 시작하면 접시에 옮겨 담고, 달걀 두 개를 깨뜨려 프라이팬에 올린다. 오믈렛이 만들어지면 바로 가늘게 썰어 샐러드와 버섯마늘볶음 위에 얹는다.

여기까지 해놓고 잠시 쉬었다. 100마일 다이어트를 시작한 지 두 달이 넘었지만, 솔직히 우리가 먹는 음식은 여전히 미스터리였다. 감자는 프레이저 유역에서, 사과주는 밴쿠버 섬에서 나는 것을 먹는 등 푸드 마일리지가 더 멀어지진 않았지만, 더 가까워진 것 같지도 않았다. 우리는 여전히 상품의 이력이 감춰진 채로 식료품점에 진열되어 있는 먹거리를 구입하고 있었다.

익명성은 편안함을 주기도 한다. 소고기를 갈아 비닐 포장해 놓은 것을 사면 적어도 소의 몸통이 연상되지는 않기 때문이다. 뿐만 아니라 포장되고 가공된 식품은 비밀을 알려주는 법이 거의 없다. 북아메리카 사람들 상당수가 최근 들어서야 광우병부터 대장균증, 유전자 변형 성분 등에 이르기까지 매일 먹는 음식에 숨겨진 비밀들을 의심하기 시작했다. 미국인의 경우, 음식 때문에 병원 신세를 지는 사람이 연간 30만 명에 이른다. 캐나다에서는 올 한 해 무려 인구의 3분의 1이 식품 관련 질환을 앓을 것으로 추정하고 있다.

유기농 인증을 받은 식품조차 더는 완전히 믿을 수 없는 실정이다. 110억 달러 규모로 성장한 유기농 식품에는 심지어 산업형 축산농장에서 생산한 육류와 유제품, 합성첨가물과 인공조미료까지 포함되어 있다. 유기농 채소가 집약적으로 재배되는 일도 흔해서, 대륙 저편에서 경유 트럭에 실려 운송된 상추가 세척공장을 거쳐 2600만 사람들의 식탁에 오르기도 한다.

반면 내가 만든 신선한 샐러드는 달랐다. 이것은 규모가 인간적이다. 모든 재료가 생산된 지역과 농장 이름은 물론, 농장주의 생김새까지 구체적으로 알 수 있는 것들이다. 채소와 달걀은 각각 랭글리 유기농 농장과 포스트바우어 가족농장에서 생산된 것이고, 마늘종은 앨버트라는 이름의 수줍음 많은 사내가 재배한 것이다. 커다란 유리그릇을 가득 채운 샐러드는 그냥 어느 봄날이 아니라, 유독 비가 많이 오고 햇빛은 드물었던 특별한 봄날의 풍미를 담고 있었다.

나는 농민장터가 태곳적부터 이어져 온 사회구조의 일부라고 믿어 왔다. 하지만 오늘날 북아메리카의 농민장터는 다른 모든 시장과 마찬가지로 사람이 만들어 낸 시장일 뿐이다. 1970년대 중반엔 공식 인가를 받은 농민장터가 미국 전역에 300개도 채 안 됐지만, 1976년에 농산물직거래법이 생기면서부터는 대대적 변화가 일어났다. 많은 사람들이 놀라겠지만, 그전까지는 농부가 소비자에게 직접 농산물을 판매하는 것이 금지되어 있었다.

농산물직거래법에는 각 주 농림부가 농산물직거래를 합법화하도록 재정적으로 지원한다는 내용이 들어 있다. 1978년 캘리포니아 주가 처음으로 관련법 초안을 마련했으며, 이듬해 미국 최초의 현대식 농민장터 열두 곳이 개장했다. 현재는 공식적으로 등록된 장터만 3,100개가 넘고, 비공식적으로는 수천 개 이상이 영업을 하고 있는 것으로 추산된다.

시장의 역사는 물론 지역마다 다르다. 멕시코의 시장은 멕시코 문화만큼이나 정말로 오랜 전통을 자랑한다. 반면 영국은 문화적으로 '초록빛 쾌적한 땅'(영국 시인 윌리엄 블레이크의 시에 나오는 구절-옮긴이)에 깊은 애착을 보였음에도 불구하고 1997년이 되어서야 비로소 배스 지역에 첫 농민장터가 생겼다.

샌프란시스코에 채식 식당인 그린 레스토랑을 설립한 로컬푸드 운동의 선구자 데보라 메디슨은 농민장터가 생기면 작은 도시가 대도시로부터 독립할 수 있다고 주장한다. 뿐만 아니라 농민장터는 요즘같이 삭막한 세상에 세월이 흘러도 변치 않는 따뜻한 공간을 제공한다. '1년 동안의 100마일 다이어트'에 대한 나의 우려를 완전히 불식시킨 이스트 밴쿠버 시장 역시 그렇게 영원할 것처럼 느껴졌다.

나는 이 시장의 역사가 아마도 인근 트라우트 호수와 관련이 있을 거라고 막연히 짐작했다. 지금은 그 작은 호수에 송어가 살고 있을까 싶지만, 1863년 존 홀이라는 남자가 세일리시 해안의 원주민 길을 따라 내려가며 그 지역을 차지하려 했을 때는 틀림없이 송어가 있었을 것이다. 하지만 그로부터 10년도 채 안 되어 호수에 용수로가 만들어져 밴쿠버 최초의 산업시설인 헤이스팅스 제재소에 전력을 공급하기 시작했다. 제재소는 자연과의 인위적 분리를 상징하는 시설이었다. 하지만 이제 겨우 10년 된 이스트 밴쿠버 시장은 그와는 완전히 반대다. 직거래 장터는 자연과 다시 연결되고자 하는 인간의 노력이다.

공교롭게도 내 친구 루벤은 장이 서는 날 집에 없었다. 그런데도 루벤은 우리가 자신을 장터에 데려가지 않았다고 계속 타박했다. 그의 부모님 역시 전원생활을 추구했던 히피 세대다. 완전히 시골

분들은 아니었지만, 그런 모습이 루벤의 태도에 적잖은 영향을 미쳤고, 덕분에 그는 흔치 않은 능력을 겸비하게 됐다. 루벤에겐 어떤 물건이든 3차원으로 연상해 능숙한 솜씨로 만들어 내는 재주가 있다. 또한 시골생활 덕분에 물건을 원래 가격보다 다만 얼마라도 싸게 사는 걸 좋아한다. 우리가 밴쿠버 교외로 향한 날 루벤이 우리 차 뒷좌석에 메뚜기처럼 몸을 움츠리고 앉았던 이유도 모두 그 때문이다. 우리는 그해의 첫 딸기를 구하러 떠나는 길이었다.

우리 모두가 대개 그렇듯 루벤 역시 전형적인 모순 덩어리다. 소비지상주의에 극렬히 저항하면서도 내가 아는 사람들 중 유일하게 이발소 의자와 주차 시간 자동 표시기, 등받이가 뒤로 젖혀지는 긴 의자까지 모두 갖고 있다. 학창 시절 처음 만났을 때 우린 둘 다 가정형편이 어렵기로 소문이 자자했다.

하지만 우리 둘은 다른 점이 아주 많았다. 나는 왜소한 체격에 내 물건이 별로 없었다. 몇 권 안 되는 책과 냄비, 팬, 가구 겸용으로 쓰는 급류타기용 카약이 전부였다. 반면 루벤은 송신탑에 무릎과 광대뼈가 달린 것처럼 덩치가 크다. 뿐만 아니라 그가 애써 수집한 고물들을 옮기려면 족히 사흘은 걸릴 정도였다. 루벤은 처음으로 나에게 도구나 건물, 싸구려 잡동사니 같은 '물질'이 그 자체로 시적이고 아름다울 수 있다고 주장한 친구다.

산업 디자이너로 일하는 루벤은 자신이 아무도 원치 않는 쓰레기를 만들고 있다고 생각한다. 그런 가치관에 부채질이라도 하려는 듯 루벤은 업무차 중국의 자유무역지구를 방문했을 때 풍수(風水)를 중시하고 마음의 평화를 추구하는 동양의 나라에서 영혼을 파괴하는 유독성 제품을 대량생산하는 끔찍하고도 모순된 광경을 목격했다. 루벤은 살바도르 달리를 닮은 콧수염을 만지며 이렇게 말하곤 했다.

"지금 우리에겐 새로운 시스템이 필요해. 우리가 행동하는 방식을 모조리 뜯어고쳐야만 해."

루벤은 자신의 보물 더미에서 남는 냉장고를 하나 찾아 앨리사와 나에게 빌려 줬다. 이제 그 냉장고를 채워야 할 시간이었다.

우리는 외곽지역과 산업단지, 밋밋한 대규모 이슬람 사원과 거대한 불교 사원, 세련되지 못하고 획일적인 교회 건물들로 에워싸인 변두리를 지나 남쪽으로 차를 몰았다. 프레이저 강 주류 아래쪽으로 가파르게 이어진 터널을 지나자, 거름과 생선 내장 썩는 냄새가 코를 찔렀다. 우리가 방향을 바꿔 들어선 길은 리버 로드였다. 도로명을 그렇게 단순하게 짓던 시절이 있었다. 도로 옆에는 제방이 세워져 있었다. 150년 가까이 봄마다 해빙으로 불어난 물이 뭍으로 넘어오지 못하도록 안간힘을 썼지만, 늘 성공하는 건 아니었다. 우리는 왕복 30마일쯤 될 거라 예상했다. 루벤은 그사이 우리가 기름 약 4리터를 연소시켜 9킬로그램의 이산화탄소를 배출했다고 말했다.

그날 많은 일이 있었다. 제방에서는 초콜릿 빛깔의 고양이들이 햇볕을 쬐고 있었다. 찌르레기 소리와 함께 새로 난 솔방울들이 온기에 쩍쩍 벌어지는 소리도 들렸다. 그 지역 운전자들은 여전히 방향 지시등을 사용하고 있었다.

"왜 나는 여태껏 여기에 한 번도 와보지 않았을까?" 루벤이 흥분하며 말했다.

웨스트햄 섬의 입구엔 나무로 덧씌운 1차선 도개교가 있었다. 한 곳으로 이어 주는 관문이면서 동시에 스스로 고립되고자 하는 열망을 품고 있는 다리였다. 그 섬은 기묘한 분위기를 풍겼다. 짙은 강물 위로 선상가옥들이 무리 지어 떠다니고, 입구 안내판엔 다음과 같은 글귀가 적혀 있었다.

경고! 이 섬은 웨스트햄 섬 사격 클럽이 관리하고 있습니다.

앨리사와 내가 웨스트햄 섬을 '발견'한 건 몇 년 전 11월의 어느 날, 작은 '흰기러기 약 7만 마리가 겨울이면 프레이저 삼각주와 스카짓 삼각주에 찾아든다는 기사를 우연히 접했을 때다. 우리가 진작 알아야 했던 일 같았다. 미국과 캐나다 국경 양쪽에 위치한 두 강 어귀는 철새들이 북극해의 러시아령 브란겔랴 섬에서 출발해 2,500마일을 남하한 끝에 다다르게 되는 긴 여정의 종착지이다. 일부 새들은 마지막 구간인 알래스카에서 이곳까지 950마일을 36시간 동안 쉬지 않고 날아오기도 한다. 기러기들이 웨스트햄 섬에 무리 지어 나타나는 이유는 사격 클럽이 앞장서서 철새 사냥을 막고 있는 데다 이 섬이 라이플 철새 보호 구역Reifel Migratory Bird Sanctuary 의 중심지이기 때문이다. 맞다. 라이플은 '라이플rifle(소총)'과 발음이 똑같다.

수만 마리나 되는 순백의 기러기를 발견하는 것은 누구에게나 쉽게 찾아오는 행운은 아니다. 우리는 난생처음 말 그대로 기러기 추적에 나섰다. 뒷길을 탐색하고 늪 가장자리로 기어가 마침내 캐나다 국방부가 특별 관리 지역으로 지정할 것 같은 출입 금지 구역까지 진입해 목표물을 발견했다. 하지만 그 광경은 전혀 감격스럽지 않았다. 기러기들이 들판에 뿔뿔이 흩어져 있었고, 우스꽝스러운 끼룩끼룩 소리와 함께 배설물 냄새가 바람에 실려 왔다.

그런데 그때였다. 새들이 무리 지어 날아오르자 태양 아래로 크리스털이 물결치는 듯한 거대한 용마루가 펼쳐졌다.

봄날이 불시에 얼마나 따뜻해질 수 있는지 우리는 쉽게 잊어버리곤 한다. 그날은 외투가 필요 없는 날씨였다. 우리가 엘리스 체험 농장 주차장에 들어섰을 때, 딸기밭에는 한 사람만 있었다. 얼마 전 내린 비 때문에 도랑과 저지대가 물에 잠겼고, 여기저기서 새들이 야생의 울음소리를 냈다. 농장 주인이 벌려 놓은 좌판을 둘러보면서 우리는 모두 어린 시절로 돌아간 듯한 기분이었다. 딸기는 장미과에 속하는데, 옛말에 두 개가 붙은 쌍둥이 딸기를 나눠 먹으면 그 두 사람은 사랑에 빠지게 된다는 얘기가 있다. 체험 안내표를 살펴보니 딸기 50킬로그램의 가격이 적혀 있었다.

"맙소사! 대체 어떤 사람이 딸기를 50킬로그램이나 따려고 할까?" 내가 나직하게 말했다.

그러자 루벤이 냉큼 대꾸했다. "나 같은 사람이지."

"그럼 딸기를 자기 몸무게만큼 먹겠다는 얘기인데." 엘리사가 옆에서 한마디 거들었다.

"바로 그게 내 목표야!" 루벤이 그 말을 되받아쳐 말했다.

여주인이 빌려준 빨간 손수레에 딸기 들통을 싣고 덜컹덜컹 밭의 말뚝까지 걸어갈 때 우리의 동심은 부풀어 올랐다. 우리는 말뚝에서부터 밭고랑을 따라 좌우로 몸을 돌려 가며 딸기를 따고, 작업을 마치면 그 줄은 딸기를 다 땄다는 표시로 말뚝을 옮겨 심었다. 매력적인 방식이었다.

우리 셋 다 농장 일을 한 지가 몇 년 만인데도 아주 거침없이 일을 해 나갔다. 몰래 딸기를 따 먹는 건 나쁜 짓이라는 생각에 딸기를 따면서도 하나씩 맛보는 정도에 만족했다. 이제 어엿한 성인이 되었으니 좀 먹는다고 큰 잘못이 아니란 걸 알지만, 아직도 주인 몰래 먹는 게 나쁜 짓이라는 생각을 떨쳐 낼 수가 없었다.

딸기를 따다 보니 마침 밭길 사이로 한 남자가 보였다. 초로의 남자가 숙련된 솜씨로 민첩하게 일을 하고 있었다.

"날씨가 아주 화창합니다." 그가 먼저 인사를 건넸다.

"네, 화창하네요." 우리도 반갑게 인사했다.

"딸기를 따기엔 좀 이르죠. 아직까지는 약간 시큼해요. 생으로 먹기보단 파이를 만들어 먹는 게 낫죠." 남자가 말했다.

나는 하마터면 크게 소리 내어 웃을 뻔했다. 우리 셋 다 깜짝 놀랐던 것 같다. 물론 남자가 한 얘기가 맞다. 햇볕을 충분히 쪼여야 당도가 높아지는데, 그날 맛본 딸기들은 달콤함에 취할 정도로 단맛이 강하지는 않았다. 그렇지만 그해에 첫 수확한 과일을 깨물어 본 기분은 날아갈 듯 황홀했다.

"완벽한 딸기를 찾았어." 루벤이 허수아비처럼 꼿꼿하게 서서 말했다.

루벤은 엄지손가락과 집게손가락 사이에 왕방울만 한 새빨간 딸기를 들고 있었다. 호들갑스럽게 덥석 한 입 베어 물며 루벤이 말했다. "오호호!" 그러고는 남은 반쪽을 나에게 건넸다.

"괜찮은데." 아주 훌륭한 정도는 아니었지만, 나쁘지 않았다.

개구리 자세로 밭고랑을 따라 움직이며 딸기를 따서 바구니에 담고 수레에 싣다가도 몇 분에 한 번씩은 작업을 멈췄다.

"와, 완벽한 딸기를 찾았어!" 한 사람이 이렇게 외치면 나머지 사람들은 콧방귀를 뀌었다. 예를 들어 내가 "아직 덜 익었어"라고 비웃으면, 앨리사는 "색이 너무 연해"라며 깎아내렸다. 그러면 루벤은 "그래도 달기만 하다"고 우겨댔다.

마침내 작업을 마치고 우리가 딴 딸기 무게를 재어 보니 13킬로그램이 조금 넘었다.

딸기밭에서 작은 빨간색 수레를 끌어 본 경험을 적절하게 표현해 주는 단어가 있다. 바로 '생산 이력 추적 가능성'이다. 이것은 내가 먹는 음식과 내가 얼마나 먼 거리에 있는지 보여주는 척도다. 전세계 농부들 상당수가 직접 씨앗을 받아 파종하고 길러서 수확한 채소와 육류를 먹기 때문에 전체 생산 이력을 추적할 수 있다. 그들은 자신이 먹는 음식이 어디에서 왔으며 어떤 환경에서 생산되었는지를 정확히 안다. 반면 맨해튼 거리의 한쪽 모퉁이에서 정체불명의 조미료가 뒤범벅된 핫도그를 먹는 사람도 있다.

우리 사회가 비단 음식뿐 아니라, 삶의 모든 면에서 생산 이력 추적 가능성을 상실했다는 건 누구나 아는 사실이다. 나는 어떤 날짜가 음력으로 며칠인지 가늠하지 못할 때가 많다. 때때로 형들의 생년월일을 정확하게 기억하지 못해 프로그램을 활용하는데, 그 프로그램이 어떤 원리로 작동되는지는 모른다. 살면서 내 신발을 만들어 준 사람을 한 명도 만나지 못하는 것은 물론, 그들이 일하는 신발공장조차 눈으로 보지 못할 가능성이 높다.

나와 앨리사는 다른 사람들과 비슷한 이유로 공동체를 향한 일말의 추적 가능성을 완전히 잃어버렸다. 우리는 형편없는 아파트 건물에서 5년째 살고 있다. 월급은 그대로지만 집세는 매년 오른다. 하지만 건물 주인을 만나 본 적도 없고 이름을 알고 지내는 이웃 또한 없다. 우리에게 아이가 있었다면, 바쁘다는 이유로 아이 선생님조차 찾아뵙기 어려웠을 것이다.

50년 전만 해도 먹거리와 생산지를 연결 짓는 일이 보편적으로 가능했다. 미국의 경우 당시 4천만 명이 전원생활을 했다. 많은 사람들이 직접 텃밭을 가꾸고 닭을 키웠으며, 꿀벌 치는 사람도 한 명쯤은 알고 있었다. 물고기를 잡고, 사냥을 하고, 아스파라거스 철과 호박 수확기를 구분할 줄 알았다. 아, 그야말로 목가적인 세계였다! 모두가 머리를 단정하게 빗어 내렸고, 아이들은 하나같이 공손했다.

그렇다고 그런 것과의 단절 때문에 도덕적으로 공황 상태에 빠지는 것은 자제하는 편이 좋다. 전원생활이 건강에 좋다고 노래하는 흔해 빠진 찬가들을 생각해 보라. 요즘 아이들 대다수가 소를 본 적이 없다는 주장은 또 어떤가. 대표적인 예로, 일리노이 주 여성 의원인 루스 해나 매코믹은 자신이 키우던 순종 소 한 마리를 시카고 동물원에 기증하면서 요란을 떨었다.

"소를 한 번도 보지 못한 아이들을 위한 겁니다. 코뿔소와 기린은 본 적이 있어도 소는 본 적이 없는 아이들이 수천 명이나 됩니다."

1929년에 벌어진 소동이다.

좀 더 정확한 조사결과를 살펴보자면 최근 인터넷 사진 공유 사이트 플리커Flickr에서 어느 대화 그룹 회원들에게 정말로 소를 본 적이 없는 사람이 있는지 물어봤다. 대부분 젊고 도시에서 생활하며 첨단기기 활용에 익숙한 회원들은 이 질문에 눈이 휘둥그레지거나 경악을 금치 못했다. 베카 G라는 회원은 "질문이 정말 괴상하다"며 "세상에 소를 한 번도 본 적 없는 사람이 정말로 있을까?"라고 반문했다. 회원들 중 딱 한 사람만 소를 본 적은 있지만 '얼룩무늬 젖소'는 보지 못했다고 고백했다.

물론 우리의 현실이 이런 불안감을 뒷받침한다. 메릴랜드 대학의 브루스 가드너 교수는 《20세기의 미국 농업: 번영과 그 대가American Agriculture in the 20th Century: How It Flourished and What It Cost》에서 1920년 이후 미국 농지의 3분의 2가 사라졌다고 말했다. 그중에는 아주 구체적인 사례도 있다. 대공황 전까지만 해도 100만 명에 가까운 아프리카 이민자들이 농사를 지었으나, 지금은 1만 9,000명만이 농사를 짓고 있다. 또한 농사의 성격도 근본적으로 달라졌다.

지금까지 사라진 농지의 절반은 산업화가 집중적으로 진행된 1950년 이후에 없어졌다. 화학비료 사용량은 제2차 세계대전 이후 두 배 이상 늘어나 연간 약 5천만 톤에 달한다. 대왕고래나 제2차 세계대전 때 사용된 셔먼 탱크를 쌓아 올리지 않는 한 쉽게 가늠조차 하기 힘든 규모다. 좀 더 간단히 말해 미국에서 살충제와 제초제를 사용해 재배한 옥수수가 1952년에 11퍼센트였다면, 지금은 95퍼센트나 된다. 이런 추세가 계속되면서 기술 발전도 절정에 이르렀다. 1990년에는 인간이 사 먹을 수 있는 최초의 유전자 변형 농산물인 치즈 효소가 개발되었다.

북아메리카의 농촌지역은 전통적으로 가축을 키웠지만 지금은 대부분 그렇지 않다. 이 같은 변화도 수치로 나타낼 수 있다. 일례로 현재 미국 농장의 4퍼센트만이 닭을 키운다.

'예전엔 이른 아침이면 아름다운 새 소리가 가득했는데, 지금은 이상할 정도로 조용하다.'

레이철 카슨이 쓴 《침묵의 봄Silent Spring》에 나오는 구절이다. 요즘 농촌에서는 새벽녘에도 수탉 울음소리가 들리지 않고 낯선 침묵이 감돈다. 어쩌다 우리가 이렇게 되었을까? 1920년에 미국과 캐나다는 농촌과 도시 인구에 별반 차이가 없었다. 도시로의 인구이동은 대공황으로 중단됐다가, 제2차 세계대전 이후 경기가 살아나면서 급속도로 가속화됐다. 그러다 보니 자급자족하거나 아는 사람에게 물품을 구매하고 믿을 만한 몇 가지 상품만 쇼핑 카탈로그를 이용하던 시골의 관습이 유지될 수 없었다.

도시에서는 수백 개의 브랜드가 강렬한 광고를 동원해 경쟁하고, 새로 등장한 체인점들은 손해를 보더라도 싸게 파는 전략을 구사해 소비자들이 기존 업체와 관계를 끊도록 유도했다. 사람들이 농촌으로 돌아가는 일은 없었다. 오늘날 농업은 100년 전에 비해 생산성이 7배나 증가했지만, 노동인력은 예전의 3분의 1이면 충분한 수준이다.

현재 미국인의 단 2퍼센트만이 농촌에 살고 있으며, 이런 추세는 전 세계적으로 확산되고 있다. 지난해 유엔 위원회는 2007년이면 전 세계 65억 인구 가운데 절반이 도시에 살게 될 거라고 보고했다. 그렇더라도 그들 대부분이 소를 본 적은 있으리라고 생각한다. 하지만 소를 직접 만지고 보살피며 새끼 낳는 모습을 지켜보거나 소젖 짜는 장면을 눈앞에서 목격한 사람의 수는 점점 줄어들 것이다.

우리 일행이 막 웨스트햄 섬을 벗어나려고 할 때, 벌꿀과 양고기를 판다는 안내판이 눈에 띄었다. 나는 그 길을 따라 간이차고로 들어갔다. 거기에 '용무가 있으면 경적을 울리세요'라고 적힌 두 번째 안내판이 있었다. 소리를 듣고 밖으로 나온 사람은 날씬한 체구에 안경을 쓴 여인이었다. 게일 캐머런이라는 그 여성은 낮잠을 자다 깼는지 눈을 비비며 판매용 꿀이 있다고 했다. 그녀는 호박꿀을 추천했다.

호박꿀이라고?

게일은 좌판 밑에서 단지를 하나 꺼내더니 긴 막대로 꿀을 길게 늘어뜨려 황금빛 실타래를 만들어 보였다.

"맛보세요."

달콤한 건 다른 꿀과 비슷했지만, 그 꿀은 깊은 곳에서 불맛이 올라오는 것 같았다. 그다음에는 호박 맛이 났는데, 그냥 호박이라기보다는 호박파이나 아이스크림에 들어 있는 설탕을 첨가한 호박

맛에 가까웠다. 내가 과거에 맛본 여느 꿀과도 달랐다.

"혹시 메밀꿀도 만드나요?" 루벤이 물었다.

게일이 고개를 끄덕이며 말했다. "몇 년 전에는 이 근처에 메밀밭이 있었어요."

"저희 아버지가 메밀꿀을 무척 좋아하셨거든요. 남부에서 자란 분이라 그쪽에서 구해 오곤 하셨어요. 제 입맛엔, 뭐랄까, 감기약 같던데." 루벤이 말했다.

게일이 소리 내어 웃으며 말했다. "메밀꿀은 좋아하는 사람과 싫어하는 사람이 극명하게 갈리죠. 나는 그 냄새가 영 적응이 안 되더라고요. 양말 냄새 같은 거 있죠?"

갑자기 닫혔던 창이 활짝 열리고 내가 모르던 세상을 만난 것 같은 느낌이 들었다. 그동안 알팔파, 클로버, 야생화 등 꿀의 종류가 다양하다는 건 익히 알고 있었다. 하지만 맛이 거의 비슷해서 콕 집어 '가장 좋아하는 꿀'을 고를 만큼 차이를 느끼지는 못했다. 그런데 꿀의 향이 너무 독특해서 싫어할 수도 있다는 얘기를 들으니 무척 놀라웠다. 그것은 절박하게 느껴지는 깨달음이었다. 그동안 놓치고 살았던 아주 좋은 뭔가를 차분하게 알려주는 것 같았다. 나는 꿀들의 정체가 알고 싶어졌다. 벌들이 모아 온 벌꿀마다 이런저런 맛을 표현할 수 있는 세상에 살고 싶었다.

"좀 더 강한 맛을 원한다면……." 게일은 이렇게 말하면서 또 다른 단지를 꺼내 보였다. 오줌 빛깔을 닮은 누런색의 꿀이었다.

"민들레예요. 1년 중 가장 먼저 나오는 꿀이죠."

과장이 아니라 정말로 입안에서 향이 톡 터졌다. 벌이 꽃에서 꿀을 모아서 만든 것이 벌꿀이다. 벌들은 날갯짓으로 수분을 날려 보내고, 식욕이 떨어질 수도 있는 얘기지만 당분이 80퍼센트가 될 때까지 200번이나 게워 낸다. 민들레꿀은 단맛만큼이나 톡 쏘는 향도 강렬했는데, 마치 잘 마른 퇴비 냄새 같았다. 그 꿀은 우리가 기존에 알던 꿀맛과는 완전히 다른 맛이었다. 꽃향기와 함께 군밤 냄새도 나고, 누구나 어릴 적 한번쯤 맛보았을 법한 하얀 민들레 수액의 쌉싸름한 맛도 느껴졌다. 맛보는 사람에게 호불호를 확실히 밝혀 달라고 요구하는 맛이었다. 한마디로 정치적인 맛이었다.

"웩! 아이, 역해." 스스로 부끄럼이 많다고 생각하는 앨리사의 반응이었다.

"어떤 맛이 나는데?" 꿀에서 나는 사향 냄새는 자꾸 접하면 나아질 거라고 조언할 셈으로 내가 물었다.

"알루미늄 포일 맛." 앨리사가 대답했다.

우리는 호박꿀과 블루베리꿀도 한 병씩 사기로 했다. 블루베리꿀은 잘 익은 베리 맛이 났다. 이후에도 우리는 게일 캐머런과 그녀의 남편 돈에게서 꿀을 공급받았다. 돈은 직접 벌을 쳤다. 양봉은 캐나다 은행 머니마켓 팀을 은퇴한 뒤로 취미 삼아 시작한 일이었다.

"나는 돌연 직업을 바꾸거나 그만두고 새롭게 시작하는 일은 대체로 건강에 좋다고 믿어요." 돈이 말했다.

그에게는 금요일을 맞아 정장 대신 캐주얼 복장을 한 직장인의 분위기가 여전히 남아 있었다. 체크무늬 모직 셔츠에 모카신(부드러운 가죽으로 만든 납작한 신발. 북아메리카 원주민들이 신던 신발에서 유래했다—옮긴이)을 신고 있었고, 머리카락은 은빛이었다.

돈에게 벌꿀은 생업의 일종이기도 했지만, 양봉장을 운영하면서 오히려 실용성과 다소 멀어진 측면도 있었다.

"양봉을 한다는 건 한쪽 발을 과거에 걸치고 있는 것이나 마찬가지예요. 지난 100년 동안 벌치기가 하는 일은 별로 달라지지 않았어요. 아주 오래전과 비교해도 본질은 변하지 않았지요. 이 일엔 소박함이 있고 전통이 있어요." 돈이 말했다.

그와 이야기를 나눴던 어느 봄날, 돈은 벌들이 분홍색 클레마티스에서 꽃가루를 모으는 모습을 나에게 보여주었다. 그는 현재 기온이 섭씨 17도, 화씨로 하면 62.6도라, 바람이 약하게 부는데도 꽃꿀이 흘러내린다는 걸 알았다. 또 웨스트햄 섬 제방을 걸을 때면 우리와 다른 방식으로 주변에 관심을 기울였다. 활짝 핀 꽃이 무엇인지, 어떤 꽃에 유독 나비가 몰려드는지, 건장한 땅벌이 비행을 멈추고 내려앉으려면 바람이 얼마나 세게 불어야 하는지 등을 주의 깊게 살폈다. 그는 자신의 꿀에서 계절을 맛보았다. 벌 치는 작가 홀리 비숍이 '입안 가득 달콤한 정원이 들어온 느낌'이라고 표현했던 그대로다.

그가 호박꿀을 만들게 된 건 벌들 때문이었다고 한다. 어느 여름날 황톳빛 꽃꿀을 수집하기 시작한 벌들이 마치 치즈가루를 뒤집어쓴 듯 온몸에 주황색 꽃가루를 묻히고 다녔다. 벌들이 호박밭을 발견했던 것이다.

"여기엔 흥미를 끄는 일들이 많아요, 평생." 돈이 말했다. 마지막 단어가 튀어나오는 순간 그 자신도 놀란 것 같았다.

캐머런 부부의 벌꿀은 우리에게 한 가지 답을 주었다. 당시 꿀은

1파운드에 11달러인 반면, 설탕은 2.59달러였다. 우리는 적게 먹더라도 더 만족스럽게 달콤함을 즐기고 싶었다. 원래 수천 세대에 걸쳐 그래 왔다. 설탕 가격이 꿀 가격 밑으로 떨어진 건 1800년대 중반에 들어서다. 오늘날 북아메리카 사람들은 1인당 하루 설탕 한 컵 이상을 소비하는 반면, 꿀은 1년에 두 컵 정도 먹는 것으로 알려져 있다.

하지만 앨리사와 나는 정반대였다. 우리는 '벌이 자라는 환경'은 물론, 뜨거운 여름날 양봉가가 벌집에서 꿀을 덜어 낼 때 한 마리의 벌도 희생시키지 않으려고 얼마나 조심스럽게 작업하는지를 또 벌집에 연기를 쏘여 벌을 성가시게 만드는 일 따위는 결코 하지 않는다는 것을 잘 알게 됐기 때문이다.

차에 돌아와 한참 동안 생각에 잠겨 있던 루벤이 말했다. "먹거리를 사러 다니는 일이 늘 오늘 같기만 하다면 절대 귀찮지 않을 텐데."

하지만 앨리사와 내가 밀 한 통을 구하러 나선 날, 루벤은 함께하지 않았다. 일전에 나는 짐이라는 농부에게 전화를 걸어 100마일 다이어트에 대해 설명한 적이 있었다.

내가 혹시 밀이 있느냐고 물었더니 짐이 말했다.

"글쎄요, 올해는 밀을 재배하지 않는데요."

"작년엔 재배했잖아요."

"작년에는 시험 삼아 레드 파이프라는 품종을 재배했지요. 제빵사 몇 명에게 권유해 봤는데 글루텐 함량이 너무 높아서 안 된대요."

그 말이 나에겐 사소한 문제에 너무 집착하는 것처럼 들렸다.

"어쨌든 밀을 재배하셨다는 얘기죠?"

"맞아요."

"혹시 남은 밀이 있나요?"

"그게 그러니까, 헛간에 1톤짜리 밀자루가 있긴 해요. 한번 와서 살펴보고 원하는 만큼 가져가면 어때요?" 짐이 대답했다.

"정말 그래도 되나요?"

이틀 뒤 우리는 그 농장에 찾아갔다. 앨리사와 나는 짐이 알려 준 대로 프레이저 삼각주로 가서 베이커 산의 거대한 민머리가 군림하고 있는 들판을 찾아냈다. 베이커 산은 워싱턴 주에서 불쑥 솟아 캘리포니아까지 이어지는 그림엽서 같은 화산들 중 가장 북쪽에 자리하고 있었다. 한적한 도로에는 먼저 생긴 꽃차례와 새 이파리가 달린 나무들이 줄지어 서 있었다. 짐이 장담한 대로 크고 오래된 붉은색 헛간이 정말 보였다. 남동쪽에서 불어 오는 겨울 강풍을 맞아 한쪽으로 기운 모퉁이가 맨질맨질하게 닳아 있었다. 우리는 마치 무단출입자가 된 기분이었다. 하다못해 시골 개라도 있을 줄 알았다. 어린 시절 자전거를 탈 때마다 자전거 바퀴를 졸졸 쫓아다니던 그런 개 말이다.

가는 빛줄기가 헛간에 뿌옇게 드리워졌다.

"우리가 찾는 물건을 어떻게 알아보지? 1톤짜리 밀자루는 어떻게 생겼을까?" 앨리사가 말했다.

나는 대답할 필요가 없었다. 몸을 돌리자 흐릿하지만 상쾌한 빛이 거의 내 키만 한 불룩한 자루를 비추고 있었던 것이다. 밀이었다! 팬케이크, 파스타, 토스트 솔저(식빵을 구워 조각조각 길쭉하게 자른 음식. 보통 계란 반숙에 찍어 먹는다-옮긴이)는 물론, 바삭바삭한 생선튀김, 버터 크루아상, 치즈 올린 크래커까지 만들 수 있는 사랑스러운 밀이었다. 캔버스 천을 걷어 내자, 낟알들이 모습을 드러냈다. 현미 색깔을 띤 밀알들은 죽을 끓여 먹는 보리처럼 보였다. 문득 이렇게 줄기에서 훑어 내기만 했을 뿐 탈곡하지 않은 상태의 밀은 한 번도 본 적이 없다는 사실을 깨달았다. 그때 코를 찌르는 지린내가 풍겨 왔다.

"맙소사! 여기에 뭐가 다녀간 것 같은데." 나는 깜짝 놀라 이렇게 말했다.

낟알 속에 집어넣었던 손도 본능적으로 빼냈다. 낟알들이 제자리를 찾자, 쥐덫의 귀퉁이가 눈에 띄었다.

"맙소사!" 내가 또다시 놀라 외쳤다.

자루 안에는 밀가루를 퍼 담을 수 있는 기다란 국자도 하나 들어 있었다. 알고 보니 쥐덫이 한둘이 아니었다. 그중엔 생쥐만 노렸다고 보기에는 너무 큰 것들도 있었다. 어쨌거나 우리는 자루에서 밀을 꺼내 그날 아침까지 캠핑 장비를 보관하던 통에 옮겨 담았다. 지린내가 심했다. 우리가 퍼 담은 알갱이들이 전부 밀알만은 아닌 게 분명했다. 앨리사와 나는 한동안 할 말을 잃었고, 약간의 불안과 의문감에 휩싸였다.

"유행성 출혈열을 감수하면서까지 밀을 먹어야 할까?"

다시 햇볕이 드는 바깥으로 나오면서 앨리사가 말했다. 잔뜩 힘이 들어간 우리의 팔엔 18킬로그램짜리 통이 들려 있었다.

나는 집에 돌아와 레드 파이프 밀알 두 컵을 도마 위에 늘어놓고 비자카드를 이용해 왕겨를 벗겨 내기 시작했다. 갑자기 창밖에 여우비가 내렸다. 해안지대에는 이제 비가 그만 와야 했다. 더 와봤자 땅에 심은 씨앗이 썩고, 꽃꿀 흐르는 날이 늦춰지며, 꿀벌들이 벌집에 갇혀 있게 될 뿐이다. 비는 풍경의 변화는 물론 계절의 향기와 맛까지 결정한다.

비가 내려 실망했지만, 사실 설레기도 했다. 어디까지가 경계이고 한계인지도 몰랐던 주변 세계로 점점 깊이 파고들고 있음을 느낄 수 있었기 때문이다. 우리는 주변 세계와 이해관계를 맺게 되었다. 생산 이력 추적 가능성은 우리로 하여금 갑자기 비까지 신경 쓰게 만들었다. 탐스러운 붉은 딸기와 내가 맛본 최고의 벌꿀이 걸린 일이었다. 생산지와의 거리가 멀어질수록 그런 느낌을 알기가 점점 더 어려워진다.

나는 창밖으로 비를 내다보며 신용카드로 쥐똥과 밀알을 분리하기 시작했다.

구스베리 굴

재료 : INGREDIENTS

냉장한 굴 6개

구스베리 와인 반 컵

서양 고추냉이 뿌리 1개

다시마 가루

만드는 방법 : How To Make

① 맞물린 굴 껍데기 사이로 칼날을 세게 밀어 넣어
껍데기가 약간 벌어질 때까지 흔든 다음,
칼로 이음새를 빙 둘러 껍데기를 완전히 연다.

② 껍데기 안에 든 물을 그릇에 따로 넣고,
굴이 든 껍데기 반쪽도 한쪽에 둔다.

③ 냄비에 와인을 붓고 양이 반으로
졸어들 때까지 중불에 졸인다.

④ 굴 껍데기에 들어 있던 물을
졸인 와인과 섞어 소스를 만든다.

⑤ 완성된 소스를 한 숟가락씩
굴에 뿌린다.

⑥ 서양 고추냉이 뿌리 간 것과 다시마 가루를 조금 얹어 바로 낸다.
입에 넣는 순간 굴이 살아 있는 것처럼 느껴진다.

6월… 활기

그리하여 잡초에서 꿀을 얻고, 악마를 교훈으로 삼게 하소서.

– 윌리엄 셰익스피어, 《헨리 5세》

힘없이 모퉁이를 돌아 북적이는 웨스트 포스 거리로 들어섰다. 이렇게 방금 스파를 하고 나온 듯 광이 나는 얼굴로 빳빳한 쇼핑백을 들고 거리를 활보하는 멋진 사람들 사이를 걸으면 보통은 활력이 솟아난다. 나는 내 분수에 맞지 않는 이 지역에 초라하게 세들어 사는 신세다. 정말로 이 도시는 내 형편에 맞지 않는다. 그래도 공기가 신선하고 발코니 창문을 잠그지 않아도 안심하고 지낼 수 있어서 좋다. 하지만 3개월 전 로컬푸드 먹기 실험을 시작한 뒤로, 먹거리를 찾아 나서는 외출은 힘든 일이 되어 버렸다.

눈이 부실 정도로 날씨가 화창했다. '세븐 시즈' 생선 가게는 셔터를 바짝 밀어 올려 둬서 길가에서도 안이 훤히 들여다보였다. 기다란 매대가 반짝반짝 빛나는 유리로 덮여 있고, 그 아래에 황다랑어와 황새치, 가자미와 붉은 도미 등 전 세계의 바다에서 나는 별난 생선들이 얼음 위로 가지런히 진열되어 있었다. 생선의 원산지를 확인할 수 있을까 싶어 라벨을 살펴보았지만, 여느 때처럼 작은 플라스틱 조각에 휘갈겨 써 놓은 글자라고는 파운드당 10달러 이상씩 하는 가격이 전부였다. 그런 가격이 내게는 여전히 충격적이었다.

10대 때 나는 저녁마다 '미스터 누들'이라는 게맛살이 들어간 인스턴트 라면을 먹었다. 그때만 해도 우리 집 형편이 파산할 지경이라는 걸 전혀 눈치채지 못했다. 우리 자매가 친구들의 곱지 않은 시선을 견디기 위해 얇은 햄이 든 샌드위치라도 먹게 되면 젊은 나이에 미망인이 된 엄마는 점심을 굶어야 했다는 사실도 나중에야 알았다. 그런데 지금은 로컬푸드 먹기에 도전 중이고, 우리 아파트에서 딱 여덟 블록만 가면 해변이다. 아무래도 해물을 실컷 먹는 한 해가 될 것 같았다.

매대 뒤에 서 있는 젊은 남자가 곱슬곱슬한 검은 머리에 키가 크고 날씬하다는 사실이 나를 언짢게 할 이유는 없었다. 하지만 반대로 그 남자는 나를 보면 넌더리를 냈다.

"로컬에서 난 생선은 뭐가 있나요?" 그에게 나는 이런 질문만 하는 성가신 여자였다.

"거의 다 로컬이죠." 남자가 두 팔을 넓게 벌리며 말했다.

이제 나는 이 말을 믿으면 안 된다는 것을 잘 안다. 인식하는 '로컬'의 범위가 사람마다 다르기 때문이다. 레오폴드 센터에 따르면 우리가 하고 있는 100마일 다이어트를 '로컬'로 인정하지 않는 사람들도 많다. 그들에게 로컬은 이동거리 25마일 미만을 의미한다.

반면 슈퍼마켓에서는 로컬을 또 다르게 정의한다. 그들에게 '로컬'은 지방 전체나 주 전체, 심지어 나라 전체를 의미하기도 한다.

농산품 코너에는 '캐나다산/미국산'이라는 표시가 갈수록 늘고 있다. 세계에서 두 번째, 세 번째로 큰 두 나라 안에서 생산된 먹거리란 사실을 아는 것만으로 충분히 만족해야 한다는 분위기다.

"댁이 말하는 '로컬'은 어떤 의미죠?" 내가 물었다.

"로컬 어장이라고 하면 알래스카와 브리티시컬럼비아 주, 워싱턴 주, 오리건 주를 말하죠. 캘리포니아 저 아래쪽과 바하(멕시코 최북단), 플로리다……."

"플로리다는 아니지!" 곁에 있던 다른 점원이 끼어들며 말했다.

"네, 플로리다는 빼고요."

플로리다를 제외하더라도 6,000마일이 넘는 범위다. 그러고 보니 원산지 요건에 부합하는 생선은 연어밖에 없었다. 그마저도 연어가 산란을 위해 바다에서 하천으로 돌아오는 생애 주기를 지녔기 때문에 가능했다. 조개류 역시 원산지를 추적하기가 쉽다. 양식을 많이 하는 데다 라벨에 산지 이름을 정확히 밝히기 때문이다. 나머지 생선들의 경우는 세븐 시즈처럼 그나마 낫다고 하는 상점들마저도 원산지를 모호하게 파악하고 있었다.

우리가 사는 지역에서 말하는 '로컬' 생선들은 대부분 퀸샬럿 제도(브리티시컬럼비아 주 서쪽 태평양 연안에 있는 군도-옮긴이)와 북쪽으로 수백 해리 떨어져 있는 알래스카 근처의 다도해에서 잡은 것이다. 오늘날 원산지 범위 중 가장 먼 거리를 자랑하는 것은 북아메리카에서 잡은 해산물을 중국으로 보내 가공한 다음 다시 미국과 캐나다로 들여오는 경우다.

우리로부터 100마일 반경 안에 있는 워싱턴 주의 항구 마을 이름을 딴 '던지니스 크랩'은 아시아 지역의 '게살 뽑기 전문가들'이 속살을 발라내도록 왕복 8,000마일을 이동해야 한다. 아직까지는 이처럼 대양을 횡단하는 데 드는 운송비용을 감안한다 해도, 북아메리카와 중국 사이의 인건비 격차가 좁혀지지 않고 있다.

내가 마지막으로 물었다.

"그럼 브리티시컬럼비아 주 남부나 워싱턴 주 북부, 그러니까 이 근방에서 난 생선은 뭐가 있나요?"

점원들은 각자 골똘히 생각해 보더니 서로 의견을 주고받았다. 오늘의 연어는 오리건산이니까 확실하게 제외됐다. 100마일 반경 내에서 잡힌 것 중 문어가 있긴 했는데, 언젠가 문어가 세 살배기 아이만큼 영리하다는 글을 읽은 뒤부터 나는 문어를 먹지 않았다. 결국 젊은 점원은 도미와 조개, 대구를 권했다. 나는 대구 살을 달라고 말했다. 점원이 무게를 재고 가격을 입력했다. 16달러.

"저기요, 선글라스 멋지네요."

생선이 담긴 봉지를 건네며 점원이 나에게 말했다.

문득 가게에는 점원이 두 명에서 네 명까지 있었지만, 매번 그 사내가 나를 도와줬다는 사실을 깨달았다. 요전에 방문했을 때는 한 사람이 먹기에 적당한 홍합 분량(껍질째 230그램, 접대용으로는 한 접시에 450그램)과 버터 나이프로 굴 껍데기 벗기는 요령도 알려주었다. 나는 그를 내 전담 생선장수fishmonger로 생각했다. 디킨스 소설에 나오는 정말 마음에 드는 이 단어 덕분에 나는 이 생선 가게에 캐비어와 플뢰르 드 셀fleur de sel('소금의 꽃'이라는 뜻으로, 프랑스 해안가에서 전통 수작업으로 생산하는 소금을 가리킨다—옮긴이) 같은

고가 상품도 있다는 걸 잊을 수 있었다.

"고마워요." 나는 평소와 다른 목소리로 다정하게 말했다.

가게 문을 나설 때 내 발걸음은 들어갈 때보다 좀 더 가벼워졌다. 이성에게서 불편하지 않을 정도로 호감을 얻고 나니, 꼬치꼬치 캐묻는 여자라는 새 역할이 조금은 덜 힘들게 느껴졌다. 수줍음을 타지 않는 사람이라면 내가 꼬치꼬치 캐묻고 다니는 것에 어려움을 느끼는 걸 이해하지 못할 수도 있다. 그 상대가 정보를 제공해서 먹고사는 사람이라면 특히나 더 말이다. 아마도 그건 엄마의 영향일 것이다. 엄마는 상점이나 식당에 전화하는 일을 무척 꺼리셨다. 물론 필요한 경우엔 나와 동생들을 대신해 엄마가 전화를 걸었다. 예상대로 우리 자매는 엄마와 똑같은 거부감을 갖게 되었다.

나는 어떻게 낯선 사람을 만나거나 전화할 때 느끼는 불안감을 극복했을까? 모두의 예상을 뛰어넘어 나는 기자가 되었다. 그러고 보면 우리 가족은 각자가 지닌 성향과 맞서 싸우는 데 탁월한 능력을 가진 것 같다. 내 첫째 동생은 인류학으로 학위를 받았는데, 인류의 문화를 연구하려니 사람들을 제법 많이 상대해야 했다. 동생은 이후 고식물학으로 전공을 바꿔 식물 화석을 연구하기도 했다. 은둔자로 살면 좋겠다고 입버릇처럼 말하던 엄마는 50대에 변호사로 깜짝 변신했다.

인생은 성향과 기회, 의무와 충동이 벌이는 전쟁이다.

나는 발코니로 가서 습도를 확인했다. 날씨가 변덕스러운 해안가에서 반평생을 살면서 터득한 건 눈에 보이는 단서와 공기의 촉감만이 날씨를 예상할 수 있는 가장 확실한 방법이라는 사실이다.

한 기상학자가 오늘날 자연과 단절된 삶을 사는 도시인들에게 건네는 충고라며 격분해서 이렇게 말한 적이 있다.

"제발 구름 좀 보세요. 구름은 그저 눈에 보기 좋으라고 하늘에 떠 있는 게 아닙니다."

"비가 올 것 같은데." 내가 말했다.

"그래? 그러면 우비 챙겨." 제임스의 냉정한 결단이 귀에 거슬릴 수도 있었다. 하지만 밴쿠버의 버스 시스템에 의지한들 시간이 더 절약될 것도 아니라서 별다른 방법이 없었다. 나는 30분간의 오르막길 여정에 나서기 위해 소매를 걷어 올린 재킷을 짐바구니에 넣고 계단을 따라 자전거를 옮겼다. 내 애마인, 1986년 당시 최신상품이었던 경주용 자전거다. 지금은 손잡이에 닳아 빠진 빨간색 테이프가 돌돌 감겨 있다.

제임스가 타는 10년 된 산악 자전거는 내리막 오솔길을 달리느라 너무 빨리 낡아 버렸다. 그 자전거는 본래 선명한 '산딸기' 빛깔이었다. 대부분의 남자라면 선홍색 자전거를 구입할 리가 없는데, 할인가격에 혹해서 산 것이다. 제임스는 이후 앞 바퀴살을 밝은 파란색으로 바꾸고, 브레이크 케이블은 검은색 전기용 테이프로 감아 고정시켰다. 우리는 1년 365일 그 자전거를 끌고 사람들이 많은 곳으로 나간다.

5월 한 달 동안 토요일 아침마다 농민장터를 둘러보았던 우리는 6월이 되자 자전거를 타고 진짜 농장을 찾아다녔다. 우리는 당시 밴쿠버에 5년째 살고 있었고, 그 반도 서쪽 끝에 브리티시컬럼비아 대학이 자리 잡고 있었건만, 그 대학 캠퍼스에 60에이커(약 7만 3,450평) 규모의 농장이 있다는 사실을 이즈음에서야 비로소 알게 되었다. 농장은 뉴욕 센트럴 파크 두 배 크기의 삼림 보호 구역 가장자리를 차지하고 있었다. 그 넓은 숲에 이처럼 특별한 곳이 있으리라고는 전혀 생각지 못했다. 한번 찾아보라고 말해 준 사람도 없었다.

캠퍼스 농업은 20세기 후반에 위축되기 시작했다. 마지막으로 남은 농지마저 주택 건설 부지로 용도가 변경되자, 끝까지 꿈을 포기할 수 없었던 학부생 몇몇이 시판용 채소 농원을 만들어 보자며 저항했다. 오늘날 이곳은 밴쿠버 도심에서 아직 문을 닫지 않은 유일한 농장이며, 도시에 얼마 남지 않은 닭들의 안식처이기도 하다.

제임스와 나는 15년 넘게 채식주의자로 지냈다. 물론 약간의 예외는 허용했다. 일부 자연산 물고기는 먹었으며, 또 일부 국가를 여행할 때 형편이 여의치 않으면 길에서 고기를 먹기도 했다. 하지만 대부분은 한결같았다. 고기와 달걀, 유제품은 먹지 않았다.

동물을 희생시키는 것이 못 견디게 혐오스러워서 내린 결정은 아니었다. 그저 '생명'을 경시하는 우리 인간의 능력을 거부하기로 결정한 것이다. 이제 동물학대 사례는 꽤 널리 알려졌다. 인간은 갇혀 지내는 돼지들이 스트레스와 광기 때문에 서로의 꼬리를 자꾸

물자 아예 꼬리를 잘라버렸다. 닭들을 두 다리로 제 몸을 지탱하지 못할 정도로 살찌우기도 한다. 소의 지방을 늘려 주는 인공사료에는 닭과 돼지의 부산물은 물론, 같은 소의 지방까지도 함유돼 있을 수 있다. 동물들이 고기와 우유, 달걀을 생산하는 기계처럼 다뤄져도 된다는 생각을 우리는 앞으로도 결코 용납하지 않을 것이다.

우리가 이것 못지않게 걱정하는 또 한 가지는 전 세계에 얼마 남지 않은 농업 용지가 육류 생산에 독점적으로 활용된다는 사실이다. 소 한 마리에게서 사람이 먹을 수 있는 고기 1파운드(약 450그램)를 얻으려면 사료로 옥수수 14파운드가 소요된다. 가축 사육 공장에서 개발한 비육기술(고열량 사료를 먹여 소의 지방 축적을 촉진하는 기술—옮긴이)은 풀만 먹고 자라도록 진화한 소의 생리를 거스른다.

미국에서 재배되는 옥수수의 절반을 소와 다른 가축들이 독차지하는 동안 전 세계적으로 기아에 시달리는 사람 수가 8억 명에 이르게 되었다. 슈퍼마켓에서 포장해 파는 고기 덩어리만 봐서는 동물들이 사는 환경을 알 길이 없다. 그래서 우리는 과감히 육식을 하지 않기로 결심했다.

이 1년짜리 모험을 시작하기 전까지는 렌틸콩, 말린 콩, 두부, 견과류 같은 단백질 식품을 먹으며 행복하게 잘 지냈다. 집에서 저녁을 해 먹으면 외식비의 절반도 안 되는 수준으로 만찬을 즐길 수 있었고, 채식주의자들은 고기를 먹는 사람들에 비해 땀 냄새가 덜 난다는 부가 혜택까지 누릴 수 있었다. 그러니 100마일 반경 내에서 우리가 가장 좋아하는 콩류를 재배하는 사람을 찾지 못했을 때, 우린 절망할 수밖에 없었다. 우리의 채식 식단은 장거리 푸드 시스템에 의존함으로써 환경적으로 막대한 비용을 초래하고 있었던 것이다.

우리는 닭이 먼저냐, 달걀이 먼저냐 하는 문제에 직면했다.

하늘을 덮은 듯 우거진 나무 그늘 아래로 자전거 바퀴를 굴리며 서쪽으로 향하는 내내 공기가 달콤했다. 진달래 군락에는 솜사탕처럼 옅은 분홍색에서부터 붉은빛이 도는 보라색까지 붉은 꽃들이 만개했고, 여기저기에 복숭아처럼 탐스러운 꽃도 피어 있었다.

우리는 한때 히피들의 온상이었으며, 환경운동단체 그린피스를 탄생시킨 키칠라노의 분주하고 활기찬 분위기를 뒤로하고 근엄한 포인트 그레이 부촌으로 향하고 있었다. 한 채에 100만 달러 이상 하는 고급 주택들이 줄지어 나타나고, 한 블록 지나면 또 다른 블록이 이어졌다. 어느 주택구입능력 조사에 따르면, 밴쿠버는 세계에서 집값이 가장 비싼 20대 영어권 도시에 포함된다고 한다. 런던이나 뉴욕과 비교해도 큰 차이가 없을 정도다.

놀랄 것도 없이 나에겐 부동산에 대한 강박관념이 있다. 나는 이 강박관념이 성장 과정에서 비롯됐다고 꽤 자신 있게 말할 수 있다. 어린 시절 나는 열세 번 이사하면서 학교를 여섯 번이나 옮겼고, 새 아버지도 세 명이나 거치면서 태어날 때 살았던 대초원 지역으로부터 서쪽으로 천천히 1,500마일을 이동했다. 게다가 3년 전 서른 번째 생일 날 지진이 강타했던 기억도 내가 강박관념을 갖는 데 일조했을 것이다. 이사가 삶의 방식으로 자리 잡으면서 나는 짐을 싸야 한다는 실질적인 문제와 더불어 영원히 새로 전학 온 아이로 지내야 하는 스트레스에 염증을 느꼈다.

하지만 잦은 이사는 끊임없이 새로 태어날 수 있는 기회를 주기도 했다. 내 영혼은 언제나 다음, 그다음에 쏠려 있었다. 나는 어떤 것에도 진심으로 만족하지 못했다. 직업적으로도 그랬고, 방 한 칸짜리 우리 아파트는 물론, 가끔은 제임스에게도 만족하지 못했다.

현대의 모든 강박관념들이 그렇듯이 부동산을 향한 나의 집착은 인터넷 때문에 더 심각해졌다. 우리가 실질적으로 차지할 수 있는 공간은 방 한 칸짜리 아파트였을 때도 있고, 비싼 집세 때문에 다락방처럼 비좁은 곳에서 지내면서 우울증 약을 처방받아야 했던 적도 있다.

하지만 아무 둥지나 차지하는 뻐꾸기처럼 내 관심 영역은 현실의 한계를 벗어나 훨씬 더 광범위했다. 나는 두바이, 런던, 캘리포니아 주의 산타크루스 등지에서 일할 기회를 찾아 입사 지원서를 냈다. 또 케이프코드에서 정면은 2층으로 지어지고 후면은 1층으로 지어진 소금 그릇 모양의 멋진 목조주택에서 사는 상상을 하는가 하면, 사소한 배관 문제로 헐값에 내놓은 미국 남부의 대저택에 운 좋게 머무르는 상상을 하기도 했다.

2년 전 우리는 전기와 상하수도가 연결되어 있지 않고 진입로도 없는 판잣집을 골랐고, 거기서 100마일 다이어트를 처음 생각해 냈다. 당연히 그 집도 내가 인터넷에서 발견한 것이었다. 우리는 2월의 어느 주말에 자동차를 타고 처음 그곳으로 달려가 눈을 맞으며 철길을 따라 왕복 26마일을 걸었다. 걸으면서 사냥에 대해 이야기를 나눴다. 외진 오지에서 살면 자급자족으로 먹고 살 수 있을까?

무스(북미산 큰 사슴-옮긴이)를 총으로 쏴서 잡을 수 있을까?

우리가 그럴 수 있다고, 총을 메고 다니다가 녀석이 눈에 띄면 바로 쏘면 된다고 자신만만해하고 있을 때, 마침 녀석이 우리 시야에 들어왔다. 버드나무 숲에서 무스 한 마리가 우리를 바라보고 있었다. 녀석의 두 눈이 보일 정도로 가까운 거리였다. 초롱초롱한 갈색 눈에 감정이 충만해 보였다. 우리는 총을 쏘기는커녕 서로 얼굴을 마주 본 채 크게 웃기만 했다.

자동차를 세워 둔 곳으로 다시 돌아올 때까지 마지막 5마일은 제임스가 내 등을 가볍게 밀어 줘야 했다. 내 두 다리가 제 힘으로는 앞으로 나아갈 생각을 하지 않았기 때문이다. 그때 내 마음은 이미 데블스 엘보의 낡은 농가를 매입하기로 결심하고 있었다. 강에 인접한 약 3만 평 규모의 그 농가는 2003년 4월 1일 만우절 날 정식으로 우리 소유가 되었다. 나는 그 집이 지닌 비현실성이 무척 마음에 들었다.

그로부터 한 달 반이 채 못 되어 나는 또다시 다른 집들의 사진을 살펴보기 시작했다. 그 사진들에서 다른 사람들의 삶이 엿보였기 때문이다. 내가 그렇게 한 건 어린 시절에 얻은 강렬한 깨달음과 관련이 있다. 가족들과 함께 자동차 뒷좌석에 앉아 있을 때였던 것 같다. 시내의 거리들을 지나가다 불현듯 모든 집들 안에 저마다 다른 세계, 즉 우리 인생만큼이나 다양하고도 생생한 삶이 들어 있을 거라는 생각이 들었다. 저 현관문으로 걸어 들어가면 그 일부가 될 수 있을까? 다른 사람들도 모두 아빠가 죽어 가는 비극을 겪고 있을까? 아니면 어딘가에 커다란 기쁨 같은 것이 있을까?

내 자전거는 윙윙거리며 아스팔트 위를 달렸다. 나는 마당이 넓은 깔끔한 단층집을 보면서 이렇게 생각했다.

'120만 달러. 제임스와 내가 저 집을 사면 밴쿠버에 두 번째 도시농장이 생길 거야.'

"고기를 먹는 사람들은 모두 가축을 기르도록 해야 해." 내가 옆에서 열심히 페달을 밟고 있는 제임스에게 말했다. "수탉은 빼고. 틀림없이 울음소리에 미쳐 버릴 테니까."

"새끼를 만들려면 수탉이 필요하지." 제임스가 반박했다.

닭은 우리가 정기적으로 브리티시컬럼비아 대학 농장을 찾아가기 시작한 큰 이유 중 하나다. 콩과 견과류를 구할 수 없었던 우리는 단백질 공급원을 유제품과 달걀로 바꿨고, 마침 그곳에 안심하고 먹을 수 있는 달걀이 있었다.

제임스는 농장에 갈 때마다 닭들이 잘 지내고 있는지 별나게 확인했다. 그날도 아무 이상 없이 닭 83마리가 탁 트인 풀밭을 돌아다니거나 아늑한 닭장에서 쉬고 있었다. 닭들은 토막 난 채소와 작은 곤충, 잡초를 쪼아 먹었다. 제임스는 그 닭들이 하이라인 브라운 계열이라는 것을 알아냈으며, 생일까지 대략 알게 됐다. 모두 2004년 12월에 태어났다. 직접 닭을 기르지 않으면서 제임스보다 더 정확하게 닭들의 상태를 알 수는 없을 것이다.

다만 제임스에겐 한 가지 의문이 있었다. 저 닭들이 100마일 이내의 닭이 정말 맞을까 하는 것이었다. 나는 한숨이 나왔다. 100마일 다이어트를 실험하기 전까지 우리 둘 다 한 번도 생각해 본 적이 없는 질문이었다. 먹이가 문제였다. 어찌 보면 가축도 장거리 식품과 다름없었다. 또 한편으로는 그런 질문 자체가 우스울 수도 있었다. 우리가 먹어 온 '로컬' 채소는 '로컬이 아닌 먹이'를 먹고 자란 '로컬' 소의 배설물로 만든 거름으로 재배됐다는 의문이 제기될 수 있었기 때문이다. 채소농장 주인에게 어디서 생산된 비료를 사용하는지까지 물어야 할까? 최선을 다하긴 했지만, 적당한 선에서 타협하기로 했다.

브리티시컬럼비아 대학의 닭들은 우리가 정해 놓은 로컬 반경에 근접했다. 농장의 프로그램 기획자인 마크 봄포드는 캠퍼스에서 다시 곡물을 재배할 계획이 있다고 설명했다. 그전까지는 닭 사료를 캐나다 대초원에서 나는 곡물로 대신하되, 철강을 배달하고 돌아오는 트럭에 실어 가져오기로 했다. 완벽하진 않지만 애는 쓰고 있었다.

우리는 달걀 한 판을 차지하기 위해 서둘러 움직였다. 장이 열렸다 하면 한 시간도 안 돼 다 팔려 버리기 때문이다. 진정한 황금빛 노른자의 힘이란 그토록 강렬했다. 오로지 달걀 한 가지를 사기 위해 오는 사람들도 있었다. 단백질이 확보되자 우리는 불그스름한 무 몇 단과 햇감자, 여린 시금치, 모둠 채소, 봄에 난 아티초크를 고르고, 커다랗고 노란 여름 호박꽃까지 챙겼다. 그 꽃으로 제임스가 어떤 요리를 할지 기대가 됐다. 어쩌면 달걀을 입혀 기름에 튀기지 않을까.

구입한 물건들을 포장한 다음 장바구니에 담고 있을 때, 뾰족뾰족한 전나무들 위로 뭔가가 움직이는 모습이 포착되었다. 안정적이면서도 힘이 느껴졌다. 빈터를 에워싼 수목 가운데 가장 키 큰 나무 꼭대기에 독수리 한 마리가 앉아 있었다. 분명 지난주에도 그 자리에서 독수리를 보았다. 닭에서 독수리까지 다른 생명체의 습성을 들여다볼 수 있게 해주는 '100마일 다이어트'의 세상에는 대단히 만족스러운 뭔가가 있었다.

가축들이 교외로 밀려난 건 19세기 후반에 부르주아들이 일으킨 개혁 운동 때문이었다. 전염병에 대한 우려라는 합리적인 이유도 일부 있었지만, 강박적인 위생관념이 훨씬 더 크게 작용했다. 가축을 기르는 사람들은 가난했고, 가난한 사람들이 하는 일은 모두 보기 흉한 것으로 치부됐다. 그래서 결국 먹거리로부터 사람들을 분리하는 또 하나의 쐐기를 박았다.

그로부터 100년이 조금 더 지난 지금, 도시와 농장을 갈라 놓았던 장벽에 마침내 금이 가기 시작했다. 밴쿠버 시는 뒷마당에서 벌 치는 것을 다시 허용했다. 앞서 파리와 시카고 같은 도시들이 각각 오페라 하우스 지붕에 양봉장을 마련하고 시청사 꼭대기에 벌집을 올려 놓은 사례를 이어받은 결과다. 미국 위스콘신 주의 매디슨과 캐나다 브리티시컬럼비아 주의 빅토리아는 영국의 런던, 미국의 댈러스와 함께 소규모 닭장을 허용하는 도시 명단에 이름이 올라 있다.

집에 절반쯤 다다랐을 무렵에야, 내가 연신 미소를 짓고 있었다는 걸 깨달았다. 현대도시에 살면서 이런 일이 얼마나 자주 일어날까? 내가 미소 짓는 이유는 정말 단순했다. 토요일 아침, 나는 독수리 한 마리를 보았고, 자전거에 신선한 채소 한 보따리를 실은 채 신나게 달리고 있었다.

제임스가 저녁을 준비하는 동안 나는 정부 웹사이트를 뒤져 브리티시컬럼비아 해안의 어장 개장 시기를 확인했다. 하지만 이내 괜한 짓이라는 생각이 들었다. 어장은 자주 개장했지만, 100마일 반경 이내, 그러니까 세일리시 해 남부에는 하나도 없었기 때문이다. 이유는 단순하면서도 서글펐다. 장기간 무분별하게 어획한 탓에 물고기의 씨가 말라 버린 것이다.

현실에 염증을 느낀 나는 공상에 빠져들었다. 스페인에 살면 행복하지 않을까? 열아홉 살 때 홀로 의무감에 무작정 떠났던 유럽 배낭여행에서 가장 마음에 들었던 나라가 스페인이었다. 스페인엔 뜨거운 태양과 무어인들이 남긴 성(城), 파에야와 저렴한 와인이 있었다. 거기 어딘가에 내가 살 수 있는 집도 분명 있을 것 같았다.

"스페인어로 '매물'이 뭐야?" 나는 자리에 앉아서 큰 소리로 물었다. 제임스가 감자를 썰 때 나는 익숙한 소리에 갑자기 마음이 초조해졌다.

"왜?"

"이유가 있으니까 묻지."

"세 벤데Se vende." 제임스가 조심스럽게 발음했다.

우리가 구매할 수 있는 가격대에는 이름만 봐서는 꽤 넓을 것 같은 핀카(스페인 또는 스페인어권인 중남미의 대농원)들이 주로 검색되었다. 헤밍웨이가 쿠바에서 살았던 집이 핀카 비히아 아니었나? 스페인의 부동산 사이트에 올라와 있는 몇 장 안 되는 사진들엔 투박하고도 시골스러운 언덕들이 먼 바다를 향해 펼쳐져 있었다. 하지만 정작 집은 스톤헨지를 연상시켰다. 이베리아 반도에 있다는 사실 말고는 우리가 사들인 북쪽 숲 강가의 판잣집과 다를 것이 없었다.

나는 큰 소리로 말했다. "저기 말이야. 우리 세계 각지의 오두막을 수집해 보는 건 어때?"

"저녁 다 됐어." 제임스는 애써 내 말을 무시했다. 그는 계획적인 사람이라 미리 계산한 위험만 감수한다. 즉흥적인 몽상에는 극도로 불안해져 식은땀마저 흘릴 정도니 말해 무엇하겠는가.

"내 생각엔 자기도 좋아할 것 같은데. 원래는 양이 사는 헛간이었대." 나는 제임스를 놀리려고 일부러 화면을 가리키며 말했다.

나는 만찬이 차려진 식탁 앞에 앉았다. 싱싱하고 빛깔이 선명한 샐러드가 아직도 조금은 낯설었지만 점차 익숙해지고 있었다. 오늘은 상추와 아루굴라, 부드러운 무와 달콤한 케일 꽃으로 만든 샐러드였다.

하지만 그날 저녁 가장 매력적인 스타는 입을 쩍쩍 벌린 크림색 조개와 삶은 감자를 볶아 넣은 김이 솔솔 나는 붉은색 국물 요리였다. 채소는 모두 브리티시컬럼비아 대학 농장에서 수확한 것들이고, 농장에서 식탁까지 가져오는 데 석유를 단 한 방울도 쓰지 않았다. 조개는 그 검은색 곱슬머리의 젊은 사내에게 들은 바로는 이름도 매력적인 사바리 섬, 조지아 해협에서 북쪽으로 약 90마일 떨어져 있는 모래곶에서 채취한 것이다. 그런데 연분홍빛 국물은 재료가 무엇인지 도무지 짐작이 가지 않았다.

"이건 어떻게 만들었어?" 나는 미심쩍어서가 아니라 정말 궁금해서 물어본다는 어감을 최대한 살려 다정하게 물었다.

"구스베리 와인을 넣고 쪘어. 웨스트햄 섬에서 가져온 거 말이야."
제임스가 대답했다.

왠지 '순무 샌드위치 요리책' 같은 데 나오는 조리법처럼 들렸다. 내가 맛을 보는 내내 제임스는 불안한 눈빛으로 지켜봤다. 나는 조개 껍데기에서 속살을 떼어 낸 다음, 숟가락으로 국물과 함께 건져 냈다. 조갯살이 혀에 닿아 육질이 느껴지는 순간, 자극적이고 알싸한 맛이 더해지면서 완벽한 조화를 이루었다. 바로 이거다 싶은 순간이었다. 완벽한 승리였다.

다시 조개를 골라 살을 떼어 내려는데, 이번엔 내 새끼발톱만 한 아주 작은 게가 눈에 띄었다. 또 다른 조개도 살펴보니 거기에도 작은 게가 있었다. 와인에 푹 익어서 껍질이 무른 데다 주황색을 띠었다. 모두 공생 게였다. 공생 게는 전 세계 조개류 속에서 발견되는데, 비슷해 보이는 환경이라도 어떤 지역에서는 매우 흔하고, 어떤 지역에서는 찾기 힘들다. 전에는 한 번도 공생 게를 보지 못했는데, 사바리산 조개에는 거의 다 들어 있었다. 게와 조개는 서로 도움을 주는 관계라고 알려져 있다. 다만 게가 조개에게 어떤 도움이 되는지는 아직까지 아무도 밝혀내지 못했다. 반면 조개는 게에게 안전한 집을 제공한다. 게는 조개가 허용하는 크기만큼만 자라면서 그 안에서 행복을 누릴 것이다.

제임스는 조개에서 게를 골라내 자기 그릇 가장자리에 가지런히 늘어놓았다. 우리 집에서 평소 과묵한 쪽은 나인데, 그날은 왠지 제임스가 말이 없었다. 수프 그릇에서 발견한 이 낯선 친분에 거의 감동한 듯했다. 제임스는 조개를 하나 집어 들더니 안을 들여다보며 말했다. "아주 편안해 보여."

나는 약간의 부러움마저 느껴졌다.

단백질 공급원을 구하러 점점 더 멀리까지 다니다 보니, 어느 날 오후 우리는 어딘지 모르는 길에서 콧노래를 흥얼거리고 있었다. 알고 보니 절묘하게도 길 이름이 제로 애비뉴였다. 그때 독특한 은색 표지판이 하나둘 눈에 띄었다. 오래전 측량에 사용했던 푯말이 아닐까 싶었다.

"미국 국경 표시야." 제임스가 어깨를 으쓱하며 말했다.

저게 국경이라고? 시골스러운 도로를 사이에 두고 거울에 비친 듯 똑같이 생긴 홀스타인 소들이 똑같은 풍경의 들판에서 여유롭게 풀을 뜯고 있었다. 금속 표지판이 하나 더 나타났을 때, 나는 제임스에게 차를 세워 달라고 부탁했다. 확실히 한쪽엔 '캐나다', 반대쪽엔 '미국'이라고 쓰여 있었다. 나는 표지판에서 남쪽으로 한 발 내디뎠다. 미국 땅이었다. 역사와 정치가 얼마나 자의적인지를 순수한 관목숲에서 분명히 느낄 수 있었다.

캐나다와 미국 두 나라를 갈라 놓는 보이지 않는 경계로 인해 지금껏 우리의 100마일 반경이 상당 부분 미스터리한 영역으로 남아 있었다. 국경을 넘는 일은 결코 쉽지 않기 때문이다. 제로 애비뉴에서도 두려움과 의심이 뒤섞인 광경이 눈에 들어오기 시작했다. 높은 기둥 위에 감시 카메라가 설치되어 있었고, 헬리콥터들이 가끔씩 나타나 태양을 가렸다. 국경 수비대가 건네는 무의미한 질문은 물론이고, 그 앞에서 대답할 때면 어김없이 말을 더듬는 내 모습을 상상하기 싫었다.

하지만 우리가 무엇을 발견할지 누가 알겠는가? 어쩌면 국경을 건너자마자 운 좋게 병아리콩밭이나 밀밭을 만날지도 몰랐다. 우리에겐 아직 짐이라는 농부에게서 얻은 레드 파이프 밀 18킬로그램이 남아 있지만, 거실 한구석에 그대로 방치된 상태였다. 밀알을 빻아 가루로 만들 방법이 없었기 때문이다. 밀알을 삶아서 질긴 현미처럼 먹을 순 있겠지만, 입맛이 뚝뚝 떨어지게 만드는 왕겨를 벗겨 오롯이 밀알 상태로 만들려면 제임스가 한 시간 가까이 노동을 해야 했다.

우리는 남쪽으로 방향을 틀어 국경을 넘어가려는 대열에 합류했다. 국경 너머로 가는 길은 낯설었다. 밴쿠버는 도시가 마구잡이로 확장되면서 도심에서 국경 쪽으로 35마일을 운전해 가도 저소득층이 모여 사는 흉물스러운 주택들이 계속 이어졌다.

하지만 국경 너머 미국 땅에는 갑자기 무척 시골스러운 풍경이 펼쳐졌다. 세상은 국경을 기준으로 구분되는 터라, 그곳에는 가까운 밴쿠버에서 온 사람들보다 2시간 거리의 시애틀 도심에서 온 사람들이 더 많았다. 샛길 가장자리를 따라 트랙터들이 지나가고, 가족 단위로 사륜 오토바이를 타고 교회에 가는 모습도 눈에 띄었다. 페인트칠이 벗겨진 집들도 꽤 보였다.

우리가 향한 곳은 인구 7만 1,000명이 살고 있는 벨링햄, 왓컴 카운티에 속한 지역이었다. 그곳은 놀랍도록 에너지가 넘치고, 유서 깊은 시내 중심가에는 세련된 카페와 부티크, 갤러리와 박물관들이 즐비했다. 젊은 남녀들은 하나같이 타투와 피어싱을 한 채,

1991년경 시애틀에서 유행했던 그런지 패션의 상징인 플란넬 재킷을 입고 돌아다녔다. 은은한 황토색 재킷이었다.

식당 창문마다 아래의 문구가 적힌 스티커가 붙어 있었다.

신선한 먹거리를 구매하세요.
지역을 생각하고, 지역과 더불어 살아갑시다.

우리가 찾아낸 것은 분명 한발 앞선 생활방식이었다. 그곳의 큰길에는 1년 365일 문을 여는 농산물 직거래 상점이 자리 잡고 있었다.

"여기 좀 봐." 생화들이 담긴 양동이와 푸짐하게 진열해 놓은 당근과 푸른 채소 옆을 지나며 제임스가 말했다. 모두 K&M 레드 리버 유기농 농장에서 재배한 농산물이었다. 제임스가 한쪽 손을 오목하게 오므려서 들어 보였다. 헤이즐넛이었다.

"맙소사, 거의 호두알만 하잖아!" 내가 깜짝 놀라 말했다. 헤이즐넛은 왁스로 광을 낸 티크나무처럼 진한 갈색에 윤기가 돌았다. 그동안 너트믹스에서 본 그 어떤 것보다 컸다. 부리 모양의 헤이즐넛이 태곳적부터 여러 원시 부족에게 매우 유용한 자생 먹거리였다는 점을 감안하면, 헤이즐넛이 이 지역에서 개암나무 열매라고 불리며 하나의 농작물로서 잘 자란다는 것이 전혀 이상하지 않았다. 나는 헤이즐넛 하나를 집어 손가락 끝으로 부드러운 촉감을 느껴 보았다. 한번쯤 꼭 맛보고 싶었지만, 그랬다가는 목이 따끔거리고 입술이 부르틀 게 뻔했다. 캐나다로 돌아가 국민건강보험 제도를 이용하려면 한참이나 걸리니 참기로 했다.

"1파운드에 1달러밖에 안 해. 아예 큰 자루로 하나 사자." 제임스가 믿을 수 없다는 투로 말했다.

"그걸 갖고 국경을 넘겠다고?"

"그게 어때서?" 제임스는 아무렇지도 않은 듯 말했지만, 얼굴엔 근심하는 기색이 엿보였다.

"농산물은 세관에 신고해야 해. 헤이즐넛은 아마 반입이 안 될 걸." 내가 말했다.

"신고 안 하면 되잖아."

"그럴 수도 없겠지만, 난 그러고 싶지 않아. 헤이즐넛을 밀반입하고 싶으면 혼자서 차를 타고 가. 난 걸어서 국경을 통과할 테니까."

"아무것도 안 사 갈 거면 워싱턴까지 뭐하러 왔어?"

제임스의 말이 맞았다. 갑자기 왜 공포심에 휩싸였는지 나는 이유를 설명할 수 없었다. 다만 내 머릿속엔 국경 수비대가 질문을 퍼붓고 좌석에 놓인 쿠션을 찢어 검사한 뒤 제임스와 나를 각기 다른 방으로 데려가 알몸수색을 하는 광경이 그려졌다. 내 이름이 블랙리스트에 올라 공항이나 항구를 이용할 때마다 오래 기다려야 하는 처지가 되는 상상도 했다.

그나마 다행이었던 건 가게를 나설 때 완전히 빈손은 아니었다는 점이다. 가게에 왓컴 카운티 농장을 상세히 소개한 지도가 비치되어 있었다. 아주 소중한 정보였다. 물론 제임스는 캐나다로 돌아가기 전에 구할 수 있는 것들을 직접 가져가면 그만이지 지도가 왜 필요하냐며 투덜댔다.

지도 덕분에 우리는 펀데일과 커스터 같은 작은 마을에 난 시골 길로 접어들 수 있었다. 누크색 강 저지대가 작은 언덕과 숲을 이루며 완만하게 펼쳐져 있었다. 북쪽으로 얼마 떨어지지 않은 프레이저 유역이 평지인 것과는 사뭇 다른 모습이었다. 헤이즐넛밭을 지날 때 우리 둘은 한마디도 나누지 않았다. 휘기도 하고 쭉쭉 뻗기도 한 아름다운 나무들에 물기를 머금은 듯 신선한 잎사귀들이 달려 있었다.

"즐거운 강변 낙농장The Pleasant Valley Dairy. 이름 멋지다." 내가 혼자 중얼거렸다.

제임스도 같은 생각을 했는지 표지판을 따라 차를 몰기 시작했다. 우리는 어느새 버치 만의 소금기가 느껴질 정도로 바다에 가까이 왔다. 농장 지도를 살펴보니 그곳은 A등급 원유를 생산하는 허가받은 낙농장으로 3대째 가업을 이어 오고 있었다. 첫인상은 확실히 좋았다. 은빛 외양간 옆에 무릎 높이로 자란 풀밭에서 소들이 군데군데 무리 지어 되새김질을 하고 있었다. 체크무늬 옷을 입은 남자와 여자들이 작은 트럭에서 뛰어내렸다. 모든 것이 자연스러웠다. 식구들이 모여 사는 집의 뒤채가 농장의 가게였다.

"오늘은 우유가 다 떨어졌는데 어쩌죠." 더치 도어(상하 2단으로 나뉘어 따로따로 여닫을 수 있는 문-옮긴이) 뒤에서 한 여인이 정감 있게 말했다. 그녀는 다른 두 방문객을 위해 치즈를 얇게 자르고 있었다. 이곳에서 프랑스식 세균 배양법으로 직접 만든 치즈를 우리도 맛보았다. 무츨리라고 하는 스위스에서 유명한 치즈와 다양한 양념을 한 네덜란드 고다치즈도 있었다.

114

"각각 한 휠(바퀴 모양으로 생긴 치즈 덩어리. 보통 지름 45센티미터, 두께 20센티미터, 무게 39킬로그램 정도이다—옮긴이)씩 사자." 제임스가 웅얼거렸다. 또 한 번의 도전이었다.

"그러면 돈이 100만 달러는 들 텐데." 국경 통과 문제로 또다시 논쟁하지 않기를 바라면서 내가 말했다. 치즈가 헤이즐넛보다 통관이 더 어려울 것 같았다. 브리티시컬럼비아 주에서는 농장에서 직접 원유를 판매하는 일조차 허용이 안 될 거라는 생각이 들었다. 그 치즈는 합법적으로는 반입이 되지 않을 것이 분명했다. 어쨌거나 우리는 집에서 수제 치즈를 꽤 자주 먹었다. 너무 비싸서 쥐덫에 놓을 미끼라고 하면 딱 어울릴 만큼만 사서 먹었지만 말이다.

"농장에서 만든 수제 치즈 반 휠과 애플 스모크 고다치즈 반 휠, 무즐리 한 조각 하면 얼마죠?" 제임스가 물었다.

몇 달 동안 먹을 수 있는 양이었다. 훈제에 사용된 사과나무 장작마저도 왓컴 카운티 과수원에서 나온 것을 쓴 완벽한 로컬 치즈였다. 가족 농장은 그들 나름의 속도로 살아간다. 여인은 아주 천천히 계산했다. "16달러네요."

"다 사자." 내가 말했다.

다시 자동차로 돌아온 우리는 국경을 향해 달렸다. 필요한 대화는 당연히 제임스가 할 터였다. 나는 국경 너머 캐나다에서는 엄두도 못 낼 엄청난 양의 치즈가 들어 있는 가방에 시선을 두지 않으려 애써 노력했다. 차에서 사과나무 훈제 향이 났지만 날씨가 화창해서 과감하게 창문을 열고 달렸다.

캐나다 국경 수비대가 아무것도 모르고 우리를 향해 통과하라고 손짓했을 때, 솔직히 나는 약간의 전율마저 느꼈다.

"못된 치즈 밀수꾼들!" 제임스가 국경 수비대의 위협을 상상하며 허공에 주먹을 휘둘렀다. 전리품을 싣고 북쪽으로 이동하는 동안, 나는 아까 보았던 목가적인 풍경을 다시 떠올렸다. 흡사 고향처럼 친근하면서도 여러 면에서 미묘한 차이가 있었다. 편안한 익숙함과 신선한 설렘이 뒤섞인 느낌이랄까. 아마도 그 느낌은 옛날 미망인들이 죽은 남편의 형제와 결혼할 때 느꼈던 감정과 비슷할 것이다. 마음은 이미 누크색 강변 어딘가에 정착해 옥수수밭과 감자 더미, 넓은 채소밭 사이에 있었다.

"국경 너머에 땅을 좀 사는 게 어때? 우리 형편으로도 가능할 것 같은데." 내가 큰 소리로 말했다. 나는 밀짚모자에 밭일용 장화를 신고 체크무늬 작업복을 입을 각오가 되어 있었다. 친구들이 캐나다에서 놀러 오면 함께 헤이즐넛 나무 그늘에서 도시락을 나눠 먹을 것이다. 그러고는 사과 씨를 뱉으면서 레모네이드를 만들 100마일 레몬이 있으면 좋겠다고 생각하지 않을까. 그러면 사는 게 즐겁고 인생이 뭔가 달라질 것만 같았다. 하지만 제임스는 내 말에 대꾸조차 하지 않았다.

6월이 끝나기 이틀 전에 100마일 다이어트 진행 상황이 처음으로 기사화됐다. 우리는 다른 기사들을 마감하고 남는 시간을 이용해 별 기대 없이 간략하게 원고를 정리했다. 산업적인 먹거리 체계에서 벗어나길 자처한 사람들의 이야기가 세상 사람들의 관심거리가 될 리 없다고 확신했기 때문이다. 당시 기사가 실린 매체는 〈더 티이The Tyee)라고 하는, 주로 브리티시컬럼비아 주의 소식을 전하는 지역색이 매우 강한 온라인 잡지였다.

하지만 인터넷상에서는 모든 것이 로컬의 한계를 벗어날 수밖에 없다. 우리의 기사는 한밤중에 올라갔다. 다음 날 아침, 기사를 확인해 봐야겠다는 생각을 하기도 전에 독자들이 보낸 메시지가 이미 10여 개나 도착해 있었다. 은둔 생활에서 갑작스럽게 벗어나려니 이상했다. 필명이 'BZA'인 독자는 로컬푸드 먹기가 '거의 불가능하다'고 단언했다. 'Peefer'라는 독자는 농지가 택지로 전환되는 상황을 우려했다. 한 독자는 논쟁적인 뉘앙스로 자신이 사는 지역은 겨울이면 3미터 높이로 눈이 쌓인다고 주장했다.

하지만 같은 위도에 사는 다른 여성은 북쪽 지역에 있는 노인 요양 시설에서 로컬푸드를 먹고사는 것이 현실적으로 가능한지 의심스러웠는데, 한 치의 망설임도 없이 가능하다고 하는 답변을 들었다고 사연을 보내왔다. 그리고 'Lani'라는 독자는 설탕을 넣지 않고 잼을 만드는 방법을 알려주면서 우리의 상상력을 제대로 자극했다.

저와 우리 가족은 거의 평생 우리가 먹을 음식을 직접 재배해 왔습니다. 힘든 일이지만 사실 그렇게 힘들지도 않습니다. 땅이 조금 필요하지만 그리 넓지 않아도 됩니다. 5에이커(약 6,000평)면 충분할 겁니다.

자그마한 땅과 새로운 시작.
나는 나의 때를 기다릴 것이다.

호박꽃수프

재료 : INGREDIENTS

호박꽃 12개

제철 채소육수 5컵

달걀 1개

양파 1개

마늘 2쪽

버터 1큰술

소금 1큰술

고춧가루 1/4큰술

만드는 방법 : How To Make

① 호박꽃을 줄기와 함께 잘게 썬다.

② 중불에 버터를 녹인 뒤 얇게 썬 양파를 넣고 부드럽게 익을 때까지 볶는다.

③ 양파가 익으면 곱게 다진 마늘과 호박꽃을 넣고 2분간 더 익힌다.

④ 소금과 고춧가루를 뿌리고 섞는다.

⑤ 채소육수를 붓고 약한 불에서 끓인다.

⑥ 달걀 푼것을 천천히 부은 다음, 불을 끄고 달걀이 익을 때까지 뚜껑을 닫아 둔다.

✗ 멕시코시티에서 시작돼 전 세계로 퍼져 나간 조리법이다.

7월… 모험

땅의 이익은 뭇 사람을 위하여 있나니 왕도 밭의 소산을 받느니라.

– 전도서 5장 9절

"벌써 지겨워진 거야?"

맞아, 지겨워. 우린 속으로 이렇게 생각하곤 했다. 이제 그런 질
문이라면 지긋지긋했다. 하늘만 봐도 확실히 여름임을 알 수 있는
때가 되자, 우리는 슬슬 지겨워지지 않느냐는 질문을 많이 받았다.
꿀벌이 날아다니고 새들이 지저귀고 흙에서는 습기를 머금은 열기
가 올라오는 계절이었다. 이 밭 저 밭마다 뜨거운 태양이 내리쬐었다.

그런 질문에 나는 얼마나 즐거운 마음으로 하루를 시작하는지
말하는 것으로 대답을 대신하곤 했다. 이제 파스닙 튀김 같은 건
먹지 않아도 된다. 방에서 비틀거리며 나오면 아침 햇살을 받아 온
기를 품은, 아주 잘 익어 탱글탱글한 블루베리 한 판이 주방에서
기다리고 있었다. 어떤 사람들이 주장하듯 과일이 정말로 독소를
배출하고 암을 퇴치하며 전립선을 베개만큼 부풀게 하는지는 알
수 없지만, 사실 특별히 관심도 없었다. 나는 양손에 블루베리를 들

고 먹으면서 수명이 몇 년쯤 연장되고 있다고 느꼈다.

계절에 대해 이야기하고 계절의 미묘한 변화를 설명하는 것도 대답이 될 수 있었다. 초여름에 재배되는 작물은 초록색이 지배적이다. 상추와 콜라드, 겨자잎, 갓, 중국 배추, 파프리카, 피클용 오이, 토마토까지도 초록색이었다. 작물의 상태는 매주 달라졌지만 색깔은 초록색에서 벗어나지 않았다. 여린 잎들이 커지고 향도 저마다 짙어졌다.

껍질째 먹는 완두콩은 껍질을 벗겨 먹어야 하는 품종들에 밀려 나고 말았다. 소시지만 한 꼬투리 속엔 잠두들이 자리를 잡았다. 지역산 아스파라거스는 아직 모습을 드러내지 않았지만, 끝이 돌돌 말린 청나래고사리 순이 있었다. 아티초크도 꽤 오랫동안 모습을 보여서 속잎에 버터를 발라 먹었다. 태어나서 그렇게 많이 먹어 본 건 처음이었다.

여기서 잠깐 짚고 넘어가야 할 사실이 있다. 이 많은 먹거리 가운데 대부분이 가까운 대형마트에는 없다는 점이다.

만에 하나 지겨워질 수도 있는 것 아니냐고 묻는다면, 걸어서 부두에 갔다가 스티브 요한슨이라는, 한시도 가만있지 못하는 활달한 어부를 만난 이야기를 들려줄 수 있다. 스티브는 세일리시 해에서 물고기를 잡아 생계를 이어 가는 몇 안 되는 진짜 어부 중 한 사람이다. 그는 열여덟 살 때부터 블랙하트호라는 작은 배의 선장이었다. 양끝이 말려 올라간 콧수염과 선글라스, 짧지 않은 경력이 묻어나는 무게감 뒤엔 장난끼 어린 10대의 모습이 여전히 남아 있었다. 현재 스티브는 '지속 가능한 어장 만들기'에 참여하기 시작한 로컬 식당 경영자들이 신뢰하는 최고의 자영(自營) 어부다. 그는 오로지 낚싯줄과 통발만으로 필요한 만큼만 고기를 잡기 때문에 해저에 손상을 입히지 않는다.

"그래서 오늘은 뭘 잡았어요?" 통성명을 마친 뒤 내가 스티브에게 물었다.

"알래스카 꽃새우요!"

내가 별 반응이 없자, 스티브는 지난 수십 년 동안 브리티시컬럼비아에서 잡은 알래스카 꽃새우가 90퍼센트 이상 아시아로 수출됐다며, 그곳에선 이 새우가 별미로 통한다고 알려줬다. 그 사이 브리티시컬럼비아는 거꾸로 아시아에서 잡은 대하를 수입했다고 한다. 인생이 그런 거라며 스티브가 허탈하게 웃었다. 배 짐칸에 있는 새우들은 50마일 이내에 있는 선샤인 해안에서 아주 가까이에 있는 암초에서 잡은 것이라고 했다.

"2파운드만 주세요." 내가 말했다.

"그런데 제임스." 스티브가 그물 한쪽을 배 난간에 고정하며 말했다. "이 새우는 작아요. 정말 작지. 당신 마음에 들어야 할 텐데……."

그 순간 큰 접시에 올려놓을 만한 크기의 새우들이 그물 위로 한가득 올라왔다. 스티브는 웃으며 환호성을 지르고는 새우를 한 바구니 퍼서 저울에 올리고 무게를 달았다. 새우들이 제멋대로 튀어 오르는 통에 갑판을 휘젓고 다니며 잡아야 했다. 나는 냉동고에 넣어 놓고 먹으려고 주머니에 있는 돈을 탈탈 털어 새우를 12파운드나 샀다. 싱싱하면서도 장엄함이 느껴지는 새우였다. 나중에 앨리사가 보고는 새우 색깔이 웨딩 모자에 어울리는 완벽한 분홍색이라고 말했다. 어떤 사람들에겐 자기만 아는 주식 브로커나 마약 밀매업자가 있지만, 나에겐 잘 아는 단골 어부가 생겼다.

만약 프로방스나 태국, 아니면 루이지애나의 케이준 마을에서 로컬푸드 먹기를 했다면 "지겹지 않니?" 같은 질문은 받지 않았을 것이다. 하지만 이런 지역들처럼 토속음식이 전통으로 우대받는 곳은 이제 대부분 사라지고 얼마 남지 않았다. 우리 지역을 대표하는 음식이 뭐냐고 묻는다면, 아마 나는 거북한 표정을 지으며 '훈제연어'라고 답할 것이다.

솔직히 앨리사와 나만의 독특한 '요리법'이 있다면 그건 우리가 100마일 다이어트를 시작하고부터 하루 세끼를 위해 만들어 내고 있는 조리법들이다. 그 외에는 북아메리카 어디를 가더라도 음식에 별반 차이가 없다. 세계 어느 곳을 가더라도 집을 떠나왔다는 사실을 의식하기가 점점 더 쉽지 않다. 우리가 먹는 것과 다른 사람들이 먹는 것이 크게 다르지 않은 것 같다. 그런데 음식이 이렇게 획일성을 띄게 된 데는 나름의 이유와 사연이 있었다.

앨리사와 내가 수백만 이웃과 더불어 살아가는 이 지역이 '세상의 끝'이라고 말해도 억지는 아닐 것이다. 우리가 사는 곳은 비교적 뒤늦은 시기에 사람이 살기 시작했다. 물론 북태평양 연안 자체는 고대부터 있었다. 다만 토착 원주민들이 정착한 것은 인류 역사가 꽤 진행된 후다. 아무리 넉넉하게 잡아도 북서태평양 연안에 호모 사피엔스가 살기 시작한 때는 오스트레일리아 대륙에 원주민들이 활보하기 시작하고 수만 년이 지나서다. 유럽인들의 대항해 시대에도 이 거친 지역은 아주 느리게 발견되었다. 북서 연안에 주요 식민도시 한 곳이 세워진 시기가 인류가 남극 대륙 전체를 일주한 시기보다도 늦다. 세일리시 해를 통해 이민 온 유럽인들이 조직적으로 농사를 지으려고 시도했을 때부터 세계 인류와 음식 사이엔 이미 혁명이 일어나고 있었다. 초기 정착민들이 농사를 지으려 한 시점이 세계사적 관점에서 보면 인류와 음식이 단절되기 시작했던 시기인 것이다.

1859년 7월 말, 아주 무더운 여름날이었다. 노예해방론자였던 존 브라운은 메릴랜드 농가에 몸을 숨긴 채 웨스트버지니아 주 하퍼스 페리에 있는 연합군 병기창을 급습할 계획을 세웠다. 결국 이 작전이 도화선이 되어 미국 남북전쟁이 일어났다. 영국에서는 찰스 디킨스가 필력을 떨치고, 찰스 다윈이 《종의 기원》 출간을 목전에 두고 퇴고 작업을 하고 있을 때였다. 프랑스는 이탈리아와 연합해 오스트리아를 침공했고, 막 세상에 알려진 이곳 신세계의 끝에선 정착민 17명이 솔트 스프링 섬에서 각자의 꿈을 심었다. 솔트 스프링 섬은 세일리시 해 북쪽 해협에 뿔뿔이 흩어져 있는 300개가 넘는 군도 가운데 가장 규모가 크다.

이 정착민들의 이름이 역사에 남아 있지는 않지만, 호기심을 자극하는 그 시절의 한 단면을 그려 볼 수는 있다. 몇몇은 영국 정부가 파견한 사람들이었을 것이고, 나머지는 샌프란시스코 시온 성전 교회에 소속된 100명이 넘는 노예 가운데 일부였을 것이다. 이들은 미국의 노예무역 역사로부터 해방되고자 북쪽으로 도망쳐 왔다. 어떤 기록에 따르면 노예 중 한 명은 아르헨티나 파타고니아 사람이었다고 한다. 나머지는 하와이 원주민이었다고 알려져 있지만, 하와이와 남태평양 제도의 원주민을 일컫는 카나카 사람이었을 가능성이 높다.

그들은 모두 빅토리아에서 왔다. 당시 빅토리아를 관할하던 영국인 총독 제임스 더글러스가 탁월한 부동산 전문가다운 솜씨를 발휘해, 워커 훅이라는 솔트 스프링 섬의 부두로 사람들을 나들이 보냈기 때문이다.

더글러스는 농업 생산력을 높이려는 열망이 강했다. 당시 빅토리아 지역은 골드러시를 꿈꾸는 사람들이 몰리면서 인구가 급증했지만, 여전히 원주민이나 야생 사냥꾼에게만 유리한 공간이었고, 분계선도 법으로 정해지지 않아 늘 분쟁이 끊이지 않던 지역이었다. 더글러스 총독은 솜씨 좋은 부동산 중개인처럼 사람들에게 솔트 스프링을 구경시킨 바로 그날, 이 섬을 식민지로 삼았다.

워커 훅은 지금도 부동산 중개업자들이 충동을 부추기는 지역이다. 이곳은 항구가 말끔하고, 숲과 바위 언덕에 둘러싸여 있어 아늑하다. 산마루 끝에서는 바닷말과 모래가 완만한 굴곡을 이룬 만이 시작된다. 태양 아래 기나긴 모래톱이 하얗게 타오른다. 사실 이 해변은 세일리시 해안가 사람들이 실컷 먹다 버린 무수한 조개들이 오랜 풍화작용 끝에 멋진 모래사장으로 변신한 것이다.

세일리시 사람들은 유럽의 갤리언선(15~16세기에 사용된 스페인의 대형 범선 - 옮긴이)이 도착하기도 훨씬 전에 해안을 따라 북쪽으로 퍼져 나간 전염병 때문에 떼죽음을 당했지만, 아직도 세일리시 해연안 곳곳에 그 흔적이 남아 있다. 솔트 스프링의 정착민들이 이용했던 배도 태평양 안쪽 해협에 적합하도록 뱃머리를 높이 설계한 세일리시 카누였다.

이야기꾼들의 말에 따르면, 그날 밤 시온 성전 교회 신도 중 한 명이 모닥불 앞에서 "우리는 자유인이다! 이 섬은 우리 땅이다!"라고 외친 뒤 노래를 부르기 시작했다고 한다. 이 모든 역사는 결국 한 줌의 진실을 향해 나아간다. 이런 일들로 인해 한 지역의 뿌리가 결정되었으며, 사건 전후로 모든 것이 달라졌다.

솔트 스프링 정착민들을 다음 사례와 비교해 볼 만하다. 1620년, 버려진 왐파노악 원주민 마을인 파툭세(지금의 미국 매사추세츠 지역—옮긴이)에 식민지 개척자들이 상륙했다. 필그림(1620년 미국으로 건너가 플리머스 식민지에 정착한 영국의 청교도—옮긴이)과 함께 추수감사절 전통을 뿌리내린 것으로 알려진 이 청교도들은 새로운 땅에 발을 내딛자, 그 지역 토양과 원주민들에 적응해 가기 시작했다. 11월에 도착한 이들은 왐파노악 원주민들이 저장해 둔 식량을 훔쳐 먹으며 첫 겨울을 보냈다. 왐파노악 원주민들이 유럽에서 처음 시작된 질병에 감염되어 떼죽음을 당한 뒤였다. 신대륙에 상륙한 101명의 영국인 중 이듬해 추수 만찬 때까지 살아남은 사람은 고작 52명이었다.

이들에게 믿기 힘들 정도의 관용을 베푼 이가 있었다. 왐파노악 원주민 통역사인 티스콴텀이다. 스콴토라는 이름으로 더 잘 알려진 그는 파툭세를 휩쓸던 전염병에서 살아남은 몇 안 되는 생존자 중 한 명이었다. 그는 유럽으로 납치돼 구경거리가 되는 수모를 겪으며 영어를 배웠다. 정착민과 원주민들이 외부의 군사적 공격으로

부터 서로 협력하자는 외교협정을 맺자, 그는 식민지 정착민들에게 옥수수 재배법과 물고기를 활용해 밭을 기름지게 만드는 법을 알려주었다.

그들의 '첫 번째 추수감사절'에 대한 기록 대부분은 정착민 중 한 사람이 쓴 편지글 가운데 115단어로 이루어진 한 단락에서 비롯된 것이다. 학자들은 당시 준비할 수 있었던 메뉴가 극히 제한적이었을 것으로 추정한다. 왐파노악 종자를 키워 수확한 옥수수와 90명의 왐파노악 전사들이 방문해 선물한 사슴 다섯 마리, 거기에 야생 칠면조를 비롯한 가금류와 어패류, 야생 견과류 및 베리류, 그 지역에서 나는 다양한 호박들이 더해졌을 것이다.

그로부터 239년 뒤, 솔트 스프링의 개척자들은 세일리시 원주민이나 다른 해안 부족들의 주식 같은 것은 궁금해하지도 않았다. 만약 그랬더라면 앨리사와 내가 하루 세 끼를 100마일 감자 요리만 먹지 않아도 됐을 것이다. 어쩌면 그 대신 '꽃을 먹는 사람들'이 되어 흔한 애기백합 뿌리를 구워 먹었을지도 모른다.

세일리시 원주민들이 애기백합 뿌리를 어찌나 애지중지했던지 밴쿠버 섬을 처음 본 영국인 선장이 영국의 가정식 정원을 떠올렸을 정도다. 미국인 탐험가 메리웨더 루이스는 좀 더 남쪽에서 남색 애기백합들이 드넓은 들판에 촘촘히 피어 있는 모습을 보고 '맑고 깨끗한 호수'로 착각했다고 한다.

정착민들이 원주민의 먹거리를 외면하지 않았더라면, 우리는 아마 꽃과 연어, 다양한 베리 열매를 즐겨 먹고 율라칸 기름 단지를 소중히 여겼을 것이다. 율라칸 기름은 북태평양 빙어를 발효시켜 만든 것으로, 유럽인들이 침략해 오기 전까지는 해안가에서 가장 비싼 값으로 거래되던 품목 중 하나였다. 달달한 것을 좋아하는 내 식성은 '인디언 아이스크림'으로 불렸던 독특한 비누나무 거품으로 충족됐을 것이다.

하지만 우리 조상들은 별 고민 없이 곧바로 유럽의 음식문화를 재현하기 시작했다. 씨앗 자루와 산란용 닭, 깊은 화물칸에서 몇 개월을 나는 동안 뿌리 내릴 수 있게 감자 사이에 넣어 온 사과나무 잔가지들을 배에서 실어 내렸다.

그동안 유럽 사람들은 신대륙으로부터 토마토, 고추, 감자, 옥수수, 호박, 바닐라, 해바라기, 초콜릿 등 수없이 많은 먹거리를 받아들였다. 하지만 세계를 강타한 식민지 개척이 마침내 이곳 '세상의 끝'에 이르렀을 때에는 이미 토착음식 같은 건 필요하지 않았고, 보존할 생각조차 없었다. 서커태시(아메리카 대륙 북동부에 살았던 원주민이 즐겨 먹던 음식으로, 옥수수와 콩을 함께 끓여 만든다. 뉴잉글랜드와 펜실베이니아로 이주한 유럽인에게도 전파됐다—옮긴이)의 북서부 버전이나 크라마요트처럼 독특한 음식을 개발할 여유가 없었던 것이다. 크라마요트는 프랑스의 한 작은 마을에 사는 장인이 봄에 자생하는 민들레로 만든 달콤한 젤리다.

이로써 최초의 글로벌 푸드 시스템이 작동하기 시작했고, 그 결과 거대하고 푸릇푸릇한 북서부 태평양 연안을 상징하는 대표음식은 딱 하나, 훈제연어만 남게 되었다. 19세기 후반에 태평양에서 잡은 연어를 철도로 맨해튼까지 운송해 요리를 할 수 있게 되자, 훈제연어는 순식간에 북미 대륙을 후끈 사로잡았다.

그로부터 150년이 채 지나지 않은 시점에 댄 제이슨과 나는 솔트 스프링 섬의 높은 블랙번 계곡에 앉아 있었다. 주위는 온통 힌두교 신상과 평화로운 분수로 둘러싸여 있었다. 댄의 취향에 들어맞는 것은 하나도 없었다. 댄이 재배하는 작물의 일부가 요가 센터로도 납품되지만, 그가 정말로 신비롭게 생각하는 대상은 작은 씨앗이었다. 그는 다양한 종자들을 숭배했다.

"저 뒤에 가봤어요? 거기에 콩밭이 있어요. 올해에는 내가 가짓수를 조금 줄였지만, 품종이 80가지쯤은 될 거예요."

댄은 나를 떨어뜨려 놓고 싶어했다. 그래야 자신이 하던 일을 마무리할 수 있기 때문이다. 나는 그에게 알겠다고 말하고 밭으로 갔다. 나는 약속한 시간에 맞춰 도착했는데, 어째 걸프 섬에서의 시간 관념과는 사뭇 달랐던 모양이다.

내가 콩을 살펴보기 위해 그에게서 멀어지자, 댄은 양손과 무릎을 바닥에 대고 기는 자세로 서서히 뒤로 물러났다. 토마토 씨앗에 난 뿌리를 흙으로 덮는 작업을 이어 가는 그의 발바닥은 사도의 발처럼 흙투성이였다. 댄의 밭은 전체적으로 비슷한 형식에 약간의 변화를 준 모습이었다. 몇 군데를 제외하고는 작물들이 길게 줄지어 자라는 모습이 거의 똑같아 보였다. 하지만 문외한의 눈으로도 미묘한 차이를 알아챌 수 있었다. 아마존에서 마이애미까지 옥색, 진황록색, 암녹색, 청록색, 에메랄드색에 이르는 초록색 페인트 색 상표를 펼쳐 놓은 것 같았다.

나는 밭고랑마다 맨 앞에 세워 놓은 나무 표지판을 유심히 바라보다 그만 넋을 잃고 말았다. 카넬리니, 키부 호수 진주, 황소의 피, 모로코 병아리콩, 치타, 표범, 블랙 코코, 아즈텍 붉은 신장, 스티븐슨 블루 아이, 그녀틀 아미시, 시로푼콩, 빅 마마, 비단 붉은 콩, 닥터 빈체콩, 당밀얼굴콩, 범고래. 콩 이름이 그렇게나 다양한지 나는 그날 처음 알았다. 러클이라는 콩은 솔트 스프링 품종으로, 거의 워커 훅만큼이나 오랜 역사를 자랑한다. 나는 이리저리 두리번거리다가 댄이 토마토 작업을 마친 곳으로 갔다(댄은 2005년에 무려 300종의 토마토를 재배했다). 마침 40종이 넘는 마늘 냄새가 바람결에 실려 왔다. 밭을 가로질러 호스를 끌고 가던 댄은 매년 새롭게 시도하는 품종이 80여 가지에 이른다고 설명했다.

"그 씨앗을 어디서 다 구해요?" 내가 물었다.

"서글픈 얘기지만, 대개는 폐업하는 농장에서 얻어요. '이 종자 좀 계속 재배해 줄 수 있나요? 우리 집안에서 80년간 키워 온 거예요. 우리 이모가 가장 아끼는 콩이었지요.' 대개 이런 식이에요."

솔트 스프링 섬의 농촌 풍경이 점차 사라져 가는 모습을 보노라면, 그 섬이 흡사 세계의 축소판 같다는 생각이 든다. 댄 제이슨의 밭에 서서 멀리 내다보면, 농지가 줄어드는 패턴이 북아메리카 전역으로 확대되는 모습을 볼 수 있다. 우리는 이 같은 쓸쓸한 과정이 특정 지역에 미친 영향을 확인할 수 있다. 그것도 아주 구체적으로 말이다.

J. R. 앤더슨은 식민지 관료였다. 어쩌면 당신은 변경에 파견 나와 있으면서도 개척민 농부들의 생활보다는 런던에서 전해 오는 크

리켓 승부 소식에 더 열을 올리는 한심한 공무원을 상상하고 싶겠지만, 사실은 전혀 그렇지 않다. 아메리카 대륙을 향한 앤더슨 가문의 관심은 짧게 잡아도 조지 워싱턴과 긴밀하게 교류한 앤더슨의 증조부까지 거슬러 올라간다. 하지만 앤더슨의 아버지는 제임스 페니모어 쿠퍼(미국의 소설가로 《모히칸족의 최후》가 대표작이다. 백인과 원주민의 관계를 다채롭게 묘사했다-옮긴이)의 모험소설에서 영감을 받아 서부 지역으로 옮겨 갔다.

앤더슨은 1841년 지금의 워싱턴 주에 해당하는 포트 니스퀼리에서 태어났다. 그는 나약하게 살지 않았다. 아홉 살 때부터 학교에 다니게 되자, 말을 타고 험한 산길을 지났다가 배로 프레이저 강을 따라 내려갔다. 마지막 코스로 항해용 세일리시 카누에 올라 조지아 해협의 드넓은 만을 바라볼 때는 새삼 아버지의 빈자리가 느껴져 가슴이 아프기도 했다.

늦은 밤 마침내 빅토리아로 건너가던 순간을 그는 다음과 같이 기억했다.

'거친 바다에 대한 두려움, 야만적인 뱃사공과 그들이 부르는 섬뜩한 뱃노래, 노를 저을 때마다 번뜩이는 형광 플랑크톤의 으스스한 초록빛 광채.'

사실상 그는 진흙탕으로 덮인 삼거리에서 살다시피 했다. 빅토리아의 사내아이들은 학교 정원에서 잡초를 뽑다가 슬그머니 도망쳐 나와 돔발상어 꼬리에 나무토막을 묶고 상어가 다시 물속으로 뛰어들려고 하는 모습을 보며 낄낄거렸다. 앤더슨은 빅토리아에서 생애 최초로 사과를 먹어 봤지만 별로 좋아하지 않았다.

1891년에 그는 브리티시컬럼비아 지방의 농업 감독 책임자가 되었다. 출간되지 않은 그의 회고록에는 '제대로 된 것이 아무것도 없었다. 참고할 만한 책이나 자료는커녕 기록이라고는 글자 하나 찾아볼 수 없었다'라고 쓰여 있다. 앤더슨이 직접 돌아보고 조사한 결과, 그 지방에 그물망처럼 퍼져 있는 농장들은 상업 농장보다는 조금 작고 자급자족형 농장보다는 조금 큰 규모였다. 그런 경작문화가 그에겐 구식으로 비쳤지만, 오늘날 누군가에게는 미래의 농촌 모델로 그려질 수도 있다.

1893년의 솔트 스프링을 생각해 보자. '다시 겨울로 돌아가려는 듯 쌀쌀한 봄'과 여름과 가을의 습한 날씨 때문에 그해에는 작황이 썩 좋지 않았다. 그럼에도 불구하고 가로 7마일, 세로 16마일에 90명밖에 살지 않는 이 작은 섬에서 콩 74톤과 감자 156톤, 여러 종류의 뿌리작물 185톤, 과일 12만 1,000파운드, 버터 2,210파운드, 울 4,500파운드, 12개짜리 달걀 6,305꾸러미를 생산해 냈다.

솔트 스프링보다도 더 작은 섬에서 가정을 꾸리고 사는 사람들조차 전적으로 자급자족하며 살았고, 심지어 솔트 스프링에선 먹거리가 남아돌기까지 했다. 그해 사과 작황만 봐도 죽을 쒔다고 했지만, 섬사람들 모두가 하루에 일곱 개씩은 먹을 수 있는 양이었다. 사과보다 작황이 좋았던 감자는 지금의 솔트 스프링 인구 1만 명에게 4인 가족 기준으로, 125파운드(약 57킬로그램)씩 나눠 줄 수 있는 분량이었다.

하지만 이 같은 수치로도 당시 농촌 마을이 얼마나 풍요로웠는지를 가늠하는 데는 한계가 있다. 당시엔 유전적 다양성도 놀라운 수준이었다. 솔트 스프링은 사과 생산지로 유명하지만, 1893년 한 해 동안 재배된 품종 중에서 내가 먹어 본 것은 그라벤슈타인 단 한 품종뿐이다. 나머지 품종들은 내가 전혀 모르는 것들이다. 웰시, 노던 스파이, 볼드윈, 캐나다 레네트, 블레넘 오렌지, 레드 아스트라한, 글로리아 문디, 옐로 벨 플뢰르, 하스, 올덴부르크 공작, 벤 데이비스, 골든 러세트, 폴러워터, 골든 노블, 알렉산더, 로드 아일랜드 그리닝, 킹 오브 톰킨스 카운티, 파뮤즈, 던클로, 더비 경, 킹 오브 피핀, 워너스 킹, 아이리시 피치, 얼리 하비스트, 록스버리 러셋, 블루 페어메인, 허바드슨 논서치, 메이든 블러시, 윈터 벨 플뢰르. 줄줄이 읊고 있자니 갑자기 이 지역에서 유명한 시 제목인 '이름을 말해 봐Say the Names'가 떠오른다.

당시엔 밀도 있었다. 아니, 어떻게 밀이! 뿐만 아니라 보리와 귀리도 있어서 251에이커(약 30만 평)의 땅에서 흉년이 들었던 그해 솔트 스프링에서만 144톤의 곡물을 생산해 냈다. 우리 아파트로부터 100마일을 벗어나지 않는 지역에서 볼 수 있는 밀 품종이 수십 가지였다. 주로 레드 파이프를 재배했지만, 마을마다 미세한 기후 차이가 있어서 그 기후에 맞는 밀을 재배했다. 그 이름들을 살펴보자. 90일, 화이트 파이프, 칠리, 클럽, 라도가, 봄 늪. 당시엔 눈을 돌리면 어디나 밀밭이었다. 어느 곳에서나 팬케이크, 비스킷, 그레이비(육류를 철판에 구울 때 생기는 국물에 캐러멜, 밀가루 따위를 넣어 만든 소스-옮긴이), 사워도(빵을 부풀리는 데 사용하는 유산균과 효모의 공생 배양물-옮긴이) 빵, 요크셔푸딩(밀가루에 우유, 달걀을 넣어 반죽한 다음 부풀어 오를 때까지 굽는 영국 음식-옮긴이)을 먹을 수 있었다.

한편 프레이저 유역 위쪽의 애거시즈에 있던 영연방 자치령 실험 농장에서는 한 해 전인 1892년에 3가지 품종을 교배해 마르퀴스라고 하는 새로운 품종을 개발해 냈다. 그때는 아무도 몰랐지만 그것은 현대적인 단일 경작의 시초였다. 제1차 세계대전 때까지 미국에서 재배한 모든 밀의 50퍼센트, 캐나다 밀의 80퍼센트를 마르퀴스 품종이 차지했다. 가장 많이 재배될 때는 북아메리카에서만 2천만 에이커가 넘게 재배되었다. 이후 마르퀴스는 오늘날의 5602HR 같은 여러 개의 신품종으로 개량되었다.

앤더슨은 그러한 변화를 눈치챘다. 도로와 철도가 새로 개설될 때마다 세상이 산업화와 경제적 분업화, 글로벌 마켓 시대로 향하고 있음을 느꼈다. 앤더슨은 그 변화를 한 점의 의심도 없이 확신했다. 그는 연간 보고서에 이렇게 적고 있다.

'하류 지역 농가들은 낙농업과 과수, 뿌리작물 재배에 집중하고, 상류 지역 농가들은 곡류 재배에 집중하면 모두에게 훨씬 이로운 결과가 나타날 것이다.'

사실 앤더슨이 예상했던 변화는 서구 세계의 경우 이미 여러 지역에서 나타나고 있었다. 그로부터 100년이 지난 지금은 궁극적인 결말에 다가서고 있다. 나 역시 그런 변화의 산물이라 너무 많은 역사와 지식을 잃어버린 나머지, 내가 사는 이 지역에서는 밀이 자라지 못하는 줄 알았다. 댄 제이슨도 한동안 나와 같은 생각이었다고 한다.

댄이 나에게 말했다. "콩류와 병아리콩을 찾아다니기 시작했는데, 곡물, 카무트(단백질 함량이 높은 밀의 일종), 퀴노아(남아메리카에

서 주로 자라는 곡물로 단백질, 녹말, 비타민, 무기질이 풍부하다—옮긴이)
까지 모두 재배되고 있었어요. 무척 놀랄 수밖에 없었지요."

하지만 댄이 자기가 농사짓는 밭에서도 1890년에 레드 파이프
밀을 수확했다는 사실을 알게 된 건 그때로부터 한참이 지나서였다.

산업형 농업에 대한 거대한 실험은 엄청난 성공을 거두었고, 바
보가 아니라면 그 사실을 부정하지 않을 것이다. 미국에서는 수출
량을 전혀 줄이지 않고도 미국인 전체에게 하루에 필요한 열량의
두 배 가까이를 제공할 수 있는 식량이 매일 공급된다. 사람들은
현재 가처분 소득의 7퍼센트를 음식에 소비하는데, 이는 1950년의
22퍼센트보다 낮아진 수치이다. 그만큼 먹거리의 가치가 낮아진 것
이다. 제2차 세계대전이 일어나기 전에는 유럽인 농부 한 사람이 평
균 다섯 명이 먹을 식량을 생산했다. 오늘날 미국인 농부 한 사람
이 생산하는 양은 그 25배 규모다.

하지만 이 같은 시스템에는 적잖은 실패와 손실도 뒤따랐다. 이
론의 여지가 있지만 그중 가장 심각한 문제는 각 지역 고유의 경험
적 지식이 사라져 버렸다는 사실이다. 눈에 띄는 구체적인 변화를
나열할 수도 있다. 20세기 초 미국 농무부가 파악하고 있던 463개
무 품종 중 436개가 자취를 감췄으며, 미국의 연간 토마토 수확량
중 80퍼센트가 아직 초록색을 띠고 있을 때 수확한 것이라는 사실
이다. 뿐만 아니라 현재 솔트 스프링 섬에서 생산하는 작물로는 거
주민들이 필요로 하는 식량의 2퍼센트밖에 감당하지 못한다.

이제 새로운 지식과 목적성을 지닌 역사는 작은 것을 지향하는
방향으로 돌아가고 있다. 댄 제이슨은 매년 6,000명에게 종자를 판

다. 그 덕분에 댄이 보유한 품종은 오히려 더 다양해지고 있다. 3년 전엔 오대호 인근의 원주민 매장터에서 뚜껑 없이 발굴된 아주 오래된 단지 속의 씨앗들을 소포로 전달받기도 했다. 댄의 밭에선 천년의 역사를 지닌 담배도 자라고 있다. 한 세기도 더 전 정착민들이 담배를 재배했던 시절엔 아마도 100마일 시가를 구입할 수 있었을 것이다. 댄은 "우리는 과거로 거슬러 올라가기도 하고 앞으로 나아가기도 한다"고 말했다. 그는 현재 솔트 스프링 섬에서 재배되는 사과 품종이 375종에 이를 거라고 추정했다. 아마도 역사상 이보다 더 다양했던 적은 없었을 것이다.

댄에게 물어볼 것이 한 가지 더 있었다. "당신을 가장 놀랍게 한 건 뭐였나요? 심을 땐 전혀 기대하지 않았는데 결과가 좋았던 것이 있었나요?"

댄은 희한하게 생긴 두 개의 새순 주변 흙을 손으로 매만지고 있었다. 하나는 남아프리카, 나머지 하나는 짐바브웨에서 온 것이었다. 마침내 댄이 나에게 눈길을 주며 말했다.

"그런 건 정말 하나도 생각 안 나는데요."

"잘 자라지 않는 건 안 심었나요?"

"아니요. 잘 자라지 못할 거라고 염려했던 식물이 하나도 없어요."

하지만 댄 제이슨도 끝내 우리에게 밀을 보여주진 못했다. 그해에 150명이 댄에게서 레드 파이프 종자를 사갔지만, 그중 로컬 재배자는 한 명뿐이었고 그마저도 견본 분량밖에 가진 것이 없었다. 100마일 다이어트가 이제 노르웨이, 프랑스, 호주까지 널리 전파됐는데도 벌집형 사고 공간인 인터넷마저 로컬 밀가루가 어디에 있는지 알려주지 못했다.

하지만 우리는 다시 인터넷에서 힌트를 얻어 인근 농장을 찾아 헤매기를 그만두고 고속도로를 타고 교외로 나가기로 했다. 빽빽하게 이어지는 차량들과 회반죽을 발라 놓은 주택가, 골짜기를 가득 채운 백색소음까지, 아무리 봐도 그 여정은 말이 안 되는 것 같았다. 그러던 중 옆길에 세워진 표지판이 눈에 들어왔다.

유기농 블루베리 파운드당 2달러

"맙소사, 제임스! 이러다 우리 죽겠어!" 앨리사가 소리를 꽥 질렀다. 우리가 탄 차는 자갈이 깔린 갓길로 빠졌다가 방향을 획 돌려 유턴했다. 나는 블루베리를 향해 돌진했다. 도로가 막다른 길로 이어졌다. 표지판이 세워진 진입로에 차를 세우자 농장이 보였다. 아주 넓지는 않았지만, 적당한 크기에 놀리는 땅 없이 대지를 알뜰하게 사용하고 있었다. 바람막이용 울타리 뒤로 이제는 친숙한 블루베리 나무가 밭을 가득 메우고 있었다. 우리는 차에서 내렸다.

"어서 오십시오." 외국인이 영어를 말할 때처럼 발음에 신경을 쓴 여자 목소리였다. 고개를 돌리자 수수하게 차려입은 날씬한 여성이 서 있었다. "블루베리 사러 오셨어요?"

"좀 볼 수 있을까요?" 앨리사가 몇 걸음 안 되는 곳에 있는 밭을 가리키며 물었다.

"이쪽으로 오세요." 여자가 선뜻 대답했다.

우리는 함께 밭 쪽으로 걸어갔다. 앞장서 가던 여자가 잎을 쓰다듬으며 말했다. "보세요, 정말 탐스럽죠? 냄새도 얼마나 좋다고요." 우리는 고개를 끄덕였다. 정말 말이 필요 없었다. 우리는 도심의 오아시스에 가만히 서서 숨을 크게 들이마셨다. 밭에서 돌아오는 길에 격자 구조물로 만든 긴 아치를 발견했다. 포도가 주렁주렁 열려 있었다. 여자는 우리를 그쪽으로 데려가더니 포도 두 송이를 따서 건네주었다. 하나는 보랏빛이 돌고, 다른 하나는 초록빛이었다.

"한번 드셔 보세요."

포도는 믿을 수 없을 만큼 달콤했다. 그때 얼핏 포도 덩굴 사이에 뭔가 색다른 것이 보였다. 축 늘어진 형태가 마치 트롬본을 떠올리게 하는 채소들이 무리지어 있었다. 내 키만 한 것도 있었다. 얼룩덜룩한 연두색 빛깔을 보니 대낮에 뜨거운 태양 아래서 썰어 먹으면 시원하게 수분이 보충될 것만 같은 종류였다.

내가 물었다. "그런데 저건 뭐죠?"

"뭐요?"

"저거요. 저것도 파나요?"

"정에서 쓰는 거예요." 여자가 대답했다.

"정요?"

"왜 불교의 정 같은 거 있잖아요."

"아, 절!"

"맞아요, 절! 모두 절에서 쓸 거예요. 판매용이 아니에요."

"하나만이라도 살 수 없을까요?" 나는 그녀에게 잘 보이려고, 약간은 불교 신자처럼 보이려고 애쓰면서 말했다. 하지만 여자는 미안해하면서도 단호하게 고개를 저었다.

"저건 뭐라고 부르죠?" 내가 물었다. 새로 발견한 먹거리를 남겨두고 가는 것이 못내 아쉬워 재차 물었다. "이름이 뭐예요?"

"이름요?" 여자가 의아한 표정을 지으며 대답했다. "워시."

"워시." 내가 따라서 발음했다.

그제야 나는 회벽으로 된 집이 과거엔 창고로 쓰였겠지만 지금은 그 안에 소박한 베트남식 불교 사원이 차려진 걸 볼 수 있었다. 신실한 사람들이 모여 워시를 깎아 조각하고, 주머니에 잔돈을 잔뜩 넣고 다니며 으스대는 백인에게는 물건을 절대 팔지 않는 농장이자 사원이라니, 이곳이 무척 매력적으로 느껴졌다.

우리는 블루베리를 맛보았다. 작은 열매에 농축된 맛이 입안 가득 퍼져 진한 향을 남겼다. 우리는 블루베리를 10파운드(약 4.5킬로그램) 구입했다. 차도로 한참 내려온 뒤에야 내가 어리석었다는 사실을 깨달았다. 여자가 말한 것은 '워시'가 아니라 '스쿼시', 그땐 잘 몰랐지만 베트남에서 사랑받는 호박 품종임이 틀림없었다.

우리는 성스러운 호박이 있던 곳에서 몇 블록 떨어지지 않은 중국 채소 농원에서 수박, 배추, 무, 메꽃, 물냉이, '모과mo gua'라고 부르는 쌉쌀하고 기다란 호박을 샀다. 거기서 멀지 않은 곳에서는 인도로부터 건너온 농부들의 후손이 고수와 크놀콜(콜라비의 일종-옮긴이)을 재배했다. 한편 브리티시컬럼비아 대학 농장에서는 마야인 정원사를 초청해 아마란스와 안데스 감자, 예르바 모라라는 채소를 성공적으로 재배하고 있었다.

그날 우리는 교외 농장에서 이런 깨달음을 얻었다. 누가 봐도 '로컬'이라고 인정할 만한 확실한 운명을 지닌 음식은 없다. 모든 음식이 사실상 문화적 소산이고, 정치와 시장 트렌드, 인구 변화에 따른 결과물인 것이다. 언제부턴가 우리는 수확할 수 있을 만한 것들만 심기 시작했다.

요즘은 별 모양 열대과일인 스타프루트와 열대과일의 왕 두리안을 대형마트에서 구할 수 있는 시대다. 그러니 자본주의의 초고속 세계화야말로 우리의 식탁을 다채롭게 만드는 최상의 방법이자 유일한 수단이라고 생각하기 쉽다. 그러나 실제로는 급속한 세계화로 인해 고유한 음식문화가 사라져 가고 있다. 우리를 둘러싼 자연환경에서 과거에 어떤 작물이 생산됐는지 대부분 기억도 못할 뿐만 아니라, 재배가 가능한 작물의 범위를 제대로 파악해 본 적조차 없다.

생물학자 에드워드 윌슨에 따르면 인류가 역사적으로 이용했다고 알려진 식물은 7,000종 이상이다. 오늘날엔 단 20종이 세계 식량의 90퍼센트를 차지한다. 《생명의 다양성The Diversity of life》이란 책에서 윌슨은 '저활용 행태'를 가장 잘 보여주는 예로 과일을 꼽았다. 약 12가지의 친숙한 과일이 북반구 전체 과일 시장을 지배하고 있으며, 이 과일들은 열대 지역에서도 꽤 많이 소비된다. 그러나 열대 지역에서 이미 재배되고 있거나 그 지역으로 공급되는 과일 품종이 200여 가지이며, 그 밖에 활용되지 않는 과일도 최소 3,000여 종에 달한다고 한다. 또 식용 가능한 식물을 모두 합하면 3만 종 이상이라고 한다.

불현듯 우리 동네 식료품점에서 보았던 빼곡한 진열대가 풍요의 뿔과는 다르다는 생각이 들었다. 언젠가는 채소나 과일을 3만 종이나 갖춘 대형마트를 보게 될 날이 올까? 불가능하지는 않겠지만 그리 쉬울 것 같지도 않다. 그 정도의 다양성은 한 지역과 그 지역에 사는 사람들이 긴밀하게 연결되어 농산물을 소규모로 재배할 때만 유지될 수 있다. 이것에 대해 우리가 확실히 말할 수 있는 사실은 절대 지루하지 않다는 것이다.

7월 말경 출장차 빅토리아에서 하루 머물 일이 있었다. 한때 세일리시인들의 목초지였던 도심 공원마다 그해 끝물의 애기백합들이 활짝 피어 있었다. 나는 어느새 도시 외곽으로 차를 몰아 학창 시절의 기억을 더듬으며 굽이진 옛길을 달리고 있었다. 나는 원래 그런 짓을 잘했다. 휴대용 식물도감과 조류도감을 챙겨 다니며 야생화나 버섯 혹은 새들을 관찰하려고 길가에 종종 멈춰 서곤 했다. 그렇게 조금이나마 여유로웠던 때가 있었다.

마침내 나는 적당한 장소를 발견하고 차를 세웠다. 숲속의 풀밭 언덕 위로 개리오크 나무들이 할로윈을 연상케 하는 그림자를 여기저기 드리우고 있었다. 애기백합을 찾기에는 안성맞춤인 장소였고, 실제로 벌써 꽃잎을 떨어뜨린 진보라색 애기백합을 발견하기도 했다.

'여기에 죽음의 백합도 있었지.'

나는 신경을 곤두세웠다. 크림색 꽃잎이 시들기 시작하면 그 사촌뻘 되는 애기백합과 헷갈리기 쉬웠다. 죽음의 백합은 그 이름이 말해 주듯 알뿌리에 치명적인 독이 있다. 주의해서 골라야 한다.

나는 흙을 파기 시작했다. 백합 줄기가 땅에 박혀 있어 생각보다 어려운 작업이었다. 자갈층이 드러나고 한쪽 손톱 끝에 피가 맺힐 때까지 손으로 흙을 파냈다. 그러자 마침내 알뿌리가 눈에 띄었다. 예상보다 컸다. 모양이며 크기가 대략 통마늘과 비슷했다. 운이 좋았다. 그 자리에서 한참 떨어진 곳으로 자리를 옮겨 다시 한 번 흙을 팠다. 이번에 찾은 건 작고 속이 비어 있어서 다시 제자리에 넣고 흙을 단단히 덮어 준 뒤 새로운 목표물을 찾아 돌 옆을 샅샅이 살폈다. 알뿌리를 캐내는 작업은 꽤나 품이 드는 일이었다.

앤더슨은 농업 부문 관료였을 뿐만 아니라, 식물학자이면서 자신을 둘러싼 세상을 맑은 눈으로 바라본 사람이었다. 그는 자동차 사고로 여든아홉 살에 사망하기 꼭 1년 전인 1929년에 이 지역의 먹거리와 약초, 독성이 있는 식물을 안내한 책을 출간했다.

이 책은 다른 책에서는 찾아볼 수 없는 각종 지식과 지역의 고유한 특색이 가득 담긴 아주 귀한 자료다. 오션스프레이 관목에서 꺾은 가지가 어떻게 훌륭한 낚싯대로 변할 수 있는지, 지역 장터에서 씨 없는 야생 포도를 어떻게 쌓아 놓고 팔았는지에 대한 것까지 오만 가지 내용이 다 담겨 있다. 숏베리라고 하는 그 포도는 오직 원주민들만 먹었던 것으로, 지금은 아무도 기억하지 못하지만 당시엔 몇 년 동안 큰 인기를 누렸다. 애기백합 알뿌리를 캐내고 다듬는 과정이 자세하게 설명되어 있는 걸 보니, 앤더슨이 얌전하게 숨어 있는 알뿌리를 찾느라 직접 흙을 파본 게 틀림없다는 확신이 들었다.

애기백합 알뿌리를 두 개 들고 의기양양하게 집으로 돌아온 나는 스스로 무척이나 성공한 가장이 된 것 같았다. 그것 말고는 달리 특별할 게 없는 날이었다. 냉장고는 기대하지 않았던 수확물로 전시장처럼 변해 있었다. 무와 예르바 모라, 세이지, 조개, 레드 파이프 밀알, 모과가 멋지게 전시되어 있었으니 말이다.

예전 같았으면 요리책을 뒤지고 인터넷을 검색해 비상식량을 요리했을 것이다. 하지만 지금 가진 식재료는 모두 본질적으로 미지의 것들이었다. 세일리시 연안은 말할 것도 없고, 토스카나와 프로방스처럼 개성 있는 지역의 조리법들도 그렇게 진화하지 않았을까? 혁신이란 필요의 속도에 맞춰 일어나게 마련이다.

나는 애기백합 본연의 맛을 즐기고 싶었다. 알뿌리를 은박지에 싸서 천천히 오래 구웠다. 흙으로 만든 화덕에 구웠을 때의 맛이 재현되길 바랐다. 다 익자 부드러운 속살이 구운 마늘 같았다. 다만 색은 더 뽀얬다.

앨리사를 불러 함께 먹었다. 평소 같지 않은 침묵 외에 특별한 의식은 없었다. 달콤함이 약간 느껴지는 데다 씹는 맛도 조금 있었다. 돼지감자처럼 고소한 맛도 났다. 맨 마지막에 비로소 꽃향기가 은은하게 느껴졌다. 솔직히 조금은 단조로운 맛이었다. 이렇게 말하려니 감자를 한 번도 먹어 보지 못한 사람에게 감자 맛을 설명해야 하는 사람의 심정이 이럴까 싶다.

우리는 집이라고 부르는 낯선 장소에 발을 들여놓은 개척자가 된 기분이었다.

당신이 아무리 올바른 길 위에 서 있다고 해도
제자리에 가만히 있는다면 어떤 목표도 이룰 수 없다.

– 랄프 왈도 에머슨

민들레 잎과 곰보버섯 찜

민들레 잎 450그램 　　　곰보버섯 450그램 　　버터 2큰술 　마늘 5쪽 　소금 　고춧가루

만드는 방법: How To Make

① 아직 꽃이 피지 않은 민들레에서 가장 여린 잎을 딴다. 쓴맛을 없애기 위해 찬물에 몇 시간 동안 담가 둔다.

② 그사이 곰보버섯은 소금물에 담가 둔다.

③ 무쇠 냄비에 버터 1큰술을 녹인 다음, 다진 마늘을 2분간 재빨리 볶는다.

④ 여기에 물기를 꼭 짜서 얇게 썬 곰보버섯을 넣어 즙이 흘러나올 때까지 볶는다.

⑤ 냄비에 버터 1큰술을 넣고 중불로 달군다. 민들레 잎의 물기를 살짝 짜서 8센티미터 길이로 썰어 넣고 뚜껑을 덮는다.

⑥ 잎이 살짝 익어 어두운 빛을 띠기 시작하면, 약불로 졸인 뒤 곰보버섯 볶은 것을 넣고 1분간 볶는다.

⑦ 비상용 촛불과 함께 음식을 내놓는다.

8월… 즐거움

정말로 처음부터 손수 애플파이를 만들고 싶다면,
우주를 창조하는 일부터 시작해야 한다.

– 칼 E. 세이건

우리가 밴쿠버를 떠난 8월의 첫날, 프레이저 강 유역 위로 스모그
가 누렇게 드리웠고, 자연산 훈제연어 가격은 파운드당 35달러까지
치솟았다. 우리는 이 모든 소란과 작별하고 도린을 향해 북쪽으로
운전해 가고 있었다. 가는 데만 꼬박 이틀이 걸리기 때문에 그곳에
서 한 달을 머물기로 계획했다. 그동안 전깃불도 못 켜고, 냉장고도
사용하지 못하며, 운전도 못 하고, 버스도 타지 못하며, 따뜻한 물
에 샤워는커녕 열렬한 로컬푸드 먹기 지지자들로부터 오는 이메일
에 답장도 못 할 형편이었다. '문명' 세계로 돌아오기 전까지는 아
무것도 할 수 없었다.

도린에 도착하려면 테라스까지 운전해 가야 한다. 만약 테라스
가 유럽에 있었다면 광장이 만들어져 사람들로 북적이고, 그 사람
들은 주위를 넓게 에워싼 산들을 바라보며 감탄했을 것이다. 또 미

국에 있었더라도 무척 유명해졌을 것이다. 《흐르는 강물처럼A River Runs Through It and Other Stories》의 작가 노먼 맥클린과 포크 가수 우디 거스리가 불멸의 존재로 형상화한 무지개송어와 왕연어가 노니는 개울이 있기 때문이다. 하지만 여기는 캐나다 북부이고, 그래서 강변에 월마트 하나만 떡하니 있을 뿐이다.

테라스까지는 차로 쓸데없이 16시간이나 걸린다. 고속도로가 자연풍광을 쪼개 놓지 않았기 때문이다. 브리티시컬럼비아 해안을 따라 북쪽으로 곧장 올라가는 길은 없다. 동쪽으로 차를 몰아 호프 시내 너머에 있는 산들을 지나고 칙칙한 카리부 낙농마을을 통과해야만 비로소 냉대림이 울창한 북쪽으로 향할 수 있다. 이 지점까지는 대체로 프레이저 강과 나란히 달려왔지만, 이제부터는 서쪽으로 방향을 틀어 다시 밴쿠버를 둘러싼 산맥과 연결되는 코스트 산맥으로 향해야 한다.

산봉우리들에 정신이 팔려 달리다 보면 갑자기 '안개의 강'으로 불리는 스키나 강이 눈에 들어온다. 이곳은 알래스카 최남단과 바짝 붙어 있는 편이라 다시 거대한 나무들이 눈에 띄고 마을마다 토템 기둥이 적어도 하나씩은 세워져 있는 것을 볼 수 있다.

이곳은 커모드가 사는 우림 지역이기도 하다. 커모드는 환경운동가들이 흑곰의 일종이면서도 털이 순백색인 스피릿 베어(북아메리카 원주민들이 숭배와 보호의 대상으로 여겼다-옮긴이)에게 붙인 이름이다. 우리는 도런에서 한 번도 스피릿 베어를 보지 못했지만, 그 지역에서 유일하게 1년 내내 지내고 있는 40대 여성 돌사는 목격한 적이 있다고 했다.

그녀가 목격했을 때, 곰은 취해 있었다고 한다. 밀을 운송하던 기차가 도린 외곽에서 탈선하는 바람에 밀이 쏟아져내려 여름 햇볕에 발효되기 시작했는데, 그때 스피릿 베어가 나타나 주워 먹고는 취했다는 것이다.

솔직히 말하면 우린 도린에서 여름휴가를 보내는 동안에는 불가피하게 로컬푸드 먹기를 중단해야 할 거라고 예상했다. 도린은 북위 55도, 머리에 빙하를 덮어쓴 산으로 둘러싸인 곳이기 때문이다.

"좀 전에 농민장터였나?" 내가 제임스에게 물었다.

"뭐?"

"차 좀 돌려 봐." 내가 말했다. 많은 남자들이 그렇듯 제임스 역시 여행할 때는 중간에 멈추는 것을 싫어한다. 그러니 차를 돌리게 하려면 좀 더 단호한 어조로 귀가 이상한 건 아닌지 병원에 가서 검사를 받게 하겠다고 으름장을 놓아야 한다.

"뭘 말하는 건데? 난 아무것도 못 봤어."

"차 돌리라니까!"

우리가 테라스에 도착하기 전 마지막으로 들른 곳은 인구 8,000명의 작은 도시 스미더스였다. 아니나 다를까, 인심 좋아 보이는 지역 주민들이 좌판 앞에 줄지어 서 있었다. 매대는 한 곳에만 몰려 있었지만, 남쪽 지역에서나 볼 법한 풍요로움이 넘쳐나고 있었다. 상추, 오이, 당근, 감자, 호박, 콩, 바질 등 농산물이 하나같이 지금껏 내가 본 것보다 컸다. 내가 이유를 묻자 한 농부가 어깨를 으쓱하며 대답했다.

"요새 해가 19시간이나 떠 있잖아요."

이때 불쑥 다가온 제임스가 자기 머리보다 더 큰 양배추를 어깨에 올려놓고는 씩 웃었다. 우리에겐 냉장고 없이도 2주 이상 상하지 않고 보관할 수 있는 먹거리가 필요했다. 그래서 다시 '전시용 채소'를 쇼핑하기 시작했다.

'윌리네'라고 손으로 쓴 안내판 뒤에 한 노인이 꿈쩍 않고 앉아 있었다. 그가 파는 채소는 토마토뿐이었다. 그런데 토마토가 그렇게 연해 보일 수가 없었다. 텃밭에서 기른 잘 익은 토마토보다도 훨씬 연해서 도린에 두고 먹기는 어려울 것 같았다. 대륙을 횡단해도 끄떡없도록 강인하게 개량된 상업용 품종과는 무척 대조적이었다.

윌리 할아버지는 홀로 멍하니 손님을 기다리고 있었다. 제임스가 그러지 말라고 신호를 주는데도 나는 무시하고 할아버지에게 다가갔다. 제임스는 이미 토마토들이 신통치 않게 작은 데다 기운 빠진 호랑이의 줄무늬처럼 노란 줄이 심란하게 박혀 있는 걸 눈치챈 것 같았다.

하지만 내겐 달리 방법이 없었다. 윌리 할아버지는 나를 바라보며 흐뭇한 미소를 지었다. 내가 그의 기대치를 높여 놓은 것이다. 품목을 바꿀 수 있을 것 같지도 않았다. 그가 가진 건 작고 여린 토마토가 전부였으니 말이다.

윌리 할아버지는 아주 천천히 토마토를 봉투에 담고 잔돈을 내줄 때까지 한마디도 하지 않았다. 제임스가 있는 곳으로 돌아온 나는 봉투 안에 들어 있는 토마토를 보여주며 반성하는 듯한 표정을 지었다.

"상태가 영 안 좋을 것 같더라니." 제임스가 불만스럽게 말했다.

도린으로 가기 위한 마지막 노정인 기차에 오를 때에도 나는 그 여린 토마토를 양팔로 부드럽게 안고 있었다. 승무원이 다정하게 인사를 건넸다. 그 승무원은 매년 우리를 기억해 줬다. 철로 위에서 하는 일이 단순히 먹고살기 위한 노동만은 아닌 것 같아 마음이 따뜻해졌다. 도린은 해안가 마을 프린스 루퍼트에서 로키 산자락의 작은 마을 재스퍼에 이르는 스키나 노선에서 승무원들이 가장 선호하는 역이었다. 풍광이 워낙 아름다운 데다, 외딴 마을에 사는 사람들에겐 아직도 기차가 꼭 필요하다는 사실을 승무원들은 잘 알고 있었다.

　15달러를 내고 테라스에서부터 즐기는 풍광은 경이롭기까지 하다. 그 길을 생각하면 언제나 장대하게 물결치는 스키나 강과 아침 저녁으로 산 정상을 물들이는 멋진 노을이 떠오른다. 우리는 어스크라는 특별한 마을을 지났다. 따뜻한 계절엔 카페리로, 겨울엔 곤돌라로만 닿을 수 있는 곳이다.

　"이 곤돌라는 브리티시컬럼비아에 딱 두 개 남은 '반동' 연락선 중 하나입니다. 오로지 강의 흐름에 의지해 움직이지요."

　안내원이 객차 두 칸에 꽉 찬 여행객들을 위해 확성기에 대고 설명했다. 우리는 곧이어 모습을 드러낸 키세라스 협곡의 급류를 보며 가슴이 벅차올랐다. 옛날에 침시안·기트산 원주민 지역을 오가는 사람들에게서 통행료를 받았던 곳이라고 했다.

　제임스가 지루함을 달래려고 토마토를 하나 꺼내 네 조각으로 잘랐다. 우리는 한 조각씩 입에 넣었다. 나는 제임스의 얼굴을 보며 내 표정도 그와 똑같을 거라고 생각했다.

"윌리 영감이 우리를 실망시키지 않았어!" 제임스가 말했다.

토마토 조각이 순식간에 입안에서 터지면서 달콤하고 따뜻한 즙을 퍼뜨렸다. 그것이 바로 충분히, 완벽하게 익었을 때 딴 토마토였다. 여왕이 차를 마실 때 토스트에 곁들여 먹으면서 대영제국이 아직도 이렇게 훌륭한 것들을 생산해 내고 있다고 자부할 만한 흡족한 맛이었다. 나는 윌리 할아버지와 한마디도 주고받지 않았지만, 그를 절대 잊지 않고 나만의 세계지도에 한 부분으로 남겨 둘 것이다. 1년 뒤 더 많은 토마토를 구하기 위해 다시 윌리 할아버지를 찾아가리라는 확신이 들었다.

"이번 역은 도린 유령마을입니다. 잡화점 창문을 들여다보면 주민 한 명이 보이실 거예요."

기차가 속도를 줄이며 판자로 지은 낡은 역사를 지나자, 여행객들은 40년째 아무 물건도 들여놓지 않은 상점 2층에서 어떤 장난꾸러기가 받쳐 놓은 마네킹이 손 흔드는 모습을 보며 키득거렸다.

안내원의 이야기가 계속됐다.

"지금 우리 기차에 이 마을 주민이 두 명 더 있습니다. 시골로 온 도시 깍쟁이들이지요."

그녀는 다정한 말투로 말했지만 객차 안에 있던 사람들은 너나 할 것 없이 목을 쭉 빼고 '비벌리 힐빌리스(시골에서 살던 한 일가가 갑자기 큰돈을 벌고 미국의 대표적 부촌인 비벌리 힐스로 이사 와 살게 되면서 벌어지는 이야기를 그린 TV 드라마 제목. 영화로도 만들어졌다—옮긴이)'를 거꾸로 실천한 바보들이 누구인지 쳐다봤다.

복도를 지나 문 쪽으로 나갈 때 나는 뺨을 붉힌 채 무표정하게 앞만 바라봤다. 우리가 철로 가까이에 서서 수하물 담당자가 짐을 내려주기를 기다리는 동안 1등석 전망칸에 탄 사람들이 연신 카메라 플래시를 터뜨리는 통에 나는 눈을 제대로 뜨기가 힘들었다.

하지만 사진 찍기 좋아하는 사람들을 어떻게 나무랄 수 있겠는가. 도린은 세상에서 가장 관리가 잘된 유령마을임이 틀림없었다. 1900년대 초에 지어져 금방이라도 무너질 것 같은 집들이 줄지어 서 있고, 상록수로 둘러싸인 네모진 넓은 빈터엔 잡화점 하나만 덩그러니 있었다. 캘리포니아에 살면서 여름에만 이곳에서 지내는 에드라는 사람이 잔디 깎는 기계로 빈터를 말끔하게 유지하고 있었다. 도대체 잔디 깎는 기계를 이곳까지 어떻게 운반해 왔는지는 하느님만 아실 것이다. '도린 시장'이라는 별명이 붙은 돌사는 옛 오솔길이 깨끗하게 보존되고 있는지, 평화로운 왕국에 별일은 없는지 살피기 위해 어깨에 물통을 맨 채 사륜 오토바이를 타고 부지런히 돌아다니고 있었다.

기차 소리가 멀어지자 압도적인 적막이 밀려왔다. 앞으로 30일 동안 제임스와 나는 친구와 가족, 극장, 상점, 라디오는 물론 전화기도 없이 지낼 것이다. 그런 생각을 하니 약간 불안해졌다. 우리는 이미 아침 식탁에서 새로운 얘깃거리를 찾기 힘들 때가 종종 있었다.

잡화점에 들러 입구에 놓인 방명록을 확인했다. 돌사만 빼고 모두 거기에 글을 남겼다. 가장 최근 내용은 일주일 전에 과수원에서 체리를 땄다는 이야기였다. 그곳은 우리 과수원이었다. 신경이 쓰일 법도 하지만, 우린 과일이 누구에게라도 잘 쓰이고 있다는 사실이 오히려 반가웠다.

나는 작년에 처음 만들어 먹었던 체리에이드 생각이 간절했다. 엄밀히 말하면 신맛이 나는 체리인데도 도린에서 나는 품종은 나무에서 따서 바로 먹어도 될 만큼 달콤했다. 반투명한 붉은 껍질이 햇빛을 받아 어찌나 밝게 빛나는지 하나하나가 모두 보석 같았다. 과즙이 풍부해 파이로 만들기에도 제격이었다. 슈퍼마켓에서는 그런 체리를 한 번도 본 적이 없다.

처음 과수들이 심어진 때는 80년 전이다. 정말이지 과수원 전체가 옛 과일들을 모아 놓은 실물 전시관이나 다름없었다. 사과를 무척 좋아하는 에드는 사과나무 가지를 두어 개 꺾어 캘리포니아로 가져가 집에 있는 사과나무에 접붙이기를 했다. 그렇게 수확한 과일을 대단히 소중히 여긴 그는 그중 하나를 사과 연구소에 가져가 문의했다. 그 결과 셰넌도어 스트로베리 종이라는 판정을 받았다.

나는 구글 검색창에 셰넌도어 스트로베리를 입력해 봤지만 그 어떤 정보도 얻을 수 없었다. 그렇게 오래된 과일 품종은 지금 세대가 관심 있어 하는 정보가 아니었다. 그런 품종은 가까이서 눈으로 본 사람에게만 존재감을 확인시킬 수 있다. 초록빛 셰넌도어 스트로베리는 익으면 분홍빛에 가깝게 붉어지며 아름다운 두 가지 색조를 띤다. 셰넌도어 스트로베리는 하얀 과육이 아삭아삭해서 그냥 먹기 좋다. 반면 우리 과수원에 있는 다른 두 그루에서 나는 사과는 소스를 만들기에 적당하다. 그 외에 쌍둥이 야생능금나무와 자두나무 한 그루가 더 있다.

우리 오두막은 철도 부지에서 15분 거리에 있고, 주위에 소나무 숲으로 이루어진 한적한 산책로가 있다. 꺾어지는 길모퉁이에서 이따금 들꿩 한 마리를 만나는데, 한창 활동할 때가 아니거나 새끼들과 함께 있을 때면 공격성을 드러내기도 한다. 그 모습이 참 우스꽝스러우면서도 위협적이다. 데블스 엘보의 우렁찬 급류 소리가 들려올 때면, 우리는 어느새 우뚝 솟은 미루나무 사이에 서 있다. 세찬 바람이 불면 마치 바다에서 폭풍을 만난 돛대처럼 나무들이 심하게 흔들리며 소리를 낸다. 그 소리가 어떤 때는 밥상머리에서 투덜대는 노인의 불평 같고, 또 어떤 때는 유령의 노랫소리 같다. 마침내 오솔길은 이따금 두꺼비가 앉아서 쉬는 나무딸기 덤불로 이어진다. 그 근처에서 민달팽이도 본 적이 있다. 다시 말하지만 분명 민달팽이였다. 민달팽이가 잎을 옮겨 다니는 모습을 보면서 우리가 다 알지 못할, 그런 작은 생물들의 은밀한 삶이 너무나 놀라웠다.

강변에 자리 잡은 우리의 사유지도 20세기 절반 동안에는 농장으로 활용되어, 기차로 125마일 떨어진 해변마을 프린스 루퍼트까지 농작물을 운송했다. 그러나 도린 역시 1950년대에 들어서면서부터 지역성과 소규모 생산이 사라지는 거대한 시류에 휩쓸리게 되었다. 기차 운행 횟수가 줄어들고, 농장엔 노는 땅이 늘어났다. 잡화점도 결국 문을 닫았다. 최후의 일격으로 1980년대엔 마을에 하나뿐이던 공중전화마저 사라졌다.

우리 집 또한 (솔직히 이쯤에서 도린에 관한 모든 것에 '집', '가게', '마을' 하는 식으로 따옴표를 쓰고 싶은 충동을 느낀다.) 너무 오래 방치된 나머지 온갖 동물들의 서식지가 되고 말았다. 벽에는 박쥐, 다람쥐, 생쥐가, 장작 더미엔 족제비가 살았으며, 마룻바닥 밑엔 간혹 여름에 산미치광이(쥐목에 속하는 동물로 호저라고도 한다. 몸과 꼬리의 윗면이 가시털로 덮여 있다─옮긴이)가 살았다.

그사이 나비들도 이 집을 자기들의 전유물로 여기며 찾아왔다. 문을 열어 두면 처음엔 종일 나비들이 날아들었다. 그러다 며칠 안 돼서 무슨 이유인지는 몰라도 나비들은 밖에서 지내기로 결정했다는 메시지를 보내왔다. 나비들은 서쪽 담벼락에 앉아 오후의 햇살을 맞으며 가볍게 날개를 흔들었다.

오두막 상태는 완전히 황폐해져서 과장된 표현을 보태기가 민망할 정도였다. 지역 세무서에서 산정한 이 오두막의 가치는 0달러. 원래 밝은 노란색이었던 벽들이 지금은 갈색빛이 도는 회색이 됐다. 양철 지붕은 숱한 폭풍우에 시달려 찌글찌글해졌고, 몇몇 창문엔 비닐 덮개가 씌워져 있었다. 그 안쓰러운 풍경 위로 지난여름 제임스가 망치에 엄지손가락을 수십 번 맞아 가며 설치한 장작난로 굴뚝이 은빛으로 반짝이며 홀로 우뚝 솟아 있었다.

앙상한 체리나무 가지를 보고 나는 깜짝 놀라 말했다. "올해는 체리를 못 먹게 됐네!"

나뭇가지의 마디마디가 부러져 너덜너덜해진 모습이 눈에 띄었다.

"곰이 다 먹어치웠구먼." 제임스가 말했다.

나는 다람쥐 구멍이 오두막의 주방과 바로 연결되어 있는 것을 확인하고는 앞으로 긴긴 밤을 보내겠구나 싶었다.

도린에서 머문 지 며칠 되지 않아 우리는 피들러 개울로 나들이를 떠났다. 그 오솔길 역시 햇살이 입맞춤하는 옛길이라 둘이 손잡고 걷기에 아주 좋았다. 2마일을 채 못 가 기차 선로가 나타나고 뻥 뚫린 하늘을 배경으로 저 높이 철도교가 보였다. 환상적인 위용을 뽐내는 빙하 협곡에서 시작된 물길이 바닥으로 뚝 떨어져 다리를 지나는 사람들의 발밑으로 세차게 흐르고 있었다. 몸을 돌리면 청록색 계곡물이 여름철을 맞아 불어난 황토색 스키나 강으로 소용돌이를 치며 흘러드는 모습도 볼 수 있었다.

그 깊은 웅덩이에 돌리 바든이라는 송어가 살고 있었다. 방문객들은 그 합류 지점에서 몇 시간씩 낚시를 하며 시간을 보내지만, 행운을 잡는 경우는 거의 드물었다. 하지만 기트산 원주민이 물속으로 무릎 높이까지 걸어 들어가 고리가 하나 달린 낚싯줄만으로 20분도 안 되어 돌리 세 마리를 낚아 올리는 광경을 한 번 목격하기도 했다. 피들러 개울이 다른 곳에 있었다면 강이라 불렸을 것이다. 하지만 여기서는 마구 휘도는 스키나 강과 비교되는 탓에 개울로 불린다. 이곳은 완만한 지역이 아니다. 모든 것이 빠르고 차갑고 가파르며, 바위도 많고 매우 웅장하다.

개울 어귀엔 옛 기트산 원주민 보호구역이 있지만 수년 전부터 아무도 살지 않는다. 제2차 세계대전 당시 미군 병력을 태평양으로 이동시키기 위해 도로가 건설되었는데, 기트산 원주민들도 다른 사람들처럼 스키나 강 건너편으로 이주했다. 철길과 인접한 강변마을

들도 도린과 마찬가지로 긴 쇠락의 길로 들어섰다.

그런데 이렇게 시작된 고립이 지금은 오히려 사람들을 끌어들이는 요인으로 바뀌었다. 기트산 원주민들은 비록 더디지만 개울가에 생태 관광용 캠프를 짓고 있었다. 우리는 소리 없이 멈춰 선 거대한 장비들과 반쯤 지어지다가 추가 자금 지원을 기다리고 있는 건물들 사이를 걸었다.

잠시 후 숲에서 누가 우리를 지켜보고 있다는 느낌이 들었다. 순간 아무 말도 하지 못한 채 호기심과 두려움이 뒤섞인 원초적 감정에 휩싸였다. 얼룩무늬 콜리가 짖어대며 달려와 으르렁거렸다. 남자는 개를 막지 않았다.

"로이, 안녕." 제임스가 애써 침착하게 말하는 걸 보니 그도 나만큼이나 당황한 것 같았다. 정말로 로이가 맞았다. 지난여름 길에서 그를 딱 한 번 만난 적이 있다. 꽤 친절한 사람이었고, 집 밖이라 더 온순했는지는 몰라도 그때는 개도 지금이랑은 좀 달랐던 것 같다. 한데 로이를 조금 두려워하는 사람들도 있었다. 기트산 원주민들이 그에게 피들러 개울 관리를 맡기면서 그에겐 그 일이 엄연한 직업이 되었던 것이다. 로이는 1년 내내 덤불에서 지냈는데, 그런 사실 자체가 대부분의 사람들에겐 위협적으로 느껴졌다.

"제임스, 앨리사, 이리 와 봐요." 놀랍게도 로이가 우리 이름을 기억하고 있었다. 로이는 덩치가 큰 편은 아니지만, 팽팽한 힘줄과 탄탄한 근육이 돋보이는 대단히 강단 있는 사람이었다. 로이는 자신의 거처인 이동식 캔버스 텐트 바깥쪽, 즉 둥글게 에워싼 흙담 안으로 우리를 불러들였다. 그러고는 우리를 편히 대접하려고 부산하게 움직였다. 바깥 세계에서 그를 만나러 온 10대 아들도 우리에게 소개해 줬다. 두 부자는 낚시를 하며 진지하게 하루를 보내려고 준비하던 참이었다.

로이는 갈고리로 쓰려고 손질하던 나무 막대를 내려놓고 어두운 텐트 안으로 들어가더니, 덧씌운 비닐이 군데군데 찢어진 의자를 가지고 나왔다. 여자 손님을 위해 그가 할 수 있는 최고의 대접이었다. 우리는 은근하게 타오르는 모닥불 앞에서 이야기를 나누었다. 더운 날씨였지만 모닥불이 잘 어울렸다. 제임스는 로이의 아들과 함께 플라스틱 병에 22구경 권총을 쏴보려고 숲으로 들어갔다가 두 번째 발사 만에 성공해 함박웃음을 지으며 돌아왔다. 도시 깍쟁이에겐 대단한 경험이었다. "축하할 일인데요." 로이가 말했다.

다시 텐트 안으로 몸을 들이민 그가 이번엔 아무런 표시도 없는 병을 들고 나왔다. 우리는 병 안에 담긴 성모 마리아의 눈물처럼 맑은 액체를 돌아가며 마셨다. 내 차례가 되자, 나는 분위기상 입만 대지 않고 쭉 들이켜버렸다. 그 순간 뇌의 일부가 둔해지는 느낌이 들었다. 밀주 위스키였다. 달콤하면서도 독하고 은은하게 감자 맛도 났다. 오후 해가 길어지는 것 같았다.

로이는 분위기를 잡고 이야기를 늘어놓기 시작했다. 그가 수년 동안 덤불숲에서 지낸 건 맞지만 늘 한곳에서만 지낸 건 아니었다. 그는 벌목한 이야기며 버섯 채취하러 다닌 이야기도 들려줬다. 카리부 산맥을 이야기하는 대목에선 살짝 자부심을 드러내며, 그 지역에 새로 생긴 감옥에 한 친구와 함께 맨 처음 갇혔던 이야기도 들려주었다.

그는 우리가 사는 숲에 흑곰 한 마리가 있다는 얘기를 듣고는 그 곰을 잡아서 훈제 고기와 함께 곰 가죽 조끼를 선물하겠다고 아주 점잖게 약속했다. 우리는 지금으로선 그 조끼를 곰이 입고 있도록 놔두는 편이 낫겠다고 에둘러 사양했다. 로이는 우리가 한 말의 의미를 제대로 이해하지 못한 것 같았다. 하지만 카리부 지역의 작은 방앗간 마을 퀘스넬 인근의 황무지 언덕 같은 곳에선 말이 통하는 사람들을 만났던 모양이다.

"거기에 가면 진짜 촌뜨기들이 있어요." 로이는 고개를 흔들면서 말했다. "그래도 시골 처녀들 중에는…….."

로이는 즐겁게 이야기를 하다가도 갑자기 딴 생각이 떠오르면 불쑥 그 말을 했다. "혹시 당신네 오두막 근처에서 내 수고양이를 봤나요? 이따금씩 볕이 잘 드는 들판을 돌아다니길 좋아하거든요."

우리는 보지 못했다고 대답했다.

"톰이 암컷을 찾느라 허허벌판을 돌아다녀요. 반경 20마일 안에는 집고양이가 있을 것 같지 않은데 말이에요." 로이가 걱정스러운 투로 말했다.

"고양이가 돌아다니지 못하게 해야겠네요." 제임스가 말했다.

"맞아요." 로이가 대답했다. "하지만 고양이에게 어떻게 그럴 수 있는지 모르겠어요."

로이가 못 한다면 누가 할 수 있을까? 그는 전날 밤 큰 냄비에 든 뜨거운 물을 발에 엎질렀다고 했다. 응급실로 달려가야 할 심각한 사고 같은데, 로이는 차가운 물에 발을 담갔다가 물기를 말린 다음 붕대로 살짝 감았다고 대수롭지 않게 말했다. 로이는 자신이 키우는 개 홈브로가 캠프를 지키다가 곰에 물려 상처를 입었을 때도 직접 치료해 줬다. 다행히 홈브로는 다리를 절긴 해도 치료가 잘돼 상처 부위가 깨끗하게 아물었다.

우리가 사스콰치(로키 산맥 일대에서 목격된다는 미확인 동물. 팔이 길고 털이 덥수룩하며 사람과 비슷하게 생겼다고 전해진다. 빅풋이라고도 부른다—옮긴이) 이야기를 나눌 때는 로이의 아들이 벌떡 일어나 높은 산골짜기에서 사스콰치 발자국을 봤다며 그 크기를 손으로 어림해서 보여줬다.

우리는 이제 집에 돌아갈 때가 됐다고 생각했다. 그가 한 말을 믿지 못해서가 아니었다. 달빛이 은은하게 비추고 더는 낯설지 않은 낯선 이들과 술병을 돌려 가며 마시다 무척이나 유쾌해진 그날 저녁 무렵에는 정말이지 그 어떤 얘기라도 믿었을 것이다. 다시 생각해 봐도 도시에서는 시간도 그렇고 대화의 질도 그렇고 그렇게 여유롭기가 얼마나 힘든지 모른다.

로이가 말했다. "곧 연어 병조림을 만들 거예요. 혹시 남는 병이 있으면 가져와요. 좀 나눠 줄게요."

로이에게 연어는 공짜나 다름없었다. 하지만 병은 그렇지 않았다. 시내까지 나가서 돈을 내야만 구할 수 있는 아주 귀한 물건이었다.

도린에서 지내는 동안 두 권의 책이 주방을 지배했다. 한 권은 갈수록 누더기가 되어가는 외할머니의 《훌륭한 가정요리》였다. 전기기구나 냉장고가 보급되지 않은 시절에 쓰인 책이라 우리에게 유용한 요리 정보들이 가득해서 들춰 보는 일이 잦았다. 또 하나는 《브리티시컬럼비아 해안지역의 식물Plants of Coastal British Columbia》이란 책인데, 야생화를 찾아 하이킹을 떠날 때 길잡이가 되어 주었다. 그즈음 나는 책에 자세히 소개되어 있는 전통 식용식물에 부쩍 관심이 쏠렸다. 그 책도 갈수록 손에 익었다.

사실 북쪽으로 한참 올라오는 동안 우리는 머리통만 한 양배추와 월리 할아버지의 토마토를 사느라 잠깐 멈춰 선 것을 제외하고도 여러 곳에 더 들렀다. 그중 하룻밤은 제임스의 형인 데이비드의 가족과 야영을 했다. 캐나다 북서부 유콘에 살고 있는 데이비드는 여자친구와 태어난 지 얼마 안 된 아들 키어를 데리고 남쪽으로 여행 중이었다. 나는 앞으로 외롭게 보낼 날들을 생각하며 그들과 함께하는 즐거움을 차곡차곡 간직해 두었다. 양지 바른 잔디밭에서 곤히 잠든 키어에게 두런두런 속삭이기도 했다. 바로 옆에 야생 사스카툰베리(캐나다 고유의 베리류 과일—옮긴이) 덤불이 있었다. 우리는 알이 굵고 자줏빛이 도는 베리를 시리얼 상자에 가득 담았다. 그날 이후로 도린에서 냉장 보관을 못 했는데도 베리는 꼬박 2주간이나 신선했다.

바깥을 내다보니 제임스가 말 그대로 한 손에 《브리티시컬럼비아 해안지역의 식물》을 들고 케이크 반죽 놀이를 하고 있었다.

"베리 케이크를 실험해 보는 중이야." 제임스가 해명하는 투로 말했다. 남아 있던 사스카툰베리와 집 근처 덤불에 주렁주렁 열렸던 월귤나무 열매, 그리고 나무딸기까지 섞어 으깨 놓은 상태였다. 제임스는 으깬 열매들을 잘 반죽해 보라색과 붉은색이 예쁘게 어울린 케이크 두 개를 완성한 다음, 삼나무 판자에 올려놓고 햇빛에 잘 말렸다. 해가 저물 무렵 케이크는 이미 가죽처럼 딱딱하게 굳어가고 있었다.

8월이 흘러갈수록 이리저리 뒤져서 찾아낸 먹거리가 우리 식단의 중요한 부분을 차지하게 되었다. 나는 제임스와 함께 2시간 동안 덤불숲을 기어 다니며 난쟁이블루베리를 땄다. 향이 얼마나 그윽하던지, 왜 여태 재배가 안 됐는지 의아스러울 정도였다. 우리가 먹는 신선한 과일은 거의 베리류였다. 종류가 어찌나 다양한지 복숭아나 바나나, 망고가 조금도 그립지 않았다. 수확물은 늘 기대 이상이었다. 우리는 오두막으로 향하는 오솔길에서 하이부시 크랜베리 덤불을 몇 군데 발견하고는 한 시간여 만에 병 세 개를 가득 채울 만큼 많이 땄다. 《브리티시컬럼비아 해안지역의 식물》에 따르면 크랜베리는 물에 담가서 보관하면 시간이 갈수록 단맛이 더 강해진다고 한다.

한편 사과를 어떻게 조리할지 고민이 될 때는 다시 《훌륭한 가정요리》를 펼쳤다. 오랫동안 곰에게 수난을 당한 사과나무 세 그루는 휘어지고 여기저기 상처투성이였다. 여태 살아서 버티는 것만도 기적 같은데, 가지마다 열매를 주렁주렁 매달고 있었다. 그냥 먹기엔 너무 많을 정도였다.

그래서 나는 사과 일부를 '생육 저장' 방식으로 보관해 보기로 했다. 하루 온종일 매달려야 하는 작업이었다. 우리는 모처럼 비가 내리는 날에 이 작업을 하기로 했다. 제임스와 나는 거칠지만 그래도 제법 쓸 만한 나무 탁자에서 사과 껍질을 깎았다. 제임스는 자기가 나보다 곱절은 빨리 한다며 투덜거렸다. 나는 그 말에 개의치 않고 장작 난로에 큰 냄비를 올리고 물을 끓였다.

어느덧 집 안에 애플파이 냄새가 진동했다. 사과를 담은 유리병이 꽉 닫히지 않았다는 뜻이었다. 이를 어쩌지? 이번만은 책에서도 아무런 답을 찾을 수가 없었다. 하지만 유리병이 식자 단단히 밀봉되었음을 알리는 펑 소리가 났다. 그제야 비로소 안심이 됐다.

"괜찮을 것 같은아, 그치?" 내가 묻자 제임스는 자신 있게 고개를 끄덕였다. 하지만 그 일에 관한 한 제임스도 나만큼이나 아는 게 없었다.

이제 우리에게 갓 딴 사과 병조림 열네 병이 생겼으니 그 풍요로움을 나누는 것이 좋을 것 같았다. 나는 농가의 여주인으로서 점점 높아 가는 내 명성을 그 사과에 걸어 보기로 결심했다. "로이에게 좀 가져다주자." 내가 말했다. 다만 또다시 밀주를 마시고 두통에 시달리고 싶진 않았다.

"내가 가져다줄게." 제임스가 용기 있는 척하며 말했다. 2시간 뒤 제임스는 삶은 연어 두 병을 들고 집에 돌아왔다. 로이에게서 새로운 이야기도 몇 가지 들었다면서 술이 깨면 기억이 날 거라고 했다.

우리가 이웃에 사는 곰에게 예의를 제대로 갖췄는지는 확실치 않다. 우리가 늦여름 수확에 열중하는 동안 곰도 비슷한 일에 열중하는 듯했다. 요 며칠 우리는 곰을 직접 보진 못했지만 가끔 소리는 들을 수 있었다. 아침에 강둑에 나가려다 강 하류에서 서성이는 곰과 맞닥뜨리는 것과, 숲에서 유충이 가득한 그루터기를 망가뜨리는 데 열중하는 곰의 순수하지만 무시무시한 울음소리를 듣는 것 중 무엇이 더 안 좋은 것인지는 잘 모르겠다. 하지만 이층 창문으로 곰을 지켜보는 일은 즐거웠다. 블랙베리밭을 휘청휘청 걸으면서도 입술로 민첩하게 가시를 떼어 내고 열매만 골라 먹는 모습이 신기했다.

곰에게서 아슬아슬하게 벗어난 적도 있었다. 한번은 산책 삼아 오솔길을 걷고 있었다. 내 기억이 정확하다면 그때 특별히 목적지가 있었던 건 아니다. 우리는 강을 따라 조성된 체리 과수원을 지나 야생 장미가 핀 좁은 빈터를 통과한 다음 나무딸기 밭으로 들어섰다. 벌새가 지저귀고, 미국 솔새들이 높은 음으로 노래했다. 오래된 미루나무 숲마저도 평소와 다른 쾌활한 기운으로 부스럭부스럭 소리를 내는 듯했다. 바로 그때 '푸우!' 하는 크고 깊은 숨소리가 들렸다. 몹시 낮은 소리라 마치 비밀을 속삭이는 듯했다. 제임스와 나는 꼭 달라붙어서 허둥지둥 뒷걸음쳤다. 확실하게 곰을 본 것은 아니었다. 전체가 까만 어느 형체를 보았을 뿐이다. 그건 우주의 중심, 블랙홀 같았다.

"절대 뛰지 마." 제임스가 안정을 되찾은 후 천천히 말했다. "서두르되 침착해야 해." 우리는 오두막을 향해 뒷걸음쳤다. 바로 공격해 오지는 못할 거란 생각에 어느 정도 안심이 되자 몸을 돌려 다시 걸음을 재촉했다. 집에 도착하자마자 문을 꼭 닫고 묵직한 쇠로 된 버팀목을 받쳐 놓았다. 우리 둘 다 곰 퇴치용 스프레이가 있었지만 끝내 쓰지 않았다. 우린 그 사실에 놀라면서도 내심 뿌듯해했다. 나보다 곰과 더 가까이에 있었던 제임스는 스프레이의 안전마개는 벗긴 상태였다.

"가까이에 있는 것 같지 않았어? 정말 가까웠지?" 내가 물었다.

"아주 가까이에 있었던 것 같아." 제임스가 대답했다.

우리는 사람이 겁을 먹으면 보통 '내가 서핑을 할 때 파도가 10미터까지 높아졌거든' 하는 식으로 과장하는 경향이 있다는 것을 상기했다. 우리는 곰이 6미터 이내에 있었던 건 틀림없다는 데 동의했다. 한 시간 뒤 우리의 털북숭이 이웃이 좀 더 먼 숲으로 간 것을 소리로 확인한 뒤, 다시 사건의 현장으로 가보았다. 오해의 여지가 없었다. 덤불이 넓고 움푹하게 가라앉은 것이, 곰이 앉아서 열매를 우적우적 먹어댄 게 틀림없었다. 우리가 서 있던 장소와 불과 1.5미터 거리였다. 갑자기 속이 울렁거렸다.

하지만 우리는 그 녀석과 공존하려고 노력했다. 녀석도 아직까지는 한 번도 위협적인 행동을 하지 않았다. '푸우' 소리는 놀라서 낸 것일 뿐이다. 우린 녀석이 오두막 근처의 빈터를 우리의 영역으로 존중하면서 일정한 거리를 유지하고 있다는 사실을 인정해야 했다.

우리는 아직 곰 가죽으로 조끼를 만들어 입겠다고 말할 마음의 준비가 되어 있지 않았다. 그 지역에 관해 아주 오랫동안 전해 내려온 이야기들 역시 이제는 좀 다른 방식으로 생각해 보라고 교훈을 준다. 기트산 원주민들은 무시무시한 미덕을 잊지 못한다. 기트산 원주민의 조상들이 탐욕스럽게 변해 자신들을 둘러싼 '생명의 그물 (생명체들은 저마다 존재하는 양식은 달라도 서로 관계를 맺고 있다는 것

164

을 그물에 비유한 표현-옮긴이)'을 파괴하자, 늪에 사는 회색곰 미딕은 그들에게 무서운 대가를 치르게 했다. 그들은 깨달음을 얻긴 했지만, 결국 '혜지'라고 하는 커다란 돌도끼로 미딕을 죽이고 말았다.

미딕과 우리의 이웃 곰을 생각하면 결코 마음이 편치 않았지만, 오후가 되자 나는 안심하고 파이를 만들기로 마음먹었다. 살면서 왜 하필 그 시점에 집에서 빵을 만들려고 결심했는지 정말 모르겠다. 아마도 필요에 의해서였을 것이다. 제임스는 자신을 요리사라고 부르면서도 제빵사와는 엄연히 다른 역할이라고 선을 긋고 있다. 그래서 디저트에 관한 한 오랫동안 거의 신경을 쓰지 않았다. 그렇다고 단것이 먹고 싶었기 때문만은 아니었다. 그건 일종의 독립선언이기도 했다.

나는 주방에서 실력을 쌓는다고 해서 반드시 가스불 앞에서 노예처럼 일하는 가정주부가 되는 것은 아니라는 사실을 깨닫기 시작했다. 혼자 도린에 와서 몇 년씩 지내며 스스로 생계를 꾸려 갔던 수많은 여인들의 전통을 따라 보면 어떨까 하는 생각도 들었다. 당장 제임스와의 관계를 청산해야 할 특별한 사정이 생긴 건 아니었다. 다만 한 가지, 우리는 14년이나 함께 살았다. 불안정한 나의 삶에서 그와 함께한 시간보다 더 오래 뭔가를 해본 적이 없었다. 결혼하면 보통 7년마다 찾아온다는 권태기를 이제 두 번째로 겪을 참이었다.

나는 파이를 만들 작정이었다.

레시피에서 맨 먼저 만난 어려움은 '시원한 얼음물' 준비였다. 스키나 강도 수질 관리를 하지만 파이 안에 토사가 섞인 걸 좋아하는 사람이 과연 있을까 싶었다. 그래서 나는 자전거를 타고가 마을에 하나뿐인 우물을 이용하기로 했다. 그 우물물은 내가 맛본 중에 가장 깨끗한 물이었다. 방문객들도 물병을 가져와 떠 간다고 들었다.

기차에 싣고 온 오래된 은색 자전거에는 제임스가 곰을 쫓으려고 인도산 통방울을 달아 놓았다. 숲길을 달릴 때 짤랑거리는 방울 소리가 생각보다 아름다워서 어느새 지역 명물이 되었다. 특히 돌사가 그 소리를 무척 좋아했다. 평화로움으로 충만했던 기운은 구름처럼 떼 지어 있는 맹렬한 모기들 틈에서 물을 퍼 올리는 순간 이내 사라져 버렸다. 오두막으로 돌아오니 제임스가 난로에 불을 붙이고 있었다. 나는 난로에 장작을 더 넣었다. 온도가 아주 뜨거워진 뒤에 파이를 넣어야 하기 때문이었다.

이렇듯 도린에서는 모든 일을 일단 예상해 보고 어떻게든 한번 해봐야 했다. 오두막 주위를 둘러보면 그곳 자체가 크고 작은 실수들이 쌓이고 쌓여 이루어졌다는 것을 알 수 있었다. 우리가 생각하기에 그중에서도 최악의 실수는 전에 이 집에 살았던 서지Serge라는 사내가 저지른 실수였다. 도린에 사는 어르신들에게 서지는 마을을 폭삭 태워 버릴 뻔했던 인물로 기억된다. 들은 얘기로는 어느 날 서지가 밭에 불을 놓아 잡초와 덤불을 태우려 했다고 한다. 흔히 쓰는 방법이지만 건조한 계절에는 웬만하면 하지 않는 일이다. 대단히 놀란 도린 사람들은 불이 번지는 것을 어떻게든 막으려고 서둘러 스키나 강에서부터 대열을 만들어 밭까지 양동이로 물을 퍼 날라 겨우 불을 껐다고 한다.

사정이 그렇다 보니 굴뚝을 지그재그 형태로 네 군데나 꺾어 연기가 도무지 빠져나갈 수 없게 만든 것이며, 황당하게도 변소를 옛우물터 바로 위에 세워 놓은 그를 원망하지 않을 수 없었다. 그래서 우리는 엉뚱한 일이 생기면 그의 이름을 인용하곤 했다. 예를 들면 이런 식이다. 부디 내 파이가 완전히 '서지스럽지serged'는 않으면 좋겠다.

물론 파이를 만들려면 느슨하게나마 우리의 100마일 기본원칙으로 돌아가야 했다. 밀가루는 작년에 가져다 둔 것이 아직 남아 있었다. 버터는 밴쿠버에서 가져왔는데, 밤공기가 찬 덕분에 보존 상태가 놀랄 만큼 좋았다. 꿀은 테라스 농민 장터에서 구입했고, 사과는 뒷문 밖에서 땄다. 그런데 시작부터가 난관이었다. 반죽이 찢어지고 밀대에 들러붙어 영 말을 듣지 않았다. 《훌륭한 가정요리》에서는 절대 그런 일이 일어나지 않을 거라고 장담했는데.

"파이처럼 쉬운 게 없다더니." 내가 투덜거렸다. "늘 빵을 만드는 사람한테나 파이 만들기가 쉬웠겠지."

"아마 역설적인 표현일 거야." 제임스가 말했다.

"남자가 만든 말이 틀림없어." 내가 빈정댔다.

나는 반죽의 찢어진 부분을 손본 다음, 재빨리 파이틀에 옮겨 놓고 얇게 썬 사과 조각들을 얹었다. "더 많이 올려야 해." 사과 껍질을 깎고 속을 도려내는 일에 마지못해 동참했던 제임스가 참견했다. 마침내 파이의 맨 윗부분을 조심조심 반죽으로 덧씌워 산처럼 쌓인 사과들을 간신히 덮을 수 있었다. 포크로 파이 가장자리를 눌러 장식할 때가 제일 좋았다. 그때쯤이면 파이는 이미 완성된 것처럼 보인다. 그런 다음 장작 난로 오븐에 넣었다. 만들기 시작한 지 2시간밖에 안 된 시점이었다. 그건 단지 파이를 굽는 수준을 넘어 우리 집에 일어난 일대 혁신이었다.

그래서 결과는? 노릇노릇 완벽한 빛깔을 자랑하는, 가을 축제를 위한 최고의 파이가 탄생했다. 나에게 이런 재주가 있는 줄은 미처 몰랐다.

도린에서의 마지막 날, 우리는 목욕을 하러 강으로 걸어 내려갔다. 적어도 제임스는 정말로 목욕을 할 작정이었다. 하지만 난 테라스에 도착할 때까지 참았다가 모텔에서 뜨거운 물에 샤워를 하고 싶었다. 스키나 강물은 빙하가 녹아 흘러든 물이 합쳐져 한여름에도 무척 차가운 탓에 나는 무릎까지밖에 담그지 못했다. 반면 제임스는 목욕에 관한 한 유달리 결벽이 심했다. 숲에서 한 달을 지내면서 다른 성향들은 다소 느슨해졌지만 목욕만은 여전했다. 그날 아침만 해도 벌써 몸에 실오라기 하나 걸치지 않고 고무장화를 신고 있었다.

뒷문으로 나가 수백 년 묵은 삼나무 뿌리들이 물가로 이어지는 길로 내려가면서 다소 아쉬운 마음이 들었다. 옅은 베이지색 모래가 어찌나 고운지 새와 들쥐가 지나간 발자국까지 눈에 띄었다. 그러니 그보다 덩치가 큰 독수리와, 제임스가 올해 딱 한 번 목격했다는 여우 발자국은 말할 것도 없었다. 물떼새들이 물가에서 물을 튀며 날렵하게 움직였다. 공기는 아직도 후덥지근했다. 그때 내 시야에 검은 물체가 들어왔다. 20미터쯤 떨어진 곳에 새까만 곰이 있었다. 녀석도 목욕이 간절했던지 강으로 내려가고 있었다.

내가 다급하게 불렀다. "제임스, 집에 돌아가자."

"떠나기 전에 목욕할 수 있는 마지막 기회야."

"그래서 뭐? 냄새가 좀 나겠지. 그렇지만 목숨은 붙어 있을 거야."

제임스는 꼼짝 않고 하류 쪽을 내려다봤다. 곰에게 노출되고 말았지만 이미 결심이 확고하게 선 듯한 표정이었다.

"나는 목욕을 끝까지 마칠 거야. 당신이 호신용 스프레이를 들고 잘 지켜봐. 녀석이 이쪽으로 움직이면 나에게 스프레이를 주고 당신은 집 안으로 들어가면 돼."

"미친 짓이야. 난 당장 집으로 돌아갈 거야."

"그래? 그럼 난 당신이 여기 있든 없든 물속으로 들어갈 거야."

제임스는 장화를 벗었다. 그사이 곰도 '목욕을 할까, 말까?' 우리와 비슷한 고민을 하는 모양이었다. 나는 가만히 상류 쪽을 올려다보았다. 제임스는 물가에 놓인 매끄러운 돌을 디디며 천천히 움직이기 시작했다. 곰도 움직이기 시작했다. 둘은 곁눈질로 시선을 주고받더니, 서로를 무시하는 작전에 돌입했다. 다만 둘 다 경계심을 늦추진 않았다. 이제는 둘 다 물속을 헤치고 들어갔다. 제임스가 강물에 풍덩 몸을 담그자, 곧이어 곰도 물속으로 뛰어들더니 온몸을 흔들어 반짝이는 물보라를 일으켰다. 곰은 물에 떠가는 나무 막대기를 잡더니 마치 연어라도 되는 양 흔들었다.

나는 알 수 없는 이유로 계속 강둑에 서 있었다. 도린을 떠나면 얼마나 시원섭섭할까 하는 생각이 들었다. 기차를 타고 이곳에 도착했을 때만 해도 난 우리 앞에 놓인 공허한 시간들이 걱정스러웠다. 외로운 순간들도 있었지만, 도린에서의 생활은 곰과 벌새, 나비와 두꺼비가 함께 어우러지는 보다 큰 공동체의 일부가 된 듯한 기분을 선물해 주었다. 벽에 붙은 박쥐도 함께 더불어 살았다. 이곳의 생활이 아무리 불편했을지라도 나는 이 생태계 전체가 그리울 것이다. 어쨌든 지금 당장은 도시의 공허함과 둘이 살기엔 너무 비좁은 아파트에서 매일같이 느낄 밀실공포증이 더 두려웠다.

우리는 이곳에 올 때보다 훨씬 더 부자가 되어 집으로 돌아갈 참이었다. 저온 저장할 셰년도어 스트로베리 사과 한 상자와 잼을 만들 야생능금, 자두 몇 박스, 연어 두 병과 생육 저장한 사과 열두 병, 하이부시 크랜베리 세 병이 있었다. 베리 케이크 두 개와 거대한 가재버섯 말린 것도. 이만한 양에 놀라는 우리의 모습을 보면 기트산 노인들이 우스워할지도 모르겠다. 그들의 조상들은 이 땅에서 수백만 년을 먹고살았으니 말이다.

마침내 제임스가 목욕을 끝냈다. 제임스가 돌아서고, 나도 돌아서고, 곰도 돌아서서 각자 숲으로 걸어 올라갔다. 멀리 골짜기 위에서 기차 경적 소리가 들렸다. 우리는 곰에게서 살아남았다. 하지만 미딕의 영혼이 우리의 집까지 따라올 채비를 하고 있었다. 이때는 실수와 변화를 거듭하던 시간이었고, 거기엔 결말을 예언하는 전해오는 이야기가 있었다.

춤추는 별을 잉태하려면 반드시
스스로의 내면에 혼돈을 지녀야 한다.

– 프레드리히 니체

와인크림소스를 곁들인 연어

재료 : INGREDIENTS

제철 채소육수 2/3컵   화이트와인 반 컵   크림 1컵   버터밀크 2큰술 다진 딜 3큰술   혹은 생선살 900그램

스테이크용 연어

만드는 방법 : How To Make

① 냄비에 채소육수와 화이트와인을 붓고,
중불에서 양이 반 컵으로 줄어들 때까지 졸인다.

② 불을 끈 뒤 크림과 버터밀크를 넣고 휘젓는다.
다시 불을 켜서 1컵 분량의 소스가 될 때까지 졸인다.

③ 다진 딜을 넣고 섞은 다음,

④ 접시 한쪽에 담아 둔다.

⑤ 움푹한 팬에 연어를 넣고 잠길 만큼 물을 붓는다.
중불보다 약간 센 불에서 익힌다.
연어살이 불투명하게 변하기 시작하면
두께 3센티미터당 8분간 익힌다.

⑥ 전체적으로 살이 불투명해지면 다 익은 것이다.
포크로도 살이 잘 발린다.
소스가 담긴 접시에 연어를 담는다.

9월… 탐구

가장 적은 것에 만족하는 사람이 가장 부유한 사람이다.

- 소크라테스

2005년 8월 5일 아침 시곗바늘이 7시를 막 지날 무렵, 밴쿠버에서 북쪽으로 55마일 떨어진 체카무스 강의 높은 철도교에서 캐나다 국영철도 소속 기차가 탈선했다. 이 사고로 기차 9칸이 세상의 종말을 알리는 듯한 소리를 내며 협곡 아래로 추락했다. 원인은 아직 조사 중이지만, 당시 사고에는 유독 불운이 많이 따랐던 것으로 보인다. 기차에 달린 열차 144칸 중 단 3칸에만 화물이 실려 있었는데, 하필이면 그중 하나가 계곡 아래로 곤두박질쳤다. 가성 소다 또는 양잿물로 널리 알려진 수산화나트륨 농축액이 5만 리터 이상 들어 있는 탱크였다.

공식 기록에 따르면, 사고가 발생했을 때 국영철도회사는 가장 먼저 문제의 가성소다를 생산한 넥센에 전화를 걸어 알렸다고 한다. 넥센은 밴쿠버 북쪽에서 표백제로 쓸 가성소다를 생산한 다음, 펄프와 제지 공장이 많은 캐나다 북부 지역으로 이송하던 참이었다.

그 후 철도회사는 여러 관공서에 긴급히 상황을 알렸다. 사후 보고
서에 교훈으로 강조될 내용이지만, 초기에 사고 상황을 보고할 때
용어 사용에 몇 가지 문제가 있었다고 한다. 누구인지 아직 밝혀지
진 않았지만, 한 사람 혹은 복수의 관계자가 여러 기관에 보고하기
를 유출물이 '새어 나온 정도'라 양이 '적고' 피해가 '제한적'이라고
표현했던 것이다.

용어를 잘못 사용해 문제가 생기는 일은 없어야 한다.

기사화되지는 않았지만 사고가 발생한 현장에서는 희부연 물기
등이 소용돌이치며 여울과 웅덩이들로 흘러들어 체카무스 강의 급
류에 휩쓸려 갔다. 가성 소다로 인해 갈색송어처럼 회갈색이던 물
빛이 얼음과자의 인공색소 같은 부연 청색으로 바뀌었다. 협곡의
전망대에 나와 있던 관광객들이 봤더라면 차가운 빙하 물에 토사
가 섞여서 그렇다고 오해하기 쉬웠겠지만, 강에 사는 모든 생물들
에겐 오해의 여지가 없었다.

살갗이 하얗게 변한 물고기들이 아가미에서 피를 철철 흘리며
독성물질을 피하려고 강에서 튀어 올라 강둑으로 몸을 던졌다. 송
어, 무지개송어, 곤들매기, 산란 중인 연어들이 주로 피해를 입었다.
둑중개, 칠성장어, 큰가시고기처럼 '강인하다'고 알려진 어종들 역
시 예외는 아니었다. 독성이 강하게 퍼진 몇몇 곳에서는 물고기들
이 즉사했다. 둑중개 한 마리는 자기보다 더 작은 물고기를 삼키려
던 순간 죽음을 맞이한 채 발견되었다.

사고 당일 '개울지킴이'라고 불리는 지역 환경보호 활동가들이

측정한 바에 따르면, 체카무스 강 일부 지역은 산성지수가 pH14 이상인 것으로 나타났다. 그들이 가진 도구의 측정범위를 초과하는 수치였다. 가정에서 쓰는 암모니아나 표백제보다도 알칼리성이 훨씬 강했다.

현지 경찰이 죽은 물고기들에 대해 첫 보고를 받은 시각은 오전 10시 30분이었다. '독성물질 유출사건'이라고 불리게 될 사고가 처음 발생한 지 3시간이 조금 지나서였다. 12시 52분에 국영철도회사의 환경고문은 이날 사고로 가성소다 4만 리터가량이 유출됐다고 발표했다. 30분 뒤, '독성물질 유출사건'은 최고 수준의 비상사태로 공식 선언되었다.

길이 10마일의 체카무스 강에서 자유롭게 노닐던 물고기들의 90퍼센트 이상, 대략 50만 마리가 떼죽음을 당했다. 체카무스 강에 서식하는 물고기들 중에는 그 수가 얼마나 되는지 역사적으로 기록된 적이 없는 것들도 있다. 하지만 드러난 사실만으로도 비극의 참상을 파악하기는 충분했다. 일례로 유출사고가 나기 전에는 강에 칠성장어가 살았는데, 사고 후에는 살아 있는 칠성장어를 단 한 마리도 볼 수 없게 되었다.

어류 전문가들은 정부 위원회에 "유출사고로 인한 자연피해는 즉각적이면서도 심각했으며, 앞으로 여러 세대 동안 후유증이 나타날 것"이라고 보고했다. 인체에 미치는 영향은 보고되지 않았지만, 신원을 밝히지 않은 한 지역 주민은 현장에 모여든 매체를 향해 이렇게 말했다.

"이것은 명백한 살인 행위입니다."

이런 일은 흔히 벌어진다. 사실 2005년은 각종 '환경재해' 때문에 잊지 못할 한 해였다. '환경재해'라는 포괄적인 표현은 인간의 영향 때문에 '자연재해'의 원인이 애매해질 때마다 사용된다. 그해 텍사스, 오클라호마, 뉴멕시코에 이르는 수십만 에이커의 땅을 불태워버린 화재사건이나 멕시코 만을 강타한 최악의 허리케인이 그러한 예다.

강이 생명이 살 수 없는 기다란 죽음의 공간으로 바뀌는 것은 드물긴 해도 처음 있는 일은 아니다. 1991년 7월, 캘리포니아 주 섀스타 산 인근 칸타라 루프라고 불리는 다소 험난한 철로 구간에서 남태평양철도 소속 기차가 탈선하면서 토양 훈증제와 제초제 7만 2,000리터를 쏟아낸 사고가 있었다. 그 바람에 새크라멘토 강 상류 45마일이 무지개 빛깔로 물들고, 거기 살던 거의 모든 생물이 떼죽음을 당했다. 또 1999년 12월엔 자동차 부품 제조사인 가이드 코퍼레이션이 HMP-2000이라는 화학물질을 인디애나 주 화이트 강에 대량 방류하면서 50마일에 걸쳐 물고기 450만 마리가 폐사했다. 이듬해엔 파열된 송유관에서 원유가 흘러나오면서 파인 강이 브리티시컬럼비아에서 가장 위태로운 강으로 선포되기도 했다. 2006년에 그 불명예스러운 지위를 체카무스 강도 획득했다.

전 세계적 관점에서 보면 체카무스 강을 덮친 것 같은 '독성물질 유출사건'은 그다지 심각한 문제가 아니다. 자동차로 한 시간 거리에 있는 밴쿠버에 사는 사람들조차 사고가 처음 보도되었을 때만 잠시 관심을 갖는 정도였다. 체카무스 강에서 잡은 물고기에만 의지해 사는 사람은 아무도 없었다. 사라져버린 몇 세대의 연어들은 양식장에서 기르거나 알래스카에서 공수해 온 연어로 금세 대체할 수 있었다. 아무도 체카무스 강의 연어를 그리워하지 않을 터였다.

하지만 앨리사와 나에겐 안타까운 일이었다. 우리는 다가오는 겨울을 대비해 냉장고 가득 연어를 채워 놓을 생각이었다. 최근까지 가장 큰 연어 서식지였던 프레이저 강에 관한 좋지 않은 소식을 접한 뒤로, 체카무스 강을 최고의 대안으로 여기며 낚시를 하러 갈 작정이었던 것이다. '최근까지'라고 명시한 건 산란을 위해 돌아오는 연어 개체 수가 급감하면서 프레이저 어장의 상당 부분이 2005년에 또 한 번 조업을 중단했기 때문이다. 왜 그렇게 됐는지는 어느 누구도 속 시원하게 밝히지 못했다. 대부분의 전문가들은 여러 요인이 개입했을 것이라는 데 동의한다. 또한 그 일은 '자연재해'보다는 '환경재해'에 가깝다고 말한다.

용어를 잘못 사용해 문제가 생기는 일은 없어야 한다.

우리는 피곤하다는 이유로 이처럼 특정 지역에서 발생한 피해나 작은 소멸 혹은 더 작은 파괴를 외면하거나 심지어는 부정하기까지 한다. 기껏해야 요즘 세상을 향한 막연한 비감에 끼워 넣을 뿐이다. 하지만 내 기분은 그렇지 않았다.

이제 9월이고, 이처럼 풍요로운 달에는 아무도 굶주릴 일이 없을 것 같았다. 하지만 내 생활은 이상하리만치 궁핍하게 느껴졌다. 앨리사 또한 지나치게 내향적으로 변해서 차갑기가 이루 말할 수 없었다. 그녀가 물리적으로 곁에 있다는 사실이 오히려 심리적 거리감을 더 강조할 뿐이었다. 왜 그런지 이유를 알아내는 것이 내가 할 일이었지만, 불가능하리란 걸 알았다. 침묵은 침묵하는 이유를 꽁꽁 감추게 마련이다. 내가 할 수 있는 일이라곤 중력에 이끌리듯 어둠 속으로 빨려들지 않도록 애쓰는 것뿐이었다. 체카무스 강이 겪은 시스템의 패배로 인해 내 생각까지 암울하고 허무해지고 싶지는 않았다. 나는 가까이에 있는 아름다움을 찾고 싶었다.

왕립 브리티시컬럼비아 박물관의 수석 큐레이터이자 고생태학자인 리처드 헤브더의 전망 좋은 사무실은 상상력이 피어오르는 공간이다. 내가 방문했을 때 그의 책상은 혼돈 그 자체였다. 표본 케이스, 병, 유리관, 식물 표본을 만들기 위한 야책(野册), 서류 상자들이 방 안 가득 쌓여 있었다. 바닥엔 커다란 돌이 담긴 자루가 놓여 있고, 오래된 나무를 쐐기 모양으로 깎아 만든 조각이 종이 더미 위에 얹혀 있었다. 은발에 앞머리를 귀 뒤로 말끔히 빗어 넘긴 헤브더는 운동선수처럼 몸이 탄탄해 보였다. 선사 시대까지 거슬러 올라가 아주 오래된 꽃가루층을 밝혀내는 일이 그의 전문 영역이지만, 그의 사무실은 북서부 태평양 연안을 폭넓게 조사하여 얻어낸 결과물의 집결지 같았다.

헤브더가 말했다. "진정한 시간 여행이지요. 그게 내 직업이고, 내가 돈 받고 하는 일이니까요." 내가 해 질 녘 추석 보름달이 풍요롭게 차오르기 직전에 그의 사무실을 찾은 이유도 그래서였다. 헤브더는 풍요로움이라는 주제에 몰두하고 있다.

그 문제를 생각하기에 이보다 더 좋은 곳은 없었다. 아마존에서 생물 다양성을 고민하거나 갈라파고스 군도에서 진화에 경의를 표하는 것과 같은 맥락으로, 북서부 태평양 연안은 초대형 생물의 중심지다. 온대 강우림은 지구상에서 가장 거대한, 말 그대로 무게가 가장 많이 나가는 생물군의 서식지다. 이곳에 사는 생물들은 육중하다. 나무만 하더라도 가문비나무, 미송, 서양 솔송나무, 미국 삼나무 등 모두 제 힘으로 서 있는 역대 가장 큰 생명체다.

인간은 미래지향적인 종이라 생태계의 역사를 다루는 고생태학은 생겨난 지 수십 년밖에 안 된 신학문에 속한다. 북아메리카 자연환경의 역사를 포괄적으로 다룬 책은 2001년에야 처음으로 출간됐다. 저자는 현지 사람이 아니었다. 새로운 시각이 요구될 때 자주 있는 일이지만, 그 책을 쓴 팀 플래너리는 오스트레일리아의 동물학자로, 하버드대 오스트레일리아학 방문교수였다. 그는《영원한 변경: 북아메리카 지역과 주민들의 생태계 역사Eternal Frontier: An Ecological History of North America and Its Peoples》에서 "우리는 먼저 과거에 어떤 모습이었는지 알아야 한다"고 말했다. 고생태학자의 첫 번째 원칙이라 할 만한 주장이다.

그것은 나름대로 즐거운 일이다. 플래너리는 우리를 1만 8,000년 전으로 데려간다. 눈에 띌 만한 종의 진화가 일어날 수 있는 기간은 아니다. 지금은 그때보다 해수면이 90미터 이상 높아지는 등 형태 면에서 차이가 있긴 해도 자연경관은 여러모로 비슷했을 것이다. 그런데도 현대인들에겐 완전히 다른 세상이라고 느껴질 것이다. 예를 들어 그때는 매머드가 초원을 지배하는 세상이었다. 아프리카에 사는 코끼리만큼이나 많은 매머드들이 오밀조밀 모여 사는 곳도 있어서, 평균적으로 1제곱마일당 아홉 마리에 가까운 매머드를 볼 수 있었다. 긴 코와 엄니가 매머드와 닮은 마스토돈은 매머드보다는 작지만 그래도 4미터가 넘는 거구를 이끌고 숲속을 어슬렁거렸다.

지금 우리가 살고 있는 이 땅은 거구들의 대륙이었다. 어마어마하게 긴 뿔을 가진 들소, 낙타, 라마, 야생 돼지뿐 아니라, 고대 말도 세 종류나 있었다. 또 육중한 무스와 사슴, 가지뿔영양, 사향소, 늑대는 물론이고, 육식동물 중 가장 큰 덩치를 자랑했던 짧은얼굴곰이 살았다. 기트산 원주민들의 고대 미딕 신화도 이 곰에서 영감을 받았을 것이다. 땅늘보가 느릿느릿 움직이는가 하면, 지금과 기후가 크게 다르지 않았는데도 북쪽 숲엔 사자와 검치호랑이, 시미타르 고양이, 치타, 재규어가 살았다. 흡혈박쥐에서 거북에 이르기까지 당시엔 모든 생물이 지금보다 훨씬 더 큰 모습이었던 것 같다.

플래너리는 탄자니아의 세렝게티 사파리 마을처럼 오늘날 지구상에서 야생의 모습이 가장 잘 보존되고 생태학적으로 가장 풍요롭다고 하는 곳조차 과거의 풍요를 재현하기에는 턱없이 부족해 그 어슴푸레한 윤곽만을 보여줄 뿐이라고 말한다.

나는 현재와 가까운 역사에 좀 더 관심이 있었다. 거구들의 시대는 약 1만 3,000년 전에 끝났다. 집단 멸종의 원인에 대해서는 기후 변화 또는 인간의 과도한 사냥 등으로 의견이 엇갈린다. 유럽과 아시아의 탐험가들이 북아메리카의 역사 중 가장 최신 이야기를 써나갈 때만 해도 이 지역은 규모가 다소 줄긴 했어도 여전히 풍요로운 신세계였으며, 그중에서도 북서부 태평양 연안이 가장 풍족했다.

처음에 헤브더는 나에게 콜럼버스가 아메리카 대륙에 상륙하기 전 우리의 100마일 반경 지역에 얼마나 많은 사람들이 살았을 것 같은지 상상해 보라고 했다. 정확한 수치에 대해서는 의견이 분분하지만, 꽤 많은 사람들이 살았던 것만은 확실하다. 밴쿠버 섬 밖에 있는 열도 하나만 연구한 결과를 봐도 과거 인구가 5,000명이 넘었다는 증거가 있다. 같은 시기 북서부 해안 전체 인구는 수십만 명이었을 것으로 추정된다. 멕시코 고원 이북에서 가장 큰 규모다. 어떤 수치로 보나 비가 잦은 해안 지역은 절대 황량한 벌판이 아니었다. 그곳에 살았던 사람들은 사실상 모든 먹거리를 인근 지역에서 조달해 먹었다.

우리가 알고 있는 토착음식에 대한 정보는 대부분 조개무지에서 나온다. 초기 정착민들을 솔트 스프링 섬의 워커 훅으로 이끌었던 바로 그 조개무지다. 조개껍데기와 뼈다귀들로 이뤄진 오래된 조개무지 중엔 높이가 4.5미터에 이르고 엠파이어스테이트 빌딩을 눕혀 놓은 것만큼 길게 이어지는 것들도 있다.

조개무지에 내포된 사실도 그 외관만큼이나 무척 인상적이다. 현재 북아메리카의 보통 사람들이 먹거리로 이용하는 동물종 수는 손가락 발가락을 모두 동원해 셀 수 있는 정도밖에 안 된다. 반면 해안가 조개더미에서 발견한 종의 수는 총 88가지다. 바다에서 잡은 동물들만 헤아린 결과가 이 정도다. 민속학자들은 일말의 망설임도 없이 이 지역에 처음 살았던 사람들이 '북아메리카에서 가장 풍족한 사람들'이었다고 단언한다. 이 지역 원주민들의 생활은 궁핍

함과는 거리가 멀었다. 그래서 인류학자 웨인 서틀스는 "북서부 태평양 연안 원주민들이 실제로는 간간이 굶주림과 결핍에 시달렸다"고 처음 주장함으로써 오히려 유명세를 치렀다. 특수한 상황에서는 그런 일이 벌어졌을 수도 있다. 2005년에 체카무스 강이 그랬던 것처럼 그 지역으로 회귀하는 연어가 급감하는 일이 생겼을지도 모른다. 세상이 과거에 어떤 모습이었는지 들여다보는 데 이런 여러 가지 기록만큼 좋은 창문도 없는 것 같다.

하지만 헤브더는 과거의 모습을 실제로 볼 수 있는 기회가 아직 남아 있다고 말했다. 어느 가을날 운 좋게 몇몇 사람들과 쿠츠 강 어귀에서 고무보트를 타면서 북아메리카에서 가장 산업화가 덜 된 브리티시컬럼비아 지역의 들쭉날쭉한 해안선과 그 지역 풍경의 신비로움에 빠져 넋을 잃었던 기억이 났다. 우리가 만으로 진입하자 보나파르트 갈매기 떼가 날아올랐다. 그중엔 겨울 깃털에서 볼 수 있다는 검은색 눈물방울이 때 이르게 생긴 갈매기들도 있었다.

그곳을 지나자 높은 물결이 강기슭을 휘감았고, 넘친 강물은 숲 속까지 깊숙이 흘러들었다. 아래쪽을 내려다보니 월귤나무 덤불과 강가에 늘어진 나뭇가지들 사이로 연어가 헤엄치는 모습이 눈에 띄었다. 아름다운 고리 모양을 한 식물을 뚫고 이동하는 연어들도 있었다. 그 비현실적인 광경을 흰머리독수리 수십 마리가 앙상한 나뭇가지에 앉아 지켜보고 있었다.

수달 한 마리가 강둑에서 미끄러져 내려왔다. 머리를 털썩거리는 물개 떼도 있었다. 물개 일곱 마리가 메마른 통나무 주위에 옹기종기 모여 있었다. 모두 눈살을 찌푸린 모습이었다. 우리 때문에 파티가 엉망이 됐나? 물개들이 물고기를 통째로 삼키지 않고 이따금씩 느긋하게 연어를 잡아 한입 베어 물 만큼 너무나 완벽했던 세상을 우리가 훼방 놓은 것일까? 연어는 물가에만 있는 게 아니었다. 숲 속 깊은 곳까지 죽은 연어들이 널려 있었다. 일부 사체는 바짝 마른 뼈만 남았고, 어떤 것은 눈이 예리한 곰이 뇌만 쏙 빼먹어 머리 윗부분만 말끔히 절개되어 있었다. 그로부터 얼마 지나지 않아 우리는 곰을 보았다. 사초(사초과의 식물을 통틀어 이르는 말. 골사초, 산거울, 산사초 등 220여 종이 있다―옮긴이)로 덮인 레몬그라스 빛깔의 풀밭 위에 곰 네 마리와 덩치 큰 수퇘지, 암퇘지들이 어슬렁거리고 있었다.

'이런 걸 어디서 봤더라?'

나는 골똘히 생각에 잠겼다. 하지만 아이맥스로 보았던 가상 세계와 마린 퍼킨스가 꼭 끼는 옷을 입고 아프리카 초원에 등장하는 '와일드 킹덤' 재방송밖에는 딱히 떠오르는 것이 없었다. 요즘 사람들이 대부분 그렇듯, 나 역시 옛 탐험가들이 남긴 일지에나 겨우 나올 법한 그런 풍요로움이 너무 낯설었다. 그 옛날엔 버펄로가 지평선을 메우고, 나그네비둘기가 태양을 가리고, 대구가 엄청 많아 '뉴펀들랜드의 예수'처럼 물 위를 걸을 수 있을 정도였다니!

헤브더는 내 이야기를 듣고는 고개를 끄덕였다. 그가 책상 위로 몸을 기울이더니 촘촘한 눈썹 아래의 두 눈으로 내 얼굴을 올려다보며 말했다.

"차이가 있다면 과거엔 어디나 그랬다는 거죠."

나는 그 모습을 상상해 본다.

먼저 탁 트인 바다다. 이 지역에선 모든 것이 바다에서 나서 바다로 돌아간다. 중년의 동식물 연구가였던 아치볼드 멘지스는 조지 3세 국왕을 대신해 범선 디스커버리호에 올랐다. 그는 1792년 4월 7일에 이 우림 해안을 처음 관찰했다. 멘지스가 기록한 바에 따르면 범선은 수평선을 메운 '아주 옅은 청색'의 해파리 떼를 뚫고 항해했다. 해파리가 가득한 바다를 항해하는 데 거의 닷새가 걸렸고, 배 주위에선 고래들이 수면 위로 올라와 물을 내뿜었다고 한다. 맞다. 고래가 있었다. 드문드문 흩어져 있는 범고래만이 아니었다.

그로부터 200여 년 뒤 사람들은 범고래가 인간에게 폐를 끼친다고 매도해 인근 항구도시에 대공포까지 설치하며 학살을 자행했다. 지금은 굴로 유명한 베인즈 해협 들머리에 더글러스 증기선이 떠 있고, 그 옆을 지나가는 혹등고래 수백 마리가 내는 망자의 노래 같은 신음 소리가 선체에 울려 퍼진다고 상상해 보라. 지금의 시애틀과 밴쿠버 인근 해협에는 연중 600마리쯤 되는 혹등고래가 살았을 것이다. 청어가 그들의 사냥감이었다. 몸집이 작은 청어는 무리 지어 다녔다. 생물학자들은 그 양이 '메가급'이라고 말하는데, 그런 표현으로는 양을 가늠하기가 쉽지 않다. 차라리 생선알들이 어찌나 많은지 바닷속이 가려 안 보일 정도라든가 해협 전체가 어백(수컷 물고기의 정액 덩어리─옮긴이)으로 뒤덮여 하얗게 변했다는 어부들의 기억이 훨씬 구체적이다. 뿐만 아니라 '청어 볼herring ball'이라는 현상이 벌어지기도 했다. 그것은 바다 밑 보이지 않는 포식자에게 쫓긴 청어가 갑자기 수면 위로 튀어 올라 공중에서 파열되는 현상이다. 이때는 엄청난 증기가 한꺼번에 발산될 때 같은 굉음이

나고 바닷물이 은빛으로 들끓는다.

한때 하이슬라 원주민들이 입구에 괴물이 산다고 믿고 노를 저어 가기 두려워했던 길목이 있다. 거대하고 새하얀 형체가 입을 벌렸다 하면 소스라치는 괴성이 물길에 울려 퍼졌다. 알고 보니 그건 괴물이 아니라 갈매기 떼였다. 무려 수만 마리가 청어를 먹으려고 모여 있는 모습이었다. 엄청난 갈매기 떼가 물 위에 날아올랐다 내려앉았다 하는 모습이 마치 입을 벌렸다 다물었다 하는 거대한 괴물처럼 보였던 것이다.

청어 산란기가 끝나자, 이번엔 율라칸이 나타났다. 한 뼘 길이밖에 안 되는 율라칸은 기름이 많아서 말렸다가 입에 심지를 꽂으면 양초처럼 사용할 수 있다. 율라칸은 떼를 지어 프레이저 강으로 몰려와 등지느러미가 보일랑 말랑 하는 얕은 물에 알을 낳는다. 이 모든 광경은 철새 긴부리참도요 수백만 마리가 날아오는 것과 마찬가지로 봄을 상징하는 이미지였다. 봄에는 도요새, 가을에는 흰기러기, 겨울에는 선명한 빨강·주황·노랑의 부리를 가진 검은물오리들이 끝없이 몰려들어 장관을 이뤘다.

제철이 되면 흰머리독수리 수천 마리가 북아메리카 최대 규모로 강둑에 집결해 나란히 자리를 잡았다. 제철을 맞은 흑기러기도 마찬가지였다. 해안 순례자이자 예술가인 짐 스필스버리는 흰머리독수리 '수천 마리'와 흑기러기 '수백만 마리'가 겨울 바다 수천 평을 뒤덮거나 우르르 하고 천둥소리를 내며 한 마리 새처럼 일시에 날아오를 땐 "그야말로 서쪽 하늘 전체를 뒤덮을 태세였다"고 회고했다. 사진 속엔 짐의 어린 시절 모습이 담겨 있었다. 한쪽엔 어머니가 낚은 커다란 연어가, 반대쪽엔 그 연어를 집어삼키려고 했던 대구가 보였다. 두 마리 무게를 합치면 30킬로그램이나 됐다. 식당에서 주는 양으로 계산하면 120인분이 넘게 나올 분량이다. 아직도 철갑상어 둑이라고 불리는 프레이저 강 어귀에서는 무게가 망아지와 비슷한 흰철갑상어들이 잡혔다. 더 깊은 바다에는 바위 암초 속에 사는 볼락들이 있었다. 하나하나 이름을 대보면 노란 눈, 실버그레이, 한볼락, 쇼트래커, 구리, 차이나, 카나리 등이다. 이 볼락들은 스무 살이 지나야 성숙기에 이르고 백 살도 넘게 산다.

1902년에 그려진 그림을 보면, 펜더 섬 앞바다에서 노 젓는 배를 탄 두 사람이 작살로 볼락을 잡는 모습이 묘사되어 있다. 작살로 물고기를 잡으려면 물고기들이 미어터질 정도로 많아야 한다. 세일리시인 역시 작살을 이용하는데, 장대를 이용해 물속으로 미끼를 밀어 넣는다. 그러면 미끼가 수면 위로 부표처럼 오르락내리락하면서 이 고장 사람들이 '투시쿠아'라고 부르는 커다란 쥐노래미를 유인해 그물이나 갈고리로 잡아들일 수 있다.

이런 기술은 풍요로운 바다에서나 가능하다. 1892년에 선구적인 어장 감독관이 "대형 넙치 사업이 거의 무한정으로 확대되고 있다"고 말했던 바다나, 돛단배로 고기를 잡던 시절에도 매년 1만 명이 매일 한 끼씩 먹을 수 있는 양의 넙치를 공급했던 그런 풍요로운 바다 말이다. 이 바다에 엄청나게 많은 돔발상어들은 자신의 몸을 바쳐 새로운 세기에 등장한 등대에 불을 밝히고, 벌목꾼들이 목재를 운반하기 위해 만든 숲속 통나무 길에 바를 넉넉한 기름을 제공했다.

이제 숲이다. 1864년 무심코 언덕에 올라 짙은 녹색 물결이 저 멀리서 흐려지는 모습을 바라봤던 스물네 살의 로버트 브라운은 다음 날 길을 나서 밴쿠버 섬을 육로로 횡단한 최초의 식민지 주민이 되었다. 유럽인들은 그 어둠의 영역에 선뜻 들어가려 하지 않았다. 세일리시 원주민에게도 숲은 영혼이 깃든 동물들의 전시장이었다. 원주민들은 주술사 큰까마귀, 변신의 귀재 곰, 발이 큰 사스콰치, 관절 없는 다리가 달린 생물 등이 가엾은 사냥꾼을 쫓으려고 산비탈을 휘젓고 다닌다고 믿었다.

나뭇잎으로 뒤덮인 어둑한 성안으로 들어가는 일 자체가 큰 고역이었다. 브라운 일행은 원주민들이 만들어 놓은 옛길을 벗어나 나무들이 여기저기 쓰러져 있는 좁고 으스스한 길을 지날 때면 손과 발을 땅에 대고 기어가거나 아예 바짝 엎드려 걸었다. 밤에는 캠프에 유령이 출몰했다. '섬뜩하고 거친 울음소리'는 쿠거의 날카로운 비명이 거의 확실했고, 아비새의 웃음소리도 들렸다. 늑대 한 마리가 울부짖으면 다른 늑대들이 합동으로 소름 끼치는 소리를 냈다.

"사슴고기를 많이 드시게. 밀가루와 베이컨은 힘들 때를 대비해 남겨 두고." 브라운은 미래의 개척자들에게 이렇게 조언했다. 들꿩고기와 자고새도 남아돌 때가 많았다. 브라운은 "혹시 배고픈 사람이 있으면 권총 한 자루만 갖고도 덤불에 있는 먹거리를 쉽게 싹쓸이할 수 있다. 나무 밑동에서 시작해 가장 높은 가지에 있는 새들로 사냥을 마무리하면 된다"는 기록도 남겼다.

하지만 그 시절에도 좀처럼 사냥감을 발견할 수 없어서 저주받은 것처럼 느껴지는 날이 있었다. 그 느낌은 내가 잘 안다. 나는 북쪽의 외딴 공원에서 일주일을 보낸 적이 있다. 옐로스톤 국립공원의 20배 규모에 마을까지 가려면 수상 비행기로 1시간, 거기서 가장 가까운 병원까지는 다시 자동차로 7시간을 달려야 하는 곳이었다. 내가 알기로 그곳은 가장 야생에 가까운 장소다.

하지만 동물이라고는 멀리서 한 마리씩 발견한 게 전부였다. 버드나무를 밀치고 있는 수컷 무스 한 마리와 비탈을 천천히 달려 내려가는 늑대 한 마리. 그 풍요로움마저도 정해진 길에 서야만 보였다. 잘 정비된 자전거 길처럼 맑고 깊은 탐방로가 산등성이로 이어지고 초원을 가로지르는 것을 보니 산양, 오소리, 카리부, 회색곰 등이 주기적으로 나타나는 듯했다. 바닥을 드러낸 얕은 호숫가 진흙에도 무스 발자국이 수두룩했다. 풍요도 부끄러움을 탈 때가 있다. 아니면 말고.

1907년 석탄왕 제임스 던스뮤어는 자신의 증기선 시슬호를 북태평양 연안에 정박시켰다. 아침이 밝자, 그는 네 사내와 함께 총으로 곰 열두 마리를 사냥했다. 그중 네 마리는 회색곰이었다. 아마도 그 곰들은 연어를 잡으려고 모여 있다가 변을 당했을 것이다. 연어를 생각할 때는 연어 외에 다른 건 아무것도 생각나지 않는다. 태평양 연안은 강과 숲을 비롯해 그야말로 모든 풍경에 연어가 함께한다. 4년마다 찾아오는 풍어기에는 한 번에 붉은 연어 5천만 마리가 물을 거슬러 올라왔을 것이다. 나는 현대 연어들의 위대한 역류를 목격한 적이 있다. 뿐만 아니라 그 사이에서 연어들이 기분 좋은 리듬에 맞춰 헤엄치며 꾸준하게 수면 위로 등을 밀어 올리는 광경을 지켜보기도 했다. 연어 떼들의 행렬처럼 별똥별이 우수수 쏟아지길 바랐지만 그런 일은 좀체 일어나지 않았다.

하지만 연어 5천만 마리의 행진은 천문학적인 수치다. 오죽하면 개울 이름을 '두 손으로 물고기를 건지시오'라고 지었을까. 정착민들은 산란기의 연어들이 첨벙거릴 때 튀는 물에 카누가 가라앉을까 무섭다고 불평하기도 했다. 육식을 하는 모든 생물이 강에 모여 만찬을 즐겼을 것이다. 숲속에 사는 포유동물 중엔 22종이 연어를 먹는다고 알려져 있다. 대부분의 사람들은 그 이름조차 다 알기 어려울 정도로 많은 종류다. 연어는 심지어 토양에 양분을 공급하기도 한다.

몇 년 전에 페리의 일등 항해사를 인터뷰한 적이 있다. 배를 타고 전 세계를 누비며 일했던 그는 풍요로운 자연이 주는 최고의 순간을 경험한 장소로 세일리시 해를 꼽았다. 수십 년 전 그는 선장과 함께 미국과 캐나다 사이의 국경을 따라 항해 중인 배의 함교에서 있었다. 해 질 무렵 갑자기 고래들이 나타났다. 범고래와 알락돌고래 여러 마리였다. 청어 볼 현상에 갈매기, 바다사자, 물결을 그리며 날아가는 철새 떼까지 그야말로 생명의 활기가 넘쳐나는 풍요로운 광경이었다. 선장은 엔진이 공회전하도록 내버려 둔 채 일등 항해사와 함께 그 장면을 한참 동안이나 넋 놓고 바라보았다. 그들 중 항해 스케줄이 엉망이 될까 신경 쓰는 사람은 없었다.

일등 항해사가 보았던 광경은 아마도 내가 상상하려 한 풍요의 모습과 흡사했을 것이다. 하지만 그것으로 충분하지는 않다. 아무래도 인간의 가장 현실적인 욕구로 눈길을 돌리는 편이 낫겠다. 미국 민족학 사무국의 선구적인 인류학자 필립 드러커는 북서부 태평양 연안 지역의 고유한 풍요로움에 대해 이렇게 말했다.

"언제 어디서나 먹거리를 구할 수 있었으며, 다 못 먹을 정도로 풍족해 초호화 연회를 즐기는 일이 잦았다."

하지만 바로 그때 끔찍한 일이 벌어지고 말았다. 우리가 그 풍요의 씨를 모조리 말려 버린 것이다.

언젠가 북서부 해안에서도 캘리포니아 콘도르를 볼 수 있을 거란 뉴스를 얼마 전에 읽었다. 포획 사육 프로그램으로 멸종 위기를 모면한 콘도르 몇 마리가 지금은 수천 마일 남쪽에 있는 미국 사막을 여행 중이라고 했다. 붉은 머리에 3미터나 되는 긴 날개를 펴고 우림(雨林) 위로 상승하는 따뜻한 기류에 몸을 실어 날아오르는 거대한 새를 상상해 보았다. 하지만 보이지 않았다. 어찌 된 일인지 보이지 않았다.

"콘도르라고요? 멋진데요. 로드킬을 당하는 동물들을 감안하면 콘도르가 먹어치워야 할 것이 얼마나 많을지 생각해 봐요."

20세기에 프레이저 강 유역에 콘도르가 살고 있는 것이 보고되었음을 헤브더조차 모르고 있었다는 것은 과거에 대한 아주 중요한 사실, 즉 과거가 우리에게서 망각돼 간다는 사실을 잘 보여준다. 이런 현상을 가리켜 '이중 소멸'이라고 하는데, 생물종이나 생물종의 풍요로움이 사라지면 얼마 안 가 무엇을 잃었는지조차 잊어버린다는 것이다.

몇 가지 예외는 있다. 예를 들면 까마귀는 과거에 비해 훨씬 많아졌다. 또 캘리포니아 해안에 서 있다가 회색고래를 목격할 확률은 1946년보다 지금이 오히려 더 높다. 하지만 자연계 전체로 보면여러 세대를 거쳐 오는 동안 풍요는 질적으로 꾸준히 악화되었다. 내 눈앞에 펼쳐지는 풍광은 내 아버지가 알고 있던 것보다 더 나빠졌고, 내 아버지가 기억하는 자연은 증조할아버지가 경험했던 자연의 그림자에 불과할 뿐이다. 그런 식이다.

그렇다면 보통 사람들이 더는 '자연'의 원래 모습을 생각하지 못할 때 무슨 일이 벌어질까?

헤브더는 그 질문에 이렇게 대답한다.

"사람들은 무슨 일이 벌어질 수 있는지조차 깨닫지 못해요. 엄청난 위험이지요. 사실상 우리는 대자연을 뼈만 남을 때까지 남김 없이 벗겨 먹고 있어요. 여전히 자연을 숭배하고 감사히 여기면서도자연이 앙상하게 뼈밖에 남지 않았다는 걸 인식하지 못하죠. 이걸깨닫지 못하면 자연이 소멸될 날이 얼마 남지 않았다는 것도 깨달을 수가 없어요."

헤브더는 진화론자다. 그래서 진화에 희망을 건다. 세월이 흐르는 동안 생명체는 많은 실험을 통해, 다시 말해 놀라운 적응력을 발휘하며 지속되어 왔다. 그중엔 세대를 거듭하며 이어져 온 생명체도 있고 그렇지 못한 것들도 있다. 하지만 새로운 방법을 시도해보려는 유연성이 꾸준하게 진화를 이끌어 간다.

또 한 가지 중요한 점은 그 적응이 우리를 둘러싼 모든 것을 희생시키는 형태로 나아가서는 안 된다는 점이다. 이것은 지금 우리가 처한 현실을 반영하는 새로운 전제다. 우리가 사는 세상에 우성 변종이 하나 등장했기 때문이다. 그것은 바로 자연의 섭리를 무시한 채 무엇이든 돈으로 가치를 매길 수 있다는 생각이다. 돈으로 모든 가치를 따지는 이런 변종이 실제 살아 있는 생명체가 아니라 관념에 불과하다는 것은 정말 다행스러운 일이다.

"우리가 인간이 되기까지는 생물학적으로 이런저런 진화를 겪었어요." 헤브더가 의자에 등을 기대며 말했다. "이제는 체외적인 진화, 그러니까 몸 밖에서 진화를 해야 할 때예요. 우리는 진화의 모든 것이라고 할 수 있는 우리의 적응력을 개선해야 해요. 여러 세대가 지나도록 기다릴 필요는 없어요. 이제부터는 이런 사고에서 저런 사고로 바뀌는 데 걸리는 시간을 세대교체 시간으로 봐야 해요."

고생태학적 시간개념으로 보면, 우리 인간이 우리의 버팀목이 되어 주는 자연환경과 분리되기 시작한 것은 아주 최근의 일이다. 이런 일이 그야말로 눈 깜짝할 사이에 확 일어나고 말았다. 과거에 인간은 거의 대부분의 시간을 자연환경에 의지해 살았고, 자연을 훼손할 경우엔 목숨을 잃을 각오를 해야 했다. 그러니 한 지역의 강이 갑작스러운 죽음을 맞게 된 건 그저 슬픔을 자극하는 단순한 이야깃거리가 아니었다. 정말로 생명을 위협하는 크나큰 재앙이었다.

물론 체카무스 강에 화학물질이 유출됐다고 해서 앨리사와 내가 굶을 일은 없을 것이다. 물고기를 몇 마리 잡아 보려던 희망이 날아갔을 뿐이다. 다행히 스티브 요한슨이 자신의 배를 이끌고 세일리시 해로 나가 견지낚시로 연어를 잡을 계획이었다. 그러면 우리도 냉장고를 채울 수 있을 것이다.

9월은 활력이 넘쳤다. 다 자라기까지 시간이 꽤 오래 걸리는 곰보버섯마저도 수확할 때가 되었다. 고추, 해바라기, 가지, 토마토, 구스베리, 딸기, 멜론. 나는 멜론이 우리 지역에서 자라는 먹거리인 줄 몰랐다. 이제는 9월이 멜론 철이라는 것을 알았으니 내 머릿속 달력에 영원히 잊지 않도록 표시해 둘 것이다. 전에는 과즙이 많고 고무처럼 말랑거리는 칸탈루프 멜론을 좋아하지 않았다. 그러다 우연히 잘 익은 멜론을 맛본 적이 있는데, 껍질에서부터 솜사탕 향이 코끝을 강하게 자극했다. 과육이 어찌나 달콤하던지 너무 많이 먹으면 머리가 아플 정도였다. 게다가 멜론 품종이 그렇게 많은 줄 누가 알았을까? 베이비 슈거 워터멜론, 머스크멜론, 노란 감로멜론, 샤랑테 멜론. 나는 이제 멜론을 무척 좋아한다. 멜론 광신도다.

하지만 이번 달로 여름이 끝이 났다. 달력을 넘겨 보니 10월이고, 어김없이 4주였다. 할로윈 무렵이면 들판이 텅 비고 온 세상이 썩은 듯 색이 변해 있을 터였다. 가을은 금세 겨울로 넘어간다. 생각만 해도 겁이 났다. 겨울엔 앨리사와의 관계가 지금처럼 대륙 이동이라도 일어난 듯 벌어져서는 안 된다. 겨울은 공동 전선을 펴야만 살아남을 수 있는 위협적인 존재다.

헤브더는 대중 강연을 할 때면 '콩 하나의 기적'이라는 제안을 한다. 누구나 창가 화분에 적어도 콩 하나는 심어야 한다는 이야기다. 그는 언제나 나무보다 콩을 심어 보라고 권유한다. 콩을 통해 인간이 자연에 힘입어 살아간다는 원초적 진리를 강조할 수 있기 때문이다. 우리가 자연이라고 부르는 것은 주말에 도시를 벗어나면 볼 수 있는 나무 같은 것들만 가리키는 것은 아니다. 우리가 살아 있도록 지켜 주는 것이 자연이다. 이것은 너무나 기본적인 사실이라 말로 하는 것 자체가 지루해질 수 있다. 하지만 알다시피 문명화를 이끄는 원칙엔 이 같은 인식이 빠져 있다. 우리에게도 음식을 먹을 때마다 자연의 고마움을 느낀 시절이 있었다.

알고 보니 헤브더는 농부이기도 했다. 도심에 있는 사무실에서 퇴근하면 곧장 교외에 있는 6,000여 평에 이르는 농장으로 달려갔다. 그곳에서는 자동차 소음 대신 큰까마귀들의 퍼덕거리는 날갯짓 소리가 들렸고, 밤이면 부엉이 울음소리가 들렸다. 과학자인 그는 사실상 내가 알고 있는 모든 채소를 재배하고 있었다. 그는 곡물도 키웠는데, 단순히 자기도 재배할 수 있다는 걸 확인하기 위해서라고 했다. 지금도 겨울 피복 작물로 메밀을 심었고, 가장 최근엔 서늘한 기후를 좋아하는 당근을 심었다고 한다. 당근은 1월에 땅에서 직접 뽑아 먹어야 가장 달콤하다고 알려주었다. 지금은 토마토가 무르익고 있었고, 무화과 농사도 무척 잘된 편이었다.

채소밭을 보면 지구 환경이 고갈되는 이유가 갈수록 먼 곳에서 먹거리를 조달해 오는 폐단과 관련이 있다고 생각된다. 하지만 보다 깊은 진실은 고생태학에 뿌리를 두고 있다. 과학적 지식에 따르면 지금도 지구엔 거대한 변화가 진행되고 있으며, 대륙조차 아직 완성된 것이 아니다. 이런 것을 생각하면 인간의 짧은 생이 덧없이 느껴질 수도 있다. 더 나아가서는 하루하루를 귀중히 여겨야 한다는 삶의 사명감이 흔들릴 수도 있다.

우주는 우리에게 양배추도 주었고 메추리알도 주었다. 그리고 때

때로 우리가 슬픔이나 걱정에 잠 못 이루도록 수십억 년을 끓어올
랐다. 그 헤아릴 수 없는 시간의 깊이에서 헤브더는 희망을 얻었다.
용기를 잃지 말아야 할 때면 항상 등장하는 '희망'이란 단어는—이
젠 흔해 빠지고 진부한 표현이 되었지만—사실 어두운 씨앗을 품
고 있다. 희망에는 의심이 담겨 있으며, 지금 보이는 것만큼 결론이
좋지 않을 수도 있다는 가능성을 내포한다.

가난한 남자의 케이퍼

재료 : INGREDIENTS

월계수 잎 1개   한련 씨앗 꼬투리   물   화이트와인 식초   꿀 1큰술   키 큰 타임 줄기 1개
　　　　　　　1/4 컵　　　　　　　　　　1/3 컵

만드는 방법 : How To Make

① 작은 냄비에 화이트와인 식초, 물,
　월계수 잎, 타임, 꿀을 넣고 끓인다.

② 씻은 한련 씨앗 꼬투리는 100밀리리터
　정도의 작은 병에 담는다.

③ 냄비에 끓인 것을
　병에 붓고 허브를 넣는다.

④ 일주일 동안 냉장고에 넣어
　숙성시킨 다음 사용한다.

※ 주의사항 : 한련 씨앗 꼬투리는 가을에 가장 먼저 생긴 초록색 꼬투리를 써야 한다.
　너무 오래 기다리면 딱딱하고 쓴맛이 강해진다.

10월… 침묵

기억, 나에겐 독약이자 양식

― 에두아르도 갈레아노

토요일 밤이었다. 바깥 공기가 꽤 차서 제임스가 저녁 메뉴로 고수를 약간 넣은 따뜻한 호박수프를 준비했다. 땅은 그렇게 많은 것을 우리에게 내주었다. 우리는 도멘 드 샤베르통 한 병을 거의 다 비워가고 있었다. 한 모금 들이켤 때마다 100마일 반경 안에 썩 괜찮은 양조장이 있어서 정말 다행이라고 조용히 자축했다.

우리는 술을 마시고 있었다. 독일에서 처음 유래한 화이트와인이었다. 그렇게 몸을 녹였다. 실은 할 일을 미루는 중이었다. 그날 오후 제임스와 나는 40분을 달려 도착한 농장 좌판에서 유기농 옥수수 세 상자를 샀다. 모두 160자루쯤 됐다. 옥수수를 사느라 소중한 토요일을 절반이나 써버렸다. 수염이 덮개 사이로 삐져나온 옥수수 상자들이 현관 입구에 쌓여 있었다. 우리는 보관만 잘하면 겨우내 옥수수에 의지해도 되리라 생각했다. 하지만 어떻게 보관하면 되는지 확실한 방법을 알지 못했다. 내일 해결하면 될 일이었다. 나는 어릴 적 밭에서 흔들리던 옥수수를 보았던 기억이 어렴풋이 나서 엄마에게 전화를 걸었다.

"집을 사겠다는 사람이 나타났어." 엄마가 말했다.

엄마는 의사결정을 하는 속도가 놀라울 정도로 빠르고, 한 번 마음을 굳히면 절대 흔들리지 않을 것처럼 보였다. 내가 제임스와 도련에서 지내는 동안, 엄마는 엄마 인생에서 열 번째 직업인 변호사 일을 갑자기 그만뒀다. 외할머니가 돌아가신 뒤 집에 대한 애착과 함께 속박에서도 벗어난 엄마는 곧장 이사를 추진했다.

"얼마예요?" 내가 물었다. 그 순간 내가 정말 부동산에 집착하고 있었던 게 아닌가 하는 의구심이 들면서, 내가 이미 엄마 집의 가치를 돈으로 평가하고 있다는 걸 깨달았다.

"살 집은 봐 뒀어요?" 내가 다시 물었다.

엄마는 그렇다고 했다. 밴쿠버 섬의 코위찬 호숫가에 있는 집인데, 가치가 지금 사는 도시의 주택과 맞먹었다. 은퇴를 해야 할 시점에 엄마는 돈을 조금 더 아낄 수 있는 방법을 포기하고 소중한 '비상금'을 날려버릴 판이었다. 안전한 미래를 호수가 내다보이는 집과 맞바꾸기로 한 것이다.

"생활은 어떻게 하려고요?" 나는 엄마가 어쩔 셈인지 몹시 궁금했다.

"글쎄, 그거 좋은 질문이네!" 엄마는 겸연쩍어하면서도 발끈한 듯 대꾸했다. 나는 충고랍시고 말해 봤자 전혀 좋을 게 없겠다고 생각했다. 어쨌거나 나도 허허벌판에 다 쓰러져 가는 오두막을 샀고, 프리랜서 기자로서 불안정한 삶을 살고 있기 때문이다. 나는 연금도 들지 않았다. 그쯤에서 전화를 건 진짜 목적으로 넘어갔다.

"겨울 동안 옥수수를 어떻게 보관하면 돼요?"

엄마는 잠시 말이 없더니 머뭇거리며 되물었다. "옥수수를 언제 샀는데?"

내가 바보처럼 보이겠구나 싶다가 진짜 바보 같단 생각이 들었다.

"오늘 오후에."

"옥수수는 줄기에서 따서 몇 시간만 지나면 당분이 분해돼 점점 딱딱하게 굳어. 맛도 없어질 뿐더러 영양가도 떨어지지."

엄마는 무척 점잖은 편이라 서두르지 않으면 다 버리게 된다고 잘라 말하지는 않았다. 대신 옥수수를 데쳐서 낟알로 냉동시키는 방법을 알려주었다.

그 방법은 이러하다. 먼저 옥수수 껍질을 벗기고 씻은 다음 끓는 물에 4분간 데친다. 그런 다음 찬물에 담가 식혀야 '억센' 맛을 제거할 수 있다. 떼어 낸 알맹이는 냉동용 팩에 담는데, 꽉 채우지 말고 1센티미터 정도 공간을 남겨 둬야 한다.

전화를 끊고 시계를 보니 밤 10시였다.

"제임스, 오늘 밤에 당장 옥수수를 냉동시켜야 해."

기껏해야 토요일 밤을 보람 있게 보내려는 모르몬교도의 아이디어 정도로 들렸을 텐데도 제임스는 내 말에 흔쾌히 따라주었다.

와인을 마신 뒤라 취기가 남아 있는 동안은 그나마 재미 있게 작업을 할 수 있었다. 마땅히 작업할 곳이 없어 현관 입구에 의자를 갖다 놓고 옥수숫대 까기, 즉 옥수수 껍질 벗기기를 시작했다. 초록색 겉껍질을 바깥쪽으로 당길 때마다 찍 하는 소리가 났다. 옥수수수염은 부드럽고 풍성했다.

나는 잠시 일손을 멈추고 스테인리스 강철 솥에 물을 채워 가스 레인지로 간신히 옮겨 놓았다. 아직도 나는 무시무시하게 큰 이 솥이 좋다. 버려진 물건들을 보살피는 신들이 가끔은 내 소원을 들어준다는 증거물이기 때문이다. 여름 몇 주 동안 병조림을 하려면 좀 더 큰 솥이 정말 필요하겠다는 생각을 했었다. 그러다 가을로 접어들고 말았는데, 마침 집 앞 쓰레기통 옆에서 이 거대한 솥을 발견한 것이다. 지나가는 사람이 없을 때를 기다려 기꺼이 쓰레기통을 뒤지려 하는 내 모습이 무척 당혹스러웠지만, 이내 솥을 덥석 주워 챙겼다. 반짝반짝 빛나는 것이, 새것 같았다. 그렇게 별안간 나에게 큰 솥이 생겼다.

지난 몇 달 사이 우리 집 주방은 두고 먹을 저장식품들로 하나둘 채워져 갔다. 이런저런 구색을 갖추고 이만한 양을 갖게 되리라고는 이전엔 미처 생각지도 못했다. 할머니들에게서 물려받은 긴 나무 숟가락, 쇠젓가락과 함께, 유리병을 만지지 않고도 뚜껑을 들어 올릴 수 있는 자석까지 생겼다. 다만 걸쭉한 과육과 과즙을 분리할 때 쓰는, 그 이름 모를 '젤리 자루'는 찾지 못했다. 대신 치즈를 거를 때 쓰는 무명천을 일반 슈퍼마켓에서 구입했다. 사실 요새는 거의 쓰지 않는 옛날 물건이라서 벽난로 풀무나 버터 교반기처럼 특산품 상점에서나 구할 수 있을 줄 알았다.

찬장과 천장 사이의 좁은 공간엔 우리의 수고를 기다리는 빈 유리병들이 가지런히 놓여 있다. 나는 교외 중고품 상점에서 메이슨 유리병 열두 개를 단돈 2달러에 파는 걸 보고 흥분했었다. 먼지 수

북한 유리병 바닥엔 죽은 거미가 최소 한 마리씩은 있었다. 그 병들이 우리네 할머니들의 멋진 작품을 담아 냈으리라 상상하니 기분이 좋았다. 나중에 그 다섯 배 가격으로 새 유리병 세트를 샀을 땐 거의 공황 상태였다. 상자엔 'BECAUSE YOU CAN'이라는, 아마도 우리 할머니의 요리책이 처음 출간됐을 무렵부터 그 회사의 슬로건이었을 형편없는 말장난이 인쇄되어 있었다.

우리는 유리병과 함께 병조림에 관한 에티켓도 몇 가지 습득했다. 그중 첫 번째가 '병조림 음식을 선물 받으면 병은 원래 주인에게 반드시 돌려준다'는 거였다. 병을 돌려받지 못했던 일이 떠올랐는지, 우리 앞에 서 있던 할머니들이 고개를 절레절레 흔드셨다. 이런 예절도 모르고 매년 어른들이 정성스럽게 만든 맛있는 병조림을 선물하면, 오히려 성가셔하는 철없는 손자나 조카가 어느 집에나 있었다.

오래지 않아 물이 팔팔 끓으면서 솥뚜껑이 들썩거리기 시작했다. 창문엔 굵은 물방울이 맺혔다가 주르르 흘러내렸다. 온몸이 끈적끈적했다. 밤 11시가 넘었는데 껍질을 벗겨야 할 옥수수가 아직도 거의 한 상자나 남은 것을 보고 느낀 절망감은 말할 것도 없다. 제임스가 작업한 양이 내가 한 것보다 훨씬 많았다. 나는 그를 쳐다보며 짜증스럽게 말했다.

"옥수수수염을 제대로 안 벗기고 있잖아!"

제임스는 아무 말 없이 옥수수를 한 개 들어 보였다. 내가 한 것만큼 말끔하게 손질되어 있었다.

나는 더 이상 아무 말도 하지 않았다. 우리 가족은 원래 말이 없는 편이다. 제임스와 나는 하던 일에 열중했다. 우리 관계에 문제가 생길 때마다 나타나는 상징적인 모습이었다. 옥수수가 담긴 솥을 앞에 두고 나란히 서 있는 우리의 모습은 광고에 등장할 법한 단란한 모습이었지만, 실제로는 비관적인 생각들로 머릿속이 가득 차 모든 것이 부담스럽게만 느껴졌다.

14년을 함께 지냈다. 혹시 얼마 남지 않은 아름다운 젊음을 안타깝게 놓치고 있는 건 아닐까? 내가 나만의 개성을 너무 상실해 버렸나? 제임스와 내가 서로에게 너무 익숙해져 팩팩거리는 걸 당연시하는 건 아닐까? 14년을 함께 산 사람들에게는 어떤 열정이 느껴져야 할까? 대답을 찾는 대신 나는 이렇게 말했다.

"종말론 신봉자가 된 기분이야."

솥에 넣은 옥수수들이 다 데쳐지자, 나는 외할머니의 식탁에서 숱한 고기들을 썰었던 영국산 나이프로 옥수수 알갱이를 떼어 내는 작업에 착수했다. 안네 프랑크의 쫓기는 삶에서부터 1980년대의 어린 시절 내내 따라다녔던 냉전 시대의 핵 위협에 이르기까지 디스토피아(현대사회의 부정적인 측면이 극단화한 암울한 미래상—옮긴이)와 고난을 담은 이야기는 언제나 나에게 깊은 인상을 남겼다.

"지구 종말 시계가 어떻게 자정 3분 전에 맞춰졌는지 기억해? 한때 난 그 생각만 했는데."

"난 악몽에 시달렸어." 제임스가 대답했다.

"당신은 적어도 지진 걱정은 안 했잖아." 제임스는 초원지대에서 성장기를 보내고, 독립할 때가 되어서야 해안지대로 이주해 왔다. 그러고 보니 그동안 우리가 함께 산 곳은 모두 올해 초 지도에 처음 그려 본 100마일 반경 안에 있었다. 공교롭게도 환태평양 지진대라고 하는, 네 개의 지질구조 판이 불안하게 교차하는 지역과도 가까웠다.

그 지역에서 빈발하는 약한 강도의 지진을 내가 처음으로 직접 경험한 건 스물여덟 살 때였다. 강도 4.9의 지진이 강타했을 당시, 나는 제임스와 함께 19세기에 지어진 목조주택 3층에 살고 있었다. 지붕창 앞에 놓인 책상에 앉아 있던 나는 집 전체가 마치 운동하는 추처럼 점점 더 큰 폭으로 흔들리는 것을 온몸으로 느꼈다. 마침 목욕 중이던 제임스는 수면이 출렁이는 것을 보았다. 자기가 사는 집이 들썩거리는 것만큼 혼란스러운 일도 없을 것이다. 나는 아주 높은 곳에 있다가 한참을 떨어져 내리는 것과 바닥에 있다가 무너져 내린 것들에 깔리는 것 중 어느 쪽이 더 비참할지 멍하니 생각해 보았다. 막상 진동이 멈췄을 때는 이상하게도 기운이 쭉 빠지고 울적한 기분이 들었다.

과학자들이 전 세계에서 이 지역을 불안정 구역으로 간주하는 이유는 지진이 발생할 수 있는 3가지 가능성을 모두 갖추고 있기 때문이다. 판과 판이 부딪치려고 모여드는 가공할 압력, 판과 판이 갈라지면서 생길 수 있는 위험천만한 틈, 판과 판이 서로 스쳐 지나갈 때 '변환 단층'에서 발생하는 마찰 저항이 그것이다. 그래서 전문가들은 200년 안에 북서부 태평양 연안의 지형을 완전히 바꿔 놓을 대지진 '빅 원The Big One'이 발생할 것으로 예측한다. '빅 원'이 당장 내일 일어날 수도 있다는 이야기다. 발밑에 있는 땅이 계속해서 움직이고 있다는 건 흥분되면서도 섬뜩한 일이다.

나와 같은 세대는 누구나 이런 긴장감을 느낄 거라고 생각한다. 내가 아는 사람 중에는 한 가지 직업이나 장소에 정착할 수 있는 사람이 아무도 없는 것 같다. 과거에 단 한 권의 채색 필사본을 완성하기 위해 평생을 바쳐 몰두한 사람도 있었다는 것을 이제는 믿기 어려울 것 같다. 지금은 숭고하게 헌신하는 시대가 아니라, 숭고한 쇼핑을 하는, 아니, 그냥 쇼핑만 하고 끝나는 시대다. 제임스와 나는 빚을 제외하고 지금껏 결혼에서 양육까지 모든 형태의 헌신을 미루거나 단념해 왔다. 뿐만 아니라 요즘은 집안 인테리어를 최신 유행 패션만큼이나 자주 바꾸고, 운전하면서도 여러 일을 동시에 처리해야 한다. 인생이란 그런 거라고 미리 알려주는 정답 같은 건 없다.

하지만 이 모든 것엔 어느 정도 자유로움이 있다. 급진적인 변화의 조짐에 우리는 가슴이 설렌다. 나는 대지진에 강박관념을 갖고 있지만, 석유 시대의 종말이라는 훨씬 대중적인 시나리오도 있다. 2003년 소비량을 기준으로 볼 때, 석유수출국기구OPEC 소속 전문가들조차 세계 화석연료 비축량이 100년 후쯤 바닥날 것으로 예상한다는 사실에 비주류 문화 전체가 환호하고 있다. 석유지구물리학자들은 대체로 석유와 가스 생산량이 이미 최고치에 도달했거나 2010년이면 최고치에 이를 거라는 데 동의한다.

우리가 살아 있는 동안 석유가 바닥날 수도 있다. 그렇다고 최후 심판의 날이 다가오고 있다고 믿기에는 대단한 신념이 필요하다. 다만 우리에겐 모든 것이 뒤바뀔 수밖에 없는 몰락의 순간을 갈망하는 마음이 어느 정도 있는 것 같다. 그 사이에도 우리는 푸념만 하다가 아직 발견하지 못한 열대지방의 나비나 메이슨 유리병을 원래 주인에게 돌려주는 전통 예절을 영영 놓치고 만다. 종말론은 너무 단순했다. 제임스와 나는 믿지 않았다.

"그리고 보면 우리는 생각이 잘 맞는 것 같아." 나는 옥수수 알갱이들을 지나치게 비싼 냉동팩에 무기력하게 퍼 담으며 말했다.

"우리는 남자와 여자의 성욕을 주제로 대화할 수도 있었어." 제임스가 딱딱거리며 말했다.

이런 이야기가 오간 시각이 토요일 밤 1시였다. 와인은 바닥나고, 우리는 여전히 옥수수 냉동 작업을 하고 있었다.

데보라에겐 먹거리를 보관하는 일이 그다지 어렵지 않았다.

찬장에 들어 있는 검붉은색 잼 병들을 보고 있자니, 나는 어느새 버려진 철길 주변에서 겪은 7월 말의 찜통더위 속으로 가 있었다. 머리 위에는 도심으로 향하는 차들을 떠받치는 대교가 뻗어 있었다. 그런 버려진 땅엔 히말라야 블랙베리가 자생하기 좋아서, 4미터 이상의 높이로 물결을 이룬 덤불이 가득했다. 더운 날씨에도 불구하고 데보라와 나는 청바지에 긴팔 셔츠 차림이었다.

덩굴은 엄지손가락만 한 가시들이 달린 데다, 불과 몇 개월이면 폐가를 뒤덮을 정도로 무성했다. 열매를 따려고 몸을 숙이거나 팔을 뻗었다가 가시덤불에 걸려 넘어지기라도 하면 빠져나오지 못할 수도 있었다. 더구나 주변에 아무도 없고 혼자 있을 때 그런 일을 당한다면, 덫에 걸린 동화 속 주인공처럼 날카로운 가시에 뒤엉켜 꼼짝 못하게 되고, 몸부림을 칠수록 피투성이가 되는 통에 누군가 나타나 용감하게 구해 주기만을 얌전히 기다릴 수밖에 없을 것이다.

다행히 데보라와 나는 그런 우연한 풍경 어디에나 나오는 오솔길을 따라 아주 조심스럽게 움직였다. 베리를 따다가 보니 손가락이 자줏빛으로 물들고, 열매는 바구니에 담기는 만큼 내 입속으로도 들어갔다.

데보라와 눈이 마주쳤을 때 내가 말했다. "저보다 훨씬 잘하시는데요."

"내 첫 번째 직업이 라즈베리 따는 일이었어요." 데보라가 말했다. 데보라는 키가 크고 금발인 메노파(기독교의 일파로 북아메리카에서는 주로 농촌 공동체를 이루고 생활한다—옮긴이) 교도들과 함께 프레이저 강 유역에서 자랐다. "베리 따기 대회에서 우승한 적도 있는걸요."

나는 기가 팍 죽었다. 하지만 데보라는 한 번도 잼을 직접 만들어 본 적이 없었다. 그러니 그 일은 내가 한 수 위였다. 물론 내 실력이 대단히 훌륭하다는 얘기는 아니다. 그때까지 대략 세 번쯤 잼을 만들어 봤지만 잼 만드는 원리가 놀랄 만큼 쉽다는 걸 깨닫기엔 충분한 경험이었다. 사정없이 끓이기만 하면 되는 것이다. 나는 순수한 이상주의자처럼 펙틴(세포를 결합하는 작용을 하는 다당류의 하나—옮긴이)을 사용하지 않는다. 그러면 잼이 잘못될 가능성이 컸다. 요리책이 알려주는 대로 요리하기란 언제나 불가능하다. 요리책에선 과즙이 끓으면 나무 숟가락으로 떠서 '주르륵' 흘러내리는지, 아니면 '똑똑' 방울져 떨어지는지 살펴보고 묽기를 정하라고 한다. 나는 잼을 묽게 만들지 않고 언제나 너무 되게 만들어서 먹을 때마다 병에서 힘겹게 파내야 했다. 100마일 다이어트 때문에 설탕 대신 꿀을 사용해야만 하는 어려움도 있었다. 잼을 만들 때 설탕 대신 꿀을 넣으면 어떻게 되는지에 대해서는 아는 바가 전혀 없었다.

"그런데 나는 아직도 라즈베리가 싫어요." 데보라가 불쑥 속마음을 털어놓았다.

듣고 보니 이상했다. 그녀는 내가 블랙베리를 따서 잼을 만들고 싶다는 계획을 말했을 때 흔쾌히 수락하고, 여기 와서도 분명 즐거운 시간을 보내지 않았던가. 물론 그날의 작업은 직업적으로 하는 '일'이 아니었다. 최종 산물 역시 종이에 적힌 실적이 아니라, 선반에 자리 잡고 캐나다의 겨울을 달콤하게 해줄 진짜 잼이었다. 언제든 수다를 떨고 싶으면 수다를 떨고, 쉬고 싶으면 쉴 수도 있었다. 그날을 선택한 것도 우리였다. 우리는 덥기는 해도 너무 덥지는 않으면서 비가 올 염려도 없고, 그늘에 가면 나무가 내뿜는 향기롭고 시원한 공기를 맛볼 수 있는 날을 골랐다.

두세 시간 뒤, 우리는 작업을 마치고 오솔길을 따라 집으로 걸어왔다. 양동이가 가볍게 흔들거렸다. 도시에 사는 농촌 아가씨들 같았다. 돌아오는 길에 열매를 따는 사람들을 여럿 보았다. 연령대와 피부색이 모두 다르고, 혼자인 사람이 있는가 하면 친구와 함께 온 사람도 있었고, 어린아이들을 데려온 이들도 있었다. 유럽에서 건너온 블랙베리는 이제 누구나 좋아하는 야생 열매로 자리 잡았다. 내가 알기로는 도시 사람들이 손쉽게 해볼 수 있는 유일한 수확

체험이다.

데보라와 함께 우리 집에 도착하자, 나는 열매를 커다란 솥에 붓고 약한 불에 올려 과즙을 내기 시작했다. 감미료도 한 컵 넣었는데, 책에서 본 히피족의 지혜를 참고했다. 백설탕 대신 꿀을 사용할 경우엔 원래 양의 40퍼센트만 넣으면 된다고 했다. 으깨진 열매들이 서서히 끓기 시작하자 계속 거품이 일었다. 우리는 이따금씩 나무 숟가락으로 저었다. 옆에서 빈 병도 삶느라 버너가 모두 가동되었다.

그러는 동안 나는 데보라와 글 쓰는 얘기며, 남자 얘기, 아이를 낳을지 말지, 가본 곳이나 가보고 싶은 곳들에 대해 도란도란 이야기꽃을 피웠다. 와인도 홀짝였다. 그렇게 즐겁게 몇 시간이 흘렀다. 나는 접시에 떨어뜨린 잼이 식으면서 단단하게 굳어 버린 모습에 또 한 번 당황하긴 했지만, 알맞은 때를 골라 잼이 다 되었다고 선언했다.

바깥은 이미 황금빛에서 자줏빛을 거쳐 짙은 어둠을 향해 가고 있었다. 뜨겁고 찐득찐득한 잼이 병에 담길 때 달콤한 향이 풍겨났다. 블랙베리 향기를 타고 아름다운 낮이 온화한 밤으로 변해갔다. 지저분해진 병 가장자리를 무심코 씻지 않은 손가락으로 쓰윽 닦아 낸 나는 데보라가 보지 못했길 바랐다. 몇 분도 안 돼 우리를 안심시키는 펑 소리가 들렸다. 뚜껑이 병에 제대로 밀착되었다는 신호였다. 잼을 만드느라 오후부터 저녁까지 내내 매달려 있었지만 절대 그걸 노동이라고 부르고 싶진 않았다.

그런 게 사는 거였다.

그동안 어떻게 이런 사실을 잊고 살았을까? 하지만 '원시사회' 사람들은 알고 있었다. 지구상에 남은 마지막 수렵인들을 인류학적으로 조사한 연구에 따르면, 그들은 세상에서 가장 가혹한 환경에서 살았음에도 불구하고 보통 오전 9시부터 오후 5시까지 일하는 직장인보다 훨씬 적은 시간 동안 일했다. 마셜 살린스는 화제의 저서 《석기 시대 경제학Stone Age Economics》에서 원시인들이 먹거리를 채집하고 조리하는 데 소비한 시간이 하루 평균 2시간 9분에서 5시간 9분이었다는 연구결과를 제시함으로써, 원시인의 삶을 '불결하고 야만적이며 단명한다'고 보았던 홉스주의적 관점에 일대 파란을 일으켰다.

"가장 분명하고 직접적인 결론은 석기 시대 사람들은 힘들게 일하지 않았다는 것이다."

살린스가 책에서 한 말이다.

그렇다고 당시 사람들이 일을 싫어했던 것 같지는 않다. 일례로 오스트레일리아의 이르이론트 원주민들은 일과 놀이를 따로 구분하지 않고 같은 말로 표현했다. 학계에서는 살린스가 주장한 세세한 내용들에 대해 30년 넘게 논쟁 중이다. 하지만 그가 기본적으로 주목한 사실만은 여전히 높이 평가받고 있다. '석기 시대' 사람들은 최소한의 노력으로도 충분한 여가 시간을 확보할 수 있다는 것을 알았다. 아직까지도 우리를 고된 노동에서 해방시키지 못하는 경이로운 기술적 진보 없이도 말이다. 살린스는 그런 문화를 '원시 풍요 사회'라고 불렀다.

오늘날 미국인들이 쇼핑하는 데 소비하는 시간은 하루 평균

48분이고, 정신적 활동에 쓰는 시간은 7분이다. 2시간 30분 이상 텔레비전을 시청하고, 8분 동안 시민단체를 위해 봉사한다. 하루 평균 출퇴근 시간은 25분. 하지만 미국인이 도로정체 때문에 허비하는 시간은 연간 47시간에 달하며, 왕복이 아니라 편도만 90분 이상 걸리는 '극단적인' 출퇴근 시간을 매일같이 견뎌 내는 이들이 280만 명이나 된다. 2006년에 조사한 결과에 따르면, 미국에서 출퇴근 시간이 가장 오래 걸리는 사람은 데이브 기븐스라는 전기 기술자였다. 그는 매일 캘리포니아 주 마리포사에서 새너제이까지 무려 7시간을 운전해 출퇴근하고 있었다.

영국에서 진행된 한 연구에서는 마트까지 운전해 가서 빈자리를 찾아 주차하고 냉동 피자나 모둠 샐러드를 사려고 긴 진열대를 뒤지는 데 걸리는 시간이 20년 전에 아무것도 없는 상태에서 음식을 차려 내놓기까지 걸린 시간과 거의 맞먹는다는 결과가 나왔다. 패스트푸드 시대와 함께 우리는 상당한 대가를 치르고 있다. 단지 맥도날드의 빅맥버거 같은 패스트푸드는 지나치게 많이 먹는 반면 브로콜리 같은 채소는 충분히 섭취하지 않는다는 식의 뻔히 드러나는 문제만 있는 것은 아니다.

2003년에 발표된 하버드대의 한 연구는 1980년대 이후 미국인의 몸무게가 전례 없이 늘어난 원인을 살펴보았다. 경제학자들로만 구성된 연구진은 이용 가능한 자료들 중 범위가 가장 넓은 것을 활용했다. 주로 미국 정부가 1960년대 이후 10년마다 수만 명을 대상으로 진행한 '건강 및 영양 실태 조사' 자료와 메릴랜드 대학이 포괄적으로 수행한 '미국인들의 시간 활용 프로젝트' 결과를 종합했다.

연구진은 비만이 유행병처럼 확산되는 흐름을 가장 명확하게 설명해 주는 원인을 다음과 같이 설명했다.

"100년 전 제조업 분야에 일어난 것과 비교할 만한 대량 생산 혁명이 음식에도 일어났다."

쉽게 말해 지금 우리는 직접 만든 음식보다 공장에서 만든 고열량 스낵을 더 많이 먹는다. 이런 경향은 경제학자들이 '시간비용'이라고 부르는 것과 긴밀하게 연결되어 있다. 불과 수십 년 전까지만 해도 간단한 주문으로 높은 열량을 섭취하기가 어려웠다. 과거에도 프렌치프라이를 만들어 먹었겠지만, 현실적으로 얼마나 자주 그랬겠는가. 제2차 세계대전이 발발하기 전까지 미국인들은 감자를 주로 삶거나 으깨거나 오븐에 구워 먹었다. 하지만 요즘엔 미국인들이 가장 즐겨 먹는 채소가 바로 기름에 튀긴 감자다.

100마일 다이어트를 시작한 뒤 나는 간식으로 베리류와 요구르트 혹은 셀러리 줄기만 먹거나 아예 아무것도 먹지 않을 때가 많았다. 과거에 종종 그랬던 것처럼 앉은자리에서 초콜릿 쿠키 반 봉지를 먹어치우는 일은 이제 더 이상 없다. 하버드대의 연구가 보여주듯이 주체할 수 없이 단것에 끌리는 충동은 나만 겪는 현상이 아니다.

이처럼 전보다 훨씬 많이 먹으면서도 음식에 별로 가치를 두지 않는 문화는 역사적으로 유례가 없을 것이다. 잡목으로 뒤덮인 아프리카에서 오스트레일리아 사막에 이르기까지 매일 음식을 구해 먹고 절대 저장해 두는 일이 없었던 유목민들은 음식을 나눠 먹는 행동이야말로 부(富)를 표현하는 최상의 방법으로 여겼다. 풍요로 웠던 북서부 태평양 연안 지역의 전통문화에서는 자기가 먹을 연어를 직접 잡으려고 애쓰지 않고 다른 사람이 장만한 음식을 얻어 먹는 것에 만족하는 이들을 '가엾다'고 여겼다. 이런 기준을 적용하면 우리 현대인은 대부분 가엾은 신세다.

우리가 시간을 어떻게 활용하는지 생각해 보는 것과 실제로 자기 삶의 방식을 혁신하는 것은 또 다른 문제다. 우리는 수확에 매달리기 위해 다른 모든 활동을 중단하는 세상에 살고 있지 않다. 겨울 먹거리를 비축하는 일은 원래의 직업에 종사하면서 추가로 시간제 아르바이트를 하는 것과 같다.

토마토 확보할 시기를 뒤로 미루다 보니 어느새 가을비가 본격적으로 내리기 시작했다. 토마토들이 배꼽썩음병(토마토 과실에 주로 발생하는 병해의 일종으로 꽃이 달렸던 부위부터 썩기 시작한다—옮긴이)에 속수무책으로 당하고 있었다. 지금이 아니면 절대로 토마토를 구할 수 없었다. 우리는 서둘러 밖으로 나갔다. 하늘이 밝은 잿빛인 걸 보니 우리가 오후에 삼각주 농장에 도착했을 때쯤엔 가벼운 스웨터 하나만 입고 있어도 괜찮을 거라 약속하는 듯했다.

봄에 그랬던 것처럼 들판엔 그루터기만 남아 황량한 밭들이 많았다. 우리는 웨스트 코스트 시즈의 유기농 시범 재배 밭이라는 표지판을 보고 방향을 틀어 헛간처럼 생긴 건물 정면에 있는 가게로 걸어 들어갔다.

"토마토를 따고 싶어서 왔는데요." 제임스가 계산대 뒤에 있는 머리가 약간 헝클어진 여자에게 말했다.

그녀는 미심쩍은 눈으로 우리를 쳐다보더니 좁은 장소에 비해 지나치게 크다 싶은 목소리로 말했다.

"보이는 건 뭐든 따 가도 좋아요."

우리는 포장용 종이상자 두어 개를 안고 그녀가 가리키는 방향을 따라 밭으로 들어갔다. 늦가을의 농장은 칙칙한 모습이었다. 초록색은 모두 지푸라기 빛깔로 바래고, 꼿꼿했던 해바라기마저 땅바닥을 향해 구부러져 마치 근무 중에 잠이 든 근위병 같았다. 밋밋하게 길기만 한 밭들엔 토마토가 드문드문 남아 있는 것 같았다. 그 밭에선 모든 것이 자유낙하 중이라 토마토들도 땅에 떨어져 썩어 가는 것이 대부분이었다.

그런데도 우리가 가져간 상자가 채워지기 시작했다. 그 밭은 기업에서 종자 카탈로그를 만들 때 쓸 목적으로 시범 재배를 하는 곳이라 종류가 어마어마했다. 거의 1미터마다 새로운 토마토 품종을 알리는 표시물이 있었다. 얼리 걸, 알리칸테, 빅 비프, 블랙 크림, 오리건 스프링, 퍼스트레이디 2세, 쿠트나이, 택시, 스위트 밀리언, 라 로마. 어떤 것이 병조림용이고 어떤 것이 아닌지 전혀 알 수가 없었다. 그래서 그냥 되는 대로 땄다.

붉은 것은 물론이고 노란색, 주황색, 초록색, 줄무늬, 검은색에 가까운 어두운 빛깔의 토마토도 있었다. 가늘고 긴 모양새가 배를 닮은 것이 있는가 하면, 작은 체리처럼 동글동글한 것, 산등성이처럼 울퉁불퉁한 혹이 달린 괴물들도 있었다. 그렇게 올해의 마지막 수확을 하고 있으니 마음이 흐뭇해졌다. 우리가 쓰레기통으로 버려질 운명들을 구해 내고 있다고 생각하니 마음이 짠하기까지 했다.

이맘때면 국경 너머 왓컴 카운티에서는 '작은 감자 주워 모으기 프로젝트Small Potatoes Gleaning Project'라는 단체가 자원봉사 팀들을 들판으로 보내 가난한 사람들에게 전달할 먹거리를 수집한다. 그들은 미국 농작물의 40퍼센트 이상이 버려지거나 폐기된다고 말한다. 100마일 다이어트가 던진 또 하나의 교훈이 바로 이것이다.

'먹거리는 많기만 하다.'

수확하지 않은 베리와 흙에 그대로 묻혀 있는 감자, 식료품점 선반에 올라갈 수 없는 운명의 '못생긴 과일', 냄비에 들어가 보지 못한 생선 대가리, 그동안 쓰레기통에 버리거나 기껏해야 퇴비로 사용했던 당근 줄기, 호박꽃, 콜리플라워 조각 등이 모두 훌륭한 먹거리였다는 사실을 지난봄 이후에야 처음 알았다.

무를 예로 들어 보자. 우리는 처음에 순이 나오면 뜯어서 먹고, 뿌리를 뽑아 먹고, 무청은 삶아서 육수로 쓰고, 꽃은 샐러드 위에 얹었다. 어린 씨앗 꼬투리는 초가을에 매콤하고 아삭한 간식으로 즐겼다. 아직도 세계 곳곳에 굶주리는 사람들이 있는 건 농업이 실패해서가 아니다. 창의력과 호의가 부족해서다.

토마토가 수북하게 담긴 상자들을 끌고 계산대 앞으로 돌아오자 여직원이 놀라서 눈을 동그랗게 뜨더니 파운드당 1달러라는 말도 안 되는 헐값을 매겼다. 여기에도 교훈이 있었다. 농사짓는 땅은 우리가 굶주리지 않도록 지켜 주는 안전망이자, 관대한 자본주의의 마지막 보루라는 것이다. 열두 개를 사면 어김없이 하나를 덤으로 얹어 주고, 저울에 무게를 달아 팔 때는 조금 넘쳐도 덜어 내는 법이 없었다.

가게 여직원이 우리가 수확한 토마토 무게를 달아 보더니, 칸탈루프 멜론과 양파 몇 개를 그냥 가져가도 좋다고 했다. 그렇게 가슴 훈훈하게 끝났더라면 좋았을 것이다. 그러나 안타깝게도 지금부터 몇 시간이나 해야 할 일이 남아 있었다. 집에 돌아와 《훌륭한 가정요리》를 펼쳐 보니 가장 먼저 끓는 물에 토마토를 1분간 삶은 다음, 찬물에 담갔다가 껍질을 벗겨야 했다. 책에서 하라는 대로 하니 절반가량은 껍질이 잘 벗겨졌다. 나머지 절반은 껍질이 잘 벗겨지지 않고 너덜너덜 찢어졌다. 병조림에 적합하지 않은 품종이 분명했다. 다시 한 번 주방이 부쩍 비좁게 느껴졌다. 제임스와 나는 토마토를 물에 담그거나 유리병을 씻거나 칼을 든 채 어떻게든 자리를 차지하려고 애썼다. 토마토 즙 때문에 손가락 피부가 쭈글쭈글해졌다.

병조림 작업에서 얻은 교훈도 있다. 아무리 많은 것도 결국은 줄어든다는 것이다. 상자에 수북했던 토마토들이 1쿼트(1.14리터)짜리 유리병 여덟 개로 줄어들었다. 겨울 동안 열여섯 번은 충분히 먹을 분량이다. 족히 다섯 달은 먹을 수 있을 것이다. 토마토를 채워 넣고 뚜껑을 닫아 밀봉한 유리병들을 물이 팔팔 끓는 솥에 하나씩 내려놓았다. 우리는 아무 말 없이 뚱한 표정이었다. 그렇게 45분 동안 익혀야 했다.

나는 탁자에 앉아 두 손으로 턱을 괴고 있었다. 껄끄러운 저녁이 되고 말았다. 1년 내내 그랬다. 어느덧 제임스와 나는 둘만 있을 때는 무관심하고, 사람들이 많은 곳에서는 다투는 과민한 커플이 되어 있었다.

"우리 서로 너무 심한 것 같지 않아?" 내가 말했다.

"뭐가 심한데?" 제임스가 으르렁거리듯 말했다. 내가 일부러 애매하게 말하거나 중의적인 뜻을 담아 말하면 그는 발끈했다. 집 안에서의 말다툼은 병조림 만들기와는 정반대로 아무리 작은 것이라도 크게 확대되었다. 아무것도 아닌 일로 옥신각신하다 결국은 모든 것을 끄집어내 선을 그었다. 뭐라고 한마디 하면 이야기가 계속 다른 방향으로 흘러갔다. 결국 둘 중 한 사람이 "정말 지긋지긋해"라고 말하느냐, 마느냐 하는 기로에 놓일 때까지.

무거운 침묵이 흘렀다.

"얘기 좀 해봐." 제임스가 솥뚜껑을 열어 토마토가 잘 익고 있는지 살펴보면서 말했다. 그는 늘 동시에 두 가지 일을 하려고 한다.

"당신 속에서 일어나고 있는 일들에 대해 얘기 해봐."

"속에서 일어나고 있는 일이 없는데."

"만날 속으로만 생각하잖아!"

정말로 알고 싶어서 저러는 걸까? 어느 순간부터 일상은 내 엄지와 검지 사이의 한 뼘 크기밖에 안 되는 것처럼 보이고, 나머지 정신은 지금과 다른 5가지 혹은 12가지 어쩌면 36가지의 인생을 생각하느라 여념이 없었다. 모두 아직까지 얻지 못한 기회이거나 마음먹으면 당장이라도 할 수 있는 일들처럼 보였다. 그런 가능성조차 열어 두지 않으면 내 인생이 금세 지루하고 칙칙하게 느껴질 것 같았다.

내 나이 서른셋. 늘 빈털터리이고 정식으로 결혼식을 올리진 않았지만, 나는 전통적인 결혼생활이 되어 버린 일상 안에 그냥 존재하고 있을 뿐이었다. 그렇다고 우울해하거나 슬퍼하지는 않았다. 드라마 같은 일은 내 공상 속에만 존재했다. 그것들은 언제든, 어느 순간이든 모든 것을 바꿀 있다고 나에게 속삭였다. 지금의 삶을 대체할 여러 다른 삶에도 제임스가 존재했지만, 솔직히 전부 다 그런 것은 아니었다.

창문 밖을 내다보았다. 땅바닥에 떨어진 거무스름한 과일 덩어리가 주차장의 부자연스러운 노란 불빛에 비쳐 보였다. 나무들이 점점 앙상해지고 있었다. 해안가의 가을은 아이들 그림책에 흔히 나오는 것과는 달리 울긋불긋 물든 단풍이 길가에 흩날리는 그런 가을이 아니다. 이 지역에서는 나뭇잎들이 시들어 떨어지고 흐물흐물해지면 끝이다. 모든 것이 죽어 간다. 가을은 제임스가 1년 중 가장 좋아하는 계절이다. 그는 '진지한 계절'이라고 말하지만, 나는 기분이 축 가라앉는다. 가벼움이 매년 죽음을 맞는 순간이다.

다른 것들 역시 죽는다. 예기치 못했던 순간에. 감자 병충해가 프레이저 강 유역을 휩쓰는 바람에 우리 두 사람이 겨울 양식으로 50파운드쯤 구하려고 했던 감자가 갑자기 사라져 버렸다. 나는 그 소식을 듣고 전화기를 든 채 멍하니 허공을 쳐다보았다. 전화기 신호음이 나의 패배를 요란하게 알렸다. 처음엔 연어, 다음엔 감자. 가슴이 텅 빈 느낌이었다. 정말로 《초원의 집》 같았다.

로라가 물었다. "시내에 살면 뭐가 좋을까요? 우리는 마치 시내 같은 건 없다는 듯 우리끼리만 오랫동안 살았잖아요."

엄마가 깜짝 놀란 목소리로 말했다. "로라야, 다른 누구에게 의지할 생각을 하지 않았으면 좋겠구나. 사람은 그래선 안 돼."

감자를 구할 만한 곳이 있었다. 북쪽으로 99마일 떨어진 외딴 계곡마을 펨버턴에 있는 농장이 생각난 것이다. 내가 전화를 걸자 헬머 유기농 농장에 사는 착한 주민들이 겨울에 먹을 감자 한 상자를 기꺼이 내주었다. 감자 50파운드는 결국 제임스가 속옷과 바지를 보관하던 볼품없는 갈색 수납 상자에 넣어 두는 것으로 마무리되었다.

제임스가 주방에서 달그락거리는 소리에 나는 공상에서 빠져나왔다. 제임스는 부글부글 끓는 솥 앞에 서서 마법사 같은 분위기를 풍기며 기다란 집게로 유리병을 건져 올리고 있었다. 수증기가 모락모락 피어올랐다. 마침내 유리병이 반짝반짝 모습을 드러냈다. 속에 든 빨간 열매들이 잉걸불처럼 따뜻하게 빛났다.

그날 밤 일은 암묵적 동의하에 그쯤에서 끝이 났다. 노란 토마토 한 상자가 아직 남아 있었는데, 잘라서 소스를 만들어 얼리거나 아니면 다른 식으로 처리해야 했다. 《훌륭한 가정요리》에서는 노란 토마토는 다른 토마토에 비해 산 성분이 적기 때문에 가정에서 병조림을 하기엔 적절치 않다고 조언했다. 하지만 그쯤에서 그만두기로 한 건 옛날 요리책에서 본 정보 때문이 아니었다. 다 잊어버리고 그냥 푹 자고 싶었다. 그는 그대로, 나는 나대로 침대 양쪽 끝을 차지한 채 멀찌감치 떨어져 누웠다.

추수감사절이 다가오고 있었다. 나는 추수감사절을 혼자 보낼 참이었다. 제임스는 출장차 대서양 연안에 있었다. 나는 자기 연민에 빠져 한숨을 내쉬며 무엇을 만들어 먹을지 생각해 보았다.

빅토리아로 가서 가족들과 함께 저녁을 먹을 수도 없었다. 외할머니가 돌아가신 뒤로 엄마는 아직 혼란스러운 상태였다. 물가에 살고 싶은 꿈을 이루겠다며 코위찬 호숫가에 있는 새집으로 이사 가려 한 일이 아직 마무리되지 않고 있었다. 나는 온전히 혼자였다. 그래서 안전하게 이틀이나 사흘 전에 추수감사절 요리를 연습해 보기로 마음먹었다. 100마일 다이어트를 시도한 첫해 추수감사절에 완전히 망친 음식을 먹는다면 너무나 우울할 것 같았다.

나는 현관 입구에 있는 상자로 조심스럽게 다가갔다. 서로 눈 마주치는 일조차 피하고 스킨십도 거의 하지 않는 요즘, 우리 집의 냉전이 마치 채소들 탓이라도 되는 양 일주일 넘게 노란 토마토를 외면해 왔다. 하지만 얼마 전부터는 오히려 토마토들이 말없이 나를 책망하는 것 같았다. 이미 상해 버린 것이 꽤 많겠지만, 아직 풍부한 과즙을 마지막 여름의 맛으로 즐기며 기운을 회복할 시간은 남아 있었다. 밭에서 재배한 토마토가 상점에서 사라진 지는 이미 오래됐다. 마침내 상자를 열었다. 진한 향이 부드럽게 올라왔다. 초파리는 몇 마리 되지 않았다.

《훌륭한 가정요리》에서는 토마토 수프가 가장 간단한 요리라고 장담했지만, 그것은 토마토 꼭지들을 도려내고 네 등분하는 지루한 작업을 다 끝냈을 때의 얘기다. 10파운드가량의 토마토 중 3분의 1은 안타깝게도 쓰레기통에 던져 넣어야 했다. 약한 불에서 토마토 덩어리들이 물러지자, 나는 냄비에 든 채로 더 잘게 부순 다음 텃밭에서 키운 로즈마리와 발코니 화분에서 자라다 죽어 버린 타임 잔가지들을 넣었다. 버터와 오리건산 '죄인의 소금'도 약간 넣은 뒤 충분히 익어 걸쭉해질 때까지 기다렸다.

결과물은 나쁘지 않았다. 전혀 나쁘지 않았다. 무엇보다 토마토 수프는 이 지역 사람들이 매우 즐겨 먹던 음식 중 하나다. 토마토가 워낙 맛있으니 토마토 수프도 맛이 좋을 수밖에 없었다. 토마토 수프에 뭘 곁들이면 좋을까 망설이다 냉동 옥수수와 냉장고에 남아 있던 땅콩단호박 덩어리를 활용하기로 결정했다. 또 한 번 《훌륭한 가정요리》를 참고해 단호박에서 호박씨를 발라낸 뒤 오븐에 40분간 구웠다.

마침내 저녁 상차림이 완성됐다. 깨끗하고 하얀 그릇에 토마토 수프를 담고, 옥수수와 호박으로 가장자리를 장식한 접시 위에 수프 그릇을 올렸다. 그렇게 해 놓고 난 뒤에야 음식이 전부 노란색 일색이란 걸 알았다. 주위에 아무도 없는 게 다행이었다.

다음 날 아침, 나는 데이브 비어스에게 전화했다. 데이브는 지난 6월부터 우리의 100마일 다이어트 기사를 내보내고 있는 온라인 잡지 〈더 타이〉의 편집장이다.

"이런 글은 처음이에요."

그건 1960년대 캘리포니아의 항공우주산업 개척자들 틈에서 자란 남자가 할 수 있는 진심 어린 칭찬이었다.

"당신은 블로그 스타예요."

그의 말처럼 다양한 사람들이 제임스와 나에게 연락하고 싶어 했다.

이러이러한 콘퍼런스에서 강연해 줄 수 있나요? 인터뷰에 응할 수 있나요? 케이프 구스베리를 활용한 레시피 건으로 몬트리올, 노르웨이, 프랑스에 있는 사람들에게 다시 연락해 줄 수 있나요? 이런 질문들이 늘어나듯, 우리가 지금 하고 있는 실험이 흥미롭고 가치 있다고 생각하는 사람들이 점점 늘어나고 있었다.

그럴수록 사람들은 유기농 칠면조 그레이비 앞에서 제임스와 내가 서로에게 키스를 날리는 모습을 떠올리기 십상이었다. 나 따로 제임스 따로가 아니고 말이다. 우리 둘은 깨지기 일보 직전이었지만, 그나마 토마토 병조림 작업 때문에 느슨하게라도 연결돼 있었다.

나는 농담 삼아 내가 만든 노란색 일색의 저녁 식사 이야기를 데이브에게 했다.

"추수감사절에 정말 혼자서 식사하려는 건 아니죠?" 깜짝 놀란 데이브가 물었다.

원래 미국인이었던 그는 추수감사절을 남들보다 곱절은 신성시했다. 10월에 캐나다식으로 추수감사절을 지낸 다음, 11월에 미국에 계신 부모님과 함께 다시 한 번 추수감사절을 기념하는 식으로 한 해에 두 번 추수감사절을 치르기 때문이다. 갑자기 내게도 추수감사절 약속이 생겼다.

"로컬 음식을 많이 준비할게요." 데이브가 약속했다.

데이브의 여섯 살짜리 아들 퀸은 혼자 가죽 소파 위에서 뛰어 놀았다. 갈색 머리에 얼굴이 예쁘장한 엄마 디어드리가 어른들만의 화젯거리인 부동산 이야기에 푹 빠져 신경을 못 써줬기 때문이다. 믿거나 말거나 그 이야기를 시작한 건 내가 아니다. 솔직히 딱 한마디 했을 뿐이다. 이미 10년을 함께했고, 또 다른 10년을 채워 가고 있는 우리 관계가 무너질 수도 있는 상황과 비교하면, 주택 시장과 여가 생활을 위한 자산 가격은 시시하게만 보였다. 갑자기 머릿속에 균열이 생긴 것처럼 느껴졌다.

슬며시 주방으로 들어가 보니 데이브가 그레이비를 젓고 있었다. 그날 저녁 만찬에 내가 내놓을 음식은 군밤이었다. 그날 이른 오후까지만 해도 나는 우리 지역에서 밤이 자라는지조차 몰랐다. 그렇게 단순하면서도 놀라운 것들을 계속해서 배워 가고 있었다.

나는 인터넷에서 찾은 애매한 정보들을 간추려, 군밤을 15분에서 30분 동안 터지지 않게 구우려면 껍데기에 미리 X자 모양으로 칼집을 내야 한다는 사실을 알아냈다. 소스에 대해서는 의견이 너무나 분분했다. 나처럼 부엌일을 못하는 사람에겐 사실 그 어떤 일도 간단치 않다. 밤 껍데기가 너무 단단해서 무려 한 시간 반 동안이나 힘을 주며 칼을 잡고 있었더니 손이 점점 화끈거렸다. 나는 손을 베지 않으려고 안간힘을 썼다. 마침내 밤을 쟁반에 담아 오븐에 넣었다. 고소한 냄새가 나기 시작하자 다 익었으리라 믿고 오븐에서 꺼내 그릇에 수북이 담았다.

인터넷이 알려주는 정보에 따르면, 밤 껍데기를 완전히 벗겨 먹는 건 먹는 사람이 알아서 할 일이고, 그리 어려운 일도 아니란다. 그런데 직접 한 개를 까보니 단단히 붙어 있는 두꺼운 껍데기를 벗기기가 쉽지 않았다. 손가락이 아팠다. 아무도 모르길 바랐다. 맛은 고소하면서 달콤하고 부드러웠다.

데이브의 큰딸인 열 살짜리 노라가 머뭇거리며 다가와 그릇에서 밤 하나를 집어 들었다. 그 아이의 손가락 끝에서 밤 껍데기가 쉽게 벗겨지는 모습을 보니 흐뭇했다. 노라는 밤 한쪽 모퉁이를 조금 베어 물더니 씩 웃으며 통째로 입에 넣었다. 그리고 한 개를 더 집으면서 말했다.

"이거 정말 맛있어요."

어린아이가 인정 해주는 말을 듣고 내 얼굴이 얼마나 빨개졌는지 당혹스러울 정도였다. 나도 밤을 한 개 집어 맛보았다.

나에게 밤에 얽힌 특별한 추억이 있는 건 아니지만, 여러 사람들이 함께 밤을 먹으며 보냈을 시간들이 그려졌다. 제임스가 자신의 아버지를 따라 엉터리로 즐겨 불렀던 크리스마스 캐럴 한 대목이 생각났다.

"동장군이 뚜껑 없는 난롯불에서 구워지고, 밤들은 너의 발끝을 꼬집네(원래의 가사와 비교하면 '동장군이'와 '밤들은'의 위치가 바뀌었다-옮긴이)."

군밤은 가족이나 친구와 함께 보낸 시간들을 상징하며, 얼마 남지 않은 진정한 계절 음식이라는 점에서 우리 모두가 여러 의미를 부여하는 먹거리 중 하나다.

밤은 계절마다 사람들을 한데 모이게 하는 특별한 계절 별미가 있었던 시절, 이야기를 나누고 우스갯소리를 하는 것이 전부였지만 그것으로 충분했던 그 옛날을 떠올리게 한다. 내가 느끼는 초조함은 더 큰 변화에 대한 열망이 아니라, 한곳에 진정 뿌리내리는 방법을 알고 싶어하는 갈망일 수도 있지 않을까?

우리는 곧 밝은 노란색 배경의 식당에 모였다. 식탁이 푸짐하게 차려져 있었다. 정중앙에 놓인 것은 당연히 이 지역에서 난 칠면조였다. 채식주의자들을 위해 따로 준비한 두부로 만든 칠면조 모형도 옆에 있어서 눈길을 끌었다. 잠시 침묵이 흘렀다. 훌륭한 음식을 앞에 둔 무신론자들의 어색함이 묻어났다. 감사 기도가 있어야 할 순간에도 말없이 가만히 있었다.

문득 가슴이 철렁 내려앉으면서 할머니의 빈자리가 아프게 느껴졌다. 할머니는 늘 고기 자르는 칼을 곁에 두고 식탁 상석에 앉으셨다. 우리가 심호흡을 하면 여동생 로빈이 미리 연습한 소프라노로 노래를 부르기 시작했다. 그러면 내가 그보다 작은 목소리로 따라 부르고, 엄마는 그보다 더 작게 따라 불렀다. 막내 여동생 아만다는 목소리에 자신감이 있었지만, 절대 먼저 노래를 시작하는 법이 없었다. 새아버지 브라이언은 우리가 부르는 고음의 여자 키에 맞추려고 안간힘을 썼고, 할머니는 특유의 저음으로 조용하면서도 충만함이 느껴지게 노래하셨다.

오늘 이 자리에 함께해 주신 하느님……

침묵을 깨고 데이브가 물었다. "퀸, 넌 무엇에 대해 감사하고 싶니?"

영리한 퀸은 질문이 시시한 듯 우스갯소리만 했다. 데이브는 인상을 찌푸렸지만 눈빛은 마냥 행복해 보였다. 데이브의 시선이 자신에게 향하자, 노라는 가족의 사랑과 오늘 차려진 음식에 대해 어떻게 감사하면 되는지 동생에게 제대로 보여주었다. 살면서 처음으로 추수감사절에 다른 가족들과 식사를 하는 것이 나로서는 낯설었지만, 그들은 따뜻하고 친절했다. 처량하게 노란색 일색의 음식을 혼자 먹지 않고 여러 사람들 속에서 유대감을 느낄 수 있어서 고마웠다.

은혜로이 허락해 주신 이 양식들을
천국에서도 주님과 함께하기를 기도드립니다.
아멘.

칠면조와 방울양배추, 얌 캐서롤을 다 먹고 나자 내게도 익숙한 추수감사절 전통이 시작되었다.

"노라, 우리에게 노래 좀 들려주겠니?" 데이브가 한 곡 청하자, 노라가 반가운 표정으로 고개를 끄덕였다.

이런, 나는 마음의 준비를 단단히 했다. 착각에 빠진 부모를 흐뭇하게 만드는 열정적인 고음 처리가 예상됐기 때문이다.

"노라의 자작곡이에요. 전국대회에서 우승했지요." 데이브가 말했다.

단순한 멜로디가 어찌나 아름다운지 나는 큰 감동을 받았다. 노라의 자작곡 '바닷말'은 이 지역에 대해 노라가 가슴으로 느낀 감정을 표현한 노래다.

나는 환지통(팔다리가 절단된 뒤에도 팔다리가 있는 듯 통증이 느껴지는 것—옮긴이)을 느끼듯 고통스럽게 향수에 잠겼다. 노라는 잿빛이 도는 금발 머리에 몸이 가늘고 얼굴도 아주 예뻤다. 내가 좀 더 자신감 넘치고 기분 따라 이리저리 표류하는 자유는 덜 누렸다면 저런 소녀였을지도 모르겠다. 그 순간만큼은 노라가 이상적인 삶을 사는 이상적인 여자아이 같았다. 노라 자신은 당연히 수긍하지 않겠지만 말이다. 모든 여자아이들의 머릿속은 상처받은 마음과 불가능한 열망으로 가득 차 있게 마련이다. 하지만 지금의 삶이나 우리가 원하는 삶이 실은 크게 다르지 않고, 결국은 그것이 집이라는 작은 원 안에 들어 있는 것처럼 느껴지기 시작했다. 정말이지 짧은 순례였다.

가을은 모든 잎이 꽃이 되는
두 번째 봄이다.

– 알베르 카뮈

사워도 빵

재료 : INGREDIENTS

통밀가루 6컵   물 2컵 반   발효종 반 컵   소금 1큰술

만드는 방법 : How To Make

① 발효종을 실내 온도에
맞게 데운다.

② 볼에 밀가루 4컵, 물,
발효종, 소금을 넣고 섞는다.
남은 밀가루를 한 번에 반 컵씩
넣으면서 반죽을 치댄다.

③ 반죽이 쫀쫀해지면 얇게 기름을
발라 볼은 유리그릇에 담는다.
반죽 표면에 솔로 기름을
얇게 바른다.

④ 따뜻한 곳에서 12시간 숙성시킨 뒤
부푼 반죽을 5분 동안 치댄다.

⑤ 반죽을 반으로 갈라 빵틀에 각각 담는다.
맨 윗부분에 기름을 바른 뒤 6시간
또는 두 배로 부풀 때까지 기다린다.

⑥ 220도로 예열한 오븐에서 15분간 굽는다.
오븐 온도를 180도로 낮춰 45분간 더 굽는다.
빵을 칼로 찔러 봤을 때 칼날이 깔끔하게
빠져 나오면 잘 완성된 것이다.

11월… 깨달음

**이 세상엔 너무나 가난한 나머지 신께서 빵의 형상이 아니고는
차마 그들 앞에 나타날 수 없는 사람들이 있다.**

— 마하트마 간디

할로윈 다음 날 아침, 11월이 몇 시간 지나지 않았을 때 어머니에게서 전화가 왔다. 나는 어린 시절 할로윈 날 아이들이 집집마다 다니면서 했던 말을 할 작정이었다.

"과자를 안 주면 장난칠 거예요."

그런데 어머니는 금방이라도 울음을 터뜨릴 것 같은 목소리였다. 애써 마음을 다잡으려는 기색이 역력하긴 했지만.

어머니는 밤새 한숨도 못 잤다고 했다. 자정이 지났을 무렵 사샤 형이 집에 왔는데, 얼굴이 온통 피투성이인 데다 머리카락까지 피범벅이 된 채로 현관 앞에 서 있었다고 한다. 형은 지낼 곳이 필요하다고 어머니께 일방적으로 통보하면서 누구와 좀 싸웠다고만 말했다고 한다. 형은 머리를 다치고 손만 상처 입은 게 아니라, 정말이지 인생 전체가 엉망이었다.

우리 가족은 집에 좀 다녀가 달라는 부탁을 이런 식으로 한다.

나는 다음 날부터 아흐레 동안 우리 집에서 자동차로 220마일 떨어진 캠루프스에서 지냈다. 앨리사는 그사이 나를 그리워할지 말지 결정하지 못한 것 같았다. 캠루프스는 내가 자란 도시다. 소도시와 대도시의 단점을 모두 지닌 곳이다. 사람들은 자기가 청소년기를 보낸 지역을 심하게 깎아내리는 경향이 있다는 걸 인정한다. 솔직히 나는 회전초와 바위기둥이 인상적인 캠루프스의 사막 언덕을 사랑한다. 비록 쓸쓸함의 상징이고 좋은 기억도 없지만.

사실 나는 형이 너무 단조로운 삶을 사느라 힘들어하지 않을까 염려했었다. 그런데 그런 일들이 갑작스럽게 벌어지면서 현실을 분명히 알게 됐다. 형이 오래 사귄 여자친구와 같이 살았던 집에 형과 함께 가보았다. 두 사람은 그곳에서 각자의 악마 같은 성격을 감추고 살려 애썼지만, 결국 모든 게 엉망진창이 되어 버렸다. 형은 여자친구를 단념했고, 그녀는 두 아이를 데리고 떠나 버렸다. 텅 빈 집은 이제 누구의 것도 아니었다. 키우던 개마저 죽어 버려 모든 것이 우울했다. 그 순간 사샤 형과 내가 할 수 있는 건 지난 삶이 남긴 짐과 흔적들을 하나씩 버리는 일뿐이었다.

올해는 대체 어떤 식으로 결론이 나려고 이러는 걸까?

아흐레 동안 나는 어머니가 차려 주는 음식들을 가리지 않고 먹었다. 어머니가 만든 초코칩 쿠키와 세븐 레이어 딥(콩과 토마토, 올리브, 치즈 등 일곱 가지 재료를 넣어 만든 샐러드의 일종―옮긴이), 시나몬 꽈배기를 눈앞에서 본 순간, 100마일 다이어트는 과감히 내팽개치고 말았다. 그동안 그리워했던 맥주도 형과 함께 실컷 마시고 웃기도 많이 웃었다. 비록 형의 두 눈은 먼 곳을 불안하게 응시했지만, 어쨌거나 앞으로 나아갈 길을 찾고 있었다.

밴쿠버로 다시 돌아왔을 땐 우리가 시도한 로컬푸드 먹기 실험이 무의미하고 괜한 짓으로 느껴졌으니 놀랍지 않은가? 나는 스트레스도 쌓이고 지친 데다, 마감할 원고가 여섯 개나 밀려 있었다. 그래서 첫서리에 케일이 더 달콤해졌으리라는 사실조차 별로 신경 쓰지 않았다. 앨리사는 이해할 수 없는 여자였다. 그러니 주방에서 굳이 특별한 음식을 만들어야 할 이유도 찾지 못했다. 결국 우리는 감자를 먹었다. 수도 없이 많이 먹었다. 얼마 전까지만 해도 감자조차 먹지 못하는 날들을 상상하며 걱정했는데 지금은 단지 무뎌진 습관 때문에 감자를 먹고 있다. 정말 실컷 먹었으니 감자에게 고마울 따름이다.

"밀을 구해야겠어. 안 그러면 미쳐 버릴 것 같아." 아침에 쌍둥이 접시에 담긴 달걀과 해시 브라운을 먹으며 내가 말했다.

"우리 밀 있잖아." 앨리사가 점잖게 알려줬다. 앨리사는 내가 캠루프스에서 돌아온 뒤로 내 주위를 조심스럽게 맴돌았다. 나는 캠루프스에서 말버릇이 더 나빠졌다. 앨리사가 한 말은 당연히 맞는 말이었다. 우리에겐 밀알 대 쥐똥이 10 대 1 비율로 섞여 있는 밀이 한 통 있었다. 물론 한동안 손도 대지 않았지만.

서너 시밖에 안 됐는데도 가을 해는 이미 낮은 고도로 창을 비추었다. 나는 파란색 플라스틱 통의 뚜껑을 열고 연갈색 낟알을 한 컵 퍼서 도마 위에 쏟았다. 왕겨에서 밀을 분리해 내는 의식을 치러야 했다. 한 컵을 다 분리하려면 30분은 족히 걸릴 것이다. 나는 한숨을 푹 쉬며 자리를 잡고 앉았다. 밀은 왼쪽, 왕겨는 오른쪽, 밀은 왼쪽, 왕겨는 오른쪽. 그러다 올리브 씨만 한 쥐똥이 보이자, 곧바로 쓰레기통에 갖다 버렸다.

다시 원래 자리로 돌아와 앉으려는데, 도마 위에 신기한 정물화가 펼쳐져 있었다. 소복하게 쌓인 밀알 맨 꼭대기에 벌레 한 마리가 보였다. 바람결에 머리를 든 모습이 마치 하늘과 맞닿은 산등성이에 산양 한 마리가 서 있는 것 같았다. 녀석은 이내 몸을 돌려 비탈을 내려오기 시작했다.

"혹시 바구미 보고 싶으면 여기 도마 위에 한 마리 지나가니까 나와 봐." 나는 좁은 침실에 들어가 있는 앨리사를 불렀다. 우리가 아는 바구미는 미국 남부 지역을 배경으로 한 소설에서 읽은 것이 전부였다. 소설에서는 바구미가 끊임없이 목화밭에 침입해 가난한 가족들을 힘들게 하고, 결국은 그것 때문에 비극적인 결말로 이어진다.

"집에 벌레가 우글거린다는 얘기야?" 앨리사가 문을 열어 보지도 않고 안에서 소리쳤다.

"딱 한 마리야. 아마 저 안에서 오래 있었을 거야. 나와서 봐. 귀여워."

정말이었다. 이제 식탁을 가로질러 잽싸게 움직이고 있는 녀석은 작고 둥글둥글했다. 주둥이 위로 검붉은 이마가 포물선을 그리고 있었다. 텔레비전 비평가처럼 전문가다우면서도 수다스러울 것 같았다.

"난 안 보고 싶어." 앨리사가 외쳤다.

나는 주차장이 있는 쪽 창문으로 바구미를 내던졌다. 냉혹한 곳에서 녀석이 무사하길 빌었다. 하던 일을 다시 계속했다. 밀은 왼쪽, 왕겨는 오른쪽, 밀은 왼쪽, 왕겨는 오른쪽.

바구미가 또 한 마리 나타났다.

"여기 더 있어." 내가 소리치자 앨리사가 나와서 옆에 섰다. 그때까지 센 것만 열아홉 마리쯤 됐다. 내가 한 마리 만져 보려고 손을 뻗자, 놈이 다리를 움츠리더니 홀라당 뒤집어졌다.

"죽은 척하는군."

그렇게 말하고 보니 다른 바구미가 눈에 들어왔다. 도마 위에 작은 알갱이 같은 것들이 움직였는데, 밤하늘을 가로지르는 위성처럼 눈으로 따라잡기가 어려웠다. 사실 지난 몇 주 동안 집 안에 이렇게 작은 벌레들이 부쩍 눈에 띄었다. 얼마나 작은지 우리 귓속에 식민지라도 세우고 편하게 지낼 것 같았다. 그제야 비로소 이 작은 벌레들이 어디서 왔는지 깨달았다. 큰 벌레, 작은 벌레 두 가지가 집 안에 우글거렸다.

"그 밀은 이제 못쓰게 됐네." 앨리사가 안타까운 목소리로 말했다. "초원의 집 같아."

"고작 몇 마리 가지고 뭘." 내가 투덜거렸다. "더 심한 경우도 있는데." 옛 뱃사람들은 바구미를 없애려고 건빵을 조리용 화로 위에 떨어뜨렸다가 먹었다는 얘기를 어디선가 읽지 않았던가?

밀은 왼쪽, 왕겨는 오른쪽. 앨리사는 책상으로 돌아가면서 뭐라고 중얼거렸다. 그런데 문제가 하나 있었다. 바구미가 결코 적지 않을 거라 확신하고 있었는데, 어디론가 사라지는 것 같았다. 이제는 하나, 둘, 셋, 네 마리밖에 안 보인다. 바구미가 날 수 있나? 그때 문득 다른 가능성이 떠올라 낟알을 천천히 들어 손가락으로 이리저리 돌려 보았다. 맞았다! 구멍이 있었다. 겨우 주둥이만 보였다.

"아! 벌레들이 밀알 속으로 숨었어." 이번엔 혼잣말이었는데 앨리사에게 들릴 정도로 소리가 컸나 보다.

"나 그거 안 먹어!" 앨리사가 방 안에서 말했다. "그 안에 큰 것도 숨어 있으면 어쩔 거야?" 앨리사는 내가 작은 벌레들만 얘기하고 있다고 생각한 모양이다.

"큰 것들이야."

"난 절대 안 먹어!" 앨리사가 버럭 소리를 질렀다. 그 소리만으로도 앨리사가 의자에서 벌떡 일어나 문 뒤에 서 있다는 걸 알 수 있었다.

"형을 맞이하려면 뭔가 대접할 게 있어야 한다고!" 나도 소리를 질렀다. 갑자기 화가 치밀어 올라 나 자신도 깜짝 놀랐다. 며칠 있으면 형이 온다. 거의 10년 만에 처음이다.

"냄새가 좀 나서 미안." 나는 사샤 형을 거실로 안내하며 말했다. 거기 놓인 소파 겸 침대가 형이 이틀 동안 지낼 거처였다.

결국 나는 눈물을 머금고 밀알을 쓰레기통에 버렸다. 양질의 복합 탄수화물 상당량이 자욱한 티끌 그리고 바구미와 함께 사라져 버렸다. 그사이 앨리사는 벽을 소독해 집 안에 기어 다니던 작은 벌레들을 거의 없앴다. 우리 두 사람에겐 집이 '깨끗하게' 느껴졌지

만, 다른 사람들 눈에는 우리가 유별나게 보이지 않을까 걱정스러
웠다.

현관에서 몇 발짝만 들어오면 그리 평범하지 않은 것들이 보이
기 시작한다. 상의를 걸어 두는 옷장엔 고추 세 종류를 넣어 말리
고 있었고, 오레가노와 세이지, 딜, 로즈마리도 다발째 거꾸로 매달
아 놓았다. 내가 공동체 텃밭에 있는 나무에서 따다가 엮어 놓은
월계수 잎도 있었다. 모두 키우기가 아주 쉽다는 걸 확인한 뒤로
슈퍼마켓에서 허브를 비싸게 파는 것이 괘씸하게 느껴졌다. 지금껏
비싼 돈을 주고 사 먹었기 때문이다.

내가 옷장으로 쓰던 벽장이 지금은 겨울 먹거리 저장고로 활용
되고 있었다. 맨 아래 선반엔 10킬로그램이 넘는 유기농 노란 양파
가 자루째 들어 있다. 맨 위의 몇 개는 곰팡이가 피어 거뭇거뭇했
다. 위쪽 선반엔 그 두 배 분량의 다양한 감자가 놓여 있다. 거기엔
유기농 러셋, 레드, 프렌치 핑거링 품종과 함께 웨스트햄 섬에서 가
져온 유콘 골드 품종도 몇 개 남아 있었다. 대부분의 감자에 싹눈
이 생기기 시작했다. 그것들은 내가 속옷을 쌓아 두던 선반이 아니
라, 지하 저장실에 있어야 했다. 더구나 집주인이 집 밖에 가구를
두지 말라고 당부했기 때문에 채소들은 바깥의 차가운 태평양 공
기를 맞지 못했다.

그게 다가 아니었다. 냉장고 위에는 호박이 수북했다. 커다란 옹
이가 튀어나온 푸른 빛깔의 허버드 호박, 껍질이 부드러운 국수 호
박, 심층수의 진녹색을 닮은 도토리호박도 있었다. 주방에선 도린에
서 가져온 사과 냄새가 났다. 앨리사가 이 지역산 보스크 배 몇 개

235

를 냉장고 야채 보관실에 넣었는데, 사과와 배가 함께 있으니 빨리 삭아 버렸다. 새해에도 신선하고 아삭아삭한 사과를 먹을 수 있으리라 기대했지만, 내가 냉장고에서 구해 냈을 때에는 이미 여기저기 갈색으로 변했고 발효사과술 냄새가 나기 시작했다. 한편 병조림으로 만들어 놓은 연어와 토마토, 인디언 자두, 피클, 크랩애플 젤리, 딸기, 수제 케첩은 냄새는커녕 모두 자부심을 느끼게 하는 것들이었다.

하지만 독일식 양배추 절임인 사우어크라우트가 문제였다. 사우어크라우트는 가장 단순한 저장식품이다. 이 음식을 만들려면 먼저 엄청나게 큰 양배추를 사야 한다. 가급적이면 독일의 한물간 오페라 가수처럼 생긴 농부에게서 사는 것이 좋다. 그 거대한 양배추를 가늘게 썬 다음, 5파운드당 소금 3큰술을 뿌리고 항아리에 눌러 담는다. 현대 도시인의 99퍼센트가 그렇겠지만 흙으로 빚은 전통 항아리가 집에 없다면, 차이나타운에서 파는 유약 바른 싸구려 단지를 사용해도 괜찮다. 무거운 그릇을 맨 위에 올려놓으면 수분이 빠져나오도록 천천히 양배추를 눌러 주는 효과가 있다. 나중엔 양배추가 그 물에 잠기게 된다.

나 같은 경우 일주일 넘게 집을 비웠다가 돌아오니 그렇게 돼 있었다. 양배추가 시큼하게 발효되는 데 걸리는 시간도 그와 비슷하다. 앨리사는 혼자 아파트에 남아 그 고약한 냄새를 견뎌야 했다. 그 냄새는 긴 여름 해가 저물 무렵 물을 내리지 않은 소변기에서 나는 냄새와도 매우 비슷했다. 뿐만 아니라 거품과 역겨운 곰팡이도 생기기 때문에 매일같이 걷어내야 한다. 어느 날 갑자기 구름처

럼 생겨난 초파리들은 곤충의 유전적 특성에 경외심을 갖게 만든
다. 지금은 중국산 단지 입구를 성기게 짠 면포로 덮고 고무줄로
단단히 묶어 두었다. 부정할 수 없는 사실이었다. 사우어크라우트
때문에 집 안에서 썩는 냄새가 나고, 실제로도 썩어 가고 있었다.
어쨌거나 그 순간엔 살아 있는 냄새였다. 그나마 죽은 개에서 나는
냄새보다는 훨씬 나았다.

　나는 형과 함께 차를 몰고 프레이저 삼각주로 나가 보면 어떨까
하는 상상을 했다. 목가적이고 건강에 좋은 데다 소박한 위안도 될
것 같았다. 트랙터에 탄 농부들이 손을 흔들고, 여전히 푸르른 초원
에서는 소들이 낮은 소리로 음매 하고 울지 않을까. 형이 지금까지
보아 온 풍경과는 전혀 다를 터였다. 공기도 맑고 상쾌해 아마도 세
상이 한결같이 돌아가는 모습을 동화책에서처럼 아름답게 확인할
수 있을 것 같았다.
　형이 뭔가 좀 달라 보이는 온실 재배지를 가리키며 말했다. "저
거 말이야, 마리화나 재배지가 확실해. 저것도 그렇고." 이번엔 전형
적인 낡은 헛간을 가리켰다.
　나는 형의 말이 맞다고 인정할 수밖에 없었다. 아마도 싹이 튼
화분들에 원예 조명을 쏘이고 있을 터였다.
　브리티시컬럼비아의 농촌 지역은 이제 파괴되었다. 수십 년 동안
목재와 먹거리, 물고기, 광석, 게다가 전력까지 대량 반출되느라 혹

사당하더니, 이 모든 것들을 더 적은 비용으로 생산할 수 있는 곳이 발견되자 세계 경제로부터 갈수록 외면당하고 있다. 규모가 작은 지역들은 유령도시가 되어 버렸다. 남아 있는 사람들은 망하기를 거듭하면서도 반짝하는 호황에 매달리거나 일부는 아무런 희망도 없이 그저 살아오던 관습을 고수하고 있는 것처럼 보였다. 그러니 이런 식으로라도 먹고살 궁리를 하는 것이다.

지난 30년 사이 마리화나는 브리티시컬럼비아에서 가장 대중적인 농산품이 되었다. 조직범죄 담당 경찰관들은 이 100마일 허브가 이 지역 최대 수출품 중 하나일 거라고 예측했다. 밴쿠버에는 버거킹 매장보다 마리화나 보관 창고가 더 많다.

안타깝게도 삼각주가 엷은 안개에 덮였다. 소용돌이처럼 피어오르는 수증기 때문에 경치는 고사하고 건물들이 하나같이 수상쩍거나 불길해 보였다. 우리의 머리 위쪽 어딘가에서 가을 햇살이 비쳐 안개를 눈부시게 하얀색으로 바꿔 놓았다. 우리는 국경과 맞닿은 한적한 제로 애비뉴를 따라 차를 몰았다. 하늘에선 마약 단속반이 헬리콥터를 타고 안개가 걷힌 자리를 통해 아래를 내려다보려 애쓰고 있었다.

나이로 보면 사샤 형과 나는 13개월밖에 차이가 안 난다. 엄마는 나를 임신한 걸 알고 펑펑 우셨다고 한다. 결혼 6년 만에 벌써 네 번째 아이였다. 사샤 형과 나는 싸우면서 컸다. 기를 쓰고 싸웠다기보다는 새끼 곰들처럼 본능적으로 그랬다. 맨주먹으로 치고받고 싸우고, 부모님이 안 계실 때는 책과 장난감, 나무토막 등 손에 잡히는 건 가리지 않고 휘둘렀다. 부모님은 결국 형과 나를 유도장에 보내셨고, 우리는 거기서 상대방을 존중하는—진심을 담아 맞절한 뒤 서로 내동댕이치거나 목을 졸라 정신을 잃게 만드는—법을 배웠다. 시합이라도 열리면 형제간인 우리 둘이 맞붙는 진귀한 광경을 구경하기 위해 선수들이 모두 몰려들었다. 우리는 독특한 커플이었다.

형은 밤색 머리카락에 눈동자가 검었다. 침착하면서도 분노와 슬픔이 조금 묻어나는 얼굴이 마치 저 멀리 지평선 끝에서 폭풍이 다가오고 있는 대초원 같았다. 반면 나는 금발에 파란 눈이다. 성실하면서도 돈키호테처럼 비현실적이고, 체력적으로 대단히 부실해 보인다. 우리는 태어날 때부터 거의 평행선을 달리는 삶을 살았기 때문에 서로 같은 영역을 밟아 본 적이 없다. 하지만 그만큼의 거리를 두고 호기심과 애정이 반반 섞인 눈으로 서로를 지켜보았다. 아마 둘 다 서로를 보며 '신의 은총이 없었더라면 나도 저렇게 됐겠지' 하는 생각으로 살았을 것이다.

내 작은 빨간 자동차는 시골길을 따라 덜컹거리며 계속 내려갔다. 형은 지도를 보며 길을 찾고 있었다. 나는 우리가 가려는 곳이 조용한 농장일 거라 예상했다. 우리가 들어서면 병아리들이 이리저리 흩어지고, 땅에서 상쾌한 흙냄새가 올라오고, 공기는 평화롭고 편안한 느낌을 풍길 것 같았다. 그때 금방이라도 부서질 것 같은 나무 표지판이 나타났다. 완벽했다.

그다음엔 커다란 금속 문과 또 다른 표지판이 보였다. 이번엔 노란색과 검은색이 번갈아 칠해진 줄무늬 바탕이 꽤 그럴싸해 보였다.

'생물 보안 구역.'

"마리화나 재배지가 분명해." 형이 말했다.

사나운 개 두 마리가 울타리를 넘으려고 뛰어올랐다가 분에 못이겨 바닥을 빙빙 돌기를 반복했다. 차에서 내린 우리는 차문을 열어 둔 채 최대한 침착해 보이려고 애썼다. 이런 일은 형이 나보다는 한 수 위다.

"거기 멈춰요! 가까이 다가오지 마요!" 자그마한 여자가 다른 건물 뒤쪽에서 모습을 드러냈다. "전에 이 개들이 문을 부수고 뛰쳐나온 적이 있단 말이에요!"

여자가 다가오자 내가 소리쳤다. "여기 농장 맞나요?"

"그런데요?" 여자가 조심스럽게 되물었다.

"혹시 모니카예요?"

그녀가 서둘러 대답했다. "아, 호두 가지러 오신 분들이군요!"

이제 개들도 진정이 된 것 같았다. 하지만 모니카는 문을 열어주지 않았다. 모니카의 말로는 친구와 단골손님이 성급하게 울타리 사이로 손을 넣어 문을 열려다가 개 한 마리가 덜컥 달려들어 손을 물린 적이 있다고 한다. 모니카는 우리에게 기다리라고 하더니, 몇 분 뒤 월마트 봉투 두 개에 호두를 가득 담아 왔다. 호두 17파운드, 겨우내 먹을 중요한 단백질 공급원이다. 우리는 호두도 구하고 이야기도 들었다.

나와 마찬가지로 모니카도 원산지가 어디인지 골똘히 생각해 본 적이 없으면서도 호두가 북태평양에서 나는 건 아니라고 확신했던 시절이 있었다. 그러다 한 이웃을 통해 깨달음을 얻기 시작했다고 한다. 그 이웃은 번식에 쓸 최상의 모주(母株)를 찾기 위해 해안을 뒤지다가 몇 년 뒤 오리건의 어느 집 뒷마당에서 완벽한 나무 두 그루를 발견했다. 영국에서 건너온 맨리전이라는 품종이었다. 영국에 처음 호두가 전해진 것은 프랑스와 이탈리아의 무역상들을 통해서였다. 호두walnut라는 단어 자체가 '외래 견과류'를 의미하는 고대 영어 'wealhhnutu'에서 유래했다.

모니카 부부는 아직까지도 그 두 나무에서 씨를 받았다. 씨앗이 싹을 틔우기까지는 6개월이 걸리는데, 그로부터 10년이 흘러 나무가 다 자라면 마침내 라임 같은 열매가 생기기 시작하고, 알맹이가 울퉁불퉁해지면 나무는 마침내 열매를 땅에 떨어뜨린다. 모니카 부부는 열기를 이용하는 빠른 방식 대신 천천히 자연 바람을 쐬어 호두를 건조시키기 때문에 남들보다 두 달이 더 걸렸다.

그런데 참, 보안 구역이라는 의미는? 그건 혹시라도 사람들이 유리알락하늘소 같은 치명적인 나무 해충을 지닌 채 농장 안으로 차를 몰고 들어오는 것을 차단하기 위해서였다.

"호두 맛 좀 보세요." 모니카가 말했다.

나는 호두 한 알을 꺼내 형에게 건넨 뒤 또 하나를 꺼냈다. 지금까지 먹어 본 호두보다 가벼운 맛이었다. 10년 넘게 공들여 키운 결과물을 손에 쥐고 있다고 생각하니 찌릿했다. 안개 사이로 나무가 한 그루밖에 보이지 않았다. 격자무늬를 이룬 매끈한 회색빛 가지들엔 거뭇해진 커다란 타원형 잎들이 매달려 있었다.

"그런데 호두 까는 도구가 없네요." 내가 말하자 모니카가 미소를 지었다. 이제 보니 모니카는 처음에 생각했던 것보다 어려 보였다. 눈이 파랗고, 작은 털모자 밑으로 삐져나온 머리카락은 지푸라기

241

빛깔에 가까운 금발이었다. 그녀가 문 쪽으로 걸어 나왔다. 개들이 그녀의 무릎 위까지 매달리는 바람에 형과 나는 바짝 긴장했다. 모니카는 봉투에 손을 넣어 호두를 하나 꺼냈다. 엄지손가락과 집게손가락으로 감싸 힘을 주자, 호두 껍데기가 탁 소리를 내며 쪼개졌다.

나도 모니카가 한 대로 따라 해봤다. 아니나 다를까, 맨리전 호두는 껍데기가 얇아서 손으로 꽉 쥐기만 해도 탁 하고 쪼개졌다. 호두 알맹이 모양도 마트에서 사 먹을 때 본 익숙한 모양보다 더 단순했다. 두 동강이 난 껍데기 하나에서 호두 알맹이가 쏙 빠졌다.

형과 내가 호두를 입에 넣고 깨물자 모니카가 말했다. "지금까지 먹어 본 호두보다 좀 더 달고 쓴맛은 덜할 거예요."

처음엔 아주 깔끔하고 신선한 맛이 났고, 이어서 완벽한 촉촉함이 느껴지더니 마지막에 달콤한 맛이 났다. 질감은 부드러운 고기 같으면서도 충분히 아삭아삭했다. 뒷맛만 다른 호두들처럼 살짝 쌉쌀했는데, 입안이 텁텁하지 않고 깔끔했다.

"내가 먹어 본 호두 중에서 가장 맛있는데요." 나도 모르게 찬사가 튀어나왔다.

사샤 형의 얼굴을 보니 즐거움과 망설임이 뒤섞인 표정이었다. 형은 아직 이런 단순한 즐거움에 익숙해질 준비가 되어 있지 않았다. 아직은 자신이 겪은 시련에서 벗어나지 못하고 있었다. 하지만 이 완벽한 호두와 11월의 옅은 안개, 하늘에 조그맣게 떠 있는 저 차가운 태양이 어렴풋하게나마 처음으로 좀 더 공정한 세상을 보여준다고 말해도 괜찮지 않을까? 이렇게 말하는 게 맞긴 할까? 너무 거창한 얘길 하는 것 같다. 호두는 그저 호두일 뿐일 때도 있는데.

"그런 것 같아. 나도 그렇게 생각해." 형이 조심스럽게 말했다.

우리는 돈을 지불하고 작별 인사를 나눴다. 집으로 돌아오는 길에는 내가 가장 좋아하는 도멘 드 샤베르통 포도밭이 있었다. 우리는 발효종 샘플이나 샤르도네, 마들렌 실바네르 같은 화이트와인 혹은 인근에서 안개에 휩싸여 자라는 포도를 살까 해서 들어가 보았다. 그리고 가지각색의 병들을 한 아름 안고 나왔다. 맛 좋은 와인 역시 세상을 새로운 눈으로 보게 하는 데 유용하다.

집에 도착해 나는 호두를 옮기고 형은 와인을 옮겼다. 현관에 들어서서 짐을 덜커덩 내려놓자, 시큼한 사우어크라우트 냄새가 코를 찔렀다. 앨리사는 김이 자욱한 주방에서 유리병에 뭘 담고 있었다.

"호두 농장은 어땠어?" 이렇게 물으며 씩 웃는 앨리사의 표정에선 뭔가를 애써 참는 듯한 느낌이 났다.

"안개가 자욱했지."

"새로운 소식이 있는데, 아마 안 믿을걸!" 앨리사가 말했다.

"임신했구나?" 형이 말했다.

"아니, 그보다 훨씬 더 좋은 소식이에요."

앨리사의 눈이 저렇게 초롱초롱 반짝이며 춤을 췄던 때가 언제인지 정말 기억도 나지 않았다. 오래전, 아주 오래전의 일이다.

"밀 재배자를 찾았어!"

내가 아는 밀의 이미지는 딱 하나뿐이다. 금빛으로 물든 하늘 아래 지평선 끝에서 끝까지 제멋대로 뻗어 있는 미국 서부의 들판. 그러니 하이랜드 하우스 농장은 아주 이상해 보였다. 길에서 보면 영국 남부 저지대에 자리 잡은 폴로 경기장 같았다. 우리가 탄 자동차는 진입로를 따라 오도독오도독 소리를 내며 들어갔다. 길가에 세워진 울타리는 여기저기 무너진 곳이 많고 초록색 풀밭으로 덮여 있었다. 목에 빨간색 스카프를 두른 키 큰 남자가 까만 래브라도 강아지와 함께 흙길을 따라 다가왔다.

"농장에 오신 걸 환영합니다." 해미시 크로퍼드가 이주한 지 오래되어 한결 부드러워진 스코틀랜드 억양으로 인사했다. 해미시는 갑작스러운 전화에도 불구하고 앨리사와 나를 선뜻 초대해 줬다. 우리가 원하는 밀가루를 그가 가지고 있으면 좋겠다는 바람이 너무나 간절했다. 푸른색 체크무늬 방수외투 밖으로 삐져나온 모자, 짧게 깎은 은발과 삼각형 모양의 구레나룻, 콧수염, 고무장화까지 모든 것이 그가 우리의 구세주가 될지도 모른다는 확신을 심어 주었다. 그는 풀 뜯는 양들을 애정 어린 눈길로 바라보며 '털북숭이들'이라고 불렀다. 진짜 농부였다.

해미시가 말했다. "매년 4에이커(약 5만 평) 정도면 충분하더라고요. 4에이커에 밀농사를 지으면 빵 3만 2,000덩어리를 만들 수 있지요."

앨리사와 나는 서로 마주 보며 입을 떡 벌렸다. 이 작은 밭에서 빵 3만 2,000덩이를? 평균적으로 가구당 일주일에 빵 두 덩이를 소비한다고 가정하면, 이 들판에서 나는 밀만으로도 무려 300가구에 1년 동안 빵을 공급할 수 있다는 얘기였다.

해미시가 생산한 밀가루는 농장 한쪽 모퉁이에 있는 루스트 빵집에서 사용된다. 또 다른 가족이 직원 몇 명을 고용해 운영하는 곳이다. 완벽한 자립순환경제closed-circle economy다.

"저걸 다 채우거나 3분의 2 정도만 채워도 1년은 충분히 먹고살 아요." 해미시가 아연으로 도금한 9미터 높이의 사일로(높은 탑 모양 의 곡식 저장고-옮긴이)를 가리키며 말했다.

솔직히 고백하자면 나는 해미시의 농장이 강박관념에 사로잡혀 18세기에 유행했던 여러 가지 신비한 밀 품종들을 재배하고 염소 두개골에 퇴비를 준비하는 기이한 프로젝트를 실천하고 있을 거라 고 예상했다. 하지만 해미시는 스코틀랜드 에든버러 대학에서 농 업을 전공했고 캐나다 곡창지대에서 밀농사를 지어 본 경험이 있 었다.

해미시가 재배하는 밀은 북아메리카 지역에서 가장 흔하게 거래 되는 품종인 경질의 적색 춘소맥이다. 그는 "씨앗을 땅에 뿌리기만 하면 된다"고 말했다. 이곳 밴쿠버 섬 내 사니치 반도는 독특한 기 후 때문에 대평원에 속하는 여느 지역보다 여름에 더 건조한 편 이다.

"다른 여러 지역보다 여기가 밀을 재배하기에 더 수월하다는 걸 깨닫고 있어요. 대부분의 사람들이 대단히 놀랄 얘기지요." 해미시 가 말했다.

피복 작물을 심어 놓아 거뭇거뭇해진 들판의 샛길을 걷고 있을 때, 가늘고 차가운 보슬비가 내리기 시작했다. 해미시의 안내로 들 어간 별채에는 선풍기와 망치, 돌멩이, 체가 달린 제분기와 함께 트 랙터에서 분리해 윤활유를 칠해 놓은 엔진 부속품들이 시멘트 바 닥에 펼쳐져 있었다.

해미시가 플라스틱 통을 하나 가져다 뚜껑을 열자 드디어 밀이 모습을 드러냈다. 100마일 밀가루였다. 리넨색이었다.

"여기 있군." 해미시가 혼잣말하듯 얘기하더니, 거친 한쪽 손으로 한 주먹 움켜쥐었다. 엄지와 검지로 조금씩 집어 우리에게 건네고는 앨리사와 내 표정이 어떻게 변하는지 가만히 지켜보았다. 그건 지금껏 우리가 알고 있던 무미건조한 밀가루가 아니었다. 뭔가 겹겹이 복합적인 맛을 내는 걸 보니 집 안 가득 갓 구운 빵 냄새를 퍼뜨릴 수 있을 것 같았다. 해미시도 조금 입에 대보더니 나머지는 손을 오므려 강아지 주둥이에 갖다 댔다. 녀석이 말끔하게 핥아 먹었다.

"북아메리카 사람들은 안됐어요. 먹는 즐거움이 얼마나 큰지 까맣게 잊어버린 것 같거든요." 해미시가 말했다. 그의 농장에서는 사과와 채소, 밀과 베리, 양모와 양고기, 닭고기, 심지어 타조고기와 한 번에 열두 명이 먹을 수 있는 거대한 타조알까지도 구할 수 있었다.

"저녁 식탁엔 언제나 농장에서 직접 재배하거나 친구들에게 얻은 먹거리가 올라와요. 우리는 끼니때마다 여유롭게 식사하며 그 순간을 즐기지요. 사람들은 하루 한 끼조차 대충 때우려 하지만요."

해미시는 다시 밖으로 나가기 위해 밀가루 통을 닫으려고 했다. 헤어질 시간이 다가오고 있었다. 나는 큰 소리로 말했다.

"궁금한 게 하나 있습니다. 그러니까 아시는 것처럼 저희가 1년간 100마일 반경 안에서 생산되는 음식만 먹는 실험을 하고 있거든요.

그런데 100마일 내에서 밀을 재배하는 사람을 찾지 못하다가 오늘에야 당신을 만났어요. 그래서 말인데, 저희에게 밀 한 포대 파실래요?"

"얼마를 부르시든 다 낼게요." 앨리사가 옆에서 거들었다.

"밀가루야 당연히 드릴 수 있지요." 해미시가 말했다.

"정말 다행이에요!" 앨리사와 내가 동시에 말했다.

"그런데 지금 당장은 줄 수 없어요, 안타깝지만."

우리 둘 다 아무 말도 못 하고 눈만 깜빡였다.

"보시다시피 엔진 부품들을 분리해 놓은 상태라 지금 밀을 빻으면 부품들이 밀가루를 덮어쓰고 말 거예요. 한두 주 뒤에 다시 오세요. 출발 전에 알려주면 준비해 둘게요."

우리는 조금도 실망하지 않았다. 무려 일곱 달이나 기다려 왔는데, 고작 몇 주 더 기다리는 건 문제도 아니었다. 게다가 위로의 선물까지 받았다. 루스트 빵집에서 만든 차지고 쫄깃한 데다 허기까지 든든하게 채워 줄 사워도 빵 두 덩이였다. 빵에서 사니치 반도 중앙에 자리 잡은 조용한 저지대에서만 경험할 수 있는 이슬과 바닷바람 맛이 고스란히 느껴졌다.

우리는 마침내 얻게 될 귀한 밀을 운반해 줄 사람으로, 하이랜드 농장의 단골이며 밴쿠버 섬에 살고 있는 에이드리엔의 도움을 받기로 했다. 그녀는 혼자 열두 사람 몫을 사는 것 같은 친구다. 암벽 등반을 하지 않을 때는 활활 타오르는 횃불을 빙글빙글 돌리고, 횃불을 돌리지 않을 때는 아마추어 극단에서 공연을 한다. 에이드리엔은 사실 관절염 때문에 '무릎 전체 이식 수술' 받을 날을 기다리며 이 모든 일을 즐기고 있었다. 그녀는 100마일 팬케이크 한 접시를 대가로 받기로 하고 우리의 '로컬 밀가루 획득 작전'에 즐겁게 합류했다.

그사이 해야 할 일들이 많았다. 도린에서 가져온 사과가 너무 익다 못해 위태로운 지경에 이르렀다. 그래서 우리는 일요일 오후 내내 사과 속을 파고 얇게 썰어서 사과 소스 병조림을 만들었다. 아침마다 신선한, 글쎄 시어 터진 음식에도 신선하다는 표현을 써도 될지 모르지만, 사우어크라우트에 달걀 프라이와 감자튀김을 기쁜 마음으로 즐겼다.

어머니께 전화를 걸어 보았다. 형이 침착하고 강직했던 옛 모습을 회복할 기미를 보이며 아이들을 되찾기 위해 고군분투하고 있다고 했다. 나는 애호박튀김에 호두를 가미한 페스토 소스를 뿌렸다.

하루는 오후에 브리티시컬럼비아 북부 지역에서 10대 한부모 가정 프로그램을 운영하고 있는 한 여성과 이야기를 나누었는데, 사슴고기로 만든 햄버거를 비롯해 무려 13가지 음식들로 100마일 점심을 차려 본 적이 있다고 했다. 우리가 아직도 끼니때마다 감자를 물리도록 먹고 있다고 하자 그녀는 이렇게 말했다.

"아일랜드에 전해 오는 얘기 중에 이런 게 있어요. 다섯 사람이 식탁에 앉아 감자 다섯 개를 먹고 있는데, 이건 감자가 아니라 다른 음식이라고 상상하면서 아주 천천히 씹어 먹는다고요."

지지자가 있다는 건 참으로 큰 위안이다.

에이드리엔으로부터 메시지가 왔다. 마침 할머니를 뵈러 밴쿠버에 올 일이 생겼다고 말이다. 나는 해미시에게 연락하려고 전화기를 들었다. 며칠 뒤 해미시가 메시지를 보내왔다.

제목: 밀가루
주말에 가져갈 수 있게 밀을 빻아 준비해 두었음.
언제든 빵집에서 가져가세요.
맛있게 즐기시길!
— 해미시

나는 에이드리엔에게 그 소식을 전했다. 마치 19세기의 전보교환원이 된 기분이었다.

제목: 밀가루!
방금 해미시 크로퍼드에게서 밀가루가 준비됐다는 연락을 받았음. 신호가 떨어졌으니 행동 개시 바람!

에이드리엔은 날씨만 괜찮으면 주말에 하이랜드 농장에 가겠다고 알려왔다. 11월인데도 예년과 달리 추운 날씨가 계속됐다. 라디오에선 24시간 안에 태평양에서 거대한 눈보라가 형성될 거라는 일기예보가 흘러나오고 있었다. 컴퓨터 앞에 앉아 마지못해 위성사진을 확인해 보니 밴쿠버 섬을 향해 짙은 비구름이 몰려오고 있었다. "사륜 구동차를 빌려줄 걸 그랬나 봐." 폭풍을 예고하는 말꼬리 모양의 비구름이 밴쿠버 쪽으로 점점 번지는 모습을 보고 내가 심각하게 말했다. 오늘이 그날이었다.

"맞아. 우리의 100마일 밀을 가져오기엔 사륜구동 지프가 딱인데." 앨리사가 말했다.

밴쿠버에는 정오 무렵까지 온몸이 꽁꽁 얼어붙을 것 같은 차가운 비가 억수로 쏟아졌다. 자동차들이 쾅쾅 부딪쳐 접촉사고를 내는 바람에 사이렌 소리가 끊이지 않고 요란스럽게 울렸다. 우리는 에이드리엔이 목숨을 걸고 농장에 갈까 봐 걱정이 돼 전화를 걸어 봤지만 이미 외출한 뒤였다. 이렇게까지 호들갑스러울 필요는 없다고 생각했다. 고작 밀가루였다. 서양 문명을 이룩하는 데 크게 기여했을 수는 있지만 그래도 그냥 밀가루일 뿐이었다.

우리는 조용하게 눈이 내리는 도시에서 잠자리에 들었다.

깨어 보니 메시지가 도착해 있었다.

제목: 독수리호 무사 귀환!

우리는 자랑스럽게도 밀가루 75파운드(약 35킬로그램)의 주인이 되었다. 그 정도면 빵 150덩이를 만들거나 셀 수 없이 많은 팬케이크를 구울 수 있었다. 새로운 비품으로 뚜껑이 달린 커다란 들통도 세 개나 생겼다. 그중 하나엔 빻기만 하고 체에 치지 않아 밀기울과 배아가 분리되지 않은 밀가루가 들어 있었다. 헤미시는 그 뚜껑에 이렇게 적어 놓았다.

'진짜배기 밀가루.'

아직 해야 할 일들이 남은 것 같은데 불쑥 겨울이 찾아오고 말았다. 사우어크라우트 병조림도 더 만들고, 잘은 모르지만 연어를 훈제해 놓거나 요구르트도 만들어야 했다. 그런데 우리는 빵과 비스킷, 파이, 피자 반죽, 토르티야, 크래커까지 굽느라 온 집 안을 뜨겁게 달구기에 바빴다. 그전까지는 크래커가 어떻게 만들어지는지 관심조차 없었다. 솔직히 크래커를 오븐에 구워서 만든다는 것도 이번에 처음 알았다.

우리는 익숙했던 탄수화물 섭취 중심의 식사로 돌아왔지만, 예전과 똑같지는 않았다. 신선한 밀가루는 내가 상상조차 못했던 맛의 차이를 빚어냈다. 밀 고유의 풍미를 그대로 살리면서 모든 것을 우리가 직접 만들어 간단하게 먹었다. 아주 오래된 맛이었다. 우리는 오붓하게 앉아서 빵을 찢어 먹었다. 신성한 의식이었다.

달력이 어느새 12월의 긴 겨울로 넘어갈 준비를 하고 있던 어느 날 밤, 고소한 냄새가 집 안 가득하고 창밖에 쌓인 눈은 녹을 생각조차 안 하는데 문득 전화벨이 울렸다.

"여보세요?"

"나야."

사샤 형이었다. 나와 뒤엉켜 놀기 좋아했던 형의 예전 말투를 아주 오랜만에 들었다.

메이플 호두 크레이프

밀가루 1컵 으깬 호두알 2컵 우유 3/4컵 큰잎단풍나무 시럽 물 3/4컵 버터 2큰술 소금 1/4큰술 달걀 3개

만드는 방법 : How To Make

① 커다란 유리 그릇에 밀가루, 물, 우유,
달걀, 버터, 소금을 넣고 잘 섞는다.

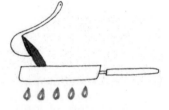

② 넓은 프라이팬에 버터를 살짝 펴 바르고 팬을
달군다. 반죽을 한 국자 올린 다음, 팬을 기울여 가며
반죽이 얇게 펴지도록 뒤집개로 눌러 준다.

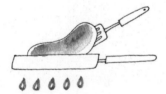

③ 뒷면이 다 익었으면 조심스럽게
뒤집어서 노릇하게 익힌다.

④ 따뜻하게 데운 접시에 크레이프를
담고 얇은 천으로 덮어 둔다.

⑤ 호두에 시럽이 골고루 묻도록 섞은 뒤 크레이프
한 장에 호두 1/4컵씩을 넣고 돌돌 만다.

⑥ 완성된 크레이프에 시럽을 곁들여 버무린다.

12월… 감사

들판 위를 지나는 계절에도 늘 순응해 왔으니
그대 가슴에 찾아온 계절도 기꺼이 받아들여라.

— 칼릴 지브란

"카누를 타고 저기 저 섬으로 갔지요. 샘에서 담수가 콸콸 솟아오르는 섬이에요." 예순 살의 어거스트 실베스터는 걸프 제도가 미로처럼 펼쳐진 남쪽을 가리키며 말했다.

어린 시절 그는 할아버지와 함께 바다에서 많은 시간을 보내며 먹거리를 구하고, 바닷길로 멀리 떨어져 사는 친척 집도 방문했다고 한다. 지금 실베스터는 자신이 태어난 쿠퍼 섬 해안에 서 있다. 이 섬은 세일리시 해의 펜라쿠트 부족을 위한 원주민 보호 구역이다.

실베스터는 거구는 아니지만 건장한 체격에 강인한 인상의 사내였다. 원래 직업은 목수였는데, 지금은 나무로 연어와 벌새 같은 전통적인 상징물을 조각해 여름에 시장에 내다 팔고 있다. 넓적한 얼굴 위에 쓴 파란색 모자엔 부족을 상징하는 고리와 깃털 장식이 달려 있었다.

"할아버지는 물 항아리를 채우시면서 부족 말로 얘기하셨답니다." 실베스터는 펜라쿠트 부족 고유의 언어로 몇 마디 덧붙였다. 그가 다시 영어로 말할 때에도 경쾌한 어조가 그대로 남아 있었다. "할아버지가 그러셨지요. 물을 사 먹어야 할 날이 올 거라고." 실베스터는 옛 기억을 떠올리며 고개를 내저었다. "언젠가는 부자들만 음식을 사 먹을 수 있게 될지도 몰라요."

우리는 태평양 바닷물이 한 번씩 핥고 가는 긴 모래톱에 서 있었다. 나는 이따금 가장 아름다운 겨울 풍경으로 그날의 경치를 떠올리곤 한다. 푸른빛이 도는 회색 안개와 어두운 숲, 강철빛 바다 그리고 크고 작은 섬이 수놓인 수평선이 그리움과 추억처럼 점점 희미해져 갔다. 쿠퍼 섬 자체는 작은 혹처럼 해협에 툭 솟아올라 전나무들로 빽빽하게 뒤덮여 있었고, 오래된 마을은 저 멀리 거대한 밴쿠버 섬을 오가는 연락선이 내려다보이는 곳에 있었다.

지난 수십 년 사이 걸프 제도의 다른 섬에는 마이크로소프트사의 백만장자와 유명 로큰롤 제작자들의 별장이 자리 잡았다. 쿠퍼 섬 사람들의 중위 소득(모든 주민을 소득 순서대로 줄 세웠을 때, 정확히 중간에 있는 사람의 소득을 의미―옮긴이)은 8,112달러. 하지만 실베스터는 어떤 면에선 이런 외딴섬에 사는 것이 차라리 은총이라고 말한다.

"우리는 아이들에게 우리 부족 고유의 방식으로 부족 말을 가르쳐요. 그래서 강인한 문화를 갖고 있지요."

실베스터를 만나기 위해 나는 울퉁불퉁한 흙길을 운전해서 겨우 그의 집에 도착했다. 주민 300명이 사는 마을엔 도로 표지판이

나 번지수도 없는 것 같았다. 이동식 주택 두 채를 연결해 놓은 그의 집을 찾을 수 있었던 건 미니밴을 타고 있던 운전자가 초면인데도 친절하게 길을 알려준 덕분이었다.

내가 쿠퍼 섬을 찾은 건 우연이었다. 갑자기 걸프 제도를 주제로 원고를 써 달라는 청탁을 받은 것이다. 이제 내가 떠돌아다닐 차례였다. 제임스는 혼자 집에 남아 일에 파묻혀 지내면서도 알아서 잘 챙겨 먹었다. 쿠퍼 섬에 가는 건 처음이었다. 나는 수많은 다른 섬들과 구별되는 독특한 점을 찾기 위해 세세한 것까지 꼼꼼하게 취재할 생각이었다. 하지만 내가 무엇을 알아내든 결국은 음식과 연결 지을 게 분명했다. 다른 어떤 곳보다 특히 섬에 사는 사람들은 자기 힘으로 삶을 꾸려 나가야 할 때가 많기 때문이다.

내가 발을 딛고 선 해변은 수천 년 전에 버려진 조개껍데기들로 이루어져 있었다. 수천 년 전 사람들이 먹고 남은 흔적들을 지금 우리가 밟고 서 있는 셈이다. 실베스터가 바다를 가리켰다. 그는 할아버지에게 작은 배가 한 척 있었는데, 그 배 옆으로 혹등고래들이 헤엄쳐 지나갈 때마다 고래와 이야기를 나누시던 할아버지의 모습이 기억난다고 했다.

하지만 고래는 수십 년째 한 마리도 보이지 않았다. 그 옛날 이 해변엔 '진짜 별미'인 검은 홍합도 많았다. 지금은 모두 사라지고 없지만. 실베스터가 아침 식사로 가장 즐겨 먹었던 홍해삼도 구할 수 없게 된 지 오래다.

"우리는 홍해삼을 주로 구워서 먹었는데, 마치 설탕을 뿌린 것처럼 달콤했지요." 실베스터가 말했다.

요새 그는 아침마다 시리얼을 먹는다. 이렇듯 뭔가 사라진 자리는 늘 슈퍼마켓에서 파는 것들로 채워졌다.

나는 해삼을 맛있게 먹는 아이의 모습을 상상해 보았다. 나도 어릴 때 생물연구센터에 견학을 가서 초록빛 해삼을 본 적이 있다. 발바닥만 하게 축 늘어진 주머니를 선생님 지시대로 면도칼로 세로로 길게 자를 땐 구역질이 날 것 같았다. 구워서 먹을 수 있으리라고는 눈곱만큼도 생각지 못했다. 더구나 그 나이 때엔 물고기 내장을 제거하거나 살아 있는 닭을 만져 본 적도 없었다. 현대를 사는 10대들의 삶이란 것이 대부분 그렇다.

실베스터는 남쪽이든 북쪽이든 눈에 보이는 곳을 모두 손으로 가리키며 예전에 거기서 무엇을 수확했는지 말해 줄 수 있었다. 저기에선 11월에 왕연어를 잡고 5월엔 그물로 펜슬피시를 건져 올렸다고 했다. 밴쿠버 섬 남동부에 있는 도시 슈메이너스로 향하는 바다에는 늘 작은 새우와 참새우가 있었다. 이 모래톱은 한때 이 마을 사람들에게 중요한 생활 터전이었던 게 분명했다.

"요새는 그냥 얻을 수 있는 것들도 모두 돈을 주고 사야 하지요. 예전에 우린 음식을 서로 바꿔 먹기는 했어도 돈을 주고 사 먹는 일은 없었는데 말입니다. 지금은 냉장고 같은 전자제품 덕분에 생활이 훨씬 편리해졌어요. 매일 음식을 구하러 다닐 필요도 없고요. 하지만 그래서 우리 원주민들은 훨씬 나약한 존재가 돼 버렸어요. 요새 사람들은 우리처럼 먹거리를 직접 수확해서 먹으면 가난해서 할 수 없이 그런다고 생각하더군요. 나는 여섯 살 때 사냥을 배웠어요. 하지만 지금 우리는 아주 다른 시절, 아주 게으른 시절에 살고 있어요. 더는 물고기를 잡으러 가거나 사냥을 나가지 않지요. 노를 젓지도 않고요."

옛날에 사용했던 카누는 9미터 정도 길이에 최대 열두 명까지 탔다고 한다. 그 시절 쿠퍼 섬은 새로운 경치와 모험을 꿈꾸는 사람들이 미지의 세계를 찾아 나서는 출발점이었다. 그런데 지금은 고작 두 개뿐인 마을이 전체 3.5평방마일 안에 꽁꽁 갇혀 있다. 사람들은 연락선을 기다리거나 연락선을 타고 나갈 돈이 생기기만을 기다린다.

"이제 자동차와 전화기도 갖게 됐지만 누구를 만나러 갈 일이 없어요. 내가 우리 부족 언어를 할 줄 안들 앞으로 누구에게 써먹을 수 있겠어요? 머지않아 우린 우리 역사와 삶의 방식을 송두리째 잃어버리고 말 거예요."

"사람들이 옛날 방식을 흥미로워하지 않나요?" 내가 물었다.

실베스터가 대답했다. "당신 같은 외지인들은 그렇죠. 하지만 이곳 아이들은 텔레비전이나 보려고 하지 관심 없어요."

실베스터가 바다 저편 동쪽으로 시선을 돌리더니 이내 뭔가를 발견하고 놀란 기색이었다. 펜라쿠트 원주민 보호 구역에 주택처럼 보이는 것들이 눈에 띄었기 때문이다. 실베스터도 자신이 태어난 이 바닷가에 아주 오랜만에 온 것이 틀림없었다. 그는 바늘꽂이처럼 나무들이 삐죽삐죽 솟아 있는 작은 섬으로 시선을 돌렸다.

"저기가 바로 우리 부족이 죽으면 묻히는 곳이에요. 저기엔 아직 새로 생긴 집이 없네요." 왠지 안심하는 듯한 목소리였다.

가랑비가 내리기 시작했다. 해변의 또 다른 원주민인 하이다족에

게 이런 바다는 그들 부족이 처음 탄생한 깨끗하고 순수한 영역이
었다. 그들은 최초의 인류가 대합 조가비에서 기어 나왔다고 믿었
다. 날씨 변화가 심하면서도 온화한 에덴동산인 셈이다. 나는 이렇
듯 매끈해진 조개무지 해변을 볼 때마다 아름답다고 생각했다. 그
중엔 너무나 하얀 나머지 여름 햇빛을 고스란히 반사해 눈이 따가
울 정도인 곳도 있었지만, 그러면서 나에게 뭔가를 들려주고 있었
다. 여기, 이 푸르고 비가 잦은 해안이 바로 내가 조개껍데기에서
기어 나와 존재하기 시작한 곳이라고.

"글쎄, 해줄 얘기는 다 한 것 같네요." 실베스터가 불쑥 이렇게 말
했다.

우리는 터벅터벅 걸어서 내가 빌려 타고 온 자동차가 있는 곳으
로 돌아갔다. 발이 모래 속으로 푹푹 빠졌다.

나는 사뭇 복잡한 감정을 느끼며 즉석 냉동식품을 손에 들고 있
었다. 아직도 제임스와 떨어져 여행 중이라 100마일 다이어트에서
잠시 벗어나 있지만, 당연히 죄책감이 들었다. 하지만 한편으로는
솔직히 이런 편리함의 미덕을 그리워한 것이 사실이다. 상자를 열
어 전자레인지에 넣기만 하면 먹을 준비 끝이다. 실베스터가 말한
대로 우리는 다른 시절, 게으른 시절에 살고 있었다. 사실 할 일이
무척 많아서 그런 것도 아니다.

나는 친할머니 데나를 만나고 있다. 할머니는 저녁을 대접하고

싫어하셨고, 간편한 즉석식품이 할머니 나름의 대접 방식이었다. 할머니는 이제 요리를 별로 안 하신다. 어릴 적 대초원에 있는 도시에 살 때만 해도 할머니는 일요일마다 맛있는 고기국물 수프와 애플파이를 만드셨다. 하지만 20년 전 아빠가 세상을 떠난 뒤로, 나는 할머니와 가까이 살아 본 적이 없다. 할머니는 여전히 에드먼턴에 사신다. 위도상 몽골의 울란바토르보다 훨씬 북쪽인 이곳에도 백만 명에 가까운 사람들이 살고 있다.

2년 전에 할아버지가 돌아가시자, 할머니는 고령자 전용 아파트에 입주하셨다. 엘리베이터 옆에 난 창문으로 할아버지가 잠들어 계신 전망 좋은 묘지가 보인다. 할머니가 할아버지와 함께 살았던 집도 바로 그 너머, 걸어서 15분 거리에 있다. 할머니는 본능적으로 소중하고 익숙한 것들은 뭐든 가까이 두려고 애쓰셨다. 딱 한 가지만 예외였다. 할아버지가 떠난 뒤로 요리에 대한 흥미를 깡그리 잃으신 것 같았다.

나는 할머니께 냉동 새우펜네 상자를 건네고 텔레비전 앞의 의자에 기대앉았다. 가족 시트콤 '내 사랑 레이먼드'가 방송 중이었다. 그날 밤 기온이 5도 더 내려갈 거라고 했다. 에드먼턴의 12월 날씨치고는 터무니없이 따뜻한 편이지만, 그래도 대초원의 차디찬 바람 때문에 동상에 걸릴 수도 있을 만큼 추웠다. 할머니가 새우펜네 상자를 열어 전자레인지에 넣은 뒤 쾅 하고 문 닫는 소리가 들렸다.

이상하게도 내 가족사가 즉석식품과 나를 연결해 주고 있다는 느낌이 들었다. 친할아버지 월터의 친인척들은 세계 음식 무역이 발달하는 데 뜻하지 않은 기여를 했다. 그들은 에든버러까지 이어지는 포스 만에 자리 잡은 스코틀랜드 크레일 마을 출신이다. 내 증조할머니, 그러니까 월터의 어머니 한나는 떠돌이 산파였고, 아버지 윌리엄은 파란만장한 인생을 산 어부였다.

그 시절 스코틀랜드 마을엔 두 부류의 남자들이 있었다. 그중 한 부류는 절대 집을 떠나지 않는 남자다. 크레일 마을에 전해 오는 이야기에 따르면, 해외에 나가 본 적이 있느냐는 질문에 한 남자가 이렇게 대답했다고 한다.

"아니요, 하지만 이 마을에 살았다는 걸 영광으로 생각합니다."

그런데 윌리엄은 그런 부류가 아니었다. 가정 형편이 어렵고 새엄마를 대하기도 어려웠던 그는 열두 살에 집을 뛰쳐나가 잉글랜드의 대형 범선 테르모필레Thermopylae의 선원이 되었다. 윌리엄은 열여섯 살 때까지 세계의 주요 항구란 항구는 모두 다녀 봤다. 테르모필레의 선원들은 대영제국이 확보할 수 있는 모든 자원을 배에 싣고 내렸다. 미국의 밀, 오스트레일리아의 양모, 캐나다의 목재, 일본의 쌀. 그중에서도 중국의 차가 으뜸이었다. 차는 그야말로 쾌속 범선의 존재 이유였다. 시간이 지날수록 값비싼 찻잎의 품질이 떨어지기 때문이다. 테르모필레호는 중국에서 런던까지 91일 만에 국민음료를 운송했고, 그것은 세계 최단 기록이었다.

아무래도 제국의 위용은 얼마나 멀리서 다양한 음식을 구해 먹을 수 있느냐로 드러나는 것 같다. 로마 시대에는 이탈리아 반도 내에서 재배된 먹거리는 농부들에게만 적합한 음식으로 간주되었다. 귀족들의 연회가 강한 인상을 남기려면 손님들이 한자리에 앉았을 때 에게 해 동쪽의 사모스 섬에서 잡아 온 공작을 비롯해 소아시아 왕국 프리지아의 뇌조, 그리스 이오니아의 두루미, 소아시아 북서부 칼케돈의 다랑어, 이베리아 반도 가데스의 장어, 이탈리아 남쪽 타렌툼의 굴, 그리스령 로도스 섬의 철갑상어, 아프리카의 밀, 인도와 중국의 향신료 정도는 볼 수 있어야 했다.

하지만 세계 무역이 빠른 속도로 이루어지게 만든 장본인은 완벽한 차 한 잔에 열광했던 영국인들이었다. 육류와 치즈처럼 상하기 쉬운 음식까지 대륙 사이를 오갈 수 있게 된 건 냉동선이 처음 등장한 1800년대 말이다. 냉동선은 범선이 아니라 증기선이었다. 많은 선원들이 그런 혁신을 못마땅해했다. 그들은 증기선에 탄 사람들이 뱃노래 부르는 걸 들어 본 적이 없다며, 그 이유는 아마도 뱃일이 조금도 즐겁지 않기 때문일 거라고 말했다. 그러면서 일하다가 잠이라도 들면 재난이 닥칠 텐데 누가 뭐라고 할 수 있겠느냐며 혀를 찼다. 내 증조할아버지 윌리엄도 정말 그런 말을 했는지는 알 길이 없지만, 그의 행동을 보면 충분히 그랬을 것 같다.

선원 생활을 끝낸 증조할아버지는 집에 있으면서 어느 부유한 후원자를 위해 나무로 요트를 제작했다. 아들과 손자, 그러니까 내 할아버지와 아버지 이름도 그 후원자의 이름을 따서 지었다. 구식이 되어 버린 테르모필레호는 증조할아버지가 돌아가시기 전인 1907년에 퇴역 조치되어 포르투갈 앞바다에서 '바이킹 장례식'이라는 의식에 따라 불에 태워졌다.

친할머니 역시 사시는 동안 점점 음식과의 거리가 멀어져 갔다. 뉴캐슬 인근 탄광 마을에서 어린 시절을 보낸 할머니는 몇 달 전 세상을 떠난 마거릿 외할머니와는 정반대의 삶을 살았다. 외할머니는 어릴 적 하녀를 부리는 부잣집에서 자란 반면 친할머니는 어릴 적 가장 바랐던 꿈이 하녀가 되는 것이었다. 먹을 것과 입을 것이 모두 제공되는 넓은 집에서 지낼 수 있으니 짐짓 즐거운 생활일 거라고 생각했던 것이다. 할머니가 그런 생각을 한다는 걸 알고 증조할머니는 노발대발하셨다.

"네가 남의 집 하녀가 되는 일은 절대 없을 거다." 런던의 고아원에서 자라 10대 때부터 식모살이를 했던 증조할머니는 이를 악물고 말씀하셨다.

증조할머니는 광부와 결혼하면서 아무리 가난해도 남의집살이는 하지 않겠다고 맹세했더랬다.

1920년대 영국 노동자들이 총파업에 들어가 먹거리가 귀했을 때 친할머니는 어린아이였다. 그런 시절을 거쳐 10대가 됐을 때는 대공황이 닥쳐 음식 구하기가 더 어려워졌다. 그 후엔 전쟁이 계속되면서 배급제가 시행되어 허리띠를 졸라매는 수밖에 달리 방법이 없었다.

그래도 할머니는 집 주변에 심어 놓은 농작물들로 끼니를 해결하던 시절을 회상하며 흐뭇해하셨다. 할머니의 아버지는 탄광일을 하지 않아도 되는 낮 시간을 이용해 채소밭을 가꾸며 즐거워하셨다. 가족들은 양파, 순무, 당근, 리크, 셀러리 농사가 매년 조금씩 나아지는 모습에 기뻐했다. 산과 들로 산딸기와 블랙베리, 까치밥나무 열매, 구스베리를 따러 다니고, 부활절엔 삶은 달걀 하나를 얻으려고 골짜기를 넘었다. 여름엔 떠돌이 장사꾼에게 새조개를 사서 먹었다. 할머니는 아직도 어릴 때 가장 좋아했던 딸기 이름이 클라이밍 크루거 클라이맥스였다는 걸 기억하신다. 할머니는 다소 요란한 딸기 이름과 함께 "꿀처럼 달콤했지"라고 말씀하셨다. 딸기 이야기를 하면서 아무렇지 않게 품종 이름을 말하는 사람은 할머니가 처음이었다.

할머니 역시 음식을 통해 자신의 세계를 넓혔다. 첫 번째 직업을 갖게 되면서 할머니는 난생처음으로 '멀리 떨어져 있던' 맛을 생생하게 체험하는 기회를 얻게 됐다. 할머니는 10대 때 '고급 과일 노점'에서 상자에 담긴 포도를 꺼내 톱밥을 털어 내고 바나나를 조심스럽게 진열하는 일을 했다고 한다.

할머니는 일주일에 6일, 하루 12~14시간 근무하는 특권을 누리기 위해 매일 40마일을 자전거로 출퇴근했다. 그 시절 할머니는 요즘의 여느 사이클 선수 못지않게 몸이 탄탄했다. 매주 일요일이면 자전거를 타고 교외를 휘젓고 다녔다. 75마일, 100마일, 150마일. 할머니가 평생 집에서 자전거로 가장 멀리까지 가본 거리다.

그 시절만 해도 할머니는 영국에서 즐겨 먹어 아직도 그 이름을 또렷하게 기억하는 조너선(홍옥)과 그라벤슈타인, 과육이 달콤한 남부의 러셀, 요리용 대형 사과 브램리 시들링 등 많은 사과 품종들이 머지않아, 심지어 제철에도 식료품점에서 구할 수 없게 되리란 걸 상상조차 하지 못했다. 그때는 사과를 찾는 사람들이 많았다. 할머니가 일하는 노점은 토요일 밤 늦게까지 문을 열었다. 영화 보러 가는 사람들이 간식거리로 사과를 즐겨 찾았기 때문이다.

그런 소박한 사치는 누구나 누릴 수 있었던 반면, 그 시절 할머니가 아는 사람들 중엔 자동차를 가진 사람이 없었다. 그리고 집집마다 뒤뜰에 있는 헛간에서 불을 지펴 끓인 물로 빨래를 했다.

"내가 자란 시절은 꼭 중세 같았지." 할머니는 이렇게 말씀하시며 추억에 잠겨 고개를 흔드셨다. "우리는 사람들이 늘 살아온 방식대로 살았어."

떵! 전자레인지가 우리의 펜네가 다 준비됐다는 신호를 알렸다. 할머니는 격식을 갖춰 내가 어렸을 때 할머니 댁에서 본 접이식 탁자를 펼치고 그 위에 플라스틱 쟁반을 올려놓으셨다. 나는 윤기가 흐르는 파스타를 먹으면서 잠시나마 괜찮은 음식이라고 생각했다. 하지만 몸에 좋을 것 같지는 않았다. 지난 여덟 달 동안 내 입은 갓 수확하거나 집에서 병조림으로 만든 몸에 좋은 음식들로 호강해 왔다. 그래서인지 감자가 얼마나 많이 들어 있든 간에 100마일 식단이 몹시 그리웠다.

할머니는 갈색 안락의자에 편하게 기대 앉아 맥없이 텔레비전을 바라보셨다. 예전에 봤던 시트콤 '사인필드'가 재방송되고 있었지만 그냥 보기로 하셨나 보다. 중간에 광고가 나오자 할머니는 텔레비전 소리를 줄이고 나에게 말씀하셨다.

"내일 나랑 월마트 갈래? 전등을 하나 새로 사고 싶은데."

나도 이제 나이를 조금 먹었는지 세상이 어쩌면 이렇게 빨리 변할까 하는 생각을 자주 한다. 월마트로 가는 길에 수없이 많은 대형마트와 쇼핑몰을 지나칠 게 분명했다. 나는 그 자리에 농장과 낡은 대형 곡물창고들이 있었던 때를 아직도 기억한다. 나 역시 '옛날 방식'을 잊어버린 세대의 맨 끝자락에 있는 걸까?

확실히 나는 이해력이 생기기도 전부터 정서적으로 문제가 있었다. 겨우 네 살 때부터 자주 아프고 기운이 없었다. 엄마가 병원에 데려가자 의사 선생님은 내 몸 여기저기를 눌러 보고 찔러 보고 골똘히 생각하더니 결국 '우울증'이라고 진단을 내렸다. 네 살짜리가 우울증이라니. 도대체 왜? 아무도 그 이유를 알지 못했다.

나중에 10대가 됐을 때, 나는 수잔나 케이슨이 쓴 회고록《처음 만나는 자유Girl, Interrupted》를 읽고 깊은 감명을 받았다. 책 속에 작가가 전기 충격 요법으로 우울증을 치료한 내용이 소개되어 있었는데, 그 뒤로 작가는 온갖 생각이 들더라도 어둠이 자리하고 있는 중심부로는 접근하지 않으면서 마치 피겨스케이팅 선수처럼 부드럽게 피해 갔다고 한다. 나는 그 표현이 무척 마음에 들었다. 나 역시 오랫동안 내가 느끼는 불만의 진짜 이유를 회피해 왔다. 아직도 정확히 무엇 때문인지는 말할 수 없지만, 이따금 그런 불만을 무척 강렬하게 느낄 때가 있다. 예전에 농장이 있던 자리에 들어선 대형 마트에서 할머니와 하루를 보낼 생각을 한 그 순간에도 그랬다.

그럴수록 지난 몇 달 동안 내가 정말로 행복했다는 사실이 더욱 확실해졌다. 딸기를 따고, 자그마한 채소밭에서 재배한 채소들로 첫 샐러드를 만들어 먹고, 자전거를 타고 농민 장터에 가고, 기적 같았던 밀가루 반죽에 감탄하고…… 모두 굉장히 단순한 순간들이라 그때는 미처 알지 못했다. 나는 그 모든 추억의 한 부분에 제임스가 자리하고 있다는 사실도 뒤늦게 깨달았다. 그러고 보면 내가 웃을 땐 거의 제임스가 곁에 있었다. 식탁에 앉아 그가 요리하고 또 격하게 촐랑대며 '키친 댄스'를 추는 모습을 지켜보며 얼마나 많이 웃었던가. 정말이지 제임스의 춤은 기막히게 웃긴다.

"좋아요, 할머니. 내일 월마트에 가요."

"냄새 나지 않아?"

옆에서 제임스가 이불 위로 얼굴만 빠끔히 내민 채 걱정스러운 말투로 물었다. 나는 걸프 제도에서 할머니가 계신 곳을 거쳐 마지막으로 엄마가 새로 이사한 호숫가의 작은 시골집까지 들른 뒤 마침내 집으로 돌아왔다. 우리의 소박한 아파트가 어쩐지 내 기억보다 넓게 느껴졌다. 나는 우리 집에 있는 커다란 창문과 원목 마루, 길 건너편에 에드워드 양식으로 지은 새빨간 주택을 가려 주는 대나무 줄기가 좋았다. 제임스와 내가 이불 속에서 따뜻하게 껴안고 있도록 눈이 속삭이듯 내리는 것도 좋았다.

"무슨 냄새?" 내가 되물었다.

"톡 쏘는 랜치 드레싱(마요네즈, 버터밀크, 마늘, 양파, 각종 허브를 넣어 만든 샐러드 드레싱—옮긴이) 같은 냄새."

나는 차가운 아침 공기 사이로 코를 내밀고 킁킁거렸다. "무슨 냄새지?"

"양파 썩는 냄새야." 제임스가 말했다.

나는 한숨을 내쉬었다. 겨울이 아직도 석 달이나 더 남았다. 미래에는 지금의 지하 주차장처럼 아파트마다 지하 저장실이 있어야 할 것 같다. 그런 고풍스러운 사치를 누릴 수 없는 우리는 양파 25파운드를 낡은 베갯잇에 넣어서 검은색 통에 담은 다음, 집주인이 정한 규칙을 어기고 발코니에 보관했다. 공기가 차가워서 쉽게 변질되지 않을 수도 있지만, 습도가 높아서 오히려 빨리 썩을 가능성도 있었다. 지혜가 부족한 나로서는 행운을 바라는 수밖에 없었다.

100마일 다이어트를 시도한 1년 내내 날씨가 전혀 도움이 되지 않았다. 이 지역엔 눈이 드물게 오지만, 한번 왔다 하면 폭우처럼 엄청나게 쏟아진다. 자주 있는 일이 아니라서 사람들은 좋아서 어쩔 줄 몰라 하며 마치 스케이트를 배우는 어린아이처럼 자동차를 타고 도시를 경쾌하게 질주하고 축하 인사를 나누느라 바쁘다. 눈싸움도 하고 눈사람도 만든다. 내 친구 데보라는 옷장을 뒤져 해변에서 열리는 크로스컨트리 스키 경주에 나갔다. 그래, 멋진 일이다.

하지만 어째서 올해만 유독 봄이 늦고 겨울은 이토록 매서운 것일까? 채소밭은 휴면기에 들어갔다. 지역 상점엔 신선한 농작물이라고는 뿌리채소와 마늘, 양파, 우리 인간보다 훨씬 생명력이 강한 케일이 전부였다. 나는 획기적인 발견을 기대하며 인터넷으로 지역 농장을 뒤져보았다. 그중에 올리브 오일을 생산하는 곳이 있었다. 올리브 오일은 우리가 정말로 그리워했던 것 중 하나였다. 농장 일가의 이름이 그리스식인 것을 보자, 올리브나무를 잘 돌보고 키우는 법을 아는 사람이 있었으면 하는 소망이 생겼다.

"안 되죠." 전화를 받은 여자가 무시하는 투로 말했다. "여기서는 올리브를 재배할 수 없어요."

나는 속으로 웃으면서 전화를 끊었다. 우리 모두가 많은 일들이 불가능할 거라는 생각을 버리면 어떻게 될까? 불과 몇 주 전에 새터나 섬 인근 포도밭 관리인과 대화를 나누다가 들은 얘기가 있다.

습도 높은 바다와 햇빛을 반사하는 암벽 제방 사이에 있는 남향 비탈에서 포도가 자라는데, 주인들이 올리브나무도 심어 볼까 고민 중이라는 것이다.

로컬푸드 먹기의 미래는 언제나 더 나아질 것처럼 보였다.

"나 백연어 훈제하는 법 배웠어." 옆에 누워 있는 제임스를 향해 고개를 돌리며 밝은 목소리로 말했다. 밴쿠버 섬의 코위찬 계곡에 있는 엄마 집을 찾았을 때 코위찬 원주민을 만나 연어 이야기를 나눌 기회가 있었다. 우리 집 냉장고엔 스티브 요한슨이 우리 아파트에서 불과 10마일도 떨어지지 않은 곳에서 낚시로 잡은 거대한 백연어가 다섯 마리나 있었지만, 나는 원주민에게 별것 아닌 양 이야기했다. 종종 백연어를 '개연어'라고 부르는 사람들이 있다. 이빨이 크고 개 이빨처럼 생겼을 뿐더러, 일부 원주민들이 개나 먹기에 적합하다고 생각했기 때문이다. 백연어는 정통 연어의 선명한 속살과는 달리 살이 연분홍빛이다. 맛은 송어에 더 가까우면서 은은하고 깔끔한 맛은 덜하다. 코위찬 원주민은 백연어를 훈제하면 아주 맛있다고 알려줬다.

제임스는 아무 대답이 없었다.

"백연어 훈제법 안 궁금해?" 내가 물었다.

"당연히 알고 싶지. 도린에서 시도해 볼 수 있을 거야." 제임스가 대답했다.

나는 손가락을 하나씩 꼽아 가며 훈제 과정을 설명하기 시작했다. "먼저 연어의 내장을 발라내. 그런 다음 삼지창처럼 생긴 막대기에 연어를 하나씩 잘 펴서 꽂아. 그걸 훈연실에 걸어 놓으면 되는데, 코위찬 원주민들은 한 번에 서른 마리에서 마흔 마리 정도는 한다더라고. 다음에 할 일은 훈연실 바닥에 오리나무를 넣고 불을 지피는 거야. 하루 24시간 꺼뜨리지 않고 엿새에서 이레 정도 지펴야 해."

"그게 다야? 일주일 동안 하루 24시간 내내 불을 지피기만 하면 되네?" 제임스가 말했다.

"도린에서 해보자." 내가 다시 한 번 말했다. 하지만 이번엔 자신감이 좀 줄어들었다.

"곰이 좋아하겠네."

제임스는 요새 평소답지 않았다. 내 감정이 전염된 것 같았다. 그런데 그사이 나는 이미 세상을 다른 시각으로 보고 있었다. 예를 들어 엄마의 새집에 대한 내 태도가 바뀌었다. 엄마는 호수가 내려다보이는 집에서 살고 싶다는 이상을 실현했다. 그 작은 시골집은 지붕 수리가 필요해 방수포를 덮어 두는 등 아직은 뒤죽박죽 어수선했다.

하지만 거실 창 너머로 코위찬 강이 훤히 보이고 위쪽 호수에서 흘러내려오는 물줄기가 유리처럼 반짝거렸다. 반대편 물가에서 피어난 안개는 숲으로 뒤덮인 언덕과 입맞춤했다. 수달 가족이 강둑에서 한가롭게 노닐고, 비오리, 홍머리오리, 아메리카원앙들이 그 옆을 두둥실 떠다녔다.

그런데 엄마는 즐거워 보이지 않았다. 막판까지 망설이다 내린 결정이었던 모양이다. 나는 코위찬이 '햇볕을 받아 따뜻해진'이란 의미를 담고 있는 만큼 여름 햇빛이 풍경을 아름답게 비출 때쯤이면 엄마도 그곳을 사랑하게 되기를 바랐다. 머지않아 엄마가 새집을 마음에 들어하기를 기도했고, 제임스가 차갑게 거리를 두는 이유에 대해서도 알게 되기를 소망했다.

도린에서 한 달을 지낼 때부터 나는 아름다운 스키나 강이 관통하는 광활한 지역의 역사를 읽고 있었다. 아직도 스키나 강변에 살고 있는 키첼라스 원주민과 기트산 원주민들에 따르면, 아마도 수천 년 전쯤에 스키나 강은 디므라하미드라고 불린 도시의 발상지였을 거라고 한다. 도시가 얼마나 넓은지 까마귀 한 마리가 그 위를 날려면 하루가 족히 걸렸다고 한다. 수세기 동안 사람들은 이 풍요로운 환경에서 번영을 이뤘다. 하지만 언제부턴가 연어가 돌아오지 않았고 숲속의 야생동물들마저 모두 사라져 버렸다. 디므라하미드에 살던 사람들도 뿔뿔이 흩어졌다.

"현명한 사람들은 대재앙으로부터 분명한 깨달음을 얻는다. 그들은 잘못 살아온 시대에 종지부를 찍고 더 나은 삶을 시작하려고 한다." 그 이야기를 쓴 기트산 원주민이 남긴 말이다.

나는 지금까지 내 삶의 풍요로움을 제대로 인식하지 못하고 잘못 살아왔다. 그러나 다행히 뒤늦게 얻은 교훈을 유용하게 써먹을 시간이 남아 있다. 그래야만 했다.

나는 수프를 만들어 제임스를 놀라게 하고 싶었다.

물론 말이 쉽지 막상 실천하려면 어렵다. 우리 지역에서 나지 않는 재료를 고집하는 요리책은 나에게 아무 쓸모가 없었다. 내가 기 댈 수 있는 건 수프를 만들던 제임스의 모습과 예전에 맛보았던 간단한 일본식 수프에 대한 희미한 기억이 전부였다. 나는 그 기억을 더듬으며 혼자 중얼거렸다.

어디서부터 시작하면 좋을지는 알고 있었다. 냉동실에서 백연어 꼬리 부분을 꺼냈다. 블랙하트호 선장 스티브 요한슨에게 배운 대로 얼음 덩어리들 사이에 연어를 냉동시켰더니 보존 상태가 완벽했다. 이제 우리는 그동안 무시했던 연어 꼬리 부분이 가장 맛있다는 사실도 안다. 다음으로는 냉장고와 찬장을 샅샅이 뒤졌다. 백연어 외에 나머지 재료는 계절에 따라 다를 수 있다. 결국 마땅한 재료가 많지 않다는 얘기다.

발코니로 옮겨 놓은 덕분에 양파가 그나마 빨리 변질되지 않는 것 같았다. 나는 그중에서도 크고 단단한 것으로 하나 골랐다. 재킷을 걸어 두는 옷장에서 말린 고추도 꺼냈다. 냉장고에서 내 눈길을 사로잡은 재료는 커다란 셀러리액(셀러리의 변종으로 셀러리와 비슷하나 뿌리가 무처럼 굵다—옮긴이) 뿌리였다. 부드러운 줄기와 이파리는 제임스가 얼마 전에 날것으로 내놓아 다 먹은 뒤라 뿌리만 남아 있었다. 문어처럼 생긴 셀러리액 뿌리는 아무리 공들여 씻어도 완전히 깨끗해지진 않는다. 전혀 예쁘지도 않은데 이상하게 마음이 끌렸다. 타원형에 오돌토돌하게 뿌리가 나 있는 생김새가 마치 사람의 심장 같았다. 지저분하고 허여멀건 심장.

국물을 걸쭉하게 만들 재료가 필요했던 나는 다시마를 사러 식료품점에 갔다. 일식집에서 다시마를 처음 접했던 터라 당연히 다

271

시마는 오후가 되면 후지 산의 그림자가 드리워지는 일본 바닷가에서만 자랄 거라고 생각했다. 그런데 실상 다시마 속은 온대지방이나 극지방이라면 세계 어디서든지 쉽게 구할 수 있다. 일본에서 나는 참다시마가 정통 다시마이긴 하지만, 우리 지역에서도 세트쳴리라는 다시마가 생산된다. 지구상에서 가장 풍요로운 해조류 생태계를 자랑하는, 뱀필드 시내와 인접한 밴쿠버 섬 연안의 심해에서 주로 수확한다. 우리의 100마일 반경 테두리와 가까운 곳이다. 다시마 수확은 아주 우아하게 이루어지는데, 해저에서 뿌리째 뽑지 않고 잔디처럼 베어낸다.

식료품점에서 나는 여느 때처럼 에콰도르산 유기농 바나나에서 프랑스산 바다소금, 멕시코산 아보카도에 이르는 음식들에 강한 유혹을 느꼈지만, 마음을 단단히 다잡고 견뎌냈다. 자발적인 의지 때문이 아니었다. 100마일 다이어트가 화제를 모으면서 내 사진이 여러 신문과 텔레비전 화면에 등장했기 때문에 어쩔 수가 없었다. 나는 심지어 지역 농장주, 사업자, 식도락가들이 모인 자리에서 강연을 하기도 했다. 그러니 계산대에서 군침 도는 덴맨 아일랜드 다크 초콜릿을 보고도 1초 정도만 멈칫했을 뿐이다. 성인들도 신께서 지켜보고 계심을 알기에 행동을 조심하는 것이 아닐까 의심해 본다.

집에 돌아온 나는 우산을 털어 차가운 빗물을 떨어뜨린 뒤 말리기 위해 현관문 손잡이에 걸어 두었다. 그러고는 곧장 주방으로 가 작업을 시작했다. 숟가락으로 버터 한 덩어리를 대충 떠서 냄비에 담고 가스불에 올린 뒤 양파를 손질했다. 내가 양파 껍질을 벗길 시간이면 제임스는 벌써 양파를 노릇노릇하게 익히고도 남았을 것이다. 하지만 나는 버터가 타지 않도록 냄비를 가스불에서 내려놓았다. 양파가 잘 썰리지 않고 자꾸 미끄러지는 바람에 하나씩 깍둑썰기를 해야 했기 때문이다. 제임스는 어떻게 이런 일을 매일같이 했을까?

고추 빻는 일은 훨씬 수월했다. 제임스의 아버지가 선물한 나무 절구통과 공이로 순식간에 끝낼 수 있었다. 떠돌기를 좋아하던 제임스의 아버지는 결국 멀리 칠레에 정착하셨다. 나는 불그스름한 고춧가루를 양파와 섞은 뒤 연기가 주방 가득 차서 눈이 매워질 때까지 버터에 달달 볶았다. 마지막으로 냄비에 물을 절반쯤 부었다. 처음에 기름과 물이 만나면서 요란한 소리와 함께 연기가 치솟는 모습이 재미있었다. 옆에서 여러 번 보긴 했지만, 내 손으로 직접 경험하는 건 이번이 처음이었다. 어쨌거나 이런 식의 요리 공연엔 특별한 뭔가가 있었다.

물이 끓기 시작하자 불을 약하게 줄이고 백연어 꼬리와 커다란 다시마 한 장을 넣었다. 그런 다음 셀러리액 뿌리의 껍질을 벗겼는데, 생각보다 너무 쉬워서 깜짝 놀랐다. 네모지게 썰어 냄비에 넣자, 집 안에 금세 좋은 냄새가 진동했다.

그렇게 30분 동안 푹 끓인 뒤 백연어 덩어리를 건져 냈다. 껍질이 쉽게 벗겨졌고, 살코기와 가시도 저절로 분리가 됐다. 나는 살코기를 조각내서 다시 냄비에 넣었다. 그러자 비로소 수프처럼 보였다. 정말 그랬다. 연갈색에 적당히 걸쭉하고, 포크로 셀러리액 뿌리와 연어를 찔러 보면 말랑말랑한 데다, 국물이 부드럽게 배어 윤기가 자르르 흘렀다. 수프가 팔팔 끓자 가장 약한 불로 줄여 뭉근하게 좀 더 익혔다. 그리고 식탁엔 화이트와인 두 잔을 준비했다.

제임스가 현관에 들어온 모습이 짧은 복도를 따라 주방에서 보였다.

나는 별일 아니라는 듯이 말했다. "내가 저녁 준비했어."

어지간한 일로는 쉽게 동요하지 않는 제임스가 가까스로 당혹감을 감추며 물었다.

"뭘 만들고 있는 거야?"

"다 됐으니까 이리 와서 앉아." 내가 말했다.

이 낯선 광경을 이해할 시간이 필요했는지 제임스는 평소보다 천천히 움직이는 것 같았다. 도망칠 곳이 필요한 사람처럼 방문을 열어 둔 채 한동안 서 있었다. 다행히 도망치지 않고 복도를 따라 주방으로 와서는 엉덩이를 토닥이며 내 눈을 지그시 바라보았다. 그러고는 가스레인지에서 가장 멀리 떨어진 의자에 앉았다. 제임스가 그 자리에 앉는 건 처음 있는 일이었다. 나는 김이 솔솔 피어오르는 그릇을 제임스 앞에 내려놓고 맞은편에 앉았다. 숟가락으로 국물을 떠서 입으로 호호 부는 그의 모습을 가만히 지켜보았다. 제임스가 드디어 미소를 지었다. 하지만 내가 만든 저녁 식사의 첫 숟가락은 아직도 그의 입 앞에서 대기 중이었다.

"살면서 당신이 만든 수프를 맛볼 수 있으리라곤 생각 못 했는데 말이야."

"그래, 맛이 어때?" 내가 물었다.

제임스는 숟가락을 입에 넣고 눈을 감았다. 잠깐이지만 잠든 아이의 모습 같았다.

"맛있어." 제임스가 파란 눈을 크게 뜨고 놀라워하며 말했다. "정말 맛있는 백연어 수프인걸!"

"그렇게 말 안 했으면 다시는 내가 만든 백연어 요리를 못 먹었을 거야."

초심자에게 따르는 행운일 수도 있지만, 그게 다는 아니었다. 하나씩 순서대로 하면 시간상으로 전혀 문제가 없을 것 같은 네 가지 과정을 거치는데도, 제임스와 달리 나에게는 주방일이 전혀 수월하지 않았다. 양쪽 팔꿈치를 찧고 손가락을 데었다. 아주 간단한 수프에 불과했지만, 나는 아주 많은 노력과 정성을 쏟아 부었다. 이 저녁은 내가 혼자 살 때 해 먹던 음식들과는 달랐다. 이날 내가 만든 수프엔 제임스가 그동안 매일같이 만들어 준 음식들의 풍미가 담겨 있었다.

밖에는 또다시 눈이 내렸다. 물기를 머금은 커다란 눈송이가 주방 창문에 들러붙었다. 크리스마스가 다가오고 있었지만 이 식사만큼은 잊지 못할 것이다. 우리 두 사람만 공유할 수 있는 자욱한 수증기가 주위를 감쌌다.

100마일 샹그리아 블랑카

재료 : INGREDIENTS

화이트 와인 1병

하이부시 크랜베리 1컵 반

냉동 블루베리 3컵

발효사과술 2컵

만드는 방법: How To Make

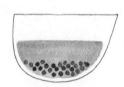

① 넓고 우묵한 그릇에 크랜베리와 블루베리를 담고 와인을 붓는다.

② 뚜껑을 덮거나 밀봉해서 차가운 곳에서 하루 동안 숙성시킨다.

③ 구멍이 뚫린 국자로 열매들을 걷져 내되, 장식용으로 약간만 남겨 둔다.

④ 여기에 발효사과술을 붓는다. 식탁에 내기 직전에 부어야 거품이 유지된다.

⑤ 샹그리아를 잔에 따른 뒤 냉동 블루베리를 장식으로 얹는다.

1월… 평안

우리는 나이가 들면서 변하는 게 아니다.
좀 더 자기다워지는 것이다.

– 린 홀

12월 31일 송년 파티는 선택의 여지가 없었다. 솔직히 여러 연말 파티에 참석하면서 카나페 한두 개쯤은 몰래 먹은 게 사실이다. 나는 비난의 눈초리를 느끼고 이 사람 저 사람에게 눈감아 달라고 부탁하며 인터넷에 올려서도 절대 안 된다고 당부했다. 하지만 고급 쿠키를 사양하지 못했다고 해서 밤새 프랑스, 스페인, 캘리포니아 산 샴페인을 마시고 각종 열대과일이 즐비하게 나오는 호화찬란한 신년맞이 쇼에 완전히 굴복한 건 절대 아니다. 앨리사와 나에겐 로컬 푸드 먹기를 시도했던 올해를 떠나 보낼 색다른 방법이 필요했다. 12월의 마지막 날, 우리는 집에 있기로 했다. 좋은 땅에서 난 좋은 먹거리를 먹으며 죄를 짓지 않기로 했다.

그나저나 나는 감기에 걸렸다.

절대 요란할 것 같지 않은 우리의 저녁 식사에 왠지 루벤과 올리브를 끌어들일 수 있을 것 같았다. 그들이 얼마 전에 피로기(동유럽 사람들이 밀가루와 고기, 야채를 이용해 만들어 먹는 만두의 영어식 표현-옮긴이) 파티 이론이라는 걸 만들었기 때문이다. 11월에 루벤과 올리브는 '피로기 대왕'이라고 자부하는 폴란드계 친구가 마련한 모임에서 산더미처럼 쌓인 만두피에 소를 채우는 일을 했다. 그날 피로기 대왕은 한 단계가 끝날 때마다 폴란드 민요를 불러 흥을 돋우고 보드카를 한 잔씩 돌렸다. 피로기가 완성되려면 많은 단계를 거쳐야 해서 동틀 무렵까지 만찬이 이어졌다. 만찬 동안 웃음이 끊이지 않았고 서로 더 가까워졌으며, 일부는 구역질을 하기도 했다고 한다.

다음 날 루벤은 '친구들과 함께 음식을 만들며 보내는 밤이 블록버스터 영화를 보는 것보다 훨씬 더 소중한 경험'이라는 자기 나름의 가설을 발표했다. 그리고 그 가설을 증명하기 위해 12월 초에 루벤의 생일을 맞아 올리브가 피로기 만들기 깜짝 파티를 열었다.

나는 집에서 만든 사우어크라우트와 프레이저 강 유역에서 재배한 버섯을 만두소 재료로 챙기고, 지역에서 생산한 와인 한 병을 든 채 미심쩍은 마음으로 파티에 갔다. 공동체 의식 같은 건 쉽게 생기지 않았다. 참석자 대부분이 산업 디자이너들이었고, 그날밤 적지 않은 시간을 헝키 빌 피로기 메이커를 신랄하게 비판하는데 할애했기 때문이다. 노동 시간을 단축시키기 위해 만든 도구들이 대개 그렇듯이, 밴쿠버에서 처음 발명된 그 피로기 메이커는 오히려 우리의 작업을 더디게 만들었다.

결국 우리는 암묵적 동의하에 '그 도구'를 치워 버리고 일일이 손으로 만두를 빚었다. 방 안 가득한 사람들은 저마다의 개성을 맘껏 드러냈다. 30분도 채 안 되어 퀘벡 출신 두 사람이 프랑스어로 술자리에 어울리는 노래를 부르기 시작했고, 이내 너나 할 것 없이 머리부터 발끝까지 밀가루를 뒤집어썼다. 특별히 기억에 남을 만한 이야기는 없었지만, 그래도 무척 즐거웠다.

피로기 파티 이론은 타당성이 있는 것 같았다. 따라서 루벤과 올리브가 불꽃놀이, 스트립쇼, 쿠바 담배를 즐길 수 있는 현란한 파티에 가려고 우리의 100마일 저녁 식사를 포기할 리는 없었다.

나는 파스타를 만들기로 결정했다. 밀가루 음식에 굶주렸던 앨리사와 내가 지금껏 시도해 보지 못한 메뉴였다. 마침 앨리사가 중고품 가게에서 25달러를 주고 구입한 이탈리아산 수동 파스타 메이커(분리되는 칼날을 이용해 여러 가지 모양의 국수와 파스타를 뽑을 수 있는 도구─옮긴이)가 있었다. 쓸모가 있을 것 같았다. 파스타를 직접 만들어 보는 건 처음이었다. 하지만 사우어크라우트, 피클, 크래커, 젤리 등 다른 많은 요리들도 모두 올해 처음 시도한 것들이다. 물론 12월 31일에 집에서 시간을 보내는 것도 처음이었다.

"아, 몸이 너무 안 좋아." 내가 말했다.

앨리사가 유리잔에 발효주를 따라 주었다. 그 모습이 사랑스러우면서도 안쓰러웠다. 어린 시절 이후 처음으로 샴페인 축배도 못 들고 맹숭맹숭하게 새해를 맞이하게 되었으니 말이다. 앨리사가 100마일 이내에 있는 포도주 양조장에 일일이 전화해 보니 샴페인 만드는 곳이 몇 군데 있었다.

그런데 우리가 너무 늦게 연락한 바람에 한 병도 남아 있지 않왔다.

"나 샴페인 정말 좋아하는데……." 앨리사가 말했다.

앨리사는 빨래하는 날처럼 아주 사소한 날에도 샴페인 한두 잔으로 축배 들기를 좋아한다. 그런데 올해는 와인과 사과술로만 축배를 드는 안타까운 현실을 받아들여야 했다.

나는 한 해 동안 겪은 많은 난관들에 화풀이한다는 생각으로 밀가루 반죽을 치댔다. 그사이 앨리사는 블루베리 파이와 씨름했다. 밖에 돌풍이 불어 창문이 흔들렸다. 나는 반죽을 내려놓고 거울을 보며 뜨거운 이마를 만져 보았다. 이제 간단한 토마토 소스를 만들어 볼 참이다. 살면서 매사를 어렵게 생각할 필요는 없다. 앨리사와 나는 첫 번째 파스타 메뉴로 길고 납작한 페투치네(너비가 5~8밀리미터인 이탈리아식 국수─옮긴이)가 가장 안전할 거라 생각했다. 납작한 면이 서로 엉겨 붙을 수도 있지만, 한 해의 마지막 날 밤이니만큼 그 정도의 위험은 감수해야 했다. 종이를 깔고 그 위에 밀가루 반죽을 굴리면서 그런 생각을 했다.

"이제 파스타 제조기로 면을 뽑을 거야." 내가 도전적인 투로 말했다.

"분명히 후회할 텐데. 신중하게 생각해." 앨리사가 대꾸했다.

"그래도 스파게티!" 내가 자신있게 말하며 반죽을 파스타 제조기에 밀어 넣었다.

파스타 제조기에서 면 다발이 술술 풀려 나오자, 앨리사는 한동안 아무 말도 하지 못했다. 우리는 나란히 서서 스파게티 면을 팔 안쪽에 가로로 늘어뜨린 다음, 주방 식탁으로 옮겼다. 나는 반죽을 더 굴려 스파게티 면을 추가로 뽑았다. 오븐이 열렸다 닫히고, 솥이 끓어 넘치고, 시대를 초월한 냄새가 집 안 가득 퍼졌다. 그 와중에 루벤과 올리브가 들이닥쳤다. 양손엔 집에서 만든 100마일 요구르트 치즈 라브나와 우리의 잔을 더 채워 줄 발효주가 들려 있었다. 다 함께 푸짐한 음식이 차려진 식탁 앞에 앉았다.

"스파게티 면을 내 손으로 만들다니! 정말 얼마나 신이 났는지 몰라." 내가 말했다.

우리는 식사를 시작했다. 스파게티는 고소하고 부드러웠다. 그날 한적한 도로에 놓인 쓰레기통마저 쓰러뜨릴 정도로 날씨가 괴팍했는데 위안이 되는 맛이었다. 식탁에서 물러나 소파에 자리를 잡자 친구 두 명이 깜짝 방문했다. 그들은 여러 파티를 돌아다니며 새해 인사를 나누는 중이었다. 우리는 두 사람을 가지 못하게 붙들어 파이를 먹이고 집에서 만든 치즈 크래커와 우리가 먹을 한 달 치의 피클도 기꺼이 대접했다. 와인과 발효주도 자꾸자꾸 따라 줬다.

그러다 보니 자정을 몇 분 앞두고 새해맞이 카운트다운을 할 시간이 되었다. 모두 시계를 바라보았다. 검은 대리석으로 만든 19세기 프랑스산 탁상시계였다. 앨리사가 할아버지께 물려받았다며 고집스럽게 진열해 놓은 것인데, 구두상자 같은 아파트 안에 있으니 한낱 싸구려 수입품처럼 보였다. 어쨌거나 시계가 빛을 발할 시간이었다. 시계는 모두가 인정할 만한 아주 우아한 소리로 자정을 알렸다. 앨리사와 나는 미소를 지으며 살짝 입을 맞췄다.

해가 바뀌자 친구들이 병을 하나 꺼냈다. 스페인산 샴페인이었다. 우리는 이 모든 일을 주관하는 신비로운 힘이 우리가 샴페인을 마시길 바란 것이 틀림없다고 결론을 내렸다.

비. 1월에 내리는 비는 가장 악랄하다. 앙상한 나뭇가지들 사이로 쉼 없이 퍼붓는다. 울창한 상록수조차 흠뻑 젖어서 폭풍이 지나간 한참 뒤까지 적잖은 물방울을 계속 떨어뜨린다. 더구나 진눈깨비에 가까운 차디찬 비다. 그런 비는 귀 뒤와 등골까지 시리게 만든다. 비가 본격적으로 심각하게 내리기 시작한 건 12월 19일이다. 라디오 일기예보에서는 28일 동안 비가 내렸던 1953년의 기록이 조만간 깨질 것인지 몹시 궁금해하기 시작했다. 몬순, 즉 우기라서 그런 것인데, 우리 고유의 표현이 없어 외래어를 쓴다는 것이 부끄럽게 느껴진다.

비는 활동 반경을 좁힌다. 겨우 몇 블록 떨어진 곳조차 너무 멀게 느껴지니, 100마일은 상상할 수 없을 정도로 먼 거리였다. 뭐하러 집 밖에 나가지? 그렇게 따지면 침대를 벗어날 이유가 전혀 없었다. 침대 안에서도 많은 걸 할 수 있었다. 밖에서 들려오는 빗소리가 마음을 달래 주기도 한다.

"좀 어때?"

1월 초 어느 날 아침 앨리사가 물었다. 나는 이불 밖으로 두 발을 내밀었다. 앨리사가 겨울이면 꼭 덮는 압축 담요를 덮고 자면, 아침마다 그런 식으로 열을 식혀야 했다. 앨리사는 몸 상태가 어떤지 묻는 것 같았다.

"당신은 어떤데?" 내가 되물었다.

"내가 먼저 물었잖아."

"당신이 별로 안 좋은 것 같으니까 나한테 물어본 거잖아." 내가 장담하듯 말하자, 앨리사가 미소로 답했다.

"괜찮은 것 같아."

"나도 괜찮은 것 같아."

"아니, 진짜 좋아."

앨리사가 무슨 말을 하고 싶어했는지 난 알고 있었다. 내가 만드는 음식이 점점 소박하고 단순해진다는 걸 나도 느끼고 있었다. 아침엔 앨리사가 집에서 구운 빵 한 조각에 건다시마 가루, 고춧가루를 뿌린 삶은 달걀, 냉동 블루베리를 조금 먹는 게 다였다. 저녁엔 적채, 호두, 사과, 감자를 섞어 만든 샐러드와 굴 세 개, 디저트로 사과 소스를 먹었다. 각 재료의 맛이 강렬해서 요란하게 조리할 필요가 없었다.

더욱 중요한 사실은 음식을 먹으면 모두 피로 가고 뇌로 가는 것 같았다. 거의 허기를 느끼지 않았고, 내가 갈망하는 건 무엇이든 지나칠 정도로 또렷하게 생각났다. 이를테면 그냥 호박이 아니라, 정확히 빨간색 쿠리 호박을 점심으로 먹고 싶어지는 식이다. 나는 희한하게 내 몸이 원하는 것을 전류가 통하듯 정확히 알게 됐다. 굉장하면서도 당혹스러운 느낌이었다.

놀라운 일은 더 있었다. 우리가 지금 먹는 음식은 대부분 몇 달까지는 아니어도 몇 주씩 찬장과 냉장고 아니면 유리병에 저장해둔 것들이었다. 그사이 우리 주변 사람들은 망고와 귤 같은 머나먼 나라의 따뜻한 햇살을 사 먹고 있었다. 괴혈병 이야기를 꺼낸 건 앨리사였다. 괴혈병은 과거 오랫동안 먼 바다를 항해하던 유럽 선원들이 비타민 C가 부족해서 걸렸지만 지금은 거의 사라진 병이다.

나는 미국 워싱턴 소재 미국과학한림원이 개발한 하루 영양섭취 기준에 나와 있는 '엄선된 비타민 C 공급 식품' 목록을 근거로 앨리사의 말에 반박했다. 그 목록엔 토마토, 토마토 주스, 방울양배추, 콜리플라워, 딸기, 양배추, 시금치 등이 있었다. 감자도 포함되어 있었다. 목록에 제시된 식품 중 우리가 자주 먹지 못하는 건 딱 두 가지, 감귤류와 브로콜리뿐이었다.

나는 비타민 C보다는 오히려 단백질 부족을 염려했다. 달걀과 유제품은 있었다. 호두와 밤 몇 알, 그리고 헤이즐넛도 먹었다. 실험정신이 강한 지역 농장에서 수집한 잠두와 풋콩, 검정콩, 얼룩덜룩한 강낭콩도 먹을 수 있었다. 조개류는 추운 계절에 먹을수록 청량한 바닷바람 맛이 난다. 당근과 비트가 서리를 맞고 나면 단맛이 더 강해지는 것과 비슷한 원리다. 겨울 생선은 기름기가 더 풍부해진다.

불행히도 과도한 어획 탓에 물고기의 씨가 말라 버린 세일리시 해의 사정은 여전했다. 정어리가 마지막이었다. 나는 정어리가 태평양에서 나는 건지도 몰랐다. 정어리는 틀림없이 신선, 아니, 가장 신선해야 했다. 정어리 꼬리 부분을 한 손으로 잡고 대가리가 12시 방향을 향하도록 똑바로 세워 보면 신선한지 아닌지 알 수 있다. 만약 6시 방향으로 털썩 기울어지면 그 정어리는 포기해야 한다. 3시 방향보다 더 기울어지면 신선도가 떨어졌다는 의미다. 어찌 됐든 생선가게에서는 이미 한 달 전부터 정어리를 구할 수 없었다.

우리는 잘 견뎌 내고 있었다. 100마일 다이어트 실험에 깊이 빠져들면서, 100마일 규칙이 엄연히 허용하는 몇 번의 식당 방문조차 하지 않았다. 슈퍼마켓에 가는 일도 뜸해졌다. 행여 가더라도 향수를 불러일으킬 정도로 구입하는 품목이 단순했다. 예를 들면 우유 한 병에 버터 1파운드, 치즈 한 덩어리가 고작이었다. 식료품점에서 쓰는 돈은 그릇에 모아 둔 동전만으로도 충분했다.

바깥은 한겨울이었지만 냉장고 안은 아직도 한여름이었다. 우리는 거기서 몇 개월 전에 저장해 둔 완두콩과 풋콩, 붉은 까치밥나무 열매, 참새우 등을 캐낼 수 있었다. 더는 우리가 먹는 음식이 '다르다'고 느껴지지 않았다. 이제 그것이 새로운 표준으로 자리 잡았다. 적어도 하얀 벽으로 둘러싸인 우리 아파트 안에서 볼 때는 그랬다.

그 후 음식 평론가들과 함께 식사하자는 전화를 받았다.

레인시티 그릴은 북서부 태평양 연안에 자리 잡은 최고급 레스토랑으로, 지난 20년간 이 지역에 생겨난 여러 음식점들 가운데 색깔이 가장 뚜렷한 곳 중 하나다. 신선한 지역 농산물을 사용해 음식을 만들려는 주방장들이 늘고 있었는데, 이 레스토랑의 여자 주방장인 안드레아 칼슨도 그런 사람 중 한 명이었다. 하지만 아직까지 로컬푸드만을 이용해 요리를 해본 적은 없었다. 그런 그녀가 100마일 식식 메뉴를 개발하고 있었다. 그러니 한두 번 시험 삼아 방문해 저녁 식사를 하지 않겠느냐고 우리에게 제안한 것이다.

우리는 버스를 타고 시내에서 가장 아름다운 잉글리시 베이로 갔다. 1월 중순 잉글리시 베이에서 보는 일몰은 짙은 잿빛 하늘이 깜깜하게 바뀌는 현상에 지나지 않았다. 여러 행성들이 서로 부딪치지 않고 정렬되어 있는 것처럼 어떤 놀라운 힘이 작용하는지는 몰라도, 이 지역에선 따분한 부유층을 만나기가 쉽지 않다. 잉글리시 베이는 이류 러시아 조폭과 밀월여행 중인 게이들, 주변 환경이 너무 급속도로 바뀐다고 불평하지만 막상 버킹엄 궁전에 가서 살라고 하면 꼼짝도 안 할 노년의 부부들을 만날 수 있는 장소로 남아 있다. 레인시티 그릴의 지붕 밑에 들어서면 이런 다양성이 다소 약해지지만, 그렇게 큰 차이는 아니다. 한 번 식사하려면 일주일 동안 번 돈을 몽땅 쏟아부어야 하는 식당들도 많은데, 레인시티 그릴은 하루치 급료 정도면 이용할 수 있고, 촛불로 한기와 습기를 달랠 수도 있는 곳이다.

음식 평론가들이 먼저 와서 기다리고 있었다. 모두들 긴 식탁 위를 두리번거렸다. 콕 집어 말하면 그들은 다음과 같은 전채 요리가 나오길 기다리고 있었다. 브리티시컬럼비아 주 레돈다 섬에서 채취한 굴로 만든 판나코타(생크림, 설탕 등을 넣어 부드럽고 달콤하게 만들어 먹는 이탈리아식 푸딩—옮긴이)와 던지니스 크랩 다리, 에파조테와 함께 절인 애거시즈 코호 연어알 말이다. 에파조테는 예전에 구충약으로 알려졌던 약초다.

"우리가 늘 먹는 음식과 똑같네요." 평소에도 이런 음식을 먹으냐는 빤한 질문에 나는 이렇게 대답했다.

나머지 다섯 개의 코스 메뉴를 훑어보고 나서는 앞으로 절대 집에서 '산양유로 만든 치즈'는 취급하지 않겠다고 결심했다. 이제부터 그것의 이름은 '셰브르'다.

우리가 그날 저녁 메인 요리로 나온 코르테스 섬 홍합 요리와 애거시즈 밤으로 만든 뇨키소테를 잠시 감상하는 동안, 음식 평론가들은 몸을 숙인 채 신경을 곤두세우고 음식을 살폈다. 마치 쥐들이 내는 소리에 귀 기울이는 올빼미 같았다. 그 식사는 피로기 파티와는 전혀 딴판이었다. 음식이 있어도 누구 하나 즐기는 사람이 없었다. 모두 평가하려고만 들었다. 그것이 음식을 대하는 현대적인 방식이었다. 음식을 완벽한 계획을 거쳐 접시에 올라온 하나의 기적으로 여겼다.

반면 안드레아 칼슨은 다분히 인간적이었다. 수줍음이 많은 그녀는 나중에 우리와 만날 때도 와인 잔에 얼굴을 슬쩍 가리고 있었다. 그럼에도 불구하고 예술가로서의 입지를 충분히 지킬 수 있었다. 뿐만 아니라 그 자리에 모인 사람들 중 유일하게 한 쌍의 거대한 칼로 무장한 실력자였다.

어느새 앨리사와 나는 피하고 싶었던 양고기 목살 찜과 히슬롭 꽃사과, 구운 돼지감자를 맛보게 되었다. 머리부터 발끝까지 전형적인 소믈리에 모습을 한 남자가 식탁 앞에 섰다. 그는 자신이 따르려는 레드 테이블 와인이 솔트 스프링 섬에서 생산됐지만, 포도의 원산지는 200마일 가까이 떨어진 오카나간 밸리라고 설명했다.

"양고기와 조화를 이룰 만큼 맛이 강렬한 로컬 레드와인을 구할 수가 없었습니다."

느닷없지만 중요한 의문 하나가 들었다. 100마일 다이어트를 비롯해 다른 모든 운동들은 왜 저항의 궤도에서 벗어나지 못하는 걸까? 그건 정말 쉽게 풀리지 않는 의문이다.

'빡빡하게 굴 것 뭐 있어?"

식탁에 좋은 와인이 한 병 있다. 그런데 굳이 일을 복잡하게 만들 필요가 있을까?

앨리사와 나는 이제 그 질문에 한마디로 간단히 답할 수가 없다. 북아메리카 사람들이 즐겨 먹는 음식이 농장에서 식탁까지 오려면 최소 1,500마일을 이동해야 한다는 끔찍한 통계조차도 알고 보니, 아주 심오한 문제로 진입하는 관문에 불과했다.

영국에서 로컬푸드 운동이 전개되는 모습을 보고 뉴질랜드 링컨 대학의 농기업경제연구소는 영국 시장에서 판매되는 사과와 양파, 유제품, 양고기를 영국에서 직접 생산할 때와 1만 1,000마일 떨어진 뉴질랜드에서 생산해 운반해 올 때 각각 소모되는 에너지를 비교 연구했다. 그 결과, 영국에서 직접 생산하는 것보다 뉴질랜드로부터 수입하는 것이 더 효율적이라는 결론이 나왔다. 영국의 산업형 농장들이 소비하는 에너지가 엄청났기 때문이다. 직접적으로 언급되지는 않았지만, 이 같은 연구 결과는 영국 농업의 효율성을 높여야 한다는 주장으로 이어질 수도 있다. 2005년 에섹스 대학과 런던 시티 대학의 연구진은 영국 농업이 환경에 미치는 영향을 비용으로 환산하면 무려 15억 1,000파운드에 이른다고 추산했다. 연구진은 철저한 유기농 방식으로 전환할 경우 비용을 75퍼센트 절감할 수 있다고 했다.

긴 식탁에 둘러앉은 음식 평론가들은 그사이 아무 말도 하지 않고 있었다. 앨리사와 나는 레드와인을 기꺼이 받아들이려는 의도에서 조용히 나름의 지지 의사를 표시했다.

그때 누군가 큰 소리로 말하기 시작했다.

"그렇다면 100마일 메뉴 중에 100마일을 벗어난 음식이 하나 있는 거네요?"

홍조를 띤 홍보 담당자가 고상하게 헛기침을 몇 번 하고는 프레이저 강 유역에서 나는 포도의 품질이 어떻다느니 하는 말로 대답을 대신했다.

나는 100마일 다이어트 실험이 많은 것을 다시 생각해 보는 발판이 되길 바랐다. 기후 변화에 대한 걱정에서부터 모든 세대가 식용 버섯을 가려내는 방법을 배우지 못한 것에 대한 좌절감까지 생각할 거리들이 많았다. 하지만 식탁에 둘러앉은 사람들을 보니, 다소 현실성 떨어지는 생각을 하고 있었다. 그러니까 이 실험을 일종의 모험 정도로 여기는 것 같았다. 세계사적 흐름에서 보면 우리는 '현재 지구의 상태가 좋지 않다'는 소식이 '더는 가볼 곳이 없다'거나 '새로 탐구할 것이 없다'는 이야기만큼이나 진부하고 싫증 나는 시점에 살고 있다.

하지만 두 이야기를 나란히 놓고 보면 숨겨져 있던 진실이 드러난다. 새로 시도할 일은 당연히 전혀 부족하지 않을 만큼 많다. 우리는 미래를 살아갈 새로운 방법을 찾아야 하며, 그것은 언제든 시작할 수 있는 것이다. 그 자리에서 당장 그렇게 살 수도 있다. 음식 평론가들이 로컬푸드로 차린 이날의 저녁 식사를 단지 '거리'의 문제로 단순화하려 한 것은 아니다. 그렇다고 그 식사가 지닌 약점과 도전, 예상치 못했던 요소까지 모두 알고 싶어한 것도 아니었다. 그저 현실과 가능성이 만나는 지점을 확인해 보고 싶었던 듯하다.

"아무래도 두 분은 저 와인을 마시러 이 집에 또 올 것 같군요." 음식 평론가 한 명이 말했다.

"100마일 이내에서 생산되지 않은 와인을 100마일 메뉴에 넣으면 안 되죠." 또 다른 음식 평론가가 다분히 이성적으로 말했다.

문제가 된 와인과 함께 차려진 양고기 요리는 다수의 요구에 따라 100마일 메뉴에서 삭제됐다.

냉장고에 소고기, 그러니까 죽은 소의 살코기가 있었다. 앨리사가 뭐라 설명할 수 없는 충동에 이끌려 국물용 소고기와 소고기 간 것을 사뒀는데, 나는 몇 주가 지나서야 그걸 알아차렸다. 앨리사는 본능에 이끌렸던 것이다. 아마도 그녀의 몸이 고기를 먹어야 할 때라고 느꼈던 것 같다.

나는 소고기 한 덩어리를 조리대 위에 올려놓았다. 18년 만에 처음으로 붉은 고기로 음식을 만들려는 참이다. 하지만 특별히 무섭다는 느낌은 들지 않았다. 근 20년 가까이 이럴 수 있으리라곤 생각하지 못했지만, 마침내 오늘 그날이 왔다.

각종 질병과 제품 리콜 사태로 이 사회의 먹거리에 대한 근심이 더욱 깊어지는 동안, 앨리사와 나는 정반대 방향으로 가고 있었다. 우리는 음식 산업이 만들어 놓은 철창에서 아주 효과적으로 벗어나 얼굴을 마주 보며 어떤 기준으로 재배했는지 물어볼 수 있는 믿음직한 생산자로부터 먹거리를 조달했다. 각종 질병은 언제든 발생할 가능성이 있지만 규모가 작은 농장에서는 차단도 쉽고 추적하기도 수월하다. 우리가 먹는 음식에 대한 신뢰도는 그 어느 때보다

높았다. 사실은 먹거리 체계에 대한 믿음을 되찾기 시작하면서 그 동안 얼마나 신뢰가 무너져 있었는지도 비로소 깨달았다.

이제 어떤 경우에도 더는 내가 채식주의자라고 말할 수 없었다. 몇 달째 해산물과 유제품을 실컷 먹었다. 역사적으로 북태평양의 자연환경에 기대 살아온 사람들은 생태학적 필요에 의해 많은 동물을 잡아먹었다. 100마일 다이어트를 통해 앨리사와 나도 그런 상황에 몰렸다.

나는 소의 살코기에 애도를 표했지만, 이 붉은 살코기가 원래는 마늘 한 쪽이나 덩굴제비콩이었다고 상상하면 괜찮을 것 같았다. 전에 마늘종이 빗물을 머금었다가 나선형 분수처럼 뿌리를 향해 흘려보내는 모습을 본 적이 있다. 가을에 콩깍지가 단단히 아물어서 말 그대로 콩이 불룩 튀어나온 모습도 보았다. 우린 그렇게 살아 있는 것들로부터 경이로움을 느끼는 법을 배웠다.

버터를 약간 넣고 달군 프라이팬에 차가운 고기를 올리자 기름과 수분이 만나 치직 소리를 냈다. 고기가 익으면서 흘러나온 기름은 얇게 썬 양파를 살짝 볶을 수 있는 정도로만 남겨 놓고 모두 따라냈다. 막자로 로즈마리를 빻은 다음 손으로 한 줌 집어넣었다. 은은하게 퍼지는 향기가 마치 나를 그 옛날 불을 처음 발견했던 시대로 데려다 놓은 것 같았다.

그렇게 나는 오늘 밤 고기를 먹을 참이었다. 달라진 건 별로 없었다. 안으로 파고드는 100마일 실험에서 벗어나 더 넓은 세상으로 나가면, 농장의 가축들은 여전히 눈뜨고 보기 힘들 만큼 고통스러운 삶을 살고 있었다. 그래도 우리는 그렇게 생산한 고기를 포크로 찍어 먹으며 배를 불린다. 나도 얼마든지 그럴 수 있었다.

하지만 내가 먹으려는 고기는 '생물역학'의 원리에 따라 키운 소의 살이었다. '생물역학'이란 1924년에 오스트리아의 철학자 루돌프 슈타이너가 자연법칙과 조화를 이루며 운영하는 농장을 상상하며 처음 제안한 개념이다.

내가 먹으려는 소는 인공수정이 아닌 실제 교미에 의해 잉태되었으며, 출생 후 다른 송아지들과 어울려 자랐다. 어미의 보살핌을 받으며 풀을 뜯고, 겨울엔 유기농 건초를 먹었다. 쇠뿔이 잘리는 일도 없었다. 다 자라서는 자유롭게 돌아다니거나 타고난 습성에 맞게 쉴 곳을 정하고, 분뇨는 농장이 돌아가게 하는 밑거름으로 활용됐다. 사는 동안 한 번도 전기 충격을 겪지 않았고, 다음과 같은 원칙에 따라 도축되었다.

"육류를 가공할 때는 영혼을 가진 생물의 희생이 전제된다는 사실을 반드시 기억해야 한다."

지난 몇 달 사이에 나는 닭들을 심장 박동이 느려질 때까지 꼭 안고 있다가 재빠르게 도계를 끝내는 농장 주인을 만났다. 또 양들이 잠들어 있을 때 도축하고 그 전에 세이지를 태운 연기로 양들의 영혼을 달래는 남자 이야기를 들은 적도 있다. 솔트 스프링 섬에 있는 버고인 밸리에서 전직이 물리학자인 조지 런드리라는 60대 농부와 시간을 보내기도 했다. 그는 토양에 부담을 주지 않기 위해 1년에 디젤 연료 단 75리터만으로 트랙터를 움직이고 나머지 일은 모두 수작업으로 했다. 런드리 말로는 이웃에 사는 농부는 아예 땅을 갈지도 않는다고 했다. 즉 씨를 뿌리고 나는 대로 거둬들인다는 것이다. 어쩌면 이들이 너무 별나 보이거나 근거도 없는 신념에 충실하다고 할 수 있을 것이다. 한편으로는 냉혹한 단절과 일상적 폭력으로 얼룩진 현대 생활이 불러온 정신적 충격에 대한 반동이 아닐까 하는 생각도 든다. 그런 점에선 1년 동안 로컬푸드를 먹기로 결정한 우리와도 별반 다르지 않았다.

밴쿠버를 둘러싼 들판에 자주 머물면서 앨리사와 나는 도시가 끊임없이 확장되는 모습을 목격했다. 그런 변화를 지켜볼 때마다 우리는 순수함을 잃어버릴 때처럼 슬펐다. 그런데 지금은 그 변화가 돌이킬 수 없는 극단적 광기처럼 느껴진다.

미국 농무부와 농지신탁에 따르면 1990년대 들어 미국의 농지가 1분마다 2에이커(2,448평)가 넘게 개발 목적으로 사라졌다고 한다. 캐나다에서는 내륙의 5퍼센트만이 농업 '가능한' 토지로 분류되며, 30년 전에 비해 도시로 바뀐 농지가 50퍼센트나 증가했다. 이같은 농지 변환conversion은 원리주의자들의 행동방식으로, 우리가 더 이상 시간과 장소에 구애받지 않고 살아도 되는 것처럼 규정해버린다. 100마일 다이어트의 관점으로 보면, 아무리 세계적인 슈퍼마켓이라도 춥고 습한 계절에는 아무것도 제공할 수 없다. 반면 런드리는 몇 에이커 안 되는 작은 밭에 무려 21가지의 유기농 겨울 작물을 재배했다.

우리는 팬케이크 시럽이 그리웠다. 그레이 백룬드라는 산림 감독관은 이 지역에서 나는 큰잎단풍나무 수액으로도 시럽을 만들 수 있으며, 실제로 만들기도 한다고 알려줬다. 19세기에는 누구나 다 아는 사실이었지만, 지금은 아는 사람이 거의 없는 귀한 정보였다.

21세기가 시작될 무렵, 세계은행은 경작 가능한 세계 토지 중 43퍼센트가 이미 어느 정도 훼손되었다고 보고했다. 하지만 인류는 한때 모래사막에서 얼음으로 뒤덮인 극지방에 이르기까지 상상할 수 있는 모든 환경에서 먹거리를 구했다. 지구상에서 우리를 먹여 살릴 수 없는 땅은 단 한 평도 없다. 다만 회복이 필요할 뿐이다.

나는 팬에서 고기와 양파를 덜어 내어 몇 분간 식힌 뒤 고르게 밀가루 옷을 입혔다. 한쪽에서 감자가 보글보글 끓고 있었다. 그 물을 팬에 붓고 잘 섞은 뒤 모든 재료를 수프용 냄비에 쏟아 부었다. 마지막에 국물을 한 숟가락 떠서 맛보았다. 오래전에 먹었던 비프스튜 맛이 나는 것 같았다. 다만 소금을 조금 넣어야 했다. 그 지긋지긋한 오리건산 소금이 필요했다.

하늘에선 여전히 비가 억수로, 세차게, 신경질적으로 쏟아졌다. 친구와 친지는 물론 심지어 기자들까지 창밖을 통해 으스스한 북쪽 하늘을 보게 될 때면 전화를 했다. 그들이 앨리사와 나에게 묻고 싶은 건 단 한 가지였다.

"몸은 좀 어때?"

우리는 모두의 염려 덕분에 잘 지내고 있었다.

나는 결국 플로리다 템파에 살고 있는 미국 공인 영양사이자 미국영양학협회 대변인이며 특히 환경적 영양에 정통한 신시아 새스에게 전화를 걸었다. 그녀는 전화를 받자마자 방금 플로리다산 아보카도 한 봉지를 샀다고 말했다. 그 얘기를 들으니 갑자기 아보카도가 너무나 먹고 싶어졌다. 요즘은 딱히 생각해 본 적도 없는데 말이다. 알고 보니 새스는 우리의 100마일 다이어트에 대해 이미 알고 있었다. 그렇다면 영양사인 새스는 이런 식습관을 미국의 일반인들에게 권유할 생각이 있을까?

그녀의 웃음소리를 들으니 놀라 눈이 휘둥그레진 모습이 저절로 그려졌다. 새스가 마침내 대답했다. "그래요, 권유할 생각이 있어요."

많은 사람들이 깨닫기 시작했듯 '몸은 좀 어때?'라는 질문이 북아메리카의 핵심 쟁점으로 부각된 상황이다. 소고기 간 것과 냉동 감자의 소비량을 보면, 미국 시민은 평균적으로 일주일에 햄버거 세 개와 감자튀김 4인분을 먹는다. 또 우유보다는 탄산음료를 두 배 이상 많이 마신다.

2004년에 캘리포니아 대학 버클리 캠퍼스의 전염병학 및 영양학 교수 글래디스 블록은 미국 국민건강영양조사 결과를 분석했다. 아마 세계 어느 나라에서 진행한 조사보다 식습관을 가장 포괄적으로 살펴본 연구였을 것이다. 분석 결과, 미국에서 소비되는 모든 열량 식품의 25퍼센트 가까이가 사탕과 탄산음료, 알코올 음료인 것으로 드러났다. 거기에 짭짤한 과자류와 과일 음료까지 더하면 전체 열량 식품의 3분의 1이나 됐다. 반면 채소 섭취량은 권장량의 절반 정도밖에 안 되는 것으로 나타났고, 그나마 미국인이 먹는 채소라는 것도 양상추, 감자, 통조림 토마토, 이 세 가지가 50퍼센트를 차지했다.

먹거리는 수확되는 순간부터 영양소가 파괴되기 시작한다. 따라서 이동 거리가 짧은 과일과 채소일수록 최대치에 가까운 영양소를 함유하고 있다. 새스는 이렇게 말했다.

"요즘 농작물에서 만들어지는 천연물질들에 대해 새로 알려진 사실들이 많아요. 비타민과 미네랄 외에 갖가지 식물성 화학물질은 물론이고, 질병과 싸우는 물질도 들어 있지요. 하지만 이 물질들은 식품이 무르익지 않으면 충분히 발생되지 않아요."

이 원리는 저장식품에도 적용된다. 새스는 식품을 건강하게 먹는 방법으로 정확히 앨리사와 내가 시도한 저장법을 권했다. 식품이 완전히 익을 때까지 기다렸다가 수확해서 먹고, 남는 것들은 냉동시키거나 통조림으로 만들어 6개월 이내에 다 먹어야 한다는 것이다. 새스는 이렇게 먹으면 '신선할 때와 똑같은 영양소를 섭취할 순 없더라도 대단히 흡사한 수준'으로 먹게 된다고 설명했다. 게다가 슈퍼마켓에서 파는 가공식품들은 파스타 소스, 비스킷, 팝콘처럼 아주 단순한 가공식품일지라도 포장지를 보면 어떻게 발음하는지조차 알 수 없는 각종 첨가물들을 잔뜩 함유하고 있다.

하지만 집에서 가공한 음식들은 그런 첨가물이 필요 없다. 또 새스는 제철 음식이 건강에 좋다고 했다. 북아메리카 사람들은 연중 거의 비슷한 음식을 먹는다. 계절에 따라 음식을 달리 먹으려면 지금까지의 식습관을 바꿔야 한다.

새스가 말했다. "흔히 무지개 색의 음식을 먹어야 한다고 말하잖아요. 자색 양배추에서 보라색을 내는 색소는 마늘, 리크, 양파 같은 흰색 채소에 들어 있는 것과는 다른 식물성 화학물질을 갖고 있어요. 하지만 비교적 건강에 좋은 음식을 챙겨 먹는다는 사람들마저도 늘 비슷한 음식만 먹는 틀에 박힌 식생활을 하기 쉽지요."

새스는 사우스 플로리다 대학에서 강의를 하는데, 매년 학생들을 대상으로 먹어 본 적이 없는 식재료들을 조사한다. 새스는 그 결과를 보고 매번 깜짝 놀란다고 한다. 과일 중엔 신선한 베리류와 체리, 키위, 살구, 자두가 있고 채소 중엔 아루굴라, 근대, 케일, 비트, 아티초크, 스웨덴 순무가 있었다.

"정말 슬픈 일이에요. 왜냐하면 농민장터에 다녔던 기억이 저한테는 어린 시절의 가장 즐거운 추억이거든요. 채소밭을 가꾸고, 엄마가 허락하시는 한 주방에서 신선한 파이며 사과 주스, 심지어 아이스크림까지 모두 만들어 먹었으니까요. 요새 아이들은 우리가 직접 키우거나 농민장터에서 살 수 있었던 이 모든 것들이 눈앞에서 자라는 모습을 한 번도 본 적이 없는 경우가 무척 많아요. 상점에서 본 게 전부지요."

이런 이야기가 사실인지 확인하기 위해 뉴욕대 식품영양학 및 공중보건학 과장을 지낸 매리언 네슬레 교수에게 전화를 걸었다. 그러자 그녀는 영양 문제는 본질에서 벗어난 논의에 불과하다고 일축했다. 물론 네슬레 교수는 아무리 겨울이라도 우리의 100마일 다이어트가 평범한 미국인들의 식습관보다 영양 면에서 더 훌륭하다는 점을 인정했다. 그렇다고 건강을 위해 로컬푸드를 먹어야 한다는 의미는 아니며, 사실 대형마트에서도 현명한 선택만 한다면 몸이 원하는 영양분을 쉽게 채울 수 있다.

네슬레 교수가 말했다. "영양 면에서 차이가 있겠지만, 미미한 수

준일 거예요. 내 말은 영양 차이가 그렇게 중요한 문제는 아니라는 거지요. 더 좋은 토양에서 자란 더 신선한 음식이 확실히 영양가가 높다는 게 쟁점처럼 느껴지지만, 사실 요즘 사람들은 영양이 부족하지 않아요. 우리는 영양 결핍 상태가 아니라고요."

그렇다면 영양사이자 미국의 영양 정책을 비판하는 가장 중요한 인물 중 한 명인 네슬레는 과연 로컬푸드 먹기를 지지할까?

"네, 물론 전적으로 지지하지요."

이유는 신선한 음식 맛을 좋아하기 때문이라고 했다. 예를 들어 갓 딴 옥수수가 믿을 수 없을 만큼 끝내주게 맛있을 때 그 이유를 아는 사람이 아무도 없다는 오래된 미스터리를 사랑하는 것이다. 그냥 그런 것이다. 또한 그녀는 농부들과 어울리고 농장이나 농지 주변에 있기를 좋아한다.

나는 새해 전날 먹었던 음식을 떠올렸다. 그 음식엔 '로컬푸드' 이상의 뭔가가 있었다. 크래커를 먹을 때는 해미시 크로퍼드와 그의 밀밭, 눈보라를 헤치고 우리에게 밀가루 세 통을 배달해 준 에이드리엔이 절로 생각났다. 파스타는 북태평양 연안 밀농사의 흐름을 더듬어 보게 해줬다. 토마토소스는 가을날 오후에 앨리사와 함께 거의 줍다시피 한 토마토로 만든 것이었다. 그 토마토를 유리병에 저장하면서 앨리사와 내가 어떤 식으로 다퉜는지 이제는 웃으면서 회상할 수 있다. 소스에 뿌린 고수는 밴쿠버 섬에서 난 것이며, 월계수 잎은 우리가 공동체 텃밭에서 직접 재배한 것이었다. 오레가노는 발코니에 있는 화분에서 땄고, 양파는 농민장터에서 구입했으며, 마늘은 오랜 친구에게서 얻었다. 잘게 빻은 호두는 형과 함께 안개 속에서 샀다. 라브나 치즈는 순간적으로 풍부한 영감을 떠올리게 했다. 오븐에서 번지는 블루베리 향은 모든 것이 새로웠던 봄날을 연상케 했다. 그날의 식사는 그냥 음식이 아니라 한 편의 회고록이었다. 우리는 우리가 먹는 음식이 품고 있는 이야기의 일부가 되었다.

"지금처럼 값싼 석유에 전적으로 의존하는 먹거리 체계는 결코 정상이 아니에요." 네슬레 교수가 말했다.

그렇다면 지금과 다른, 가정과 더욱 밀접한 먹거리 체계를 새롭게 구축하는 일이 가능할까? 물론 가능하다. 경제 규모가 축소되면서 생기는 실업 문제는 작은 개인 농장에서 일하는 사람을 늘림으로써 보완할 수 있다. 미국 정부가 옥수수 재배 농가에 지급하는 농업 보조금을 공장 운영이나 산업형 단일 경작이 아닌 작은 개인 농장들을 지원하는 데 쓰는 것도 한 방법이다. 이 중 어느 것 하나라도 실현 가능하다면 더 많은 일들도 해낼 수 있을 것이다.

"하지만 그건 이론적인 이야기예요. 과연 현실에서도 가능할까요? 결국 이건 정치 문제예요. 대중이 요구하고 각자가 민주적 권리를 행사해야만 하지요." 네슬레 교수가 목소리를 높여 말했다.

그렇게 1월이 저물었지만 비는 계속 퍼붓고 있었다.

마지막 코스

재료 : INGREDIENTS

반경질 치즈 230그램　　으깬 호두알 반 컵　　냉동 쿠바브 반 컵　　꿀 1/4 컵　　따뜻한 물 한 컵 반

만드는 방법 : How To Make

① 냄비에 꿀, 물, 쿠바브를 넣고 중불에 올린다. 끓기 시작하면 불을 줄여 뭉근하게 익힌다.

② 쿠바브가 무르고 물이 반 컵쯤 남을 때까지 이따금 젓는다.

③ 톰, 브릭 치즈 등의 반경질 치즈를 먹기 좋게 세로나게 잘라 둔다.

④ 120도 예열된 오븐에 치즈를 넣고 표면이 약간 무개질 정도로 데운다.

⑤ 작은 접시에 치즈를 한 조각씩 올리고, 쿠바브 조린 국물을 체에 걸러 치즈 위에 뿌린다.

⑥ 호두를 고명으로 얹는다. 100마일 다이어트를 마무리하는 한 해를 기념하여 긴긴 밤 즐기면서 먹는다.

2월… 희망

세상에 소박하면서도 훌륭한 요리사가 더 많아진다면
이 세상이 더 행복해질 거라고 믿는다.

– 《훌륭한 가정요리》

우리는 눈을 바라보고 있었다. 녹아서 엉망진창이었다. 미네소타 파인 컨트리에 살고 있는 스물여덟 살의 서니 존슨은 광대뼈가 도드라진 예쁜 얼굴이었다. 그녀가 사진 촬영을 위해 차고 앞에 서서 포즈를 취했다.

"저기 눈 위를 보세요. 지난가을 제가 잡은 수탉이 흘린 피가 아직도 그대로 남아 있어요. 제 손으로 잡은 첫 수탉이었죠."

나는 불편한 눈빛으로 그늘진 한구석을 바라보며 말했다. "쉽지 않은 일이었겠어요."

"아니요, 전혀 어렵지 않던걸요." 서니가 밝은 목소리로 신이 나서 말했다. "정말 쉬웠어요. 또 할 수도 있어요."

나는 서니의 얼굴에만 집중하려고 애썼지만, 시선이 자꾸 핏자국 쪽으로 옮겨 갔다. 그곳이 생생한 자급자족의 심장부 같아 경이로웠지만 쉽사리 다가갈 자신은 없었다.

하지만 개인적으로 궁금하긴 했었다. 우리의 100마일 다이어트가 널리 알려지자, 사람들은 제임스와 내가 북서부 태평양 연안에 살기 때문에 편하게 실험을 할 수 있는 거라고 했다. 하지만 우리가 사는 곳이 북위 49도고, 동지에는 해가 8시간밖에 들지 않으며, 충분히 헤엄치고도 남을 정도의 연평균 강수량을 기록한다는 사실을 까맣게 잊어버리면, 서부 해안 지역에서 로컬푸드를 먹는 일이 결코 어렵지 않다고 생각할 수도 있을 것이다.

한편으로 그렇게 비평하기 좋아하는 사람들은 겨울이 길고 매서운 지역과 미국 남부 지역에서는 로컬푸드만 먹고살기가 '불가능하다'는 말도 자주 한다. 하지만 아무래도 우리가 사는 지역은 고려 대상이 아닌 것 같았다. 그래서 나는 꽁꽁 얼어붙은 미시시피 강 상류 유역인 이곳까지 찾아와 서니에게 부엌과 생활 모습 전반을 보여 달라고 부탁했다.

서니는 의욕이 넘쳐났다. 그녀는 친구인 스티브 달버그, 스테파니 윌리엄스와 함께 미네소타 주 마노먼에 있는 화이트 어스 원주민 공동체 대학에서 강의를 한다. 세 사람은 우리가 시도한 것과 비슷한 실험인 '1년 동안 로컬푸드 먹기 프로젝트'의 핵심 멤버였다. 제임스와 나보다 훨씬 지혜로웠던 그들은 일곱 명이 팀을 이뤄 여름 내내 먹거리를 구해 저장해 놓은 다음, 9월에 본격적으로 실험을 시작했다. 또한 반경 250마일로 범위를 넓히는 대신, 주로 자연 재료를 이용해 음식을 만들어 먹으려고 노력했다.

그들을 만나 보니 내가 상대적으로 불행했다고 느껴졌다. 그들은 등에 옷가지와 칼 한 자루만 짊어지고도 야생에서 살아남을 사람들이었다. 심지어 스티브는 칼도 손수 만들었다. 내가 그 친구들에게서 배운 것들이 모두 도시 생활에 적용되는 것은 아니다. 이를테면 칼을 몸에 지니고 다니는 일은 도시에서는 완전히 다른 의미로 해석될 수 있다. 하지만 미네소타에서 배운 교훈으로 '불가능'을 완벽한 현실로 바꿀 수 있을 것 같았다.

우리는 서니의 작은 암록색 트럭을 타고 눈길을 따라 달렸다. 이제 막 걸음마를 뗀 서니의 아들 세일린은 우리 사이에 앉아 플라스틱 카우보이 장난감을 갖고 노느라 정신이 없었다. 세일린의 아빠는 나바호Navajo 원주민으로, 미국 남서부 포 코너 보호 구역 출신이었다. 서니가 트럭을 멈춰 세우고 하늘을 가리키며 "독수리다!"라고 외치자, 세일린도 쳐다보며 "내 친구, 내 친구"라고 웅얼거렸다. 서니는 멸종 위기에 처한 미국의 상징동물을 발견해서 무척이나 기뻐했다.

나는 차마 흰머리독수리를 자주 봤다고 말할 용기가 나지 않았다. 하지만 대륙 한복판 꽁꽁 얼어붙은 강물 위로 염수가 솟구치는 모습을 보고 놀랐을 때, 그 흰머리독수리들이 선명하게 떠올랐다. 서니가 발견한 독수리가 저 멀리 날아가 점처럼 작아지자, 우리는 가던 길로 향했다. 그녀는 종이 가방을 잡아당겨 열더니 자신이 즐겨 쓰는 음식 재료 몇 가지를 설명하기 시작했다.

"이건 노루발풀이에요." 말린 잎을 혀에 대보니 쌉쌀했다. "물에 우려서 차로 마셔도 되고, 알코올에 담갔다가 관절이 아플 때 발라도 좋아요. 저기 로즈힙이 있네요."

서니는 이렇게 말하고는 트럭을 갓길에 세웠다. 그리고 차에서 뛰어내리더니 길가 덤불에서 주황색 열매를 따 왔다. 특별한 맛은 없었지만 과즙이 풍부했다. "로즈힙엔 비타민 C가 많은 데다 젤리를 만드는 데도 최고예요." 서니가 열정적으로 말했다.

우리가 탄 트럭은 다시 출발했다. "유액을 분비하는 풀들도 훌륭해요. 쓸모가 많죠. 봄에 나는 싹은 아스파라거스처럼 먹으면 되고, 두상화(민들레처럼 꽃대 끝에 작은 꽃이 여러 개 모여 머리 모양을 한 꽃-옮긴이)는 브로콜리처럼 먹죠. 나는 꼬투리 속을 빼 먹는 걸 좋아해요. 치즈 대용이죠."

흥미로운 이야기였다. 하지만 사람들이 그걸 정말 좋아할지는 확신하기 어려웠다.

서니의 부엌은 좀 더 전통적이고 맛있는 먹거리들로 가득했다. 서니는 저녁 메뉴로 특별히 물소 버거를 굽고, 곁들이는 음식으로 와일드 라이스(벼와 비슷하게 생긴 수초. 북아메리카 원주민들에게는 중요한 식량 자원이었다. 미네소타의 주요 작물 중 하나이며 흑갈색 낟알이 익으면 나비처럼 펼쳐진다-옮긴이)를 내서 미네소타의 진정한 맛을 느끼게 해주었다.

"나와 가치관이 같으면서도 세상에 곧 종말이 닥칠 거라고 믿지는 않는 사람을 만나면 정말 반가워요." 도멘 드 샤베르통 한 병을 마시며 살아온 이야기를 나누는 동안 서니가 말했다.

나는 캐나다 매니토바 주 톨스토이와 미국 미네소타 주 랭커스터를 모호하게 가르는 국경을 넘으면서 세율이 엄청 높은 캐나다 술을 미국으로 밀반입했다. 아마도 금주법 시대 이후 처음 있는 일이었을 것이다. 서니의 실험에 참여하는 사람은 누구나 세계 각지에서 수입한 '무역 품목' 12가지를 이용할 수 있었고, 함께 모여 식사할 때 나눠 먹을 수도 있었다. 서니는 영리하게도 그 목록에 술을 포함시켰다. 다른 이들은 초콜릿, 포테이토칩, 이스트, 소금, 심지어 병에 담긴 생수와 곱게 간 옥수수를 고르기도 했다.

"당신 친구들은 세상에 곧 종말이 올 거라고 생각하나요?" 아늑한 거실로 자리를 옮겨 장작 난로 옆에 앉았을 때 내가 물었다. 서니의 집은 원래 주인이 산비탈 중턱에 지은 위풍당당한 히피 스타일이다. 지붕엔 야생화와 잡초가 제멋대로 한가득 자라고 있었다. 서니는 다만 다람쥐들이 골칫거리라고 털어놓았다.

"마야 문명의 예언 때문이에요."

"정말 그렇다면 암울할 것 같아요." 나는 서니가 하는 말을 알아듣는 척하며 고개를 끄덕였다. 서니가 말한 마야 문명의 예언은 2012년 12월 22일에 지구가 멸망한다고 한 그 얘기 같았다. 그런데 왜 로컬푸드 먹기를 할까? 곧 세상이 망한다면 플로리다 표범 코트를 걸치고 경주용 자동차에 올라타 벼랑 끝을 내달리는 게 더 낫지 않을까? 나중에 더 하고 싶은 질문이었다.

서니의 부모님은 귀농한 분들이었다. CIA 스파이의 아들이었던 서니의 아버지는 예의범절을 중시하는 가풍을 거부하고 히치하이킹으로 미국 대륙을 횡단했다. 인습을 배척하는 여행 방식이 그를 미네소타에 내려놓았고, 그는 그 지역 아가씨와 사랑에 빠졌다. 두 사람은 전기도 수돗물도 없는 160에이커의 넓은 대지에서 서니를 키웠다. 서니는 형제가 없어 외로웠지만 부모님이 몸소 자급자족을 실천하며 사는 모습을 통해 이상적인 삶을 살아갈 수 있는 정신적 유산을 물려받았다고 했다.

다음 날 아침에 서니의 자연재료를 활용한 음식 수업이 있었다. 서니는 자그마한 학교 건물을 구경시켜 주었다. 교실 책상엔 스티브와 스테파니가 앉아 있었다. 원래 과학 실험실로 사용되는 곳이라 사방에 현미경과 시험관이 있었다. 아니시나베 원주민이 반쯤 섞인 학생 무리가 운동화에 티셔츠 차림으로 어슬렁대고 있었다. 그중 한 명은 심지어 반바지 차림이었다. 그날 수업용 승합차가 고장 나 숲에 가지 못한다는 사실을 나만 몰랐던 게 틀림없었다. 나는 겨울 부츠에 각반까지 두르고 있었으니 우스꽝스러울 정도로 지나치게 차려입은 모양새였다.

"자, 결석한 사람이 몇 명 있고, 새로 오신 분들도 보이네요. 앞서 배운 걸 복습하면서 수업을 시작해 볼까요?" 스티브가 말했다.

토착 나무를 찾아내는 방법을 설명하는 동안 학생이 몇 명 더 늘어났다. 무리 지어 밖으로 나갈 때가 되자, 나는 비로소 부츠 신기를 잘했다고 생각했다. 1월인데도 미국 중서부 지역은 기록적으로 온화한 날씨를 보이고 있었다. 그런 탓에 바깥은 눈이 녹아 발목이 잠길 정도로 진창이었다. 나는 물 밖으로 던져진 물고기처럼 미네소타 토착 나무를 찾는 실력이 형편없었다. 줄무늬 웜업 팬츠(일명 똑딱이바지)를 입은 시큰둥한 10대보다도 못한 수준이었다.

청바지를 입고 안경을 쓴 지극히 평범한 모습의 스티브에게 나는 무엇 때문에 로컬푸드 먹기라는 극단적 선택을 하게 됐는지 물어봤다. 그는 이렇게 답했다.

"저는 원래 로컬푸드를 많이 먹었어요. 이 근처 작은 농장에서 자랐거든요. 나는 이런 일들이 도시에서 정장을 차려입고 사는 것보다 우리에게 훨씬 더 유익하다고 생각했답니다."

스티브는 제철 음식을 간소하게 먹는 걸 즐긴다고 했다. 바나나를 좋아하지 않으며, 겨울엔 샐러드도 필요 없다는 것이다.

그러면 지구의 종말에 대해서는 어떻게 생각할까? 그는 종말의 날에 큰 의미를 두지는 않지만, 박사 과정을 밟으면서 지구 온난화에 대해 공부해 보니 어떤 큰 변화가 일어나는 것만은 분명해 보인다고 했다. 그러나 이 사회의 종말이 우리가 걱정하는 것처럼 꼭 나쁘지만은 않을 거라고 했다.

"종말이 아니라 완벽한 유토피아가 열린다 해도 로컬푸드를 먹는 편이 훨씬 나아요. 로컬푸드는 어쨌거나 더 나은 삶을 만들어주니까요."

나는 세상의 종말을 긍정적으로 인식하는 그의 관점에 경의를 표했다.

스티브가 가장 즐기는 취미 중 하나는 먹을 수 있는 것이면 무엇이든 발효시키는 일이다. 내가 어렴풋이 알기로 음식을 저장하는 이런 방식은 뉴욕의 정책 전문가였던 산도르 엘릭스 카츠라는 사람이 2003년에 《자연 발효: 살아 있는 문화가 담긴 음식의 맛과 영양 그리고 기술Wild Fermentation: The Flavour, Nutrition, and Craft of Live-Culture Foods》이라는 책을 펴내면서 유행처럼 번졌다. 제임스 역시 독일식 양배추 절임인 사우어크라우트를 만들어 온 집안에 시큼한 냄새를 배게 했을 때 이 책을 참고했다. 물론 제임스는 여전히 이 책을 애용한다.

제대로 된 발효음식은 '프로바이오틱스'나 소화기관 내 미생물의 생태계를 유지하고 개선하는 데 도움이 되는 살아 있는 균을 함유하고 있다. 확실히 세계 주요 요리 중엔 북아메리카에서 우리가 즐겨 먹는 음식에 비해 발효식품이 무척 많다. 프랑스의 블루치즈에서부터 일본의 미소 된장, 아이슬란드의 그린란드 상어를 부패시켜 만든 자극적인 하칼까지 모두 발효식품이다.

"당신을 해치지 않는 것은 무엇이든 다 먹을 수 있어요." 스티브가 이렇게 말하며 웃었다.

스테파니는 이해할 수 없다는 듯 눈동자를 굴리며 말했다. "나는 발효식품이라면 질색이에요. 하지만 로컬푸드는 내가 자란 방식 그 자체지요."

스테파니는 원주민 보호 구역에서 자랐고, '북미원주민협의위원회POWWOW COMMITTEE'라고 새겨진 재킷을 입고 있었다. 스테파니는 밀가루와 설탕을 제외하면 "10대가 되기 전까지 식료품점에서 구입한 음식을 먹어 본 적이 없다"고 했다. 사냥을 하거나 가족이 일군 밭에서 난 채소로 먹거리를 충당했기 때문이다.

그런데 지난 5년간 스테파니는 새로운 식습관에 빠져 탄산음료에 중독되고 말았다. 그녀는 아이들에게 나쁜 본보기가 되고 싶지 않다고 했다.

"이제는 여기 사는 모든 사람들이 내가 뭘 하는지 알아요. 가게에서 사람들을 만나면 내 장바구니에 뭐가 담겨 있는지 들여다보지요. 그래서 저도 책임감을 느껴요."

스테파니와 서니는 자연식품 학회에 참석하기 위해 오토바이를 타고 서부 지역을 여행한 적이 있다. 하지만 이 회의 때문에 학문적 접근 방식에 대한 염증만 심해졌다. 회의에서 사람들은 이렇게들 말했다고 한다.

"로컬푸드 먹기에 대해 사람들이 어떻게 생각하는지 연구하려면, 아무래도 연구비 지원해 줄 곳을 찾아야 할 거예요."

스테파니는 결국 이렇게 대답했다고 회상했다. "얘기는 충분히 했으니 이제 그만 행동으로 옮깁시다."

스티브가 말했다. "나는 로컬푸드 전도사가 아니에요. 하지만 많은 사람들이 경계선에 있으니까 우리가 변화의 계기를 마련해 줄 순 있지요."

수업이 끝나자 스티브는 자신이 실험하고 있는 발효음식 몇 가지를 맛보라고 권했다. 그리고 사무실에 딸린 작은 주방으로 나를 안내했다.

스티브가 유리병 하나를 꺼내 들며 말했다. "이건 자두예요."

나는 구슬만 한 자주색 덩어리를 입에 넣고 깨물었다. 혀 전체에 거품이 일었고 나는 그만 '스으' 소리를 내고 말았다. 뱉지 않기 위해 할 수 있는 최선의 방법이었다.

"음." 나는 맛있게 먹는 것처럼 보이려고 애를 썼다.

"내가 정말 좋아하는 거예요." 베키가 말했다. 교실에서부터 우리를 따라온 베키는 허물없이 수다 떨기를 좋아하는 중년 여성이었다. 오렌지색 머리카락이 코르크 따개의 스쿠루처럼 곱슬거렸다. "버섯차 한번 보실래요?" 베키는 진흙 같은 갈색 액체 속에 덥수룩한 모양의 버섯이 들어 있는 유리병을 꺼냈다.

"그걸 마셔요?" 내가 물었다. 베키가 내게 권하지 않아 얼마나 다행이었는지 모른다. 그러고 나자 스티브가 발효시킨 비트로 이 지역 전통술을 만들어 보고 싶다고 했다. 동유럽과 러시아에서 이민와 미네소타에 정착한 이들이 만들던 크바스(흑빵을 발효시켜 만든 음료수로 신맛과 단맛이 있다-옮긴이) 제조법이 후손들에게 전해지고 있었다. 크바스라는 단어는 왠지 무례하게 들린다.

"당신이 만든 크바스 맛이 나는데." 이렇게 말하면 왠지 음식을 혹평하는 말처럼 들렸다.

하지만 지구상의 모든 지역엔 저마다의 편안함과 즐거움이 있고, 자기들만의 고유한 음식도 있게 마련이다. 예를 들어 북서부 태평양 연안에 사는 사람들은 부패시킨 율라칸 기름을 귀하게 여겼다. 미네소타의 와일드 라이스도 무척 흥미롭다. 미국에서는 'ricing(삶은 감자 등을 구멍이 촘촘한 조리기구에 넣고 눌러서 와일드 라이스 모양으로 뽑아낸다는 뜻-옮긴이)'이 동사로 쓰이며, '쌀국수 두께'도 측정 단위로 흔히 사용된다.

서니는 나를 차에 태우고 그 지역에서 나는 먹거리를 공급하는 사람의 집으로 향했다. 그 집 앞마당에는 꽃게인 듯한 그림이 그려진 원뿔 모양의 캔버스 천막이 세워져 있고, 현관엔 큼지막한 고기 덩어리들이 언 상태로 매달려 있었다. 나는 거기서 와일드 라이스 5파운드를 구입하고 덤으로 부스러진 낟알 한 주머니를 얻었다. 집 주인은 버터와 황설탕을 넣고 끓이면 맛있는 죽이 된다고 알려줬다. 그 많은 양을 사는 데 겨우 25달러를 지불했다. 캐나다였다면 아마 두 배 이상 비쌌을 것이다.

다시 서니의 부엌으로 돌아와 보니, 밴쿠버의 우리 집 선반에 있는 것과 똑같은 먹거리들이 보관돼 있는 모습이 보여 다소 놀라웠다. 말린 고추, 길게 엮어 놓은 마늘, 줄지어 세워 놓은 호박까지. 하지만 그 모든 것들이 미네소타에서 한겨울을 나기 위한 안간힘은 아니었다.

사실 그곳에서 로컬푸드 먹기는 우리가 사는 곳보다 여러모로 수월했다. 서니의 식품 저장고엔 그 지역에서 빻은 하얀 밀가루와 호밀 가루, 통보리는 물론 사탕무에서 추출한 흰 설탕까지 병에 담겨 나란히 놓여 있었다. 한 프랑스계 이민자의 도움으로 파테(잘게 썬 고기나 생선을 밀가루 반죽으로 돌돌 말아 구운 요리-옮긴이)는 말할 것도 없고, 레드와인 식초까지 만들 수 있었다.

서니는 꼬박 석 달 만에 말린 콩을 공급할 사람을 찾아냈지만, 지금은 뭘 해 먹어야 할지 모를 만큼 많은 양을 갖고 있었다. 그녀는 집에 가져가라고 쇼핑봉투 몇 개에 콩을 담아 줬다. 검정콩, 강낭콩, 얼룩배기강낭콩에 검은색과 흰색이 선명하게 태극 문양을 이룬 칼립소 품종도 넣어 주었다.

서니의 부엌엔 심지어 미네소타 밀가루로 미니애폴리스에서 만든 파스타도 있었다. 그녀는 자신의 실험 그룹이 로컬푸드의 범위를 250마일로 정한 이유가 사실은 바로 이것 때문이라고 했다.

마음 한편으로 다음 날 비행기를 타고 집에 돌아갈 일이 기대됐다. 케일과 아니스, 미즈나로 만든 겨울 샐러드가 그리웠다.

"신선한 채소!" 서니는 부러움 가득한 목소리로 말했다. 그녀가 채

소를 맛보려면 5월에 야생 리크의 첫 순이 나올 때까지 기다려야
했다.

해가 저물고 있었지만 우리는 숲에서 래브라도 찻잎을 따기 위
해 시골길을 따라 자동차를 몰았다. 바람 한 점 없이 서늘하고 상
쾌했다. 서니는 작업을 시작하기 전에 식물에 감사 인사 하는 법을
가르쳐 주려고 땅에 아메리칸 스피릿 담배를 조금 뿌렸다. 나는 큰
소리로 감사를 전하지는 못하고 마음속으로 '고맙다'고 말했다. 진
심이었다. 나무 그늘 아래로 어스름에 퍼렇게 보이는 눈밭을 비집
고 자란 풀들이 있는 오솔길을 걷노라니 선물을 받은 기분이었다.

나는 서니가 지금껏 가계 식비를 꼼꼼하게 기록해 왔다는 말을
생각해 보았다. 서니는 주급 66달러를 받고 일한다.

"정부 보조금과 동일한 액수예요." 서니가 자랑스럽게 말했다.

연방정부에서 지급하는 식비 보조금 최고액이 2인 가구당 월
278달러이다. 서니는 정부의 도움이 필요 없었다. 그녀는 여왕처럼
먹고 있었다. 다소 독특한 왕국에 사는 여왕이긴 하지만 말이다.

그런데 농민들에겐 정부의 보조가 필요한 것 같았다. 미네소타
주는 농사를 짓는 가정에서 식비 보조금을 신청해야 할 경우, 농지
가 자산으로 간주되어 불이익을 받는 일은 없을 거라고 안내한다.
현대 농업의 궁극적 모순은 들판은 가득 찼는데 배를 곯는 사람들
이 있다는 사실이다.

내가 떠나는 날 아침, 서니는 직접 빻은 도토리 가루로 팬케이크
를 만들어 주었다. 지역에서 생산한 메이플 시럽과 손수 우유를 휘
저어 만든 버터도 내놓았다. 마지막으로 제비꽃과 꿀로 만든 진액

을 넣은 야생 하이부시 크랜베리 주스도 한 잔 주었다. 내가 "저 작은 병에 담긴 달콤한 진액을 만드는 데 제비꽃이 얼마나 많이 들었을까?" 하고 물으니, 서니가 "수백 송이"라고 대답했다. 나는 여름이 얼마나 풍요로운 계절인지 다시 한 번 확인하며 새삼 놀랐다.

유리잔에 천국을 담을 수 있는 곳, 그것이 바로 미네소타였다. 그렇다면 밴쿠버는? 반쯤 열린 껍데기에 담긴 생굴과 화이트와인 한잔. 이런 사치가 없다면 삶은 음울할 것이며, 그것들을 제 땅에서 제철에 발견하는 일이야말로 세상을 보물창고처럼 경험하는 방법일 것이다.

'그래, 바로 이게 세상의 끝이지.' 나는 생각했다. 처음 시작할 때와 같으니 우스웠다.

한겨울의 미네소타를 떠나 집으로 돌아왔지만 제임스와는 겨우 전화로만 연락이 닿았다. 제임스는 비행기로 30시간이 걸리는 말라위에 출장 중이었다. 말라위는 아프리카에서 가장 가난한 나라 중 하나다. 제임스의 목소리가 무척 지친 듯했다. 휴대전화로 하는 국제통화라 치직 하고 울리는 잡음 때문에 더욱 그렇게 들렸을 것이다.

"나 개미 먹었어." 제임스가 말했다. "정말로 꽤 괜찮았어. 땅콩 같던데. 당신, 콩잎도 먹을 수 있다는 거 알아?"

내가 물었다. "대체 거기 사람들은 얼마나 가난한 거야? 그러니까 내 말은, 콩잎이 정말로 맛있어서 먹는 거냐고."

"괜찮아, 아주 맛있어."

"하긴, 개미도 먹는 남자니까."

"아냐, 먹었는데 별로인 것도 있었어. 오크라 잎 같은 거 말이야. 맛은 그럭저럭 괜찮은데, 질감이 뭐랄까 콧물하고 완전히 똑같았어."

많은 사람들이 해외여행을 떠나기 전날 밤에 친구들과 바에 앉아 시간을 보내곤 한다. 그런데 제임스는 치즈를 만들었다. 루벤과 함께 몇 시간을 매달렸다. 어느 시점엔 겨드랑이까지 휘돌리며 팔을 크게 움직여 거대한 솥을 휘젓는 작업도 필요했다. 루벤은 치즈 만드는 법을 사진과 함께 단계별로 소개한 웹사이트를 찾아냈다. 이제 인터넷은 나이 지긋한 친척 어르신이 바로 옆에서 치즈 만드는 법을 차근차근 알려주듯 정보를 제공하는 경지에 이르렀다. 그것은 살아 있지도 않고 숨 쉬는 공동체도 아니다. 다만 합리적인 복제다. 올리브와 나는 와인을 마시며 가끔씩 신비로운 응유(탈지유에 산 또는 응유효소를 첨가하면 생기는 응고물─옮긴이)와 유청, 그 두 가지를 끓여서 만든 담백한 코티지 치즈, 마지막으로 루벤이 치즈 압착기로 사용하는 빈 깡통과 낡은 우유 상자, 자전거 튜브를 살펴봤다.

"당신은 지금 완전히 딴 세상에 가 있는 것 같네." 내가 전화기 너머로 말했다.

제임스는 그렇다고 하면서도 또 아니라고 한 것 같았다. 우리가 얘기를 나눈 것처럼, 말라위에서는 4백만 명이 기아에 허덕이고 있었다. 제임스는 땅이란 땅은 모두 비옥한 들판으로 덮인 것 같은데도 이렇게 굶주려야 하다니 참으로 믿기 힘든 일이라고 말했다. 가뭄으로 타격을 입었던 지난해에 수확한 작물은 거의 소진된 상태고, 올해 심은 작물들은 아직 여물지 않은 형편이라고 했다.

그러나 기근이 단순히 먹거리가 부족해서 생기는 문제는 아니다. 말라위의 경우 급속한 에이즈 확산으로 인한 사회적 혼란과 기후 변화, 부정부패, 국제금융기구와 원조 국가들의 요구에 따른 정책 혼선 등 그 원인이 다소 광범위한 편이다. 말라위 농민들은 세계에서 가장 부유한 사람들과 경쟁해야 한다는 문제도 안고 있다. 2002년 당시 세계은행의 수석경제분석가였던 니콜라스 스턴은 유럽에서 키우는 소가 하루 평균 2.5달러의 보조금을 받는 반면, 아프리카 전체 인구 중 75퍼센트가 하루에 2달러도 안 되는 돈으로 생계를 겨우 유지하고 있다고 강조했다.

하지만 먹거리 자체에 대한 의문도 남아 있다. 펜실베이니아 주보다도 작은 말라위의 상당 부분이 영국의 식민지였던 70년 가까운 세월 동안 담배밭으로 개간됐다. 식용작물로 옥수수를 대량 들여왔으나 말라위의 토양에선 소출이 불안정해서 농민 대다수가 중앙아메리카와 남아메리카의 전통 농사법인 '세 자매' 방식에 의존한다. 즉 옥수수와 함께 호박과 콩도 심는 것이다. 이것은 말라위 고유의 생태계를 철저하게 교란하는 위태로운 먹거리 체계다.

놀랄 것도 없이 최근 미국 국립연구위원회는 아프리카 고유의 채소와 과일 재배를 부활시킨다면 아프리카가 처한 심각한 문제인 기아와 영양 부족, 가난을 효과적으로 해결할 수 있을 거라는 데 동조하기 시작했다. 제임스는 토착 작물인 동부콩 한 사발과 함께 먹는 약초 한 다발이 영양실조나 최근 발병하고 있는 에이즈를 치료하는 전통 방식 중 하나라고 알려줬다.

제임스는 이메일로 사진 두 장을 받았다고 했다. 하나는 형 데이비드가 조카 키어가 첫 걸음마를 하는 모습을 찍어 보낸 사진이었다. 다른 하나는 루벤이 보낸 것인데, 사진 속에 치즈 두 덩어리가 있었다. 두 사진에는 애정이 묻어 있었다. 루벤과 제임스는 치즈 만들기에 처음으로 함께 도전했던지라 혹시 실패하지 않을까 하는 불안감이 있었다. 루벤이 찍은 사진에는 치즈 왁스로 코팅한 치즈 둘레에 해골 마크 도장이 찍혀 있었다. 해골 치즈.

나는 웃음을 터뜨렸다. "집에 돌아오고 싶지 않아?"

마침내 제임스와 다시 만난 나는 그와 함께 멕시코 유카탄 반도의 문화 수도인 메리다에 갔다. 2월은 우리 인생에서 가장 말도 안되는 달 중 하나였다. 미네소타, 말라위, 멕시코.

내가 어쩌다 말 그대로 '벽에 난 구멍'처럼 비좁은 가게를 골라 들어갔는지 모르겠다. 플라스틱 의자와 야광 불빛이 보이고, 한쪽 구석의 텔레비전에선 축구 중계방송이 소리 없이 나오고 있었다. 웃음소리가 들렸고, 특별한 뭔가가 있을 거라는 확신이 들었던 것 같다.

내가 그런 확신을 보이자, 제임스는 우리가 걸어 들어간 볼품없는 식당이 아마도 세계 최고의 가정식 파이와 진짜 휘핑크림을 자랑하는 곳일 거라고 짓궂게 놀려댔다. 맞다. 나는 늘 내 선택에 실망하곤 한다.

하지만 우리는 멕시코에 와 있고, 이곳의 진짜 마리아치(멕시코 전통음악을 연주하는 유랑 악사들―옮긴이)들이 악기를 퉁겨서 내는 음악은 울고 싶을 정도로 아름다웠다. 멕시코 사람들은 정말로 울음을 터뜨리기도 했다. 세상에 대한 나의 믿음이 비로소 정당성을 인정받은 것이다. 기타 연주자에게선 관광객을 위한 과장된 몸짓 같은 건 찾아볼 수 없었다. 그는 그저 친구들을 위한 음악을 연주했다. 그들에겐 챙 넓은 멕시코 모자 솜브레로나 마르가리타(과일 주스와 테킬라를 넣어 만든 새콤달콤한 칵테일―옮긴이), 번쩍이는 스팽글 장식도 없었다. 대신 추레한 청바지에 단추를 삐딱하게 채운 셔츠를 입고 나른한 오후의 끝자락에 서 있었을 뿐이다.

마리아치들의 공연이 끝나자 마술사 한 명이 등장했다. 그 마술사는 손놀림의 귀재였다. 손에 든 동전을 감쪽같이 사라지게 하더니 곧 제임스의 귀 뒤에서 다시 나타나게 했다. 옆 탁자에 앉은 남자가 의미심장하게 손가락을 입에 대는 모습을 보고서야, 나는 마술사가 말 못 하는 사람임을 알았다. 하지만 그에게 무슨 말이 필요하겠는가?

우리는 라임수프를 먹었다. 맛이 아주 훌륭했다. 오랫동안 푹 끓였는지 초록색 껍질이 부드러웠다. 필요한 것은 딱 하나, 미각만 있으면 충분했다. 닭고기 육수와 토마토, 라임, 풋고추 등 모든 재료가 신선했다. 그 지역에서 생산한 재료들이 틀림없었다. 그것이 바로 진한 수프 맛을 내는 단순한 비결이었다.

우리는 친구인 닐스와 태미의 결혼식 때문에 토론토를 거쳐 멕시코로 왔다. 캐나다처럼 거대한 나라에 살면 이따금 기묘한 감정을 느낄 때가 있다. 예를 들면 저가의 전세기를 빌려, 흩어져 사는 친구나 가족들을 내가 사는 곳이 아닌, 멕시코나 하와이 같은 특정한 목적지로 모이게 할 때가 그렇다.

친구의 결혼식 때문에 우리는 2월의 진창길을 뒤로하고 칸쿤에 있는 '여인의 섬'으로 내려가 친구들과 함께 해변 주택에 머물렀다. 그 섬은 한때 마야인들의 요새였으며, 지금은 칸쿤 해변에 늘어선 고층 빌딩들을 바라보며 한결 인간적인 동반자 역할을 해주고 있다. 일광욕과 피나콜라다를 즐기며 한 주를 보낼 수도 있었지만, 그렇다고 100마일 다이어트를 포기할 필요는 없었다. 어디를 가든 우리는 그 지역과 일체가 되었다. 도착한 지 20분도 안 돼서 제임스는 택시 기사로부터 섬의 대표 음식을 알아냈다. 약 3,000년 전 마야 문명 시절부터 전해 내려오는 티킨쉬크라는 생선 바비큐였다.

우리는 마침내 로스 란체로 해변에 자리 잡은 허름한 양철 지붕 식당에 앉았다. '티킨쉬크 잘하는 집'이라고 자부하는 곳이었다. 주방장은 과묵한 남자였는데, 상체는 햇볕에 그을리고 하체는 기다란 화덕에 익은 모습이었다.

제임스가 스페인어로 맛있는 티킨쉬크에 필요한 가장 중요한 재료가 무엇인지 묻자, 주방장이 답했다.

"그야 물론 신선한 생선이죠. 가장 신선한 생선."

"그런데 붉은색을 내는 재료는 뭐죠?"

남자는 솔이 달린 가정용 페인트 통처럼 보이는 용기에 손을 뻗었다.

"아치오테."

이렇게 말하며 불그스름한 씨앗을 갈아 만든 페이스트(갈거나 개어서 풀처럼 만든 식품—옮긴이)라고 설명했다. 그는 생선을 등 쪽에서 반을 갈라 나비 모양으로 펼쳐 놓고 뼈를 발라내는 동작을 해보였다.

"생선에 소금을 뿌려요, 아주 많이. 그런 다음 아치오테와 라임 주스 섞은 것을 이렇게 발라 줘요."

주방장은 붉은 소스를 생선에 바르는 척했다.

"매운가요?"

"맵지 않아요!" 남자가 석쇠 쪽으로 몸을 돌리면서 잘라 말했다. "티킨쉬크는 자극적이면 안 돼요."

만드는 과정이 단순해 보였다. 적어도 다른 사람에게 티킨쉬크를 만들어 보려 한다고 말하기 전까지는 그랬다. 그런데 막상 재료를 구하려고 나서 보니 어떤 사람은 아치오테 반죽이 두 덩어리에서 네 덩어리 필요할 거라고 말하는가 하면, 심지어 여덟 덩어리를 사야 한다고 말하는 사람도 있었다. 그리고 라임 주스나 물, 또는 식용유를 조금 넣고 섞으라고 했다. 마늘을 한 통 다 넣으라고 조언하는 사람이 있는가 하면, 마늘은 절대 넣으면 안 된다는 사람도 있었다. 티킨쉬크를 만드는 생선으로 도미만 가능하다는 의견만 빼면, 그루퍼(농어목 바리과의 바닷물고기. 길이가 짧고 높이는 높은 방추형의 몸을 하고 있으며, 머리와 몸이 모두 납작하다—옮긴이)를 사용하라는 의견이 대부분이었다.

우리는 결국 재료 파는 사람들의 말을 듣기로 했다. 지역 어업협동조합에 소속된 진짜 뱃사람에게서 그날 아침에 잡은 은빛 코로 나도 전기가오리 네 마리를 샀다. 노천시장에서는 한 노파가 우리가 산 생선의 무게를 손으로 가늠해 보더니 아치오테 여덟 덩어리를 봉투에 담아 주었다. 우리는 라임과 마늘, 숯 한 자루도 사고 옆에 있는 좌판에서 아직 온기가 남아 있는 토르티야 2파운드도 1달러에 구입했다.

어둠이 깔리고 몇 시간 뒤에 우리는 접시에 수북이 담긴 생선을 먹었다. 붉게 물든 살코기에서 훈제 맛이 나고 아치오테의 새콤함도 삼삼하게 느낄 수 있었다. 우리는 티킨쉬크를 바요콩(팥과 비슷하게 생겼으나 반점이 있다—옮긴이)과 토르티야, 파인애플 살사, 결이 고운 하얀 로컬 치즈와 곁들여 먹었다. 친한 친구 열 명이 100마일 다이어트 식사로 배를 채우고는 모두 행복해했다.

하지만 유카탄의 독특한 음식을 제대로 이해하려면, 이 반도의 중심 도시인 메리다로 가야 했다. 이 지역에서 남보다 앞서 식도락 여행을 하고 있는 에두아르도 세이호 솔리스의 조언이었다. 메리다는 아름다운 풍경을 간직한 식민지 수도다. 신대륙에서 가장 오래된 성당 중 하나가 남아 있긴 하지만 해변이 없고 마야 문명의 유적을 볼 수도 없어 관광객이라면 굳이 칸쿤에서 3시간이나 걸리는 거리를 이동하려 들지 않을 것이다. 가는 내내 우리는 대체 어떻게 유카탄에 이토록 독특한 요리가 생겨날 수 있었는지 궁금했다. 아스팔트가 깔린 현대적인 유료 고속도로 양편으로 달 표면처럼 생긴 석회암 구멍에서 싹을 틔운 검은딸기나무들이 기다란 벽처럼 이어져 있었다.

"이곳 토양엔 돌이 많죠. 사실 흙은 아주 적어요." 수화기 너머로 세이호가 말했다.

유카탄 사람들이 쓰는 식재료는 마야 문명과 스페인, 카리브 해 지역에서 유래되어 험난한 자연환경을 극복해 낸 동식물이 대부분이다. 그러나 그 목록의 첫 번째에는 희한하게도 인도네시아에 뿌리를 둔 아바네로 고추가 있다. 세이호는 그 고추에 대해 이렇게 평가했다.

"원산지가 아바나라고 생각하는 사람들이 있는데 그렇지 않아요. 스페인 사람들이 인도네시아 자바 섬에서 가져온 거지요. 하지만 여기서부터 남쪽의 티에라델푸에고까지 전체 스페인령 중 유독 유카탄에만 아바네로 고추가 있었고, 그게 우리가 먹는 음식의 일부가 되었지요. 유카탄에서 자란 아바네로가 세상에서 가장 매운 고추랍니다."

세이호의 설명은 로컬푸드 먹기가 결코 정적이고 생동감이 없거나 편협하지 않다는 사실을 잘 보여준다. 세상은 늘 교역과 전쟁을 거치며 변화의 물결에 휩쓸려 왔다. 사람들은 어떤 씨앗이 자기네 땅에 뿌리를 내릴지 시험했으며, 그로 인해 새로운 먹거리가 진정한 고향의 맛으로 자리 잡았다.

아바네로 또는 메리다의 다른 별미들을 찾기 위해 우리는 16세기 당시의 식민지 중심가를 따라 번잡한 루카스 데 갈베즈 시장으로 들어갔다. 조개류와 갖가지 내장에서 풍겨 나오는 냄새가 때론 당혹스러웠지만, 에두아르도 케트잘이 운영하는 좌판은 향기로웠다. 그는 향신료를 팔고 있었다. 그에게 혹시 레예노 네그로가 있는지 물었다. 전날 밤 유명한 유카탄 전통 식당인 로스 알멘드로스에서 맛본 신비한 검은색 소스다.

"고추, 그냥 고추예요." 케트잘이 대답했다. 무표정해 보였지만 목소리에 친절함이 묻어났다. "석탄불에 고추를 까맣게 태운 뒤에 갈아서 만든 거죠."

한 가족이 먹을 분량을 만들려면 마른 고추 4파운드가 필요하다. 다만 소스의 열기를 식히려면 시간이 걸려서 은근히 애가 탈 수 있다. 제임스는 무척 좋아했지만 나는 좋아한다고 말하기가 애매했다. 맛이 석유를 연상시켰고 칠흑같이 검은색은 소스로는 심상치 않은 색이었기 때문이다. 이렇게 말할 수는 있겠다. 지금껏 먹어본 그 어떤 것과도 닮지 않은 뭔가를 발견하는 일은 세상 어디에서나 흥미롭다고.

"여기 있는 먹거리 중 반경 100마일 이내에서 생산된 것이 얼마나 될까요?" 제임스가 물었다.

"거의 다요." 케트잘은 이렇게 말하며 깔끔하게 쌓아 놓은 제철 무와 호박, 차야 시금치, 옥수수, 감자, 아바네로를 바라보았다. 그런 다음 낯선 이름들을 나열하기 시작했다. "야쉬코포일, 옥스쿠츠캅, 엑스카나툰. 먹거리가 어디서 오는지 직접 보고 싶으면 이 마을들에 가보세요. 가서 마야족을 만나보세요." 케트잘이 말했다.

그래서 우리는 그렇게 했다. 인적 드문 시골길을 따라가다 끈을 만드는 데도 사용하는 선인장으로 담근 술을 맛보았다. 마야 전통 의상인 위피르 블라우스에 수를 놓던 세 여인과는 화덕에서 구운 옥수수를 나눠 먹었다. '마야인들의 안데스'에서는 자주색 난과 수 열매에 가득 담긴 희부연 즙을 맛보았다. 우리는 길가 좌판에서 여인들이 파는 요깃거리 중에 시큼한 오렌지를 반으로 갈라 손으로 으깬 고춧가루를 뿌린 음식을 좋아했다. 플라야 델 카르멘이라는 신도시에서는 호텔에 딸린 작은 주방에서 호박씨 소스와 달걀로 요리를 해먹었다. 한 번도 100마일 밖에서 난 음식을 먹을 필요가 없었다. 심지어 반경 10마일 이내의 음식으로 제한을 둔다 해도 무방한 곳이 많았다.

대부분의 세상은 아직도 그렇게 먹고 살고 있었다. 요즘 같은 글로벌 시대에 '로컬푸드를 먹고 살 권리'를 옹호하는 가장 독보적인 단체 중 하나는 국제적 농민운동 조직인 '농민의 길'이다. 이들이 중요하게 여기는 사안은 먹거리가 세계무역기구WTO의 규제 철폐 대상에서 제외되어야 한다는 것이다.

이 문제는 철학적 차이 이상의 것을 담고 있다. 예를 들어 인도에서는 2003년에 농부 1만 7,107명이 자살했다. 그들은 대규모 수입 농산품과의 경쟁에서 정부의 보호를 받을 수 없게 되자 농장을 '현대화'하는 데 필요한 농약과 화학비료, 유전자 변형 종자를 구입하느라 감당하기 어려운 빚을 떠안았다. 그것이 화근이 되었다. 자기 자신은 물론 가족들까지 먹여 살릴 수 없게 되자 극단적 선택을 하고 만 것이다.

멕시코 역시 농업 세계화의 표적이 된 또 다른 국가다. 미국, 캐나다와 체결한 자유무역협정은 1994년 1월 1일에 발효됐다. 이날 반정부 게릴라군인 사파티스타가 봉기하기도 했는데, 이후 미국 정부의 보조를 받는 옥수수가 과잉 공급되면서 옥수수를 주로 재배했던 200만 멕시코 소농들의 삶의 터전이 무너지고 말았다. 그들 대부분이 생계 수단을 잃었으며, 그 바람에 무려 5,000가지나 되던 멕시코의 옥수수 품종들이 급격히 줄어들었다.

하지만 살아 있는 역사를 맛보는 일은 아직 가능하다. 제임스와 나는 1,400년 전 마야 문명의 도시 유적인 치첸이트사를 관람하는 것을 끝으로 유카탄 여행에 마침표를 찍었다. 우리의 가이드였던 호세 코브는 세 상인방 사원과 천 개의 기둥, 사슴의 집을 안내해 주었다. 계단으로 이뤄진 쿠쿨칸 피라미드를 막 지났을 때, 그가 잠시 일손을 놓고 있던 원주민들에게 간단한 마야어로 말을 건넸다. 우리는 노인이 들고 있는 큰 주전자 안에 뭐가 들었는지도 물어보았다.

"맛 한번 보실래요?" 코브가 망설이는 듯하면서도 웃는 표정으로 물었다. "이건 저와 제 아버지가 정글에 들어갈 때 챙겨 가곤 했던 거예요. 아버지가 벌목꾼으로 일하실 때요."

나이 든 상인은 나눠 먹으라며 우리에게 포솔레 1인분을 건넸다. 그것은 한 끼 식사이자 하나의 의식이었다. 소금 약간, 말린 박에 담긴 따뜻한 옥수수죽 한 모금, 익히지 않은 아바네로. 치첸이트사가 생기기도 전부터 마야인들이 땅을 일궈 얻은 완전하고도 단순한 한 끼였다.

몇 분 뒤 우리는 마야식으로 지은 건물을 또 하나 지나쳤다. 고대 유적지에서 사람들이 가장 많이 몰리는 곳 같았다. 바로 구내매점.

"저건 코카콜라 사원입니다." 코브가 재치 있게 말했다.

비가 오고 있었다. 우리는 집에 도착했다.

택시에서 내리자 가장 먼저 얼굴에 차가운 빗방울이 느껴졌다. 우리는 진정한 음식으로 느껴질 만한 어떤 것을 고대하며 기내에서 주는 부실한 점심을 마다했다.

"점심으로 뭘 먹지?" 내가 물었다.

"감자?" 제임스가 되묻자 우리는 함께 웃었다.

집을 비운 사이 현관문 틈엔 광고 우편물들이 잔뜩 끼워져 있었다. 맨 위에 얼마 전 결혼한 닐스에게서 온 카드도 있었다. 보낸 곳은 토론토, 받는 이는 '50미터 다이어트 클럽'이라고 되어 있었다.

태미와 나는 런던에서 돌아온 뒤로 거미와 파리, 벌, 집먼지진드기로 연명하고 있어. 패션모델처럼 깡마른 느낌이야! 발코니에 비둘기 덫을 설치했지만 지금까지는 벌새만 잡혔고……

나는 짐 가방을 든 채 흘러내린 우편물 더미를 넘어 집 안으로 들어갔다. 침실로 들어섰을 때, 놀란 나머지 얼어붙고 말았다. 찬장. 감자를 넣어둔 찬장 문이 빠끔히 열려 있었다.

"찬장 문을 안 닫고 갔나 봐."

나는 무척이나 당황스러웠다.

"햇빛을 받으면 못 쓰게 되는데. 새파래졌겠다."

제임스는 내 옆에 짐을 내려놓고 엉덩이에 손을 얹고 있었다.

"틀림없이 문을 닫고 갔는데." 제임스의 목소리에 으스스한 기운이 감돌았다. "아마도 녀석들이 문을 열었을 거야. 감자에 난 싹이 직접 문을 연 것 같아."

우리는 눈살을 찌푸리며 서로의 얼굴을 바라보았다. 제임스는 한쪽 발을 들더니 까치발로 찬장에 다가가 문을 활짝 열었다. 찬장 안이 온통 난리였다. 길게 자란 연분홍빛 감자 싹들이 서로 뒤엉켜 있었다. 60센티미터쯤 자라서 햇빛과 흙을 찾아 기어오르는 중이었다. 감자들이 탈출을 시도한 게 분명했다.

"저기 봐. 작은 잎눈이 자라고 있어." 내가 말했다.

정말이었다. 감자 자체는 거의 텅 빈 자루처럼 보였지만, 뾰족뾰족 길게 자란 하얀 뿔끝이 초록색으로 물들어 있었다. 녀석들은 그저 자라고 싶었을 뿐이다. 다가오는 계절과 함께 새로 태어나길 바랐던 것이다.

"이제 곧 봄이잖아. 3주밖에 안 남았어." 내가 말했다.

나는 아쉬웠지만 제임스가 웃는 바람에 덩달아 웃고 말았다.

겨울은 우리에게 엄청난 타격을 입히고 있었다. 피클은 아삭한 맛이 사라지고 작은 호박은 겉껍질이 바싹 마른 채 안으로 뭉개졌다. 그럼에도 우리에겐 훌륭한 먹거리가 믿을 수 없을 정도로 많이 남아 있었다. 냉장고와 찬장은 반 이상이 차 있었다. 청록색 허버드 호박도 아직 멀쩡했다. 크기가 힘 좋은 남자가 사용하는 메디신 볼(운동에 사용하는 무겁고 큰 공. 보통은 2, 3킬로그램짜리를 사용하지만 7킬로그램짜리도 있다—옮긴이)만 한 호박이었다. 우린 봄을 기다리며 남은 3주 동안 호박 요리를 푸짐하게 먹을 수 있었다.

제임스는 미네소타에서 가져온 와일드 라이스와 렌틸콩, 오래전에 수확했지만 아직도 촉촉한 비트와 호두에 유카탄 고추, 딜, 양파, 마늘, 늘 먹던 오리건산 소금으로 만든 화이트소스를 뿌려 점심을 준비했다. 그리고 감자도 삶았다. 물론 그전에 싹을 도려냈다. 위험하다고 말해 봤자 신경 쓸 사람이 아니란 걸 잘 알기에 나는 라디오를 켜놓고 소파에 누웠다. 제임스가 맘껏 실험을 하도록 내버려 둔 채 말이다.

"이 감자 말이야. 무슨 맛인지 알아?" 제임스가 큰 소리로 물었다.

"무슨 맛인데?"

"레스토랑에서 먹는 감자 맛이야."

나는 집안에서 느껴지는 알 수 없는 변화에 신경이 쓰였다. 팔꿈치에 힘을 주고 몸을 일으켜 밖을 내다봤다. 구름이 흩어져 있었다. 그때 라디오에서 도로 곳곳이 정체이니 주의하라는 안내방송이 흘러나왔다. 자동차들이 겁에 질린 짐승들처럼 도로 위를 조심스럽게 기어 다니고 있었다.

이유는? 날씨가 화창했기 때문이다. 태양이 축축한 세상을 비춰 도시 전체가 눈이 부시도록 환했다. 그래도 선글라스를 가지고 다니는 사람은 아무도 없었다. 어느 누구도 길이 막힌다고 화내지 않았다. 경적을 울리는 사람도 없었다. 중요한 변화를 알리는 순간이었다. 겨울이 가고 봄이 온다. 스산한 어둠이 온화하게 바뀐다.

갑작스러운 햇빛에 가려 도로는 끝이 잘 보이지 않았지만, 우리의 삶은 계속 전진하고 있었다.

에필로그

레시피를 쓰는 것은 《모비 딕》을 쓰는 것만큼이나 어렵다.

— 애니 딜라드

우리의 100마일 다이어트의 마지막 날이 하루 일찍 찾아왔다. 오랜 전통에 따르면 봄을 알리는 첫날이 3월 21일이었으나 2006년 들어 바뀌었기 때문이다. 천문학자와 달력 제작자들이 그동안의 기록을 바탕으로 춘분이 하루 빨라졌다고 발표한 것이다. 3월 20일 아침 역시 하늘은 여전히 무미건조한 겨울 느낌이었지만, 우리의 로컬푸드 먹기 실험은 드디어 끝났다. 이제 우리는 세상의 온갖 음식을 가리지 않고 먹을 수 있게 되었다. 앨리사는 욕조 안으로 들어갔다.

"아침에 뭐 먹고 싶어?" 주방에서 제임스가 물었다. "솔리즈에 가서 베이글에 훈제 연어랑 시나몬번 먹을래?" 욕실에서 물 끼얹는 소리가 나다가 한참 동안 아무 소리도 나지 않았다. "아니면 그냥 감자랑 달걀?"

"난 감자랑 달걀이 좋겠어." 앨리사가 말했다.

328

음, 이번 한 끼도 로컬푸드다. 우리는 전날 밤 거창한 식사로 그동안의 모험을 마무리했다. 론과 케리도 함께했다. 두 사람과는 100마일 다이어트 첫날에도 저녁을 함께 먹었다. 루벤과 올리브도 왔다. 이 둘은 우리의 모험을 상당 부분 함께했다. 식탁엔 언제나처럼 다양한 음식들이 가득했다. 토마토 병조림은 마지막 한 병이 전부였지만, 새해 들어 날씨가 줄곧 온화했던 터라 갖가지 겨울 채소들로 샐러드를 만들어 식탁에 낼 수 있었다.

하지만 그날 식사의 정점은 우리 집 찬장에 무려 6주 동안이나 묵혀 둔 해골 치즈를 자르는 순간이었다. 제임스와 루벤은 마치 웨딩 케이크를 자르는 커플처럼 칼을 맞잡았다. 그런 다음 함께 치즈 덩어리를 정확히 절반으로 갈랐다.

"치즈처럼 보이는데." 케리가 말했다.

루벤은 한 조각을 집어 들더니 코에 댔다. "치즈 냄새가 나." 확신에 찬 목소리였다.

모두 주저하는 분위기였다. 우리는 이미 며칠 전에 루벤의 집에서 치즈를 맛본 적이 있었다. 하지만 그때 먹은 치즈는 루벤이 냉장고에 넣어 보관해 둔 거였다. 그런데 제임스는 상온에 묵혔고, 표면에 꺼림칙한 액체도 흘러나온 상태였다. 외관이나 냄새는 치즈와 똑같았지만, 어쩌면 냄새도 맛도 없는 독소가 생겼을지도 몰랐다.

"나는 발코니로 도망쳐야 할 것 같은데." 케리가 별생각 없이 말하자, 루벤이 치즈 한 조각을 들고서 그녀를 붙잡았다. 다들 한 조각씩 손에 들었다. 제임스가 먼저 한 입 베어 물더니 흐뭇해하면서도 놀란 표정을 지으며 말했다.

"짜."

"소시지처럼 짜?" 케리가 물었다.

모두 각자 손에 든 치즈를 맛보기 시작하자 제임스가 말했다.

"아니, 도로에 뿌리는 소금처럼 짜."

"아주 짠 치즈 맛이네. 소금 뿌린 치즈." 론이 말했다.

모두들 한바탕 웃는 바람에 분위기가 화기애애해졌다.

저녁 식탁 자리에선 와인 잔이 끝없이 부딪치고 대화도 끊이지 않았다. 우리는 세상의 많은 문제들을 토론하고 옛 이야기들을 끄집어냈다. 중국에서 싸리비를 대체한 플라스틱 비처럼 사람들을 백만장자로 만들어 준 재미난 물건들을 줄줄이 나열하기도 했다. 안티모니antimony라는 반금속 성분과 나름대로 합리적인 두 가지 믿음 사이의 모순을 의미하는 이율배반antinomy을 구분하느라 사전을 가져다 뜻을 확인하기도 했다. 그러던 중 술에 취하지 않고 정신이 멀쩡했던 케리가 피할 수 없는 질문을 던졌다.

"그래서 내일은 뭘 먹을 작정이야?"

"아침엔 카운트 초쿨라 시리얼." 제임스가 무덤덤한 얼굴로 말했다. "점심엔 피자 팝 냉동 피자. 저녁은 아직 모르겠어. 아마도 매케인 디프 앤드 딜리셔스?"

"치즈 크러스트로!" 루벤이 거들었다.

"매케인 디프 앤드 딜리셔스는 초콜릿 케이크 아니야?" 올리브가 물었다.

다들 그 말이 맞는 것 같다고 중얼거렸다.

론은 거의 의자에서 일어설 듯한 자세로 말했다. "매케인 디프 앤드 딜리셔스 초콜릿 케이크 어때? 치즈 크러스트 스타일로 말이야."

"다들 정신이 나간 것 같아." 케리가 혼잣말처럼 말했다.

앨리사가 마지막 요리를 식탁에 내놓았다. 치즈를 얹은 가정식 크래커였다. 해골 치즈는 조용히 옆으로 밀려나고, 이 지역에서 난 재료로 만든 카망베르, 브리, 더비와 아시아고를 섞어 만든 치즈가 그 자리를 대신했다.

"우리는 크래커는 아직 안 만들어 봤는데." 케리가 다정하게 말했다.

그녀는 우리 세대에서는 드물게 아직도 자신이 집에서 저장식품을 만들어 먹는다는 사실에 자부심을 갖고 있었다.

"치즈는 만들어 봤어?" 루벤이 물었다.

"아니."

"파스타 면은?"

"아니."

"요구르트는?"

"만들어 봤지."

"비누는?" 루벤의 목소리가 커졌다.

"아니."

"그럼 저 인간은 왜 데리고 사는 거야?" 루벤이 어깨 너머에 있는 론을 엄지손가락으로 가리키며 물었다.

6개월이 흘렀다. 구름 한 점 없이 맑은 날이었다. 태평양의 묘지(밴쿠버 섬 해안은 예기치 않게 기상이 악화되는 일이 잦아서 15세기에 유럽에서 건너온 탐험가 상당수가 목숨을 잃었다—옮긴이)라 불리는 밴쿠버 섬 서해안에서는 이런 날씨를 만나기 힘들다. 우리는 탁 트인 바다를 향해 노를 저었다. 제임스는 등을 뱃머리에 기댄 채 두 손으로 노를 젓고 있었다. 선미에 앉은 앨리사는 맞은편의 제임스에게 나직한 목소리로 방향을 알려주는 것만 빼면, 또 사방에 흰머리독수리들이 날고 있다는 사실만 빼면, 연인과 함께 템스 강에 놀러나온 빅토리아 시대의 여인 같았다.

밴쿠버 도심에서 여기까지 오는 데 무려 열두 시간이 걸렸다. 자동차를 타고 와서 페리로 세일리시 해를 건넌 다음, 다시 자동차로 외항까지 이동해 증기선 프랜시스 바클리를 네 시간이나 탔다. 증기선의 종착지는 뱀필드, 인구 300명의 외딴 섬이지만 우리의 100마일 반경 내에 있으면서 지난 1년 동안 귀한 먹거리를 제공해 준 곳이다. 화사한 색깔의 불가사리가 맑은 물에서 한가로이 휴식을 취하고, 보랏빛 아네모네가 물방울처럼 선창에 매달려 있었다. 공기에서는 신선한 소금기가 느껴졌다.

로컬푸드를 먹기 위해 이 긴 여행이 필요했다는 건 아이러니가 아닐 수 없다. 이제부터 우리가 하려는 일은 다른 어떤 일보다도 상징성이 크다. 그동안 우리는 먹는 방식을 완전히 바꿔 보려고 시도해 왔다. 패스트푸드가 만연한 글로벌 시대에 주변의 땅에만 의

지해 먹고사는 일이 과연 가능할까? 가능하다. 마지막까지 우리 찬장에 남아 있던 먹거리 중 로컬푸드가 아닌 것은 단 한 가지뿐이었다.

소금.

작은 배는 바람을 거스르며 조심스럽게 나아갔다. 적어도 방향은 맞게 나아가고 있었다. 우리는 막다른 물길을 따라 내려가기 시작했는데, 알고 보니 거기는 바다 위에 떠 있는 기름과 쓰레기, 뱀필드에서 내려오는 하수가 몰려드는 일종의 자연 대피소였다.

한 시간 넘게 노를 저으니 작은 만 어귀에 이르렀다. 여기서 몇 미터만 더 가면 아길라 곶을 끼고 돌게 된다.

그러고 나면…… 아무것도 없다. 푸른 수평선이 끝없이, 아마도 일본까지 이어질 것이다. 탁 트인 태평양 바다가 공기처럼 맑고 깨끗하게 밀려든다. 제임스는 조류를 거슬러 계속 노를 젓고, 앨리사는 커다란 스테인리스 주전자를 바닷물에 담가 소금물을 채웠다.

인체는 소금 결정체를 필요로 하지 않는다. 생존을 위해 일부러 소금을 먹어야 하는 건 아니다. 인류학자와 고고학자들에 따르면 수렵과 채집으로 생활하던 사회에서는 소금을 만들거나 거래하지 않았다고 한다. 그런데도 자연에서 구한 먹거리에 함유된 성분들로 생존에 필요한 소금을 충분히 섭취할 수 있었다. 북서부 태평양 연안에 살았던 원주민들도 해산물과 해초가 주식이었으니 일부러 소금을 만드는 일은 없었을 것이다.

하지만 향신료가 문명을 상징하는 기념비가 되면서 대부분의 현대인들은 건강에 유익한 양보다 훨씬 많은 소금을 소비하고 있다. 소금 업계에 따르면, 혈액과 땀, 눈물을 제외하고도 유류 화재 진화에 쓰이는 것부터 발의 피로를 풀어 주는 입욕제에 이르기까지 소금의 용도가 1만 4,000가지나 된다고 한다. 소금은 염지, 훈제, 절임, 발효에도 중요한 재료다. 적게 쓰는 것이 가장 좋지만, 치즈를 만드는 과정에도 소금이 있으면 도움이 된다.

소금 제조를 기록한 역사는 2,800년 전의 중국으로 거슬러 올라간다. 그 기술이 기록될 당시에도 소금 제조는 이미 매우 오래된 방식으로 여겨졌지만, 우리가 지금 뱀필드에서 시도하는 방식과 크게 다르지 않았다. 옛날에도 단지에 바닷물을 채우고 끓여서 물을 증발시킨 다음, 남은 소금 결정을 모았다. 북아프리카 어느 지역에는 천연 염전 역할을 하는 소금 호수가 있다. 유럽에는 잘츠부르크처럼 소금 우물(땅속의 암염을 물에 녹여 길어 올리는 우물−옮긴이)이나 소금 광산 주변에 만들어진 도시들이 많다. 하지만 바닷물을 끓여 소금을 만드는 방식은 결코 사라지지 않았다.

소금에도 원산지가 있다고 생각하는 사람은 별로 없다. 대개는 원래부터 상자에 들어 있는 거라고 생각한다. 하지만 모든 것엔 원산지가 있으며, 요새는 하와이, 뉴질랜드, 이집트, 히말라야 산맥 등지에서 만든 고급 소금도 있다. 포르투갈의 알가르브 남부 해안에서는 소금 제조 장인들이 면도칼로 깎아내듯 염전 표면의 물을 순식간에 걷어 낸다. 이것이 바로 요즘 최고급 레스토랑에서 없어서는 안 되는 플뢰르 드 셀이다. 프랑스 게랑드 반도에 있는 소금 습지에서도 똑같은 방식으로 생산한다. 하기에 따라 공정은 매우 정교해질 수 있지만, 지구 표면의 70퍼센트가 바다로 덮여 있으니 어딜 가나 소금이 널려 있는 셈이다. 사람은 언제 어디서나 늘 소금을 만들 수 있다.

1815년, 당시 인도를 지배했던 영국 정부는 잘 알려진 대로 정부가 권한을 부여한 사람 외에는 소금을 만들지 못하게 했다. 자기가 먹기 위해 소금을 모으는 일조차도 처벌 가능한 범죄 행위였다. 저항이 뒤따랐지만 1863년까지 인도 사람들은 영국에서 수입한 소금을 사 먹거나 아예 소금을 사 먹지 않거나 둘 중 하나를 선택할 수밖에 없었다.

그로부터 60년 이상이 흐른 뒤, 영국 총독은 한 통의 편지를 받게 된다. 편지에는 영국의 식민 통치가 곧 도전에 직면하게 될 것이며, '그 시작은 바로 이 악폐로부터 비롯될 것'이라고 적혀 있었다. 소금법을 겨냥한 말이었다. 편지엔 당시 주목받기 시작한 인도 독립운동 지도자의 서명이 있었다. 바로 마하트마 간디다. 간디는 란 쿠치라는 거대한 소금 사막과 가까운 포르반다르 마을에서 태어났다.

1930년 3월 12일, 간디와 그가 설립한 수행자 공동체 아슈람에서 생활하는 이들 78명이 바다까지 걸어가는 240마일의 여정을 시작했다. 23일 뒤 수천 명으로 불어난 일행이 소금 사막에 도착했을 때, 세계의 이목은 육십 평생 소금을 먹어 본 적 없는 맨발의 지도자에게 쏠렸다. 그는 철야 집회를 이끌고 동이 트자마자 인도양에 몸을 정화했다. 그러고는 물가로 걸어가 소금 습지의 딱딱한 표면을 깬 뒤 소금 결정체를 얻기 위해 바닷물을 떠다 끓이기 시작했다.

우리의 100마일 다이어트는 끝나지 않았다. 완전히 끝난 것은 아니다. 마지막 저녁 만찬을 즐긴 다음 날 점심에 제임스는 남은 파스타에 후추를 약간 뿌려서 먹었다. 앨리사는 저녁에 근사한 인도 식당에 가자고 했다. 우리는 식당에서 아마도 동남아시아나 브라질에서 왔을 법한 열대과일 잭프루트를 주문했다. 그 밖에 레몬, 쌀, 맥주 등 우리가 무척 좋아하는 100마일 밖의 먹거리들이 서서히 주방으로 복귀했다.

하지만 달콤한 바나나나 백설탕처럼 아직 먹지 않는 것들도 많았다. 우리가 먹는 글로벌 음식과 로컬푸드의 비율은 과거와 비교하면 정반대가 되었다. 결국 우리가 새로운 방식을 더 좋아한다는 얘기다.

계절을 나는 일도 두 번째가 되니 훨씬 수월해졌다. 비록 베리 열매가 늦게야 열리고, 농민장터도 추운 봄 날씨 때문에 개장이 미뤄졌지만, 아스파라거스 수확은 성공적이었다. 스티브 요한슨은 꽃새우를 잡아들였고, 프레이저 강엔 홍연어 수백만 마리가 돌아와 요한슨의 배에 매달아놓은 견지낚시의 방울들을 전부 울려댔다.

자연은 언제나처럼 예측 불가능하다. 우리는 여전히 새로운 먹거리를 발견해 가는 기쁨을 누렸다. 그중엔 촌스럽게 생겼지만 스튜에 넣으면 주황색 당근보다 훨씬 맛있는 붉은 당근과 빅토리아산 아몬드, 태평양 연안에서 잡은 옆줄무늬새우도 있었다. 앨리사는 이스트밴쿠버에서 다 자란 올리브나무를 두 눈으로 직접 봤다는 여인을 만나기도 했다. 제임스는 텃밭에 토마티요(미국 남부와 멕시코가 원산지인 자주색 열매. 가지과에 속하는 채소지만 질감이 토마토와 비슷하다-옮긴이)를 재배했다. 우리는 또 나란히 토마토 병조림을 만들었다.

부동산을 매입하지는 않았지만 앨리사는 한 가지 꿈을 이뤘다. 11주간의 훈련을 마치고 6월에 일종의 자전거 마라톤인 센추리 라이드에 도전한 것이다. 프레이저 강 유역 농장을 지나 국경 너머 워싱턴 주 왓컴 카운티로 내려간 다음, 원뿔 모양의 화산인 베이커 산을 절반쯤 올라갔다가 다시 돌아오는 코스였다. 제임스는 빨간 소형 자동차를 타고 앨리사를 뒤따르면서 집에서 곡물과 견과류를 볶아 만든 그래놀라바를 조금씩 건넸다. 결승선에서 앨리사는 염분을 보충하기 위해 다시마 한 조각을 입에 넣고 오도독 씹으면서 환하게 웃었다. 물론 센추리 라이드는 정확히 100마일 마라톤이다.

로컬푸드 아이디어도 세계 곳곳에서 성장을 거듭했다. 영국에서 시작된 로컬푸드 먹기가 호주까지 번지고, 뉴욕 주 올버니에서 오리건 주 유진까지 이어졌다. 미네소타에서 만났던 서니 존슨은 1년간의 로컬푸드 먹기 실험이 끝나는 날 자동차 엔진이 고장 나는 바람에 유타 주에 발이 묶였다. 하는 수 없이 고속도로 길가에서 서브웨이 샌드위치를 사 먹었다고 한다. 그녀는 야생식물 채집에 관한 텔레비전 프로그램을 제안하러 로스앤젤레스가 있는 서쪽으로 향하던 길이었다.

밴쿠버 바로 북쪽에서는 크리스 허거스하이머라는 사람이 일반 성인 남자가 누울 만한 크기의 땅에 봄밀을 심고 씨앗이 빵이 되기까지의 과정을 블로그에 올렸다. 우리는 밴쿠버 섬에 사는 한 농민에게 로컬푸드 사용자를 위해 검정콩과 강낭콩, 병아리콩의 재배를 부탁했지만, 작물보다 더 빠르게 자라나는 잡초를 당해 낼 수는 없었다. 남극의 한 과학자는 자신의 연구소에서 온실을 운영하고 있다고 알려 왔다. 또다시 가을의 문턱에 들어서자, 앨리사의 막내 여동생은 어머니의 집 뒷마당에서 딴 블랙베리로 생애 첫 잼을 만들었다.

그러고 나자 파월 리버 타운에서 새로운 소식이 날아왔다. 파월 리버는 밴쿠버에서 북쪽으로 멀지 않은 곳이지만 페리를 타야만 갈 수 있는 곳이다. 그곳에 한 무리의 사람들이 모였다. 그들은 함께할 50명을 모아 5주간 50마일 다이어트를 시도할 작정이었다. 그런데 예상 밖으로 250명이 넘는 사람들이 참가 신청을 했고, 레스토랑과 식료품점, 정육점, 생선 가게도 참여 의사를 밝혔다. 주민 1만 3,000명이 사는 파월 리버는 쇠락해 가는 농촌 마을로, 글로벌 경제의 거대한 힘에 밀려난 또 하나의 희생물이었다.

"우리 지역 농민들 가운데 농사를 지어 먹고살 수 있는 사람은 거의 없어요." 파월 리버 프로젝트의 핵심 운영자 중 한 사람인 린 애덤슨이 말했다. "고객에 대한 확신이 서면 농민들이 농사를 더 많이 짓거나 새로 농사를 시작할 자신감을 얻게 될 거라고 기대해요."

우리가 뱀필드에서 빌린 시골집은 구석구석 습기가 배어 퀴퀴한 냄새가 났다. 우리는 바다로 우리만의 순례를 떠났다. 세상 누구도 보고 있지 않았지만, 호기심 많은 수고양이 한 마리가 유심히 지켜보고 있었다. 우리는 문을 활짝 열어 놓고 아침 햇살과 항구에서 들려오는 소리를 맞이했다. 선미에 달린 모터 소리와 갈매기 울음소리, 바다사자가 목을 가다듬는 소리도 들렸다. 우리가 머문 시골 집은 해변에서 50걸음도 되지 않았다.

소금을 만드는 데 신기한 구석이라곤 아무것도 없다. 바닷물을 스토브 위에 올리고 물이 졸아들 때까지 끓인다. 물기가 거의 사라질 때쯤 남은 양을 프라이팬에 옮겨 뭉근히 끓인다. 그런 다음 기다린다. 액체에 거품이 일기 시작하면 표면에 상상할 수 있는 가장 작은 결정들이 생긴다.

그것이 바로 플뢰르 드 셀.

그러고 보니 소금 만들기에는 신기한 점이 있었다.

브리티시컬럼비아 주의 가장자리 뱀필드 섬에도 다시 해가 높이 떴다. 앨리사는 주방으로 걸어 들어갔다.

"여기 봐." 앨리사가 부드럽게 말했다.

마지막 남은 바닷물마저 수증기로 변하고 있었다. 옆으로 다가온 제임스가 팬을 잡고 살짝 기울이자, 앨리사는 촉촉한 결정체를 미리 준비해 둔 그릇에 나무주걱으로 옮겼다. 벌써 그릇이 거의 다 찼다. 하얀 소금이 눈부시게 쌓였다. 이만하면 1년 동안 충분히 먹을 양이다.

감사의 글

책은 보통 어렴풋한 믿음에서 시작된다. 우리 책은 웹사이트 '더 티이TheTyee.ca'의 데이브 비어스 편집장이 아무런 망설임 없이 '100마일 다이어트' 시리즈를 기고하도록 허락해 준 덕분에 가능했다. 그리고 앤 맥더미드와 엠마 패리가 우리보다 먼저 그 글을 책으로 만들 생각을 했다. 책을 만드는 일은 협동 작업이다. 따라서 감사해야 할 분들이 많다. 특히 우리 아이디어를 열정적으로 받아준 셰이 아레하트와 집필 방향을 친절히 안내해 준 존 글러스먼, 언어의 달인이자 농촌 사람으로서 실질적 도움을 준 앤 콜린스에게 감사드린다.

지난 1년 동안의 모험은 루벤 앤더슨, 올리브 뎀프시, 론 플로라이트, 케리 아델, 데보라 캠벨, 에이드리엔 머서, 사샤 매키넌이 아이디어를 보태고 함께한 덕분에 풍요로웠다. 그 밖에도 많은 분들이 우리에게 빵을 쪼개 건네거나 감자를 나눠 주었다. 많은 농민들과 토종 씨앗 지킴이, 어부, 그 밖에 다른 먹거리들을 생산하며 갈수록 산업화되어 가는 먹거리 체계에 저항하고 땅과 공동체에 헌신하는 이들이 없었다면 지난 1년은 불가능했을 것이다. 그분들께

경의를 표한다.

마이크 노리, 조지 런드리, 우샤 라우텐바흐, 브라이오니 펜, 테리 글래빈, 커크 새포드, 서니 존슨, 마이클 에이블맨, 크리스 허거스하이머 등은 우리에게 도움과 조언은 물론, 때로 잠자리까지 제공해 줬다. 제임스는 메초신 마을에 사는 디터 아이젠하워에게 남다른 감사의 마음을 품고 있다. 그는 언제나 최상의 샐러드 채소를 재배했으며, 제임스에게 마늘을 심는 정교한 기술과 함께 살아가는 데 필요한 다른 중요한 기술들도 가르쳐 주었다.

《훌륭한 가정요리》 1944년 판의 저자들도 일일이 언급할 만한 가치가 있다. 캐서린 피셔와 도로시 마시. 부모님과 할머니, 할아버지, 다른 모든 인생 선배들께도 감사드린다.

100마일 다이어트 소사이어티와 홈페이지를 설립하는 일은 생각보다 복잡했다. 바이로 크리에이티브에서 멋진 웹사이트와 캠페인 아이디어를 제공했고, 그 밖에 사회적 기업 투자자인 조엘 솔로몬과 엔즈웰 재단, 농촌 사람/도시 사람, 케이퍼스 커뮤니티 마켓, 로컬푸드 활성화를 도모하는 기업 '작은 감자 도시 배달', 전국농민연합 등이 큰 도움을 주었다.

복잡한 법률문제는 데니스 맥케이브가 해결해 주었고, 밀려드는 메시지들은 고맙게도 바네사 리치먼드가 처리해 주었다. 파월 리버 로컬푸드 프로젝트의 성공을 위해 린 애덤슨과 캐시 맥이 촉매 역할을 한 것처럼, 밴쿠버에서는 켈리 쿠릭, 셜린 코티, 제프 닐드가 소중한 조력자였다. 버지니아 대학 티머시 비틀리 교수는 우리의 100마일 추수 감사절 캠페인의 구심점이었다. 100마일 시식 메뉴를 개발하고 홍보해 준 안드레아 칼슨, 수 알렉산더 그리고 레인시티 그릴 측에도 감사드린다. 마지막으로 각계각층에서 로컬푸드 먹기 사연과 레시피 공유를 위해 글을 써주신 많은 분들께도 고마움을 전한다.

이 책을 쓰는 동안 우리는 로컬푸드 운동이 공감을 얻고 있음을 알게 됐다. 이 분야의 선도자들을 언급할 필요가 있다. 세이지 반 웡과 지역먹거리주의자들(www.locavores.com), 제니퍼 메이저와 로컬푸드 먹기 챌린지(www.eatlocalchallenge.com), 로컬 하비스트 (www.localharvest.org), 트리허거닷컴(www.treehugger.com), 슬로푸드 그룹의 유타 주·뉴욕 주·밴쿠버 지역 모임과 《먹거리의 귀향 Coming Home to Eat》을 쓴 개리 폴 나브한. 이름을 다 거론하기엔 너무 많은 이들이 북아메리카는 물론 세계 각지에서 좀 더 분별 있는 먹거리 체계와 소중한 농토 보전, 농민에게 더 이로운 거래 활성화를 위해 노력하고 있다. 이런 사실만으로도 우리는 희망을 얻는다.

로컬푸드 먹기에 관한 회고록이라 생각하며 이 책을 썼지만, 언급된 내용들은 모두 권위 있는 1차 자료에서 구한 것이다. 우리는 사실을 뒷받침하기 위해 최선을 다했다. 대부분은 책에서 도움을 받았지만 학술 논문에서 초기 탐험가들의 기록에 이르기까지 10여 가지의 다른 자료들도 활용했다. 먹거리 체계와 문화에 관심 있는 독자들에게 훌륭한 배경지식을 제공할 만한 책 몇 권을 소개한다.

크리스토퍼 쿡의 《죽은 행성을 위한 식습관: 거대 산업과 다가올 먹거리의 위기Diet for a Dead Planet: Big Business and the Coming Food

Crisis》, 앨런 데이비슨의《옥스퍼드 음식 안내서The Oxford Companion to Food》, 테리 글라빈의《마코앵무새를 기다리며: 멸종의 시기에 들려온 다른 이야기들Waiting for the Macaws: And Other Stories from the Age of Extinctions》, 존 가우디의《제한적 욕구, 무제한적 수단: 수렵·채집 경제학 독본Limited Wants, Unlimited Means: A reader on Hunter-Gatherer Economics》, 브라이언 핼웨일의《로컬푸드: 먹거리-농업-환경, 공존의 미학Eat Here: Reclaiming Homegrown Pleasures in a Global Supermarket》, 데보라 메디슨의《고향의 맛: 미국 농민장터 농산물로 요리해 먹기 Local Flavours: Cooking and Eating from America's Farmers' Markets》, 매리언 네슬레의《음식 정치학: 음식 산업이 영양과 보건에 미친 영향Food Politics: How the Food Industry Influences Nutrition and Health》, 마이클 폴란의《잡식동물의 딜레마The Omnivore's Dilemma: A Natural History of Four Meals》, 에릭 슐로서의《패스트푸드의 제국Fast Food Nation: The Dark Side of the All-American Meal》 등을 추천한다.

또 밴쿠버 공공 도서관과 브리티시컬럼비아 대학교 도서관, 브리티시컬럼비아 기록 보관소를 언급하지 않고 이 글을 마무리할 수는 없다. 모두 우리의 지지를 받아 마땅한 중요한 기관들이다.

마지막으로 밴쿠버의 캐나다농업신용조합에서 글을 쓰며 끊임없이 영감을 주는 데보라 캠벨, 찰스 몽고메리, 브라이언 페이턴, 크리스 테노브, 존 베일런트에게 축배의 100마일 샹그리아를 바친다. 미처 소개하지 못한 분들이 있다면 너그러운 용서를 바란다.

특별 부록

🥜 로컬푸드 먹기를 하는 13가지 행복한 이유

🌿 제임스, 앨리사와 함께하는 Q & A

🌱 100마일 다이어트 도전에 필요한 4가지 규칙

🌾 100마일 레시피

로컬푸드 먹기를 하는 13가지 행복한 이유

1. 지금까지와 다른 음식의 제맛을 느낄 수 있다

농민장터에서 만나는 지역 농산물은 대부분 수확한 지 채 하루가 되지 않은 것들이다. 그래서 충분히 익은 데다 신선하고 풍미가 가득하다. 수확한 지 몇 주 혹은 몇 달이 지난 슈퍼마켓의 과일, 채소와는 차원이 다르다. 뿐만 아니라 지역에서 재배된 작물들은 장거리 운송이나 기계적인 대량 수확 방식이 필요 없기 때문에, 내구성보다는 맛을 기준으로 선택된 품종일 가능성이 높다. 100마일 다이어트를 하는 동안 우리가 먹은 음식들은 지금까지 먹어 본 음식들 중 가장 훌륭했다.

2. 우리가 먹는 음식들에 대해 잘 알 수 있다

오늘날 먹거리를 구입하는 일은 간단치 않다. 이 토마토에 어떤 농약이 사용됐지? 저건 유전자 변형 옥수수인가? 저 닭은 놓아기른 것일까, 아니면 기업형 양계장에서 사육한 것일까?

로컬푸드를 먹으면 자신이 먹는 음식의 출처와 더욱 가까워지며, 실제로 이런 질문들을 던질 수도 있다. 각자가 믿을 만한 농부와 관계를 맺는다면, 혹시라도 의구심이 생길 때 농장에 달려가 눈으로 직접 확인해 볼 수도 있다.

3. 이웃과 교류할 수 있다

로컬푸드를 먹으면 사람들과 어울릴 수 있다. 여러 연구 결과에서도 농민장터를 이용하는 사람들이 슈퍼마켓을 이용하는 사람들보다 10배 더 많은 대화를 하는 것으로 드러났다. 공동체 텃밭을 활용하는 방법도 있다. 그러면 동네에서 그냥 지나쳤던 사람들을 만나 이웃이 될 수 있다.

4. 계절의 참맛을 즐길 수 있다

로컬푸드를 먹는다는 것은 곧 제철 음식을 먹는다는 뜻이다. 따라서 체리가 여름 과일이라는 사실을 알게 될 것이다. 겨울에도 호박수프나 팬케이크 같은 소박하고 편안한 제철 음식들이 지구 저편에서 가져온 장거리 체리보다 훨씬 더 큰 만족감을 준다.

5. 새로운 맛을 발견할 수 있다

돼지감자를 먹어 본 적이 있는가? 쇠비름이나 메추리알, 예르바 모라, 테이베리는 어떤가? 이것들은 지난 1년 동안 우리가 로컬푸드를 먹으며 처음 맛본 음식들 가운데 일부만 언급한 것이다. 우리는 우리 지역에서 나는 꽃새우가 이름난 대하보다 훨씬 맛있다는 걸 알게 되었다. 이미 알던 음식에 대해서도 전보다 더 관심이 생겼다. 슈퍼마켓에서 구할 수 있는 콩 종류가 몇이나 될까? 고작해야 서너 종에 불과할 것이다. 하지만 그건 빙산의 일각에 불과하다. 농작물의 종류가 급속도로 획일화되면서 2,000개가 넘는 품종이 사라졌지만, 아직 300여 개의 품종이 소규모 농장에서 재배되고 있다.

6. 우리가 사는 지역을 돌아볼 수 있다

지역 농장을 방문하는 일은 자신의 근거지를 여행할 수 있는 한 방법이다. 농장에 가는 길에는 간단하게 즐길 수 있는 먹거리도 많다.

7. 지구를 보호할 수 있다

아이오와 주에서 진행한 연구에 따르면, 로컬푸드를 먹을 경우 미국 전역에서 운반해 온 음식을 먹는 일반적인 식단에 비해 석유 소비량이 17분의 1로 줄어든다. 전형적인 영국인의 식단을 로컬푸드로 준비할 경우, '푸드 마일'이 66분의 1로 단축된다. 많은 지역 농민장터에서 화석연료 사용을 최소화한 저탄소농법으로 재배한 먹거리를 선보이기 시작했다. 따라서 로컬푸드를 먹는 사람들은 탄소 배출을 줄이는 데 기여할 수 있다.

8. 소규모 농장을 지원할 수 있다

우리는 각계각층의 많은 사람들이 흙에서 작물을 가꾸고 싶어한다는 걸 알게 되었다. 당신도 그중 한 사람일지 모른다. 지역 시장이 사람들로 북적이면 소규모 가족 농장에 활기가 생기고, 더불어 지역경제가 튼튼해지며, 지역 공동체 문화가 단단히 뿌리내릴 수 있다.

9. 지역 경제에 도움이 된다

영국의 한 연구팀이 지역 먹거리 사업에 소비되는 금액 중 얼마가 지역 경제에 남고, 몇 번이나 재투자되는지를 조사했다. 그 결과 지역 경제에 기여하는 정도가 슈퍼마켓 체인점에서 소비할 때보다 두 배 가까이 되는 것으로 드러났다.

10. 몸이 건강해진다

100마일 다이어트가 살 빼는 방법으로도 효과가 있는지 궁금해하는 사람들이 많다. 그 문제에 관해선 아직 진지하게 연구된 바가 없지만, 우리의 경험과 100마일 다이어트를 실천한 이웃들의 이야기를 종합해 보면 대부분 로컬푸드를 먹는 동안 살이 빠지는 것 같다. 하지만 그보다 더 중요한 사실은 더 건강해지는 느낌이 든다는 것이다. 전보다 채소는 더 많이 먹고 가공식품은 덜 먹게 되며 훨씬 다양한 음식을 맛보게 된다. 영양 면에서 가장 훌륭하고 신선한 먹거리를 이전보다 더 많이 먹게 된다. 농민장터에서 재료를 구해 집에서 손수 음식을 만들어 먹는 동안엔 칼로리를 계산할 필요를 느끼지 못할 것이다.

11. 추억을 만들 수 있다

우리와 친한 친구 한 명은 친구들과 함께 밤새 잼을 만들거나 우리가 그랬던 것처럼 피로기를 만드는 것이 캄캄한 곳에 웅크리고 앉아 할리우드 블록버스터 영화를 보는 것보다 훨씬 재미있다고 주장한다. 우리도 동의하는 바다. 친구나 가족이 모여 함께 음식을 만들어 먹는 행위는 우리의 사회적 관계를 돈독히 하는 데 상당한 기여를 해왔다.

12. 여행이 훨씬 즐거워진다

한번 로컬푸드 먹기에 빠져들면, 어디를 가든 로컬푸드를 찾고 싶어진다. 우리는 멕시코 여행 당시 화덕에 구운 옥수수와 고춧가루를 뿌린 새콤한 오렌지에 이끌려 리조트에 머무르지 않고 작은 마을들을 돌아다녔다. 그 길 어딘가에서 허름한 식당을 만나 따뜻한 라임수프를 먹으며 말을 못 하는 마술사가 선보이는 묘기도 구경했다.

13. 다음의 사실을 늘 기억하게 된다

모든 음식과 요리는 성적 비유가 될 수 있다.

제임스, 앨리사와 함께하는 Q & A

Q. 왜 하필 '100마일' 다이어트였나?

생각을 지역 중심으로 바꾸는 비교적 쉬운 방법 중 하나이기 때문이다. 100마일 반경은 큰 도시를 벗어날 만큼 먼 거리이면서도 지역 먹거리와 정말로 연결되었다는 느낌이 들 정도로 가까운 거리다. 게다가 '160킬로미터 다이어트'라고 하는 것보다 발음하기가 훨씬 쉽다.

Q. 100마일 다이어트는 얼마나 어려운가?

우리는 아무런 준비 없이 뛰어들어 꼬박 1년을 도전했기 때문에 어려웠다. 우리가 사는 곳은 캐나다 서부 해안 지역이라서 밀을 재배하는 별난 농부를 찾기까지 무려 7개월이 걸렸다. 그전까지는 믿을 수 없을 정도로 감자를 많이 먹었다.

그렇게 힘들게 100마일 다이어트를 하면서 오늘날의 먹거리 체계에 대해 많은 것을 알게 되었다. 하지만 누구에게나 권할 만한 방법은 아니다. 보다 현실적인 방법은 친구나 가족과 함께 완전한 100마일 식사 한 끼를 준비해 본 뒤, 목표로 삼을 거리를 조정하는 것이다.

Q. 이 실험이 대체로 즐거웠나, 아니면 힘들었나?

100마일 다이어트는 경험을 통해 배워 나가는 과정이다. 각 계절의 특징도 알게 되고, 우리가 먹는 음식들이 어디서 오는지, 우리 몸과 환경에 어떤 해를 끼칠 수 있는지도 알게 된다. 이 실험을 하다 보면 어쩌다 우리가 종잇조각처럼 맛없는 사과와 석유 화학성분으로 뒤범벅된 케이크를 먹게 되었는지 의문을 갖게 된다. 100마일 다이어트는 힘든 도전이었다. 하지만 좋았다. 진정한 모험이었다.

Q. 100마일 다이어트를 음식과 관련된 하나의 주의(主義)로 볼 수 있을까?

좀 더 많은 사람들이 로컬푸드를 좀 더 자주 먹는다면 이 세상이 좀 더 나은 곳이 되리라고 생각한다. 그렇다고 우리의 신념을 강요하기 위해 친구들에게 시비를 걸거나 절교를 선언하지는 않는다.

Q. 혹시 영양 결핍을 느끼지는 않았나?

우리는 1년 동안 가능한 한 짧은 거리를 이동해 가장 신선한 음식들만 먹었으며, 제철에 가장 잘 익었을 때 수확해서 바로 먹거나 저장식품으로 만들어 먹었다. 대부분 유기농이었으며, 산지에서 구한 것을 직접 손질해 먹었기 때문에 상자에 말끔히 포장된 것은 없었다. 로컬푸드 먹기를 1년 넘도록 지속하는 주된 이유는 건강이 좋아졌기 때문이다.

Q. 단조로운 식단이 반복되었나?

처음엔 그랬다. 하지만 로컬푸드를 구할 수 있는 곳을 많이 알게 되

면서 우리가 먹는 식단도 훨씬 더 흥미로워졌다. 농부들과 농민장
터를 통해 전에는 한 번도 먹어 본 적이 없는 음식과 맛을 접했다.
사계절의 특성을 알게 되었으며, 더욱 미세한 계절 차이도 발견하
게 되었다. 구할 수 있는 먹거리는 늘 바뀐다.

Q. 실행하는 데 돈이 많이 들었나?

식단과 마찬가지로 처음에만 그랬다. 우리 현대인들은 대부분 겨울
에 먹는 체리처럼 제철이 아닌 농산물이나 방부제가 잔뜩 들어간
스파게티 소스에 값비싼 대가를 지불한다. 이 실험을 하는 동안에
는 신선한 제철 먹거리를 농부에게 직접 구입했으며, 한꺼번에 많
은 양을 살 때도 더러 있었다. 우리는 겨울 양식을 많이 저장해
둔 덕분에 식료품점에 갈 일이 거의 없었다. 로컬푸드를 먹는 동
안에도 식비엔 별반 차이가 없었다. 100마일 다이어트를 엄격하게
실천한 가정에서는 오히려 식비가 줄었다는 이야기를 여러 번 듣기
도 했다.

Q. 시간을 많이 투자해야 하나?

솔직히 로컬푸드 공급처를 찾고, 음식을 손수 만들어 먹고, 겨울을
나기 위해 병조림을 만드는 일은 시간이 걸리는 일이다. 친구와 베
리 열매를 따거나 발효 빵 만드는 법을 배워야 할 때도 있지만, 오
히려 시간을 잘 쓰고 있다는 느낌을 받는다. 우리가 시간을 어떻게
쓰고 있는지에 대해서도 흥미로운 의문을 갖게 된다. 사무실에서
보내는 시간을 줄이고, 자급자족하는 데 더 많은 시간을 써보면 어

떨까?

Q. 무엇이 가장 그리웠나?

어느 지역에든 구하기 힘들거나 아예 구할 수 없는 먹거리가 있다. 우리는 7개월 동안 밀 없이 지냈다. 그러다 밀을 재배하는 농부를 찾았고 그 후로는 원 없이 먹었다. 놀라운 점은 로컬푸드에 대한 관심이 높아지면서 지역 고유의 곡물 재배 전통을 부활시켜야겠다고 인식한 농부들이 생겨났다는 사실이다. 지금 우리에겐 어떻게 활용해야 할지 모를 정도로 밀이 많다. 로컬푸드 먹기 실험이 지역 사회의 먹거리 체계에 얼마나 빠르게 큰 영향을 미칠 수 있는지 보여주는 결과다.

Q. 여전히 100마일 다이어트를 하고 있나?

그렇다. 완벽하지는 않지만. 지금은 우리가 먹는 음식의 약 90퍼센트가 지역에서 난 먹거리다. 올리브, 초콜릿, 맥주 같은 일부 장거리 기호식품을 집 안에 들여놓긴 했다.

Q. 뉴욕과 알래스카, 사막에서도 로컬푸드 먹기가 가능할까?

최근에 뉴욕에 딱 하루 머물 일이 있었는데 한 끼를 100마일 식사로 해결했다. 북위 60도 지역과 멕시코 유카탄 반도에서 완벽한 로컬푸드 먹기를 실천한 적도 있다. 더 쉽거나 더 어려운 지역이 있겠지만, 약간의 준비만 한다면 로컬푸드 먹기는 결코 불가능하지 않다.

100마일 다이어트 도전에 필요한 4가지 규칙

당장 하루나 일주일, 혹은 한 달 아니면 그보다 더 오랫동안 100마일 다이어트를 시도해 보고 싶은가? 100마일 다이어트에 도전하려면 한 가지 기본 규칙만 있으면 된다.

"당신이 먹는 모든 음식에 들어가는 재료는 모두 집에서 100마일 반경 이내에서 생산된 것이어야 한다."

이 규칙은 충분히 지킬 수 있다. 다만 다음의 4가지 규칙을 더 보태면 그 도전이 훨씬 쉽고 재미있어질 것이다. 이 규칙들은 브리티시컬럼비아 주 미션에서 100마일 다이어트를 실천하고 있는 한 단체가 개발했다.

규칙 1 식당 이용

100마일 다이어트에 참여하고 있거나 지역에서 재배하고 생산한 재료를 구하기 위해 애쓰고 있는 식당이 아니면 이용하지 않는다.

규칙 2 여행지에서

1. 여행을 떠나면 당신을 둘러싼 100마일 반경도 함께 움직인다. 다시 말해 집에서 로컬푸드를 챙겨 가거나 여행지로부터 반경 100마일 이내에서 생산된 음식을 먹어야 한다. 어디를 가든 '지역먹거리

주의자'가 되려고 노력하라!

2. 외지 음식을 먹기 위한 목적으로 100마일 반경을 벗어난 지역으로 여행하는 것은 허용하지 않는다.

3. 여행지에서 돌아올 때는 집에서 100마일 반경 이내에서 구할 수 없는 음식을 소량 가져와도 괜찮다. 또한 친구들이 집에 찾아올 때도 각자의 지역에서 나는 음식을 선물로 조금 가져와도 된다.

규칙 3 99퍼센트 법칙

1. 100마일 다이어트 도전자들이 집에서 먹는 음식은 반드시 로컬푸드로 만든 것이어야 하지만, 아래 조건에 부합하는 먹거리도 허용한다.

2. 기본적으로 지역에서 생산된 먹거리는 로컬푸드로 인정한다. 다만 아주 적은 양의 첨가물은 예외로 한다. 이는 로컬푸드를 제공하기 위해 애쓰고 있으나 100마일 다이어트 도전자들처럼 엄격하지는 않은 생산자들을 지지해야 한다는 생각에서다. 이런 음식 중엔 이스트를 써서 만든 와인이나 응고 효소를 첨가한 치즈 등이 있을 수 있다. 하지만 설탕을 듬뿍 넣어 만든 와인이나 다른 재료를 첨가해 만든 치즈, 지역산이 아닌 양념에 절인 육류는 제외한다.

규칙 4 분위기 맞추기

1. 규칙을 어겨도 되는 몇 가지 예외적인 상황이 있다. 예를 들면 축하 파티라든가 아침 식사로 팬케이크를 고집하는 삼촌과의 식사, 10주년 기념 파티를 위해 준비해 둔 와인 등이다. 100마일 다이어

트는 공동체 의식을 형성하기 위한 것이지 관계를 깨기 위한 것이 아니다.

2. 100마일 다이어트를 시도하고 있는데, 이런 예외적인 상황이 자주 발생할 경우에는 경험을 한층 심화해 아예 주변 사람들과 함께 100마일 공동체를 만들거나 100마일 공동체를 폭넓게 지원하는 새로운 도전을 추가하는 것도 좋다.

100마일 레시피

통밀 납작빵

통밀가루 2¼컵, 소금 1작은술, 기름 1큰술, 정제 버터 또는 녹인 버터, 온수 1컵

큰 그릇에 밀가루와 소금을 섞는다. 물에 기름을 넣고 잘 휘저은 다음, 밀
가루와 소금이 담긴 그릇에 붓는다. 나무 숟가락으로 잘 뭉치도록 섞은 뒤
10분간 치댄다. 반죽이 너무 질어서 손에 달라붙으면 밀가루를 1큰술씩 더
넣고, 반대로 물이 부족해서 잘 뭉치지 않으면 물을 1작은술씩 더 넣는다.
반죽을 치댄 뒤 헝겊으로 덮고 30분 또는 밤새 숙성시킨다. 숙성된 반죽은
통나무 모양으로 길게 만든 다음 6~8개로 잘라낸다. 평평한 곳에 밀가루를
고르게 뿌린 다음, 반죽 덩어리를 놓고 찢어지지 않을 정도로 얇게 편다. 완
성된 것은 한쪽에 두고 남은 반죽 덩어리도 똑같이 반복한다.
물기 없는 프라이팬을 중불에 달군 뒤 얇게 편 반죽을 올려놓고 한 면에
30초씩 익힌다. 바삭바삭한 것을 좋아하면 좀 더 오래 익힌다. 보통은 살짝
부풀어 오르고 노릇노릇한 반점이 생긴다. 빵 겉면에 녹인 버터를 솔로 바른
다음 접시에 담아 낸다.

：주의 사항: 갓 빻은 밀가루가 가장 맛있다. 또 밀 품종에 따라 전혀 다른 빵이 만들어질 수 있다.
기호에 따라 말린 허브나 칠리를 밀가루에 섞어 반죽해도 좋다.

토르티야 데 파타타스

버터 2작은술, 감자 5개(껍질을 벗겨 얇게 자른 것), 파 반 컵(송송 썬 것), 달걀 4~5개, 파슬리 ¼컵(잘게 썬 것), 소금 ½작은술(원하면 조금 더), 매운 고추 ¼작은술(기호에 따라 조절)

프라이팬을 뜨겁게 달구고 버터를 올린다. 버터가 갈색으로 변하기 전에 자른 감자를 넣고 뚜껑을 덮는다. 감자가 노릇노릇하고 부드럽게 익으면 양파를 넣고 1분간 더 익힌다. 큰 그릇에 달걀과 파슬리, 소금, 고추를 넣고 가볍게 휘젓는다. 여기에 익힌 감자와 양파도 함께 섞는다. 필요하면 버터를 좀 더 넣는다. 혼합한 재료를 뜨거운 팬에 붓고 납작하게 편다. 불을 줄이고 뚜껑을 덮는다. 가운데 부분이 단단하게 익기 시작하면 팬 위에 접시를 비스듬히 놓고 토르티야를 뒤집어 담는다. 접시에 담긴 토르티야를 다시 팬에 밀어 넣고 전체가 온전히 단단해질 때까지 익힌다. 불을 끄고 10분간 그대로 둔다. 따뜻하게 먹어도 맛있고 식은 뒤에 먹어도 괜찮다.

＊응용 방법: 어떤 음식과도 잘 어울린다. 부수적으로 집에 있는 아무 재료나 추가해도 된다. 우리는 주로 신선한 딜이나 마늘을 많이 넣어 먹는다. 토르티야에 치즈를 뿌리고 요구르트와 함께 내도 훌륭하다.

안젤라의 제철 토마토수프(안젤라 시르 제공)

큰 토마토 4~5개, 밀가루 ¼컵, 물 3컵, 진한 고지방 크림 반 컵, 소금 2작은술

토마토를 큼직큼직하게 자른다. 물을 조금 붓고 섞는다. 중불에 큰 냄비를 올리고 토마토와 물 섞은 것을 넣는다. 밀가루와 남은 물을 섞은 뒤 냄비에 붓고 크림과 소금도 넣는다. 원하는 묽기가 될 때까지 끓인다.

✱응용 방법: 수프 국물에 신선한 허브를 잘게 잘라 넣는다. 바질이나 타임이 잘 어울린다. 마늘과 구운 고추도 기막힌 맛을 낸다. 수프 위에 신선한 딜을 뿌리고, 젖산을 첨가해 약간 발효시킨 크렘 프레슈 한 덩어리를 얹어도 좋다.
그 밖에도 수프를 조금씩 다른 맛으로 즐기는 방법은 무궁무진하다. 수프에 작은 미트볼을 넣으면 아이들이 무척 좋아할 것이다. 아이들이 직접 만들어 보게 한다면 특히 더 좋아할 것이다. 어떻게 만들든 쉽고 매우 맛있어서 다시는 통조림 수프를 먹지 않게 된다.

100마일 캐러멜(안젤라 시르 제공)

꿀 반 컵, 18퍼센트 크림 1컵, 버터 1작은술

크림을 보글보글 끓지 않을 정도로만 뜨겁게 데운다. 깊은 냄비에 꿀을 넣고 중불에서 5~8분간 데운다. 꿀이 진한 갈색으로 변하기 시작하면 뜨거운 크림을 천천히 붓는다. 많이 튈 수도 있다. 원하는 묽기의 소스가 될 때까지 계속 젓는다. 이때 소스가 식으면 점성이 좀 더 강해진다는 사실을 염두에 두어야 한다. 가스불에서 내려놓은 뒤 바로 버터를 넣고 휘젓는다. 깨끗한 병에 담아 식힌다. 먹고 남은 소스는 냉장고에 보관한다. 꽤 오래 두고 먹을 수 있다.

:주의 사항: 크림이 충분히 뜨겁게 데워지지 않으면 캐러멜이 몽글몽글 덩어리질 수 있다. 그럴 땐 식혀서 믹서에 넣고 돌리면 덩어리가 없어진다. 그런 다음 불에 올려 다시 굳힌다.

농장에서 식탁까지
100마일 다이어트

초판 인쇄 2015년 5월 8일
초판 발행 2015년 5월 15일

지은이 앨리사 스미스, 제임스 매키넌
옮긴이 구미화
펴낸이 강병선
편집인 이선희

책임편집 이선희
교정교열 박경선 최정수
디자인 정연화 최정윤
마케팅 방미연 정유선 오혜림
홍보 김희숙 김상만 한수진 이천희
제작 강신은 김동욱 임현식 **제작처** 영신사

펴낸곳 (주)문학동네
출판등록 1993년 10월 22일 제406-2003-000045호
임프린트 나무의마음

주소 413-120 경기도 파주시 회동길 210
문의전화 031-955-2688(마케팅) 031-955-2643(편집) 031-955-8855(팩스)
전자우편 sunny@munhak.com

ISBN 978-89-546-3619-3 03840

○ 나무의마음은 (주) 문학동네의 임프린트입니다.
○ 「이 도서의 국립중앙도서관 출판예정도서목록(CIP)은 서지정보유통지원시스템 홈페이지
(http://seoji.nl.go.kr)와 국가자료공동목록시스템(http://www.nl.go.kr/kolisnet)에서
이용하실 수 있습니다.(CIP제어번호: CIP2015011996)」

www.munhak.com